DeAnn Smallwood

STERN ÜBER MONTANA

amazon crossing

Das Buch

»Gesucht: Ehefrau, willens mit mir auf meiner Ranch in Montana zu arbeiten.« Aries weiß zwar nichts übers Kochen, das Leben auf einer Farm und eigentlich auch nichts darüber, eine Ehefrau zu sein. Aber sie weiß sofort, dass diese Anzeige des Ranchers Ben McCabe ihr einziger Ausweg ist, um für sich und den kleinen Bruder zu sorgen. Aries war von ihrem Vater, einem der besten Ärzte Philadelphias, zur Ärztin ausgebildet worden, aber für eine Frau als Arzt ist die Zeit noch nicht reif. Der Tod des Vaters und seine hinterlassenen Spielschulden zwingen sie, sich und ihre Fähigkeiten in ihrem Bewerbungsbrief ein wenig anders darzustellen – und sie hat Erfolg. Mit klopfendem Herzen, weil sie Ben getäuscht hat, sitzt sie im Zug nach Montana, hinter sich Philadelphia und ihr ganzes bisheriges Leben. Doch auch Bens Anzeige hat anderes versprochen, als Aries bei ihrer Ankunft erwartet. Arbeit gibt es genug, und auch einen Mann. Doch der will ganz sicher keine Ehefrau …

Die Autorin

DeAnn Smallwood lebt mit ihrem Mann und zwei Yorkies namens Stormy und Eli in Colorado. Sie ist hier geboren, lebte aber auch schon in Montana und Wyoming. Ihr größtes Vergnügen neben dem Schreiben ist es, zu wissen, dass ihre Bücher gelesen werden und Menschen Freude bereiten.

DeAnn Smallwood

Stern über Montana

ROMAN

Aus dem Amerikanischen
von Barbara Wittmann

amazon crossing

Die Originalausgabe erschien 2012 unter dem Titel
»Montana Star« bei Montlake Romance, Las Vegas.

Deutsche Erstveröffentlichung bei
AmazonCrossing, Amazon Media E.U. Sàrl
5 Rue Plaetis, L-2338, Luxembourg
März 2015

Umschlaggestaltung: bürosüd° München, www.buerosued.de
Lektorat, Korrektorat und Satz:
Verlag Lutz Garnies, Haar bei München
www.vlg.de
Printed in Germany
By Amazon Distribution GmbH
Amazonstraße 1
04347 Leipzig, Germany

ISBN 978-1-503-94404-6

www.amazon.com/crossing

Für meinen Ehemann Marvin, der niemals aufgibt und stets für mich da ist, um mir zuzuhören, mir seine Liebe zu zeigen und mich zu ermutigen. Danke, dass du mich trotz all der Höhen und Tiefen des Schriftstellerdaseins liebst. Du bist mein ganz eigener Stern am Himmel.

Meine Dankbarkeit gilt auch meiner Schriftstellerkollegin Janet Zupan, die mir so großzügig mit ihrer Zeit und ihrem Wissen zur Seite gestanden hat. Du bist eine Zauberin, was diese lästige Zeichensetzung angeht.

Und ein besonders großes Dankeschön an unsere Tochter Myria und unseren Schwiegersohn Jim für all ihre Unterstützung und Liebe hinter den Kulissen. Ihr zwei seid etwas ganz Besonderes.

Kapitel 1

Der Zettel war zerknittert und der kleingedruckte Text darauf kaum noch lesbar, aber das spielte keine Rolle … sie konnte ihn eh auswendig. Sie hatte das Stück Papier zusammengefaltet und in die mit Perlen besetzte kleine Handtasche gesteckt, die von ihrem Handgelenk hing. Die Worte waren der einzige Beweis, den sie hatte, die einzige Bestätigung, dass diese Reise zu einem Ziel führte.

Sie lehnte ihren Kopf gegen den rauen Stoff des Sitzes, schloss ihre Augen und atmete tief ein. Dann wiederholte sie lautlos die Worte der Zeitungsanzeige, ihrer Aladinslampe, ihrem Ausweg. Sie weigerte sich, der Frage »Was ist, wenn« in ihrem Kopf Platz zu gewähren oder der Sorge, was sie am Ende dieser Reise erwartete. Sie konzentrierte sich auf die Worte. GESUCHT: EHEFRAU, WILLENS, MIT MIR AUF MEINER RANCH IN MONTANA ZU ARBEITEN. DARF SICH NICHT VOR HARTER ARBEIT SCHEUEN. ANTWORT AN BEN, POSTLAGERND, WISE RIVER, MONTANA.

Der Junge, seinen Kopf auf ihrem Schoß gebettet, bewegte im Schlaf seinen kleinen Körper in eine andere Stellung. Sie legte ihm wie automatisch die Hand auf den Kopf und glättete die dunklen Locken, die nass von Schweiß waren. Reumütig blickte sie auf den feuchten Fleck auf ihrem dunkelblauen Satinkleid, den er mit seinem kleinen Mund hinterlassen hatte, während er an seinem schon leicht verrunzelten Daumen nuckelte. Die Luft im Zugwaggon war heiß und stickig. Dennoch beneidete sie ihn darum, dass er schlief. Er war müde und ungewöhnlich quengelig gewesen, bevor er sich schließlich vom Ruckeln der Zugräder einlullen und in den Schlaf wiegen ließ. Endlich war er der Aufregung müde geworden, die das Abenteuer einer mehrere Tage dauernden Zugfahrt für ihn darstellte, nach der er obendrein auf einer Ranch mit echten Pferden leben würde. War es falsch von ihr gewesen, ihm alles in rosigen Farben zu schildern? Ihm zu erzählen, dass er ein eigenes Pferd haben würde? Und von dem weiten Land, das er durchstreifen und in dem er aufwachsen würde. Er hatte so viel Vertrauen. Ihr Herz füllte sich mit Liebe für ihn, und sie schwor wieder einmal, dass nichts ihn je verletzen würde. Sie würde immer für ihn da sein und auf ihn aufpassen. Das war bisher immer so gewesen, und keine Ranch in Montana würde das ändern. Und auch kein Rancher. Sie richtete sich gerade auf und streckte ihr zartes Kinn nach vorne, eine unbewusste Geste, die jene, die sie kannten, als ihre »Mit dem Rücken zur Wand bis zum Tode kämpfen«-Haltung bezeichnet hätten.

Dennoch wünschte sie, dass sie bei ihrer Ankunft ein bisschen weniger zerknittert, ein bisschen weniger müde und … und was, dachte sie. Ein bisschen hübscher aussähe? Würde es einen Unterschied machen? »In der Anzeige ist nicht die Rede von Schönheit«, ermahnte sie sich selbst. Nur von einer Frau. Und das war sie ohne Zweifel. Vom Willen zur Arbeit. Den hatte sie ebenfalls. Und dennoch … Sie streichelte den Jungen gedankenverloren, zog dann den nassen Daumen aus seinem Mund und legte ihn auf den feuchten Fleck auf ihrem Kleid. Sie seufzte. »Aus einem Kieselstein kann man keinen Diamanten schleifen, Aries.« Die Stimme, die ihr aus dem Grabe zuflüsterte, war die ihres Vaters. »Mach das Beste aus dem, was Gott dir gegeben hat, Mädchen.« Nun, war das nicht genau das, was sie tat?

Sie war in einer schon Monate alten Zeitschrift auf die Anzeige gestoßen. Sie hatte das Papier dazu verwendet, die Porzellanfiguren einzuwickeln, die der ganze Stolz ihrer

Mutter gewesen waren. Die Figuren gehörten zu den wenigen Dingen von Wert, die sie hatte behalten dürfen, nachdem das Haus und alles darin verkauft worden war, um die Schulden ihres Vaters zu bezahlen. Schulden, von denen sie bis zu seinem Tod noch nicht einmal etwas gewusst hatte. Sie hatte die alte Zeitungsseite in die Hand genommen und wütend um die Figur einer Schäferin gewickelt, als ihr Auge auf die Worte FRAU GESUCHT fiel. Ihre Finger hatten gezittert, als sie das Papier glättete und die Anzeige studierte. Sie las sie mehrere Male, Schmetterlinge begannen in ihrem Bauch zu flattern. Dann hatte sie die Anzeige andächtig auf den Schreibtisch gelegt und nach einem Blatt Papier gegriffen. »Bitte, Gott«, betete sie, »bitte lass die Anzeige noch nicht beantwortet worden sein. Bitte lass diesen Ben noch immer nach einer Frau suchen, die sich nicht vor harter Arbeit scheut, und bitte …«, fügte sie hinzu, »… und bitte lass mich diese Frau sein. Wenn das nicht die Lösung für Timmy und mich ist, dann weiß ich nicht, was sie sein soll. Ich weiß nicht mehr, was wir machen sollen.«

Aries hatte in ihrer Antwort nicht gelogen, nicht wirklich. Sie hatte ein paar Dinge ausgelassen und vielleicht ein paar andere ausgeschmückt, aber das Wichtigste, ihre Fähigkeit, hart zu arbeiten, entsprach der Wahrheit. Sie war eine fleißige Arbeiterin. Es war nur so, dass … nun, sie hatte noch nie etwas getan, das auch nur entfernt mit dem zu tun hatte, was sie vermutete, dass eine Frau auf einer Ranch tun müsste. Aber sie würde schnell lernen. Sie war klug. Ihr Vater hatte sie immer für ihr gutes Gedächtnis und ihre Fähigkeit gepriesen, Dinge eigenständig zu bewerkstelligen, nachdem sie ihr nur einmal gezeigt worden waren. Sie würde für diesen Ben hart arbeiten. Sie würde lernen, eine Farmerin zu sein, wenn ihr nur … wenn ihr jemand zeigen würde, wie, nur einmal. Aber nichts davon hatte sie in ihrem Brief an Ben, postlagernd, Wise River, Montana, erwähnt. Stattdessen hatte sie geschrieben, wie stark sie sei, wie gesund, wie gerne sie im Freien sei, wie sehr sie Tiere liebe und dass sie ganz allein auf dieser Welt sei und nichts lieber wolle, als in Montana auf einer Ranch zu leben. Sie hatte vorgegeben, dass sie allein sei, aber in Wahrheit war sie das nicht. Da war Timmy. Würde es Ben etwas ausmachen, dass sie ihren kleinen Bruder mitbrachte? Sie hatte so sehr versucht, sich gut zu verkaufen, und wollte ihm deshalb nicht erzählen, dass sie eine zusätzliche Verantwortung mit sich brachte. Was wäre gewesen, wenn er zwar geantwortet hätte, dass sie kommen könne, aber er keinen kleinen Jungen haben wolle, den er füttern und bekleiden müsste?

Es gab noch eine andere Sache, die sie ihm verschwiegen hatte … Nun ja, genau genommen mehr als nur eine Sache, das konnte man wohl getrost sagen. Aber Timmy hätte sie wohl erwähnen sollen und hatte es nicht getan. Sie hatte das Haus schnell verlassen und war den kurzen Weg zur Post mehr oder weniger gerannt, um den Brief abzuschicken, bevor sie den Mut verlor und bevor sie genügend Zeit gehabt hatte, um die Größe dessen, was sie getan hatte, in ihrer ganzen Reichweite zu verstehen.

Aries war zurück nach Hause geeilt und hatte mit dem Einwickeln der Figuren weitergemacht. Danach stellte sie die Schäferin, die Lieblingsfigur ihrer Mutter, beiseite und brachte die anderen zu Mr Mueller. Sie verbarg ihre Verlegenheit und fragte ihn, ob er sie kaufen wolle. Er bejahte. Sie hatte den Verdacht, dass sie ihm leidtat und er ihr so viel wie möglich für die in Zeitungspapier eingeschlagenen hübschen Figürchen gab, die auf dem Boden ihres Weidenkorbs aufgereiht waren. Beim Verlassen des Ladens blinzelte sie ihre Tränen fort und umklammerte das Geld in ihrer Hand. Sie verdrängte den Gedanken an den Marmorsims, auf dem die Figürchen gestanden hatten, seit sich Aries erinnern konnte. An die wunderschöne Frau, die ihrer Tochter erlaubt hatte, sie vorsichtig zu halten, und daran, wie sie die zerbrechliche Schönheit dieser Porzellanstücke mit ihren Kinderhänden nachgezeichnet hatte. Nun, die Figuren waren fort, und in ein paar Wochen würde auch der Marmorsims, der das elegante Haus schmückte, fort sein. Sie hoffte nur, dass das Geld, das sie zusammengerollt in ihrer Hand hielt, so lange ausreichen würde, bis sie etwas von Ben in Montana hörte.

Ben. Sie hatte so oft an ihn gedacht, dass es ihr nur beim Aussprechen seines Namens ganz warm ums Herz wurde. In ihrer Narretei hatte sie ihn sich zum Schutzengel erkoren und ging sogar so weit, sich vorzustellen, wie er aussehen würde. Vor ihrem inneren Auge war er groß, aber nicht zu groß, schlank und elegant, mit guten Manieren. Sein blondes Haar würde zu ihrem passen und seine braunen Augen aufleuchten, wenn er seine zukünftige Frau zum ersten Mal erblicken würde, während sie in Broken Arrow, Montana, aus dem Zug stieg. Natürlich würde er sie lieben … und Timmy ebenfalls. Er wäre geduldig und würde ihr beibringen, wie sie eine echte Rancherin würde.

In den folgenden Wochen beschwichtigte sie die in ihr aufkeimende Angst, indem sie wahlweise dafür betete, dass sie eine positive Antwort erhalten würde, oder dafür, dass noch jemand anderes auf die Anzeige geantwortet hatte und die Position schon an eine Frau vergeben worden war, die sich mit den Tätigkeiten einer Rancherehefrau besser auskannte. Die Tage zogen vorüber, und sie wusste, dass ihr die Zeit davonlief. Tante Georgia, die unverheiratete Tante ihres Vaters, drängte Aries dazu, ihr Angebot anzunehmen, gemeinsam mit Timmy zu ihr zu kommen und mit ihr zusammen in einer Kleinstadt vor Philadelphia zu leben. Sie brauchte Gesellschaft, eine Frau, die sich um sie kümmern könnte, und für diese Dienste würde sie Aries und Timmy ein Zuhause bieten sowie für ihre Verpflegung sorgen. Natürlich würde von ihnen erwartet, dass sie sich ihren Unterhalt auch verdienen würden. Tante Georgia hatte Aries sofort wissen lassen, dass Timmy nicht mehr so verzärtelt werden würde wie von ihr und ihrem Vater. Auch er würde für seine Kost und sein Logis arbeiten müssen. Aries wusste, dass sie ein unglückliches Leben führen würden, wenn sie sich dem Mitleid und der Gnade der gottesfürchtigen Tante Georgia auslieferten, einer Frau, die bekannt war für ihre unnachgiebigen Überzeugungen und ihre strenge Interpretation dessen, was sie als moralisch und als unmoralisch erachtete. Darüber hinaus hatte sie im Lauf der Jahre keinen Hehl aus ihrer Meinung gemacht, was sie von der zarten, schönen Frau hielt, die ihr Bruder zur Ehefrau genommen hatte. Aries wusste, dass ihre Tante auch sie missbilligte, und fand, dass ihr Bruder bei ihrer Erziehung zu nachsichtig gewesen war, vor allem da er Aries erlaubt hatte, Zugang zu Wissen zu erlangen, das sich für eine anständige Dame nicht ziemte. Aries wusste, dass sie sich jeden einzelnen Moment auf die Zunge beißen und ihre selbstständige Natur unterdrücken müsste, wenn sie im Haus ihrer Tante leben würde.

Dann kam die Antwort.

Ma'am,

ich wäre bereit, Sie zu meiner Frau zu machen. Ich schicke Ihnen das Geld für ein Zugticket nach Wise River. Ich hole Sie am 5. Juni am Bahnhof ab. Ben

Sie las sie immer und immer wieder, versuchte einen Hinweis auf den Mann namens Ben zu finden. Sie wünschte, er hätte etwas Wärme gezeigt oder sie wissen lassen, dass er es kaum erwarten konnte, dass sie zu ihm auf seine Ranch kommen würde. Die Wortwahl »wäre bereit« ließ einiges zu wünschen übrig. Aber vielleicht war er ein Mann, der es nicht gewohnt war, seine Gefühle zu zeigen, und sich mit Stift und Papier nicht wohlfühlte. Sie würde ihm damit helfen, vielleicht als eine Art Gegenleistung dafür, was er ihr für die Rancharbeit beibringen würde. Wiederum versetzte ihr Schuldbewusstsein ihr einen Stich, weil sie Ben nichts von Timmy erzählt hatte.

Sicher hätte er nichts gegen einen kleinen Jungen einzuwenden. Nicht der Ben, den sie in ihrem Kopf erschaffen und idealisiert hatte.

Lächelnd schrieb sie schnell einen Brief mit dem Inhalt »Danke, aber nein danke« an ihre Tante nieder. Aries teilte ihr mit, dass sie ihr großzügiges Angebot leider ablehnen müsse und sie für sich und Timmy andere Vorkehrungen getroffen habe. Sie fühlte sich leichter, als sie es seit Tagen getan hatte, trotz der nagenden Angst, die tief in ihrem Inneren rumorte.

Die wenigen Tage vor der Reise verbrachte sie damit, einen großen Überseekoffer zu packen. Als sie zu den Zugticketpreisen nach Montana noch die Kosten für die Mitnahme des Koffers hinzurechnete, stellte sie fest, dass es sie billiger kommen würde, wenn sie den Koffer stattdessen mit einem Frachtzug transportieren lassen würde. Es war eine leichte Entscheidung. Es würde nur leidlich wenig Geld übrig bleiben, nachdem sie Timmys Ticket bezahlt hatte. Sie würde einfach nur das einpacken, das unmittelbar nötig war. Sie wusste, dass sie möglicherweise wochenlang darauf würde warten müssen, bis der Koffer in Montana ankam.

Sie quetschte Kleidungsstücke in die zwei Reisetaschen, die ihre Eltern verwendet hatten, wenn sie zu den medizinischen Seminaren ihres Vaters fuhren. Außerdem würde sie die schwarze Ledertasche ihres Vaters mitnehmen, die seine Instrumente und seine Notfallausrüstung enthielt. Dann wandte sie ihre Aufmerksamkeit wieder der schwierigen Aufgabe zu, den Reisekoffer zu füllen. Sie hatte sich geweigert, die medizinischen Bücher und Instrumente ihres Vaters zu verkaufen. Sie waren wie alte und vertraute Freunde. Sie waren ihr Leben. Sie packte sorgfältig die Apothekerflaschen ein, die mit Pillen in unterschiedlichen Farben und Formen gefüllt und mit der ordentlichen Handschrift ihres Vaters beschriftet waren. Daneben legte Aries die Medizin- und Kräuterverzeichnisse ihres Vaters.

Als Aries über die Gläser und Flaschen strich, überwältigte sie ihre Sehnsucht nach dem kurz gewachsenen, kräftigen Mann, der die natürliche Fähigkeit sowie das medizinische Wissen besessen hatte, eine Diagnose zu erstellen und seine Patienten zu behandeln. Die Menschen waren von überall hergekommen, um ihren Vater zu sehen. Er war in ganz Philadelphia als herausragender Heiler und Arzt bekannt. Darüber hinaus war er auch für seine Liebe zum Glücksspiel berühmt. Aber Aries hatte nicht gewusst, wie sehr ihrem Vater an einem »guten Kartenspiel« gelegen hatte. Erst nach seinem Tod erfuhr sie von seiner Sucht und den hohen Einsätzen. Nur die Beliebtheit ihres Vaters und der Respekt vor ihm hatten dafür gesorgt, dass seine Schulden nicht eingetrieben worden waren. Aber so wurden sie auf seine noch lebende Tochter übertragen. Sie wusste, dass ihr Vater sie und Timmy niemals absichtlich in diese Lage gebracht hätte. Sie wusste, dass er wirklich gedacht hatte, dass er seine Schulden abbezahlen würde… in der nächsten Woche, im nächsten Monat, im nächsten Jahr. Unabhängig davon wurden die Zahlen auf den Schuldscheinen mit jedem Kartenspiel höher und immer höher. Kartenspiele, die Sorge um die wachsenden Schulden, die langen Nächte, fettes Essen und die dicken Zigarren, die er sich jeden Morgen in den Mund schob und erst wieder beiseitelegte, wenn er abends seine Augen schloss, forderten ihren Tribut, und eines Nachts erlitt James Burnett einen massiven Herzinfarkt. Die Haushälterin fand ihn, als sie nach dem guten Arzt suchte, weil dieser nicht im Erdgeschoss wie gewohnt auf seinem Platz saß und sich an seinem Lieblingsfrühstück erfreute, das aus fetter polnischer Wurst, Eiern, Bratkartoffeln und heißen Pfannkuchen bestand, die in Butter und Ahornsirup schwammen. Aries verging vor Kummer. Ihr Vater war ihr Leben. Er verstand und unterstützte ihre Liebe zur Medizin und zum Heilen. Er verteidigte sie, als sie als kleines Mädchen rebellierte und sich weigerte, kochen, putzen und nähen zu lernen. Er zeigte offen seinen Stolz auf Aries, die wieder und wieder unter Beweis stellte, dass sie seine scharfsinnige Auffassungsgabe und Fähigkeiten zur Heilung von Kranken geerbt hatte. Schließlich gab ihre Mutter den Kampf auf, bestand als Kompromiss aber darauf, dass Aries zumindest nähen lernen müsste. Ab diesem Zeitpunkt gesellte sich Aries jeden Tag zu ihrem Vater in seiner Praxis. Sie stand auf, wenn er es tat, und leistete ihm während der Öffnungszeiten der Praxis sowie bei seinen Haus- und Hospitalbesuchen Gesellschaft. Ihr Tag endete, wenn es der seine tat, und abgesehen von seinen Kartenspielen waren die beiden unzertrennlich. Als sie jünger war, trug er Aries aus dem Pferdewagen, wo sie sich auf dem Sitz neben ihm zusammengerollt hatte und fest eingeschlafen war, erschöpft von einer langen Nacht mit einer schwierigen Geburt oder irgendeinem anderen medizinischen Notfall, aufgrund dessen sie durch die Stadt zu den Häusern seiner Patienten geeilt waren. Sie wurde als sein zweiter Schatten hingenommen, und in der Tat wussten die Leute, dass sie, wenn sie Dr. Burnetts Dienste in Anspruch nehmen wollten, seine Tochter akzeptieren mussten. Im Krankenhaus übernahm Aries die Rolle der Krankenschwester und wagte es nie, als ebenso gebildet wie die Männer aufzutreten, die den medizinischen Beruf dominierten. Sie wusste, dass ihr nur aufgrund ihres angesehenen Vaters Höflichkeit entgegengebracht wurde, in dieser Arena, in die nur wenige Frauen vorgestoßen waren. Sie sah, wie die Krankenschwestern behandelt wurden und wie diese jedes Mal, wenn ein Arzt den Raum betrat, Habachtstellung einnahmen. Sie registrierte, wie sie sich auf die Zunge bissen, niemals eine Meinung kundtaten oder einen Rat anboten, sogar dann, wenn es offensichtlich war, dass sie genauso viel, wenn nicht noch mehr wussten als der verantwortliche Arzt.

Im Lauf der Zeit vertiefte sich Aries' Wissen und wurde umfangreicher als das der eingeschüchterten Krankenschwestern. Tatsächlich war sie oft den Ärzten überlegen, die den Weg in die Stadt auf sich genommen hatten, um unter dem renommierten Dr. Burnett zu lernen. Wenn sich diese über seine hohen Anforderungen, seine beißenden Fragen, sein Augenmerk auf Reinlichkeit, seine Liebe zur Präzision beschwerten, wusste sie nur allzu gut, wovon sie redeten. Oftmals hatte ihre Lampe noch lange gebrannt, nachdem ihr Vater in sein Bett gefallen war, weil sie einen Aufsatz fertigstellen musste, den sie ihm am nächsten Tag überreichen sollte. Sie hatte gelernt, ihren Verstand wachzuhalten, stets bereit für das herausgeblaffte eine Wort, das die Gesichter der Praktikanten in Panik versetzte. Die kurze Pause und dann die barsche Frage: »Diagnose?« Die buschigen Augenbrauen hochgezogen, fixierten seine kleinen Augen das Gesicht des Befragten. Während er auf eine Antwort wartete, kräuselte er ungeduldig die Lippen. Aries hatte gelernt, schnell, prägnant und präzise zu antworten. Sie äußerte ihre ärztliche Einschätzung und wartete dann mit angehaltenem Atem auf ein Zeichen, ob ihre Diagnose ein Erfolg oder Misserfolg war. Oft war das Zeichen so subtil, dass sie erst nach dem Abendessen erfuhr, dass sie falsch gelegen hatte, wenn ihr Vater so etwas sagte wie: »Aries, es wäre für dich – und für die Patienten – zuträglich, wenn du einen Aufsatz über die Verwesung von Wunden anfertigen würdest.«

Eine hochgezogene Augenbraue und das Wort »Danke« waren die höchste Belobigung, wenn eine »Diagnose« korrekt geäußert wurde und zutraf.

Mit einem Blick auf die halb gefüllte Truhe stellte sie fest, dass sie genügend medizinische Utensilien eingepackt hatte, um eine Arztpraxis auszustatten. Sie lehnte sich auf dem Rohrsessel zurück und rieb sich mit der Hand über das Gesicht. *Wieso mache ich das? Wieso packe ich medizinische Gegenstände ein, wenn ich aller Wahrscheinlichkeit niemals mehr die Gelegenheit haben werde, sie zu verwenden?* Sie begab sich aus dem Sessel wieder zurück auf den Boden und fuhr auf den Knien fort, alles einzuwickeln und in der Truhe zu verstauen. Aries fehlte nur das Zertifikat der medizinischen Prüfungen, die bekundeten, dass sie eine Ärztin war; und das tat ihrem Geburtsrecht, ihrem Erbe keinen Abbruch. Sie mochte dieses Schriftstück nicht haben, aber sie verfügte über das Wissen.

Aries steckte die letzte Flasche an ihren Platz, machte einen Katzenbuckel und rieb sich über die schmerzenden Stellen, die in den letzten Stunden immer mehr wehtaten. In dem Überseekoffer war immer noch jede Menge Platz. Sie blickte zu der sonderbaren Auswahl an Kurzwaren auf dem Küchentisch aus Eiche hinüber. Ihre Wangen röteten sich, als sie sich an das Handeln und Feilschen erinnerte, bei dem sie ihre exquisiten Gewänder aus Seide und Satin, ihre modischen Hüte und Schirme gegen Stoffballen aus Nessel und Baumwolle eingetauscht hatte. Zu ihrer Überraschung fand sie heraus, dass sie eine Naturbegabung sowie die notwendige Hartnäckigkeit besaß, um Preise nach unten zu handeln und die Ladenbesitzer davon zu überzeugen, dass diese ein Schnäppchen machten, nicht sie selbst. Sie wusste, dass die Händler keine Probleme haben würden, ihre Kleider und ihre anderen Besitztümer zu verkaufen. Viele davon waren kein einziges Mal getragen worden.

Aries hatte ihr neues Abenteuer in Angriff genommen, als handle es sich um ein medizinisches Problem. In der Franklin Library Company in Philadelphia, zu dessen zahlenden Mitgliedern ihr Vater gehört hatte, las Aries alles, was sie über Montana finden konnte. Es war überaus wenig.

Sie wusste nun, dass Montana im Norden an Kanada angrenzt, im Osten an North und South Dakota, im Süden an Wyoming und im Westen an Idaho. Die Landmasse von Montana war mehr als dreimal so groß wie die von Pennsylvania. Es schien sich um eine spektakuläre Region zu handeln, in der sich hohe Gebirge mit Tälern abwechselten. Am 8. November 1889 wurde Montana zum einundvierzigsten Staat. Während sie mehr über die Region nachlas, wurde ihr langsam klar, dass sie Timmy in das westliche Grenzgebiet mitnahm, eine unruhige Gegend, die zum größten Teil noch nicht besiedelt war. Sie suchte nach einer Nennung des Ortes Wise River, aber fand nichts. Sie vermutete den Ort irgendwo in der Bitterroot- und Rocky-Mountains-Region. Laut der Karte gab es in diesem Gebiet Flüsse und Seen in Hülle und Fülle. Die Flüsse trugen indianische Namen, die ihr nur widerspenstig von der Zunge rollten. Kootenai, Flathead, Blackfoot. Dann kamen Namen wie Musselshell, Milk, Marias und Clark Fork. Sie fand Zeichnungen und die Erwähnung eines Sees, der sich bis zu dem Gebiet erstreckte, in dessen Nähe sie sich begeben würde. Die Region war von den Blackfoot-Indianern bewohnt gewesen. Wenn sie die Namen der Flüsse schon für seltsam und leicht furchteinflößend gehalten hatte, so beunruhigten sie die Namen der Berge noch mehr. Die Bear Paw Mountains, die Little Rockies, die Sweetgrass Hills sowie Little Snowy und Big Snowy. Sie las weiter, weil sie mehr wissen wollte und auch musste, obgleich sie sich vor jedem weiteren Wort fürchtete. Als sie bei den Wildblumen angelangt war, von denen es in Montana eine reiche Fülle zu geben schien, fühlte sie sich ein wenig beschwichtigt und lächelte sogar beim Lesen der Liste: Balsamwurzel, Götterblume, Mormonentulpe und Bitterwurz. Aries fügte sich nach und nach ein Bild des Landes zusammen. Sie las über das Fallenstellen nach, über Weißwedelhirsche und Maultierhirsche, Rocky-Mountains-Elche, Schwarzbären, Antilopen, Elche und Bergziegen. Die Gewässer Montanas wimmelten von Fischen. Aries wusste, dass Timmy als Jäger und Fischer aufwachsen würde. Auf einer Rinderfarm aufzuwachsen war ein gutes Leben für einen Jungen. Was sie anging, nun … es würde nicht Philadelphia sein. Und unglücklicherweise würde Aries weit entfernt von der medizinischen Hochschule für Frauen sein. Ihre Hoffnung darauf, sie zu besuchen, war gemeinsam mit dem Mann gestorben, dem sie ihre tiefe Liebe zum Heilen zu verdanken hatte. Aber vielleicht gab es einen

Platz für Aries in diesem ungezähmten Land. Allemal gab es dort einen Mann namens Ben, der der Meinung war, dass sie etwas zu bieten hatte. Sie schwor sich, dass sie alles in ihrer Macht Stehende tun würde, um ein Teil Montanas zu werden und Teil des Lebens dieses Mannes und seiner Rinderfarm in einem Tal namens Big Hole Valley. In dieser entschlossenen Gemütsverfassung traf Aries ihre nächste Entscheidung.

Mrs Ellis war Aries' Lehrerin an der Sonntagsschule gewesen, bevor die Anforderungen, die durch das Begleiten ihres Vaters entstanden, zu groß geworden waren und die sonntäglichen Kirchenbesuche beeinträchtigten. Sie erinnerte sich an die vielen sonntäglichen Vormittage, wenn die wohlmeinende Dame von den Bibelgeschichten abschwenkte und zu Geschichten aus ihrem Leben auf einer kleinen Farm in Nebraska übersprang. In ihrer Kindheit und als junge Braut hatte Mrs Ellis auf einer Farm gelebt. Dann passte sie sich an das Leben in einer geschäftigen Stadt mit ihrem Ehemann an. Aber ihre liebsten Erinnerungen stammten aus ihren Jahren auf der Ranch, und ihr Herz hing an dieser Zeit.

Schon am nächsten Tag schaute Aries bei Mrs Ellis vorbei, die ihr in einer zarten Tasse Tee servierte. Aries atmete tief ein, und ihre Geschichte und ihr Dilemma brachen aus ihr hinaus.

»Mrs Ellis«, begann sie und hielt dann inne, weil ihr die Worte fehlten. Wie konnte sie jemandem erzählen, dass sie gelogen hatte und sich selbst samt ihren erfundenen Talenten an einen fremden Mann in Montana verkauft hatte? Dass dieser Mann sie auf dem Bahnsteig einer Stadt erwarten würde, von der sie noch nie gehört hatte, in einem Bundesstaat, der noch weitgehend unerschlossen, unbesiedelt, ungezähmt und wild war. Sie räusperte sich und versuchte es erneut: »Mrs Ellis.«

»Aries, ich kenne dich nun schon seit vielen Jahren«, unterbrach sie die liebenswürdige Frau. »Ich habe beobachtet, wie du dich in die entzückende junge Frau verwandelt hast, die jetzt vor mir sitzt. Was ich jedoch noch nie gesehen habe, ist, dass du so lange Zeit still dasitzt, an einem Getränk nippst, das du nicht wirklich trinken willst, und versuchst, oberflächlich zu plaudern. Liebes, du hast etwas zu erzählen, und meiner Erfahrung nach ist der beste Weg, etwas loszuwerden, es einfach zu sagen. Na los, ich höre dir zu.« Ihre blauen Augen funkelten über ihren gepuderten Wangen. Sie griff nach vorne, nahm Aries die Tasse aus der Hand und stellte sie auf einem kleinen Tisch ab. Sie lehnte sich zurück und ließ dabei die Augen nicht von dem zierlichen blonden Mädchen, das ihr gegenübersaß. Sie nahm das maßgeschneiderte Kleid zur Kenntnis, das von einem modischen Hut komplementiert wurde, der auf einem Wasserfall von hellblonden Locken aufsaß. Mit ihrem zarten Körperbau, ihrer kostspieligen Ausstattung und ihren guten Manieren konnte man leicht zu dem Schluss gelangen, dass sie eine reiche Dame aus der feinen Gesellschaft sei, eine junge Frau, deren Gedanken sich nur um die neuesten Modetrends, extravagante Bälle und die ihr von Männern entgegengebrachte Aufmerksamkeit drehten. Wie falsch man damit doch läge. Mrs Ellis hatte Aries als eine leidenschaftlich unabhängige Person kennengelernt, die sich ihrer bemerkenswerten Schönheit nicht im Geringsten bewusst und durchaus in der Lage war, sich in jeder Situation zu behaupten. Aries war kein affektiertes, unselbstständiges Frauenzimmer. Mrs Ellis hatte noch nie erlebt, dass Aries die Gesellschaft eines Mannes suchte oder gar genoss, außer der ihres Vaters. Sie nickte dem Mädchen aufmunternd zu.

»Mrs Ellis, ich brauche Ihre Hilfe«, gelang es Aries schließlich hervorzustoßen. »Ich befürchte, ich habe etwas schrecklich Falsches getan, etwas, das ich nicht rückgängig machen kann.« Sie griff in das Pompadourtäschchen, das an ihrem Arm hing, und zog ein gefaltetes Stück Zeitung hervor. Ohne ein weiteres Wort zu sagen, reichte sie das Papier hinüber. Als sie dachte, genügend Zeit sei verstrichen, griff sie wiederum in das

Täschchen und reichte Mrs Ellis anschließend ihre sorgfältig verfasste Antwort.

»Oh.« Das Wort ertönte laut in der Stille des Raumes. »Ach du meine Güte.« Mrs Ellis kicherte, und dann sagte sie noch einmal, dieses Mal lauter: »Ach du meine Güte, Aries. Du hast auf jeden Fall etwas ziemlich Ungewöhnliches getan, gelinde gesagt. Ich bin mir nicht sicher, ob es wirklich falsch war, und auch nicht, ob es rückgängig gemacht werden kann oder nicht. Aber ich vermute, es steckt noch mehr dahinter, also raus damit. Das eine kann ich dir auf jeden Fall schon jetzt verraten: Du hast es wieder einmal geschafft, dich höchst selbstständig zu verhalten, auch wenn einige es vermutlich als undamenhaft bezeichnen würden. Ich muss jedoch sagen, dass es die aufregendsten Neuigkeiten sind, die ich seit langer Zeit erfahren habe. Aber nun erzähl mir, wieso du das getan hast und was du von mir brauchst. Ich bin mir sehr sicher, dass du nicht auf dem Rand dieses Stuhls sitzt, weil du mir einen lange überfälligen Besuch abstatten wolltest.« Sie lächelte Aries an.

Aries atmete tief ein und begann mit ihrer Geschichte. Sie erzählte Mrs Ellis von ihrem finanziellen Dilemma und von Tante Georgias Angebot. (Welches diese mit einem angewiderten Naserümpfen und den Worten »Diese scheinheilige alte Schachtel« quittierte.)

»Wie Sie sehen, bin ich ziemlich verzweifelt. Ich muss Vorkehrungen für Timmy und mich treffen, und mir läuft die Zeit davon. Ich glaube, diese Anzeige ist die Antwort auf meine Gebete, und doch habe ich mich diesem armen Mann gegenüber falsch dargestellt. Ich habe mich als eine Frau verkauft, die den Anforderungen einer Ranch in der Wildnis Montanas genügen würde.« Sie blickte mit ihren blauen Augen zu der Frau auf. »Sie wissen, dass das eine Lüge ist. Sie waren meiner Mutter eine gute Freundin. Sie wissen, dass ich nicht die geringste Ahnung davon habe, wie man einen Haushalt führt, geschweige denn eine Ranch. Ich mag in der Lage sein, Angestellte bei der Führung eines Haushalts anzuführen, aber ich glaube kaum, dass mir das in Wise River, Montana, weiterhelfen wird.«

»Nein«, gluckste Mrs Ellis, »nein, das wird dir wirklich nicht weiterhelfen, Aries.«

»Nun …« Aries machte eine Pause, zwang ein kleines Lächeln auf ihre Lippen. »Das ist die Stelle, an der ich hoffte, dass Sie einspringen könnten. Mrs Ellis, können Sie mir beibringen, was ich wissen muss … in den nächsten vier Tagen?«

»Ich?«

»Ja. Sehen Sie denn nicht«, drängte sie weiter, »dass Sie mir helfen könnten. Sie wissen, wie man kocht, wie man putzt, wie man …« Sie zeigte mit ihren Händen auf den Raum um sich herum. »Wie man all diese Dinge tut, die Frauen so verrichten, damit ein Haushalt reibungslos läuft und zu einem Zuhause wird. Ich habe noch vier Tage, bevor ich in den Zug steigen muss. Vier Tage, Mrs Ellis, um zu erlernen, was mir meine Mutter in vierundzwanzig Jahren nicht beibringen konnte. Können Sie mir helfen? Ist das überhaupt möglich?«

»Grundgütiger, Kind, nein!« Die ältere Frau schüttelte ihren Kopf mit Nachdruck, und doch funkelten ihre Augen angesichts der Herausforderung, vor die sie gestellt wurde. »Nein, noch nicht einmal in vier Monaten. Oh, Aries, es gelingt dir wirklich, überall, wo du hingehst, einen wahren Wirbelsturm zu verursachen. Aber … es ist ein aufregender Gedanke. Aries«, flüsterte sie in die Stille des Raumes, »ist das wirklich das, was du willst? Du begibst dich in ein wildes Land, um dich an einen Mann zu binden, den du noch nicht einmal kennst. Kind, jede andere außer dir würde Todesängste ausstehen. Aber obgleich du hier sitzt und mir erzählst, dass du etwas Falsches getan haben könntest und dir Sorgen machst, dass du dich in einem falschen Licht dargestellt hast, vermute ich, dass du dich im Geheimen auf das Abenteuer freust und Bens Angebot, dich zur Frau zu nehmen, nicht wirklich rückgängig machen wollen würdest, oder liege ich falsch?«

Aries' zartes Gesicht errötete. »Nein.« Sie sprach dieses eine Wort leise aus. Aber dann erhob sie den Blick, und in ihren Augen war ein fernes Licht zu erkennen. »Mrs Ellis, der Tod meines Vaters hat mich tief erschüttert. Ich dachte, mein Leben wäre geregelt, dass ich meinem Schicksal folgen und an der Seite meines Vaters arbeiten würde oder vielleicht sogar wie durch ein Wunder die medizinische Hochschule besuchen und Ärztin werden würde. Das war mein Traum. Ich habe eine Heirat nie als einen Teil meines Lebens in Betracht gezogen. Ich wusste, dass kein Mann den Platz meines Vaters einnehmen oder meine Liebe zur Medizin ersetzen kann. Ich habe mir nie ersehnt, zum Besitz eines Mannes zu werden.« Sie seufzte. »Aber es hat nicht sollen sein. Das Schicksal hat zugeschlagen, und nun muss ich an Timmy denken. Ich habe nicht viele Ressourcen, die ich in Anspruch nehmen kann, auf jeden Fall keine finanziellen. Die schonungslose Wahrheit ist, dass diese Anzeige ein Geschenk des Himmels ist. Ich glaube, dass diese Anzeige mir eine Gelegenheit verschafft hat, etwas zu tun, das mehr meiner Natur entspricht. Etwas, das mir das Gefühl gibt, ein Ziel zu haben, und Begeisterung in mir weckt, mehr als nur eine ausgewaschene Ausrede davon, einen Mann zu heiraten, der mir nicht einmal einen eigenen Gedanken oder eine Meinung gestatten würde. Einen Mann, der auf der Suche nach einer sanften, zierlichen Dame von zart besaiteter Natur ist, die ihm eine Schar von Kindern schenkt, die seinem Ebenbild gleichen. Alternativ könnte ich ein Leben an der Seite von Tante Georgia wählen, als arme Verwandte, die ihr demütig zu Dankbarkeit verpflichtet ist.«

»Aries«, unterbrach sie die ältere Frau, »wie um alles in der Welt willst du wissen, ob dieser Ben nicht genau nach derselben Art Frau sucht, die du gerade beschrieben hast?«

»Das weiß ich nicht«, murmelte sie. »Ich weiß es nicht sicher, aber etwas …« Sie griff sich mit der Hand auf die Brust. »Aber etwas sagt mir, dass ein Mann, der willens ist, eine Ranch in der

Wildnis Montanas aufzubauen, nicht nach einer feinen Dame sucht. So jemand sucht nach einer Ehefrau. Nein, er sucht sicher nach einer Gehilfin. Ich glaube, Mrs Ellis, dass er eine starke Frau will, eine, die an seiner Seite steht und es mit allem aufnimmt, was das Land ihnen vor die Füße wirft.« Ohne dass sie es bemerkte, schlich sich ein Glitzern in ihre blauen Augen, und ihr Gesicht wurde lebhaft. Sie neigte den Kopf nach hinten und spannte die Schultern voller Überzeugung an. »Mrs Ellis, ich bin eine starke Frau. Ich kann diese Frau sein. Oh, ich bin voller Angst. Bitte denken Sie nicht, dass ich das nicht wäre. Aber ich habe keine Angst vor dem Land, der Wildnis oder meinen Fähigkeiten. Mir bangt vor dem Mann, Ben. Ich ... ich habe noch nie einen Mann begehrt. Nur höchst selten finde ich einen Mann attraktiv. Und die attraktiven sind sich ihrer Vorzüge meist noch mehr bewusst, als ihre Umwelt es ist. Nein, einen Mann, der in die Fußstapfen meines Vaters treten kann, den muss ich erst einmal finden. Also macht mir Ben Angst. Aber ich ermahne mich, dass er ein starker Mann sein muss, der aufrecht steht und solide Entscheidungen treffen kann. Ein Rancher in Montana muss diese Eigenschaften besitzen. Ich nehme an, dass es nur wenige heiratsfähige Frauen in Montana gibt. Ich kann nur hoffen«, senkte sie ihre Stimme, »dass er gütig und geduldig ist. Ich werde etwas Zeit benötigen. Aber ich werde es schaffen. Ich habe schon schwierigere Dinge getan, Mrs Ellis. Eine Ehefrau zu sein kann nicht so schwer sein, oder?«, fragte sie voller Angst. Mrs Ellis gab keine Antwort. Je länger die Stille andauerte, desto größer wurde der Knoten in Aries' Bauch. Vielleicht hatte sie falsch gelegen, anzunehmen, dass Mrs Ellis helfen könnte. Aber wenn jemand nur versuchen würde, ihr diese Fertigkeiten beizubringen, so würde sie sich dem Erlernen mit all ihrer Kraft widmen.

Mrs Ellis atmete tief ein und stand auf. »Aries«, sagte sie, »komm hier herüber.« Sie ging voran zu einem kleinen Queen-Anne-Schreibtisch. Aus der schmalen Schublade zog sie ein

Blatt Papier und legte es neben den Füller und das Tintenfass, das auf der spiegelblanken Oberfläche stand. Sie zog den kleinen Stuhl nach vorne und winkte Aries herbei. »Setz dich, meine Liebe. Wir haben nicht viel Zeit.« Aries setzte sich vorsichtig auf den Stuhl und blickte erwartungsvoll zu der Frau auf, die neben ihr stand. *Wie um alles in der Welt soll mir das helfen? Habe ich mich nicht klar genug ausgedrückt?*

»Aries, es ist nicht im Geringsten möglich, dass du alles, was du wissen musst, in nur vier Tagen erlernen kannst. Nein, ich glaube, der beste Weg, wie wir vorgehen können, ist es, wenn ich dir alles erzähle, was ich als sachdienlich für das Führen eines geordneten Haushalts auf einer Ranch erachte. Du machst dir Notizen. Du bist eine Wissenschaftlerin, und die Nutzung deiner Notizen zur Referenz sollte dir zusagen. In deinem hübschen Köpfchen schwirren zurzeit zu viele Gedanken umher, und es wäre albern von uns, anzunehmen, dass du dich an all das würdest erinnern können. Ich rede, und du schreibst. Ich werde weit ausschweifen, um es gelinde auszudrücken, aber ich werde versuchen, präzise zu sein und die wichtigen Details mit dir zu teilen. Es gibt da noch eine weitere Sache.«

»Ja?«, fragte Aries zögerlich.

»Das Kochen. Der Weg zum Herzen eines Mannes verläuft über seinen Magen. Vor allem bei einem Rancher. Und wir wissen nicht, ob du nicht auch für ein paar Rancharbeiter kochen musst.«

Aries stöhnte.

»Wir beginnen mit den Kochlektionen, aber ich erwarte dich hier morgen in aller Frühe, damit du beginnen kannst, meine Rezepte zu kopieren. Ich teile sie nicht einfach mit jedem, aber ich glaube, dass du in diesem Fall alle Hilfe gebrauchen kannst, die du nur kriegen kannst. Bist du bereit? Kannst du jetzt anfangen und bleibst gleich heute noch bis spät in die Nacht?«

»Ja … ja. Oh, Mrs Ellis, ich danke Ihnen. Ich weiß, dass ich das schaffen kann, ich weiß es. Ich habe es ja schließlich auch gelernt, die Pulver und Kräuter für Vater zu mischen. Ich habe seine Bücher, wie man beim Zerstoßen der …«

»Aries«, ihr Ton war scharf. »Du lernst hier nicht, wie man Arzt wird. Du erlernst etwas, dass zumindest dir sehr viel schwerer fällt. Du, junge Dame, lernst, wie man eine Ehefrau wird und den Vorstellungen gerecht wird, die du in diesem Mann in Montana fälschlicherweise geweckt hast.«

Aries antwortete niedergeschlagen mit zerknirschter Stimme: »Es tut mir leid, Mrs Ellis. Ja, ich kann heute etwas länger hier sein. Unsere Haushälterin passt auf Timmy auf. Sie hat eingewilligt, zu bleiben und das Haus für den neuen Besitzer vorzubereiten, nachdem Timmy und ich weg sind. Sie wird sich um Timmys Abendessen kümmern und dafür sorgen, dass er ins Bett gesteckt wird. Also, wo sollen wir beginnen?«

»In Ordnung, wir fangen damit an, wie man ein Hühnchen ausnimmt.«

»Ein Hühnchen ausnimmt?« In Aries' Stimme war Überraschung zu hören.

»Herrje. Es ist noch schlimmer, als ich dachte. Aries, ein Hühnchen ausnehmen heißt, dass du zuerst seine Innereien entfernst, bevor du es kochst. Du musst dafür zuerst die natürliche Öffnung vergrößern. Schreib das auf, Aries. Schau nicht einfach nur zu mir hin, als ob du eine der Vorlesungen deines Vaters besuchen würdest.«

Und so ging es die folgenden Tage weiter. Wenn Mrs Ellis anderweitig beschäftigt war, kopierte Aries weiter Rezepte. Wenn die überaus beschäftigte Frau Zeit hatte, überprüfte sie, was Aries niedergeschrieben hatte, und fügte jedem Rezept ein paar erklärende Zeilen hinzu. Zusätzlich zu den Rezepten notierte Aries Haushaltstipps, die Mrs Ellis an sie weitergab, sowie sie ihr einfielen. Mit Milch können Tintenflecke entfernt werden. Eine Schale kann mit einem nassen Tuch stabilisiert werden, um das Aufschlagen von Eiern und Sahne zu erleichtern. Taucht man einen Besen einmal jede Woche in kochende

Seifenlauge, hält dies das Stroh stabil und biegsam, sodass dieser länger hält. Mischt man Mehl, Wasser, Salz, Essig und Kerosin und kocht die Mischung, bis sie fest wird, und rollt sie anschließend zu Bällen, so kann man damit die Tapete eines normal großen Raumes reinigen. Zur späteren Benutzung können die Bälle in Dosen aufbewahrt werden. Es gab so vieles, das sie nicht wusste, und gegen Ende der vier Tage war sie voller Bewunderung für all die Frauen, die einen Haushalt am Laufen halten, ohne dabei auf den Luxus einer Kurzwarenhandlung, auf eine Köchin oder die Hilfe einer Haushälterin zurückgreifen zu können.

»Aries«, unterbrach Mrs Ellis an einem der Tage ihre Schreibarbeit. »Was hast du alles in diese Truhe eingepackt? Hast du noch ein wenig Platz für einige nützliche Dinge, die wir dir besser noch besorgen sollten? Ich glaube, du und ich sollten morgen früh einen Einkaufsausflug zu Wilson's Emporium unternehmen. Mir sind einige Dinge eingefallen, die du benötigen wirst, und du erhältst sie hier leichter als in Montana.«

»Nun, ich habe einiges eingepackt …«

»Oh, Aries, lass mich raten. Du hast fast die gesamte Praxis deines Vaters in diesen Überseekoffer eingepackt.«

»Ja«, antwortete Aries mit einem verlegenen Lächeln. »Bitte halten Sie mich nicht für unhöflich, Mrs Ellis, aber ich werde nichts davon zurücklassen. Es ist noch ein wenig Platz. Was brauche ich?«

»Timmy wird mindestens zwei dieser wundervollen Levis brauchen.«

»Levis?«

»Ja. Das sind Hosen aus festem Denimstoff, die von Mr Levi Strauss hergestellt werden. Sie werden auch der harten Beanspruchung dort draußen auf der Ranch widerstehen. Diese Hosen sind an den Nähten sogar mit kleinen Kupfernieten verstärkt. Timmy wird vermutlich eher aus ihnen rauswachsen, als dass sie kaputtgehen. Lass dir gesagt sein, dein Ben und die Rancharbeiter werden bald alle diese Levis tragen. Und was dich angeht, mein Liebling, du solltest besser nicht versuchen, deine Arbeiten in einem deiner wunderschönen Seidengewänder zu verrichten. Nimm ein paar davon für besondere Anlässe mit, aber wir müssen einige Yards Baumwollkattun kaufen. Dem Himmel sei Dank müssen wir nicht auch noch versuchen, dir in diesen vier Tagen das Nähen beizubringen. Zumindest in dieser Sache hat deine gute Mutter den Kampf gewonnen.«

Aries' Augen leuchteten auf. »Kattun, Levis, was sonst noch, Mrs Ellis? Vielleicht brauche ich einfach einen größeren Überseekoffer, und dann überrede ich Sie, sich darin zu verstecken und mit mir zu kommen!«

»Weißt du, mein Kind, wenn ich könnte, würde ich das sogar. Herrje, wie ich dich beneide. Du wirst ein Land zu Gesicht bekommen, das ich nie sehen werden, und du wirst dort etwas bewirken können, Aries. Du hast die Gelegenheit, dabei zu helfen, ein Stückchen der Westgrenze zu besiedeln. Wenn ich jünger wäre, würde ich dich beim Wort nehmen.« Sie lächelte die junge Frau an, die in den letzten Tagen so hart und unnachgiebig gearbeitet hatte. Dieses Mädchen hatte Rückgrat.

Sie war jemand, mit dem man Pferde stehlen konnte. *Ich hoffe nur, dass der Mann, der sie dort auf dem Bahnsteig erwartet, Mann genug für sie ist. Sie wird ihn ganz schön auf Trab halten, so viel ist sicher. Er wird stark sein müssen, oder sie wird ihn niemals respektieren und, der Herr steh ihm bei, ihm auf dem Kopf herumtanzen. Sie weiß es nicht besser.* Die alte Dame schüttelte den Kopf. *Sie mag etwas vom Arztsein verstehen, aber von Männern weiß sie mehr oder weniger gar nichts ... über deren Bedürfnisse, über deren Wünsche und, hoffentlich, deren Liebe.* Mrs Ellis war voller Angst um Aries, die ihr ans Herz gewachsen war, aber gleichzeitig fühlte sie auch eine Spur Mitleid für den nichts ahnenden Ben.

Viel zu schnell kam der Tag, an dem Aries den Deckel

des Überseekoffers schloss und ihn zum Bahnhof bringen ließ, damit er mit dem ersten Frachtzug Richtung Montana transportiert werden konnte. Aries und Timmy küssten eine tränenüberströmte Mrs Ellis zum Abschied und stiegen an Bord des Zuges. Aries hatte keine anderen Freundschaften kultiviert, da sie weder die Zeit noch die Geduld für die anderen jungen Damen in ihren gesellschaftlichen Kreisen hatte. Und um die Wahrheit zu sagen, fanden die anderen jungen Frauen Aries unhöflich und seltsam. Welche Art von Frau würde sich schließlich willentlich derart unziemliches Wissen aneignen? Ihre Mütter warnten sie, dass Aries nicht die Art von Mädchen war, mit denen man sich als Dame umgab. Sie war ein Vorzeigebeispiel für eine junge Frau, die nicht wusste, welche Rolle eine schickliche Dame zu spielen hatte. »Ihre arme Mutter« war eine oft vernommene Wehklage. Und dann war da noch die Angelegenheit mit Timmy. Sicher, Aries liebte diesen armen kleinen Lümmel, aber sowohl sie als auch Dr. Burnett verhätschelten ihn zu sehr. Was männliche Freunde anging, gab es einige, die Aries durchaus attraktiv fanden. Aber nur wenige schafften es, über ihre frostige Förmlichkeit und ihre Verachtung hinwegzublicken. Und Gnade dem Mann, der versuchte, Aries auf ihren Platz in der Welt zu verweisen. Der würde Aries nicht mehr lange den Hof machen. Sie war hübsch, um nicht zu sagen wunderschön, mit ihren langen blonden Locken, den zarten Gesichtszügen, den tiefblauen Augen und der wohlgeformten Figur. Aber sie war der Mühe nicht wert. Sie sah möglicherweise so aus, als bräuchte sie Schutz und einen Mann, der sie festhielt, aber versuchen sollte man das besser nicht.

Und so stiegen Aries und Timmy an Bord des Zuges mit nur einer alten Dame als Abschiedskomitee. Aries setzte Timmy auf seinen Sitz, nahm neben ihm Platz und wandte die Augen von dem Bahnhof und Mrs Ellis ab in eine andere Richtung. In einem anderen Teil der Stadt lagen die zwei Menschen, die sie geliebt und verstanden hatten. In ihrem Kopf flüsterte sie ihnen zum Abschied zu, da sie wusste, dass sie ihre Gräber nie wieder besuchen werden würde. Aries lehnte sich in ihrem Sessel zurück. Sie war bereit. Sie hatte alles getan, was sie konnte, um sich auf dieses neue Leben in Montana vorzubereiten. Alles Übrige lag bei einem Mann, der den Namen Ben trug.

Aries schloss ihre Augen, müde von den vergangenen Tagen der Zugfahrt, müde von all den Sorgen, die sie sich machte, müde in Erwartung der Reaktion von Ben und seiner tatsächlichen Person, müde der Erinnerungen an die Ereignisse, die sie ans Ende dieser langen Reise geführt hatten. Sie seufzte voller Erschöpfung und gab sich dem Rattern der Zugräder hin. Räder, deren Geräusche Worte zu formen schienen … Kein Zurück – rüttel rüttel – kein Zurück.

Kapitel 2

»Miss. Miss.« Ein großer, dünner Mann stand im Gang, er trug einen schwarzen Anzug, eine runde Kappe, und eine goldene Uhrenkette baumelte aus seiner Westentasche. »Miss. Sie sollten besser aufwachen. Wir fahren in Kürze in den Bahnhof von Wise River ein.«

»Ja.« Das Wort war nur ein Flüstern. »Ja, danke, ich bin wach.«

»Wir haben nicht lange Aufenthalt, wir füllen nur Wasser auf und hängen einen weiteren Waggon mit Holz an. Sie beide sind die einzigen Passagiere. So weit raus fahren nicht viele. Eigentlich sind Sie die Erste seit einer sehr langen Weile. Hoffe, Sie haben jemanden, der Sie erwartet. Wise River ist kein Ort, an dem eine junge Frau und ein kleiner Junge allein sein sollten. Aber die Stadt macht sich langsam und wird größer. Gibt ein paar mehr Läden als das letzte Mal, als ich vorbeigefahren bin.«

Der Mann ging weiter ans Ende des Zuges, und Aries wandte sich nervös dem Fenster zu, um einen ersten Blick auf ihr neues Zuhause zu erhaschen.

»Timmy.« Sie schüttelte den kleinen Jungen sanft. »Timmy, wir sind da. Schau mal, wer von uns sieht Wise River zuerst? Lass uns nach Ben Ausschau halten. Er hat gesagt, dass er uns am Bahnhof trifft. Bist du wach, Liebling?«

Der kleine Junge begann sich zu entrollen und setzte sich dann aufrecht hin. Das Nickerchen hatte Wunder vollbracht, und all seine Müdigkeit und schlechte Laune, die von der langen Zugfahrt rührten, waren verschwunden. Er eilte schnell zum Fenster und presste seine kleine Nase gegen das Glas. »Ich sehe nichts außer Gras und Bäumen, Aries.«

»Du wirst schon noch mehr sehen. Halt einfach weiter Ausschau.« Sie wandte ihre Aufmerksamkeit vom Fenster ab und versuchte, etwas aus ihrem Haar und dem Hut zu machen. Schließlich steckte sie ihren Schildpattkamm zurück in die Tasche und schenkte dem Fenster und der Landschaft ihre Aufmerksamkeit. Es gab nicht viel, das sie tun konnte. Was sie wirklich brauchte und sich verzweifelt wünschte, waren ein Bad, frische Kleidung, eine warme Mahlzeit und ein richtiges Bett.

Sie strich ihr Kleid glatt und gesellte sich zu dem kleinen Jungen. Nun blickten zwei Paar Augen nervös aus dem Fenster des Zuges. Aries sah vor Timmy den ersten Umriss eines Gebäudes, sagte aber nichts, weil sie ihm den Triumph lassen wollte, diesen als Erster entdeckt zu haben.

»Timmy«, sagte sie. »Ich glaube, du hast den Scharfblick eines Grenzers. Du wirst eines Tages einen ausgezeichneten Jäger abgeben.«

»Werde ich das wirklich, Aries?«, fragte er, voller Stolz, dass er zuerst Wise River erblickt hatte. »Ben wird mich mit einem echten Gewehr schießen lassen, nicht wahr, Aries?« Er stellte die Frage erneut, genau wie er es die letzten Tage getan hatte. Aries hatte ihn mit Versprechungen und Geschichten abgelenkt, um die Ängste zu lindern, die er ausstehen musste, seit er Philadelphia verlassen und diese Reise ins Unbekannte angetreten hatte. Er hatte sie immer und immer wieder nach dem Pferd gefragt, das Aries ihm versprochen hatte, und nach der Ranch, dem Jagen und Fischen und nach dem Mann Ben. Aries schluckte die aufsteigende Angst hinunter, als sie die Stadt näher kommen sah und fühlte, wie der Zug langsamer wurde. Sie spannte die Schultern an, streckte ihr Kinn nach oben und berührte die drei Taschen zu ihren Füßen. Sie würde das schaffen … schließlich hatte sie keine andere Wahl. Es war sinnlos, weitere Gebete zu murmeln.

Die Stadt kam langsam ins Blickfeld. Der Bahnhof war ein kleines, verwittertes Gebäude, hinter dem ein Klohäuschen stand und von dem ein Holzsteg zu den Gleisen führte. Neben dem Gleis stand ein Wasserturm mit einem hölzernen Arm. Das alles war weit entfernt von dem Backsteingebäude, den Kachelböden und Eichenbänken des Bahnhofs in Philadelphia. Hinter dem Bahnhof lag die Stadt, die in den schimmernden Strahlen der späten Nachmittagssonne erglühte.

Der Zug kam langsam und ruckelnd vor dem Gebäude zum Stillstand. Schwaden aus Dampf und Dunst blockierten die Aussicht aus dem kleinen Fenster. Dann verzogen sich die Dämpfe, und der Schaffner kam ein weiteres Mal zurück und griff nach den Taschen unter dem Sitz. »Ich trage die schwarze Tasche selbst«, teilte sie dem Mann mit. »Timmy, du folgst dem Schaffner, aber wenn du draußen bist, bleibst du auf dem Bahnsteig stehen und bewegst dich nicht von meiner Seite. Hast du mich verstanden?«

»Ja, Aries.« Seine leise Stimme war voller Angst.

Aries spürte ein Stechen, das voller Liebe und Mitgefühl für Timmy war und das, was momentan in ihm vorgehen musste. Fühlte sie sich nicht genauso? Sie schluckte die aufsteigende Panik hinunter und sagte bestimmt: »Ich weiß, dass du das tust, Liebling. Was würde ich nur ohne so einen großen Jungen an meiner Seite tun, ohne dessen Hilfe ich solche Angst hätte, aus diesem Zug zu steigen.«

»Das hast du?« Timmys Stimme steckte voller Zweifel, als er nach oben schaute. »Du hast doch niemals Angst, Aries.«

»Doch, die habe ich, Timmy, aber nicht, wenn ich dich an meiner Seite habe. Zusammen schaffen du und ich so ziemlich alles, Liebling.« Sie griff nach unten und drückte seine dünnen Schultern. »Und nun geh voran, Timmy, und lass uns einen ersten Blick auf Wise River, Montana, werfen, und dann schauen wir, ob wir Ben sehen.«

»Ist das die Person, die Sie abholt, Ma'am?« Die Stimme des

Schaffners klang besorgt um die junge Frau, die auf die kleinen Stufen stieg, die er vor der Tür des Zugwaggons platziert hatte. »Ben und wie noch, Ma'am?«

»Ben McCabe. Ihm gehört die Big Hole Valley Ranch.«

Sie blickte zu dem Schaffner und bemerkte den Ausdruck, der über sein Gesicht huschte.

»Kennen Sie Mr McCabe?«

»Nein, Ma'am. Kann nicht behaupten, dass ich das tue. Aber ich hab von der Ranch gehört. Eine der Ersten, die in diesem Teil von Montana aufgebaut wurde. Ich glaube, das ist eine von den großen.«

Sie wollte den Mann mehr fragen, aber dazu gab es keine Gelegenheit. Sie standen auf dem Bahnsteig des Bahnhofs in Wise River, Montana, zwei Reisetaschen zu ihren Füßen und eine schwarze Arzttasche in ihrer Hand. Sie, Timmy und der Schaffner. Niemand sonst war in Sichtweite.

Der Mann zog seine Uhr heraus und überprüfte sie sorgfältig.

»Wir sind genau pünktlich, Ma'am. Sind Sie sicher, dass jemand Sie abholen kommt?« Er sah nervös zu der Frau und dann zurück zu dem Zug, in den er steigen musste, sobald dieser mit Wasser und Holz beladen war.

»Ja, bitte machen Sie sich keine Sorgen unseretwegen. Sie waren eine große Hilfe. Wir schaffen das schon. Ich bin mir sicher, dass Mr McCabe nur aufgehalten wurde. Wirklich.« Sie lächelte und hoffte, dass ihr Lächeln ruhiger aussah, als sie sich fühlte. »Wirklich«, wiederholte sie. »Es ist alles gut.« Aries begann in Richtung des hölzernen Gebäudes zu gehen. »Wenn Sie die Taschen einfach dort drüben absetzen könnten, wäre ich Ihnen sehr dankbar. Timmy, komm hierher.« Sie warf einen ängstlichen Blick auf den Jungen, den seine natürliche Neugier übermannt hatte. Er stand am Rand des Bahnsteigs und sah zu, wie der Arm des runden Wasserturms, auf dessen Holzdauben in der Mitte die Worte *Wise River* in weißer Farbe gemalt waren, nach unten schwang. Seine Augen weiteten sich, als eine Dampfwolke emporstieg, während sich die Dampflok mit Wasser füllte.

Der Schaffner setzte die Taschen ab, tippte an seine Kappe und sagte: »Nun, wenn Sie ganz sicher sind, Ma'am. Ich sollte besser zurück in den Zug.« Er nickte in Richtung eines vernagelten Fensters für Zugtickets an dem hölzernen Gebäude. »Vielleicht kann Ihnen der Zugticketverkäufer dort helfen. Hier in der Gegend gibt's nicht allzu viele Leute, er sollte etwas über Ben McCabe wissen. Viel Glück, Ma'am.«

»Danke«, sagte Aries leise.

Timmy war nach hinten gegangen. Er sah dem Zug aufmerksam zu, der sich mit einem krampfhaften Rütteln, als würde er von einer riesigen Hand geschüttelt, und dann einem Ruck Zentimeter um Zentimeter nach vorwärts kämpfte und aus dem Bahnhof abfuhr. Aries' Augen verschleierten sich mit Tränen, während sie zusah, wie der Zug langsam aus dem verlassenen Bahnhof fuhr. Sie fühlte sich, als ob ihre einzige Verbindung zur Welt sie verließ. Sie spürte das Verlangen, dem Zug nachzulaufen und zu rufen, dass sie ihre Meinung geändert hatte. Sie wurde aus ihrer Pein erlöst, als der Zug die Kurve um Wise River hinter sich gebracht hatte und aus ihrem Blick verschwunden war. Eine kleine Hand zupfte an ihrem Rock.

»Aries«, flüsterte der kleine Junge. »Aries, ich muss mal.«

»Wa... was?«, stotterte sie.

»Ich muss mal, Aries. Wirklich dringend.«

»Oh, Timmy«, sagte sie und blickte sich um. »Kannst du es nicht noch ein kleines Weilchen länger aushalten. Ich muss hierbleiben und nach Ben Ausschau halten.«

»Nein.« Timmys Antwort ließ keinen Zweifel daran, dass sein Bedürfnis wirklich dringend war.

»Da«, sagte sie, als sie den Abort hinter dem Bahnhof erblickte. »Dort ist eine Toilette, Timmy. Geh dorthin, und ich warte hier, für den Fall, dass Ben kommt.« Sie sah seinen angsterfüllten Blick. »Los, geh schon, Timmy. Es ist in Ordnung. Ich bewege mich nicht vom Fleck. Du kannst mich rufen, wenn du mich brauchst. Ich werde dich hören.« Das zweifelte sie nicht im Geringsten an. Die Stille hing schwer über der kleinen Stadt, die sich hinter dem verwitterten Bahnhof erstreckte. Sie wurde nur durch das gelegentliche Aufklirren eines Hammers, der auf Metall schlug, unterbrochen. Sie nahm an, dass das Geräusch von einer Schmiede weiter unten in der Straße kam. Das schlaffe Summen einer Biene zog an ihr vorbei, träge von der warmen Sonne Montanas, die ohne Erbarmen auf den schattenlosen Bahnsteig brannte. In ihrer schweren Reisekleidung fühlte sich Aries klebrig und heiß.

Nachdem sie zugesehen hatte, wie sich Timmys schmale Gestalt langsam auf das verwitterte Häuschen zubewegte, in dessen Tür ein Halbmond gesägt war, ging Aries zum Rand des Gebäudes und hielt Ausschau nach einem Mann, der nach ihr suchte, hoffentlich zumindest. Es befand sich niemand in Sichtweite. Die Angst, die sie bisher unterdrückt hatte, drohte sie zu verschlingen. Aries drehte sich um und ging zurück zum Rand des Bahnsteigs nahe dem Gleis, von wo aus sie die Kurve sehen konnte, hinter der der Zug verschwunden war. *Ich wünschte, oh, wie sehr ich mir wünschte, dass ich wieder in diesem Zug wäre, in Richtung… egal, in welche Richtung, nur weg von hier*, dachte sie. *Egal wohin.*

Eine Stimme erschreckte sie so sehr, dass sie fast vom Gleis fiel. Eine Hand schoss nach vorne und griff nach ihrem Arm. »Tut mir leid, Ma'am. Wollte sie nicht erschrecken. Ich habe nur gefragt, ob Sie nicht zufällig Miss Aries Burnett sind? Aber natürlich sind Sie das sicher. Hier steigen nicht viele Frauen aus, die so hübsch sind wie Sie. Um die Wahrheit zu sagen, bisher noch gar keine. Zumindest keine, von denen ich weiß. Sie sind Miss Aries, oder nicht, Ma'am? Wenn Sie es sind, dann schulde ich Ihnen eine Entschuldigung. Ich hatte vor, hier zu sein, und genau dort zu stehen, wenn der Zug einfährt, bereit,

Ihnen ein Howdy entgegenzurufen, sobald Sie die Stufen hinuntersteigen. Aber mein Pferd hat ein Hufeisen verloren, und ich musste es zum Schmied bringen.« Er zeigte in die Richtung, aus der Aries immer noch das Klirren von Metall hören konnte, das auf Metall schlug. »Ich hab mein Zeitgefühl verloren und nicht bemerkt, dass der Zug eingefahren und schon wieder abgefahren war, bis ich die Zugpfeife hörte.« Er beugte sich nach vorne und sah sich Aries genauer an. »Sie sind doch Miss Aries, oder nicht?«

Der Mann, der vor ihr stand, musste Ben McCabe sein. Aber Herr im Himmel, das war nicht der Ben McCabe aus ihrer Vorstellung. Noch nicht einmal nahe dran. Dieser … dieser Mann, sofern man ihn so nennen konnte, war eigentlich nur ein Junge, der bestenfalls neunzehn Jahre alt war. Oh, wie in aller Welt sollte sie in der Lage sein, einen kleinen Jungen zu heiraten und zu respektieren. Aries fühlte, wie sie zu weinen anfing. Wie sollte er in der Lage sein, sich um sie und Timmy zu kümmern und für sie sorgen? Er sah kaum alt genug aus, für sich selbst zu sorgen, geschweige denn … Sie schloss ihre Augen und zwang sich, ihm zu antworten.

»Ma'am, geht es Ihnen gut? Sie sehen ein wenig angestrengt aus. Hier.« Er nahm ihren Arm und führte sie zu der Bank. »Setzen Sie sich am besten hier ein wenig hin. Ich schätze, die Sonne da draußen war ein bisschen zu heiß, als dass Sie da draußen mittendrin stehen sollten, so zierlich, wie Sie aussehen. Ich schätze, in der Stadt da kriegen Sie nicht so viel Sonne, oder etwa doch, Ma'am?«

»Sie …« Sie befeuchtete ihre Lippen und ignorierte seine Fragen. »Sie«, begann sie erneut, »Sie müssen Ben McCabe von der Big Hole Valley Ranch sein?«

»Ja, Ma'am. Das bin ich.« Er tippte die Krempe seines großen Huts an.

»Ähm, ja, um Ihre Frage zu beantworten, Mr McCabe, ich bin Aries Burnett. Ich bin hier aufgrund … bezüglich …«, stammelte sie, nicht in der Lage den Rest des schauderhaften Satzes auszusprechen.

»Wegen meiner Anzeige in der Zeitung, dass ich eine Frau suche.« Seine Stimme erschallte laut und hing über der Stadt.

Aries zuckte zusammen und blickte sich um, in der Hoffnung, dass noch immer niemand in der Nähe war.

»Ich hab die Anzeige selbst aufgegeben. Junge, war ich froh, Ihre Antwort zu erhalten. Ich hab schon angefangen, mir Sorgen zu machen. Wissen Sie, Ma'am, Ihre war die einzige Antwort, die ich erhalten habe. Also hatte ich naturgegeben auch kein Problem, mich zu entscheiden. Ich musste Ihnen nur das Geld für einen Fahrschein schicken und … nun, hier sind Sie.« Er lächelte sie unter seinem Schopf braunen Haars, das von seinem großen weißen Hut gebändigt wurde, breit an. Er war groß und dünn, noch nicht ganz in seine schlaksigen Arme und Beine hineingewachsen. Eines Tages würde er das sicher sein. Eines Tages würde er sicher ein gut aussehender Mann werden, er hatte das Potenzial dazu. Aber eines Tages war nicht heute. Heute schien er nur aus Armen und Beinen und einem Mund zu bestehen. Sein Mund dominierte sein Gesicht, während er redete und sie anlächelte. Sein Lächeln erstreckte sich von einer Seite des Gesichts auf die andere, und entgegen ihrem Willen konnte Aries nicht anders, als ihn zurück anzulächeln.

»Ja, hier bin ich«, sagte sie ruhig, während sie die Tatsache in sich aufnahm, dass sie die Einzige gewesen war, die närrisch genug gewesen war, auf die Anzeige zu antworten. »Was nun, Mr McCabe?«

»Ben«, sagte er. »Macht mir Unbehagen, der Name Mr McCabe, Ma'am. Ich denk dann immer, dass mein Daddy gemeint ist.«

»Ähm, gut, Ben. Dann bitte auch kein Ma'am mehr für mich. Mein Name ist Aries. Bitte nennen Sie mich so.«

»Das ist ein wirklich hübscher Name, Ma'… ähm, Aries. Verflixt.« Sein Gesicht erhellte sich. »Ich hätte auf jeden Fall nicht erwartet, dass mir so jemand Hübsches wie Sie auf meine Anzeige antwortet. Sie werden eine echte Überraschung, wenn wir erst mal in …«

»Aries … Aries … Aries, komm schnell!« Ein Ruf erschütterte die Luft. »Ich hab den Katalog in das Loch fallen lassen, und er ist ganz weit unten, und es riecht wirklich schlimm.« Die Tür zum Klohäuschen wurde laut aufgerissen, und Timmy stürmte hinaus, während er die Vorderknöpfe seiner Hose umklammerte. Er rannte die Strecke zwischen dem Klohäuschen und dem Bahngleis, seine Hosenträger durch den trockenen staubigen Boden ziehend, hin zu einem überraschten Ben und einer peinlich berührten Aries.

»Aries«, sagte er, als er vor ihr zu stehen kam. »Diese Plumpsklos stinken. Und ich kriege den obersten Knopf nicht durchs Loch. Und ich hab diesen Katalog fallen lassen.« Timmy war außer Atem. »Hier.« Er streckte ihr seine schmale Taille entgegen. »Mach du den Knopf zu.«

Aries blickte in Bens verdutztes Gesicht und bückte sich dann nach unten, um den widerspenstigen Knopf an Timmys Hose zuzuknöpfen.

Der kleine Junge blickte über Aries' Schulter und bemerkte zum ersten Mal den Mann, der hinter ihr stand. Er wand sich, um einen besseren Blick zu erhaschen. »Wow, Sie müssen Ben sein. Sie sind ziemlich groß. Nicht wahr, Aries?«

»Pst, wo bleiben deine Manieren, Timmy?«

Sie schob den Knopf an seinen Platz, richtete sich auf und legte eine schützende Hand auf Timmys Schulter. Sie holte tief Luft und machte sich schnell an die Vorstellung. Am besten brachte sie es einfach schnell hinter sich. Nichts lief so, wie sie es in ihrer Vorstellung geplant hatte, wieso sollte es also mit diesem ersten Treffen mit Timmy anders sein.

»Ben, ich möchte Ihnen Timmy vorstellen. Timmy, das ist Mr Ben McCabe von der Big Hole Valley Ranch. Er ist gekommen, um uns abzuholen und uns …« Aries kam ins Stocken vor den nächsten Worten und stammelte kurz darauf weiter: »Zur, ähm, zur Ranch zu bringen«, beendete sie den Satz dürftig.

»Wie geht es Ihnen, Mr McCabe?«, fragte der kleine Junge den Mann, der ihn anstarrte. Auf einen Anstupser von Aries hin streckte er seine Hand aus. Ben antwortete nicht, und die Hand des Jungen hing einsam in dem Raum zwischen ihnen. Endlich erwachte Ben aus seiner Starre, und ein weiteres Lächeln zog sich über sein Gesicht.

»Na, da soll mich doch der Teufel holen!«, sagte er und sah zu Aries auf, während sein Gesicht rot anlief. »Äh, Verzeihung, Aries, Ma'am, ich bin nicht dran gewöhnt, dass eine Frau um mich rum ist, vor der ich aufpassen muss, was ich sage.«

»Das ist schon in Ordnung, Ben.« *Oh, wie schrecklich,* durchfuhr der Gedanke Aries. *Jetzt fühle ich mich wie seine Mutter. Ich fühle mich, als hätte ich jetzt zwei kleine Jungen, um die ich mich kümmern muss, nicht um einen Mann … einen Ehemann und einen kleinen Jungen. Wie konnte das nur passieren?* Sie sah zu Ben, der nach Timmys ausgestreckter Hand griff.

»Timmy also, was? Bist du den ganzen Weg aus Philadelphia mit Aries gekommen?«

Timmy nickte mit dem Kopf, während Ben seine Hand voller Enthusiasmus schüttelte.

Sie unterbrach ihn schnell, entsetzt über die Schlussfolgerung, zu der Ben anscheinend gelangt war. »Timmy ist mein Bruder«, platzte es aus ihr heraus. »Und ich schulde Ihnen eine Entschuldigung. Ich, nun, ich habe es versäumt, ihn in meinem Brief zu erwähnen. Um ehrlich zu sein, Ben, war ich mir nicht sicher, dass es Ihnen recht sein würde, wenn ich ihn mitbringen würde. Timmy und ich sind alles, was von unserer Familie noch übrig ist. Ich hoffe, Sie können das verstehen, und verzeihen mir, dass ich ihn verschwiegen habe.«

»Na, da soll mich doch der …«, begann er erneut. »Zwei zum Preis von einem.« Er fuhr sich mit der Hand über das Gesicht.

»Das wird einiger Erklärung bedürfen«, sagte er zu sich selbst. »Aber was soll's, klingt doch eigentlich gut. Yeah!«

»Timmy«, fuhr er fort, «du siehst aus, als wärst du ein guter Helfer. Bist du das? Denn wir haben jede Menge Arbeit auf der Ranch, und ich könnte ein weiteres Paar Hände gut gebrauchen.«

In diesem Moment gewann Ben Aries für sich, und alle Zweifel und Bedenken, die sie dem jungen Mann gegenüber gehabt hatte, waren wie weggewischt und verschwunden. Der kleine Junge stand aufrecht da und streckte die Brust heraus. »Danke, Ben«, flüsterte sie lautlos zu sich selbst. »Danke, dass du ihn akzeptierst und ihn fühlen lässt, dass er gebraucht wird und willkommen ist. Genau das braucht er so dringend.«

»Darauf können Sie wetten, Ben. Ich bin wirklich gut im Helfen.«

»Nun, wieso fängst du dann nicht gleich an und hilfst mir jetzt. Siehst du den Wagen dort?« Ben zeigte zu einem Fuhrwerk, das Aries bis zu diesem Augenblick noch nicht aufgefallen war.

In den vergangenen Minuten war so viel passiert, hatte sich so viel verändert, war so viel entschieden worden, dass sie sich desorientiert und nicht wie sie selbst fühlte.

»Nun, wenn du deine rechte Hand hier an den Griff der Reisetasche legst, kannst du mir dabei helfen, sie rüber zum Wagen zu tragen«, sagte er leise, an Timmy gewandt. »Ich glaube, die andere Tasche kann ich ganz einfach in meiner anderen Hand tragen, so leicht, wie sie aussieht. Dann kommen wir zurück und holen diese schwarze Tasche da. Sonst haben Sie nichts, Ma'am? Diese drei kleinen Taschen sind alles, was Sie mitgenommen haben?«, fragte er verwundert.

»Nein. Und mein Name ist Aries, bitte«, antwortete sie lächelnd. »Es gibt noch einen Überseekoffer, aber ich habe ihn als Fracht aufgegeben. Er sollte in ein paar Tagen hier ankommen.« Sie blickte sich erneut um und betrachtete die verlassene

Stadt und das weite Land, das sie umgab. »Wird es schwierig sein, ihn zur Ranch zu bringen, Ben?«

»Nein«, sagte er und lächelte sie gutmütig an, seine braunen Augen freundlich und voller Güte. »Ich muss nächste Woche eh noch mal den Weg zurücklegen, weil ein paar Vorräte mit demselben Zug geliefert werden, und nehme ihn dann einfach mit. Wenn Sie mich für eine Minute entschuldigen, ähm, Aries, ich verstaue diese Taschen im Wagen, und dann geh ich Mr Jenkins, dem Bahnhofsvorsteher, sagen, dass er den Koffer verwahren soll, falls er ankommt, bevor ich wieder in der Stadt bin.« Er ging zurück zum Wagen und nahm dabei eine der Taschen in eine seiner starken Hände und teilte sich die Griffe der anderen Tasche mit Timmy.

Aries folgte ihnen langsam und umklammerte dabei die schwarze Arzttasche. Das vertraute Gefühl des Ledergriffs in ihrer Hand verlieh ihr Mut. Es würde alles gut verlaufen. Sie würde dafür sorgen, dass alles gut werden würde. Er war nicht das, was sie erwartet hatte. Nicht im Geringsten. Er war auch nicht das, was sie von einem Mann, vielmehr einem Ehemann, erwartete, das heißt, wenn sie einen Ehemann gesucht hätte. Aber er war gütig und freundlich. Als sie zusah, wie der kleine Junge zu dem hochgewachsenen Mann hochblickte und mit ihm plauderte, ohne Angst vor seiner neuen Bekanntschaft zu zeigen, musste Aries zum ersten Mal an diesem Tag von Herzen lächeln.

Ben hob die zwei Taschen mühelos über die Seite des Wagens, schob sie unter die Sitzplanke und drehte sich dann um und ging zurück zu ihr, wobei seine langen Beine die Strecke zwischen ihnen in kürzester Zeit zurücklegten. »Hier, Aries, lassen Sie mich das nehmen.« Dabei zeigte er auf die schwarze Tasche.

»Nein!« Als sie seinen verblüfften Gesichtsausdruck sah, zwang Aries sich zu lächeln und sagte mit freundlicherer Stimme: »Danke, Ben, aber diese Tasche ist von besonderer

Bedeutung für mich. Sie gehörte meinem Vater. Sie ist nicht schwer, und ich bin es gewohnt, sie zu tragen.«

Er sah sie einen Augenblick an und sagte dann: »Ich verstehe. Ihr Vater ist, nun, er ist tot, oder? Sie haben gesagt, dass Sie ganz allein sind.« Der junge Mann stellte die Frage voller Freundlichkeit und Mitgefühl.

»Ja, er ist tot«, antwortete sie mit einem traurigen Lächeln.

Der junge Mann nickte. »Ich helfe Ihnen rauf auf den Sitz und gehe dann zu Mr Jenkins, um ihm wegen des Koffers Bescheid zu geben. Und dann können wir los. Wir haben einen langen Weg vor uns. Aber bevor wir die Stadt verlassen, muss ich noch einen Halt beim Kramerladen von Wise River machen und einige Vorräte abholen. Ich werde nicht lange brauchen, die große Bestellung kommt erst nächste Woche. Wir, ähm … ich schätze, Sie haben noch einige Dinge, die Sie der Liste hinzufügen wollen, Haushaltsvorräte und so was.«

Bevor sie antworten konnte, legte er seine großen Hände um ihre Taille und schwang sie mitsamt ihrer Tasche mühelos auf den harten Sitz. Er drehte sich zu dem kleinen Jungen, der neben ihm wartete.

»Willst du mitkommen, Timmy? Wir sagen Mr Jenkins Bescheid, dass er auf euren Koffer warten soll, dann kannst du dich neben mich setzen und mir dabei helfen, Belle und den Wagen raus aus der Stadt zu lenken.« Er lehnte sich nach unten zu dem Jungen und flüsterte in verschwörerischem Ton: »Belle ist heute etwas unleidlich, weil sie ihr Hufeisen verloren hat und ihr ein neues angeschlagen werden musste. Dass sie da vor den anderen Pferden auf nur drei Beinen stehen musste, das war ihr sehr peinlich.« Er grinste Timmy an, und wie zwei kleine Jungen, die sich einen Witz erzählen, lachten sie bei der Vorstellung, dass sich Belle in so einer heiklen Lage befunden hatte.

Aries sah zu, wie sie zum Bahnhof liefen. *Es könnte so viel schlimmer sein*, dachte sie in dem Versuch, aus diesem dürftigen Anlass zur Hoffnung ein gewisses Maß an Trost zu gewinnen, während ihr Blick über die kleine Stadt streifte. *Er hätte wütend über Timmy sein können und die Tatsache, dass ich es »vergessen« hatte, ihn zu erwähnen. Er hätte jedes Recht dazu gehabt.* Sie seufzte erschöpft. *Und doch scheint er die Art Junge …* Sie korrigierte sich innerlich mit Nachdruck: *Nein, er scheint die Art Mann zu sein, der geduldig sein kann. Das ist etwas, worüber ich dankbar sein muss.* Aries lächelte. *Er denkt, dass ich hübsch bin … Auch das hatte ich mir erhofft. Ich hatte mir nur gewünscht, erhofft, dass es von jemandem kommen würde, den ich … nun, das ist nicht mehr wichtig. Also, wenn es mir irgendwie gelingt, mit den wenigen Rezepten, die ich in meiner Tasche habe, über die Runden zu kommen, bis der Koffer mit dem Rest hier ist, habe ich vielleicht sogar eine Chance, es hier zu schaffen. Sieh den Tatsachen ins Gesicht, Aries, du hast nicht richtig nachgedacht, sonst wäre jedes einzelne Rezept, das du niedergeschrieben hast, nun in deinen Händen, und du müsstest dich einem Problem weniger stellen. Wie konnte ich nur der Überzeugung sein, dass ich sie mir merken könnte? Mrs Ellis hatte mich gewarnt, dass das Auswendiglernen von medizinischen Fakten und das von Kochrezepten etwas ganz anderes ist. Der Medizin gehört mein Herz. Dem Kochen sicher nicht. In Ordnung, ich sollte aufhören, mich selbst zu geißeln.* Sie atmete tief ein. *Ich bin mir sicher, dass sie mir alle wieder einfallen werden. Ich werde mich an die einfachen Sachen halten, genau das werde ich tun. Einfache Mahlzeiten, bis dieser vermaledeite Koffer hier ankommt.*

Sie rutschte auf dem Holzsitz umher und dachte darüber nach, wie weit sie gekommen war, seit sie in Philadelphia an Bord des Zuges gestiegen war. Ihr komfortables Zuhause, die Stadt mit all ihren Annehmlichkeiten, Mrs Ellis und ihre Eltern … Das alles schien einem anderen Leben zu entstammen und Welten entfernt von Wise River, Montana, zu sein, wo sich der weite Himmel über Meilen erstreckte und die Berge in nicht allzu weiter Entfernung blau schimmerten.

Kapitel 3

Sie hatten erst eine kurze Strecke hinter sich gebracht, als Aries realisierte, dass der Pferdewagen nicht im Geringsten gefedert war. Sie würde schwarz und blau sein, bis sie Bens Ranch erreicht hatten. Sie blickte zu Timmy, aber das Knochen durchrüttelnde Auf und Ab des Wagens machte weder ihm noch Ben etwas aus. Er und Ben waren so in ihr Gespräch vertieft, dass sie es noch nicht einmal bemerkten. Erst als sie auf eine besonders tiefe Furche trafen und der Ruck des Wagens Aries gegen Bens Arm warf, nahm der Mann wahr, wie furchtbar sie auf ihrem Sitz hin und her geworfen wurde.

»Es tut mir leid, Aries«, sagte er und zog an den Zügeln, um Belles Trab auf ein gemächlicheres Tempo zu reduzieren. »Ich bin nicht daran gewöhnt, dass jemand neben mir mitfährt. Schauen Sie her.« Er zeigte auf seine Füße, die er vorne gegen den Wagen stemmte. »Legen Sie Ihre Füße auch so ab. Das hilft.«

Aries streckte ihre Füße nach vorne, aber bis zur Vorderplanke des Wagens fehlte ihr ein guter Fuß oder mehr. »Ich schätze, meine Beine sind dafür nicht lang genug, Ben«, sagte sie mit einem Lächeln. »Machen Sie sich um mich keine Sorgen, ich halte mich einfach am Sitz fest. Ist der ganze Weg bis zur Ranch so holprig?«, fragte sie.

»Nee, wenn wir erst einmal das dichte Gras erreicht haben, wird es sich so anfühlen, als wären Sie wieder in diesem Zug, der Sie hergebracht hat. Die Straßen hier in Wise River sind ziemlich schlecht. Wir hatten diesen Frühling ein paar schwere

Regenfälle. Schlecht für die Stadt, aber dafür ein Segen für die Kühe, die nach Gras suchen, das sie schön fett und keck macht. Das wird ein gutes Jahr für uns, Aries. Wir haben die Kühe und ihre Kälber schon auf die höher gelegenen Weiden getrieben. Dort oben bleiben sie, bis wir sie in der ersten Septemberhälfte wieder nach unten bringen, noch bevor der Schnee fällt.«

»Es sind Kälber dort, Ben, richtige kleine Kälber?«, unterbrach Timmy ihn.

»Ja. Sie sind nicht mehr wirklich klein, Timmy, sie sind jetzt mittlerweile so drei Monate alt. Geboren im März. So haben sie Zeit zu fressen und ein bisschen an Gewicht zuzulegen, bevor wir sie zu den Pferchen vor Butte treiben. Horch mal«, sagte Ben und sah den kleinen Jungen an, »Vielleicht kannst du diesen Herbst mit zum Viehtrieb kommen. Würde dir das gefallen?«

»Wow! Darf ich, Aries? Kann ich wirklich mit, Ben?« Timmy hüpfte vor Freude auf dem Sitz und sah zuerst Aries und dann Ben an. Auf seinem Gesicht zeichneten sich Aufregung und Sehnsucht ab.

»Das muss Aries entscheiden, Timmy. Aber bis dahin musst du ein guter Reiter geworden sein. Du kannst doch reiten, oder nicht?« Ben stellte die Frage, als sei es unvorstellbar, dass ein Junge von vier Jahren nicht reiten könne.

Timmy ließ den Kopf hängen, die Augen voller Enttäuschung.

»Ben«, sprang Aries schnell ein, um zu verhindern, dass Timmy noch mehr beschämt und verletzt wurde. »Timmy hat sein ganzes Leben in der Stadt verbracht. Dort gab es keine Gelegenheit für ihn, zu reiten.«

»Sie hatten keine Pferde?«, fragte Ben voller Verwunderung.

»Wir hatten eines, Ben«, sagte Timmy leise. »Aber es gehörte meinem Vater, und ich durfte es nicht anfassen.«

Aries streckte ihre Hand aus und nahm Timmys Hand in ihre eigene. Sie wünschte sich, sie könnte ihn in ihre Arme nehmen und ihn so fest halten, dass all der Schmerz in seinem Inneren verfliegen würde. Aber sie wusste, dass ihm eine Umarmung vor Bens Augen nicht recht sein würde. Sie musste vorsichtig sein, ihn nicht zu sehr zu bemuttern, aber es fiel ihr schwer; er hatte so vieles durchmachen müssen. Einmal mehr verspürte sie eine Welle der Dankbarkeit darüber, dass sie über dieses neue Leben gestolpert war. Und wieder schwor sie sich, dass sie dafür sorgen würde, dass es funktionieren würde, egal, was sie dafür tun musste. Nichts und niemand durfte Timmy diese Chance nehmen. Sie würde tun, was auch immer nötig war, damit er hier in diesem wunderschönen Tal aufwachsen konnte, wo er die schmerzhaften Erinnerungen an seine ersten vier Lebensjahre vergessen würde.

»Wir hatten in der Tat ein Pferd, Ben, aber unser Vater wollte nicht, dass wir um es herum waren.« Dann fügte sie zur Verteidigung ihres Vaters hinzu: »Er benötigte es jeden Tag, es musste unsere Kutsche ziehen. Sie müssen wissen, dass wir es für nichts anderes einsetzen konnten. Es musste stets bereit und gut ausgeruht sein, sei es Tag oder Nacht. Timmy durfte die Ställe nicht betreten, weil er sich hätte verletzen können und … nun ja, das Pferd musste ausgeruht sein.« Sie klang wenig überzeugend. Sie konnte selbst nicht verstehen, warum Timmy das Pferd nicht einmal hatte berühren dürfen. Wie konnte sie da erwarten, dass Ben es verstand? Er war vermutlich seit dem Tag, als er das Laufen gelernt hatte, auf oder zumindest in der Nähe von Pferden gewesen. Es hatte in den letzten vier Jahren so vieles gegeben, was niemand verstehen konnte – so viel Schmerz, der nicht zu verstehen war.

»Yeah«, zog Ben das Wort in die Länge und runzelte die Stirn. »Na ja, das macht auch nichts.«

»Es macht nichts?« Timmy hob seinen Kopf voller Hoffnung.

»Nee. Mensch, wir setzen dich auf den alten Buck, und du lernst so schnell reiten, dass du es gar nicht merkst. Das ist wirklich ungefährlich«, fügte er hinzu, um Aries zu beruhigen. »Der alte Buck wird gut auf dich aufpassen.«

»Ist er, ähm, der alte Buck, ist er ein Kinderpferd? Ich … ich meine, ist er ein Pferd für kleine Kinder, Ben?« Timmy blickte in Bens Gesicht auf der Suche nach einem Zeichen, dass der Mann nun schlechter über ihn dachte.

»Himmel nein! Der alte Buck ist das zuverlässigste, trittsicherste Pferd auf der Big Hole Ranch. Der Bursche ist siebzehn Handbreit hoch. Der gute alte Buck. Deine Beine sind vermutlich noch nicht mal lang genug, um über seinen breiten Rücken zu reichen. Aber auf ihm wirst du das Reiten gut lernen, Timmy. Auf ihm reiten ist fast wie in einem Schaukelstuhl sitzen. Hat keinen widerspenstigen Knochen in seinem Körper. Buck, der will nur alle zufriedenstellen. Er wird dir beibringen, was man machen muss. Das meinte ich mit ›auf dich aufpassen‹. Wollte dich nicht kränken, Timmy, du bist ja kein kleiner Säugling mehr. Nein, Sir, das bist du schon lange nicht mehr.« Er blickte über Timmys Kopf zu Aries und sah ihre Dankbarkeit. Er nickte ihr zu, und in diesem Moment schlossen die beiden einen gemeinsamen Pakt. Der Mann wusste, dass neben ihm ein kleiner Junge saß, der aus irgendeinem Grund eine schwere Zeit hinter sich hatte, und er wusste, dass die Frau die Geschichte der letzten vier Jahre des Jungen kannte.

»Wird der alte Buck mein Pferd, Ben? Aries hat gesagt, dass ich mein eigenes Pferd haben würde.«

Aries lief rot an und wünschte, Timmy hätte noch gewartet, bevor er Ben bat, ein Versprechen zu erfüllen, das sie nicht das Recht gehabt hatte ihm zu geben.

»Nein, Sir«, fuhr Ben fort. »Der alte Buck wird dir ein guter Lehrer sein, wie ich dir gesagt habe, aber er kann nicht dein Pferd werden. Weißt du, er gehört schon jemand anderem. Nein, du lernst auf Buck reiten, aber dann … Nun ja, du wirst dein eigenes Pferd brauchen. Aries hat recht, wenn du ein Montana-Cowboy sein willst, brauchst du dein eigenes Pferd.«

»Und Sie besorgen mir eins, Ben?« Timmy blickte voller neu gewonnener Liebe und Bewunderung zu dem jungen Mann neben ihm auf.

»Na ja«, stotterte Ben. »Ich werde vermutlich nicht, ähm, das hängt von Jar…«

Ben führte den Satz nicht zu Ende. Die friedliche Stille der schläfrigen Stadt wurde plötzlich zerrissen. Ben drehte sich ruckartig um, in Richtung eines Schreis, der durch die Stille gellte. Eine Gruppe von Männern brach aus dem Gebäude neben dem General Store heraus. Ein großer Mann an der Spitze hielt einen weiteren Mann am Arm und stieß ihn vor sich her. Er drehte sich zu den Männern um, die ihm dicht folgten, und erteilte einen Befehl, der mit wildem Gestikulieren begrüßt und von einem Schwall wütender Worte verschluckt wurde. Aber was auch immer er gesagt haben mochte, hatte dennoch einen Effekt, denn alle bis auf einen machten kehrt und gingen kopfschüttelnd zurück vor die Tür. Nach einem kurzen Wortwechsel schritt der verbleibende Mann nach vorne und griff nach dem Arm des Gefangenen und schubste ihn die Straße hinunter. Der große Mann sah einen Moment lang zu, bevor er sich umdrehte und zurück zum Gebäude ging. Ben fuhr schnell zur Seite, wo es vor den Schaufenstern, die sich die Straße entlang aufreihten, einen Platz zum Anbinden der Pferde gab.

Es gab mehrere Gebäude, ungestrichen und in unterschiedlichen Stadien des Verfalls. Der Pferdewagen kam in der Nähe des General Store von Wise River und eines Saloons mit dem Namen *Mae's Place* zum Stehen. Es war das größte Gebäude in Wise River mit seinen zwei Stockwerken. Vor zwei der Fenster im oberen Stockwerk befanden sich Balkone. Über dem Geländer eines der Balkone hing ein Kleid, dessen hellgelbe Farbe im Vergleich zum Gebäude zu strahlen schien. Auf die Straße hinaus gingen zwei Fenster, und in der Türöffnung hingen zwei große Schwingtüren. Über eines der Fenster war das Wort

Saloon gemalt. Im Vergleich dazu wirkte der General Store klein. Hinter seinen zwei Fenstern waren Laternen, Geschirr, einige Werkzeuge und eine Schneiderbüste zu sehen, die ein tristes braunes Kleid trug. Neben der Büste lagen Ballen eines blauen Baumwollstoffs, ein paar Backformen und eine Auslage mit bunten Bändern.

Das laute Poltern von wütenden Worten wehte zum Wagen.

Der große Mann unternahm sein Möglichstes, um die Gruppe zu beruhigen, aber hatte damit nur wenig Erfolg. Plötzlich stürmte ein weiterer Mann durch die Schwingtüren und rannte hinüber zu der Gruppe. Er sprach schnell und lief anschließend in vollem Tempo in die Richtung, die ihm der große Mann gewiesen hatte. Aries schnappte die Worte »verletzt« und »wie eine Haubitze« auf.

»Was ist los, Ben?«, fragte sie.

»Ich weiß es nicht, Aries.« Ben schwang sich von seinem Sitz auf dem Wagen, die Zügel lose in seiner Hand. »Sie und Timmy bleiben hier, und ich sehe nach. Sieht so aus, als hätte es irgendwelche Schwierigkeiten in *Mae's Place* gegeben. Machen Sie sich keine Sorgen«, versuchte er sie zu beruhigen. »Ist vermutlich eh schon alles wieder vorbei. Wenigstens gab's keine Schießerei.« Den letzten Satz warf er ihr über die Schulter zu, während er die Zügel an dem Anbindepfosten befestigte.

Aries sah ihm nach, wie er zu dem Saloon und der Gruppe von Männern ging. »Keine Schießerei.« Aufgrund der beiläufigen Art und Weise, mit der Ben die Worte ausgesprochen hatte, weiteten sich ihre Augen vor Überraschung. *Keine Schießerei! Fürwahr!* Wenn sie eine weitere Erinnerung gebraucht hätte, dass sie die Stadt weit hinter sich gelassen hatte und sich nun im Grenzgebiet des Westens befand, erfüllten diese zwei Worte diesen Zweck sehr schnell.

Aries beobachtete, wie die Gruppe auseinandertrat und Ben in ihrer Mitte willkommen hieß. Der große Mann redete und gestikulierte. Dann kehrte der Mann zurück, der zuvor weggelaufen war. Dieses Mal hörte Aries die Worte klar und deutlich: »Du hast recht. Der ist weggetreten. Sturzbesoffen, der alte Kauz!«

In diesem Moment kam eine stämmige Frau aus dem Gebäude und ging auf die Männer zu. Sie war groß, mit breiten Hüften und maskulinen Armen sowie riesigen Brüsten, die aus ihrem kirschroten Oberteil hervorquollen. Aries hatte in ihrem ganzen Leben noch nie so ein Übermaß an Armen und Brüsten gesehen und betrachtete jedes Detail der imposanten Frau genau. Eine lange weiße Feder steckte seitlich in ihrem kupferroten Haar und schwang bei jedem Schritt mit, den die Frau nahm. Kurz vor der Gruppe von Männern machte sie halt, stemmte beide Hände in ihre ausladenden Hüften und bellte: »Sheriff!«

Die Gruppe verstummte.

»Mae?«

»Haben Sie dieses Würstchen von Arzt schon geholt?«

»Mae, Sie wissen ganz genau, dass wir das nicht haben. Genauso wie Sie wissen, dass er nicht kommen wird.«

»Nicht kommen wird?«, brüllte sie erneut. »Wird nicht kommen oder kann nicht kommen?«

»Das läuft auf dasselbe raus, Mae. Auch das wissen Sie genauso gut wie ich.«

»Ist besoffen, was? Der verfluchte alte Lump. Ist er doch, oder etwa nicht?«

»Das sollten Sie am besten wissen, Mae. Schließlich sind Sie es, die ihm das Zeug verkauft.«

»Pah«, schnaubte sie. »Und, was unternehmen Sie jetzt in der Sache, Sheriff? Ich hab da drin ein Mädel«, sagte sie und zeigte auf den Saloon. »Blutet wie eine abgestochene Sau. Wenn sie nicht bald Hilfe bekommt, wird sie vermutlich sterben. Eine meiner besten Tänzerinnen, das Mädel.« Sie kniff ihre schmalen Augen zu einem Schlitz zusammen. »Es ist Callie. Jeder Einzelne von euch Kerlen, die hier stehen, kennt Callie und hat bewundert, wie hoch sie ihre Beine heben kann.« Sie starrte die Gruppe von Männern an.

Diese traten von einem Bein aufs andere, einige schauten weg, alle von ihnen vermieden einen direkten Augenkontakt mit der imposanten Mae.

Der Sheriff räusperte sich und sagte dann leise: »Mae, es gibt nichts, was ich tun kann. Tom hat den Mann, der ihr das angetan hat, festgenommen und eingesperrt. Ich kann nichts dagegen tun, dass der Doc sturzbesoffen ist. In letzter Zeit ist er ja fast überhaupt nicht mehr nüchtern. Bill hier sagt, dass er völlig weggetreten ist. Selbst wenn wir es schaffen, ihn aufzuwecken, wäre er keine Hilfe. Das mit Callie tut mir wirklich leid … wirklich sehr, sehr leid.« Er sah sie flehend an. »Verflucht noch mal, Mae, ich bin kein Arzt.«

»Ich bin es aber.«

Die Worte fielen sanft. Einer nach dem anderen drehten sich die Köpfe zu der schmächtigen Frau, die am Rand der Gruppe stand.

»Aries«, flüsterte Ben. »Aries, das hier ist kein Ort für eine Dame. Bitte gehen Sie zurück zum Wagen. Sie sollten nicht hier sein. Das hier betrifft Sie nicht.«

»Sie brauchen einen Arzt?« Aries ignorierte die Männer, ignorierte die gestammelten Anordnungen von Ben. Sie schaute direkt zu der ungepflegten Frau.

Die große Frau musterte sie von unten bis oben, ihre Verachtung deutlich sichtbar. Dann spitzte sie ihre roten, breiten Lippen.

Aries fühlte sich wie ein Maikäfer, der sich im Blickfeld eines hungrigen Hahns befindet. Sie sah der Frau in die Augen und schob gleichzeitig ihr Kinn nach vorne und richtete sich auf. Sie stand gerade und aufrecht, ihre gute Erziehung an jedem einzelnen Zentimeter ihrer Körpergröße von einem Meter und zweiundsechzig deutlich erkennbar.

»Und wer sind Sie?«, knurrte die Frau sie an.

»Ich bin Aries Burnett«, antwortete sie, ohne die Augen von der Frau zu nehmen. Sie fühlte, wie eine kleine Hand ihren Rock berührte. Timmy. Aber sie behielt ihre aufrechte Haltung bei, ohne sich bewusst zu sein, was für ein reizender Anblick sie war. Die Sonne spiegelte sich in ihren blonden Locken und verwandelte sie in glänzende Strähnen aus Gold. Ihre Augen waren so groß und blau wie der Himmel über ihr. Aries konnte fühlen, wie die Augen der Männer über ihren schlanken Körper wanderten, und sie musste an sich halten, ihre unnachgiebige Körperhaltung beizubehalten und nicht zusammenzuzucken. Dann fühlte sie, wie eine Hand nach ihrem Ellenbogen griff. Sie drehte sich schnell in Richtung der Berührung, widerwillig ihre Aufmerksamkeit von der Frau abzulenken.

»Aries«, sagte Ben. »Ähm, das hier ist kein Ort für Sie«, wiederholte er. »Bitte, Sie und Timmy sollten nicht hier sein.«

»Es ist in Ordnung, Ben. Ich weiß, was ich tue.« Sie drehte sich weg von ihm und blendete den rotgesichtigen jungen Mann aus.

»Ma'am«, fuhr sie fort und blickte Mae an. »Sie haben gesagt, dass Sie einen Arzt brauchen. Ich habe zwar keine staatliche Zertifizierung, aber ich bin qualifiziert, als Arzt zu arbeiten. So wie ich Sie verstanden habe, befindet sich im Inneren des Saloons eine Frau, die ärztlicher Hilfe bedarf. Wir verschwenden hier Zeit, wenn wir in der Sonne herumstehen. Ich wiederhole: Brauchen Sie einen Arzt?«

Auf der Straße war kein einziger Laut zu vernehmen. Sogar die Insekten waren still. Die bärtigen Männer starrten von Aries zu Mae und dann zu Ben. Der Sheriff sah so aus, als wolle er etwas sagen, aber könne die Worte nicht dazu bewegen, von seiner Zunge zu rollen. Es schien, als ob Wise River, Montana, einen tiefen Atemzug genommen hatte und nun die Luft anhielt.

»Na, da hol mich doch der Teu…« Mae unterbrach sich selbst. Dann ging sie ein paar Schritte nach vorne. Die Männer vor ihr stoben schnell auseinander und verschafften ihr so jede Menge Platz.

Aries bewegte keinen Muskel und hoffte, dass das mulmige Gefühl in ihrem Magen nicht noch schlimmer werden würde.

»Sie wissen, was Sie tun?«, fragte sie direkt.

»Ja, Ma'am, das tue ich.«

»Sie sind … nun, verdammt noch mal, Sie sehen nicht wie ein Arzt aus.« Mae wartete auf Aries' Antwort auf diese Feststellung.

»Nein.« Sie fasste die Antwort in nur einem Wort zusammen, das in der Luft hängen blieb.

»Wenn Sie mich anlügen und die Sache da drinnen noch schlimmer machen … und …«

Aries starrte die Frau an und kniff ihre Augen leicht zusammen. Dann drehte sie sich langsam zu dem kleinen Jungen an ihrer Seite um.

»Timmy, geh und hol meine Tasche.«

Er blickte mit großen Augen zu ihr auf.

»Na los, geh schon, Liebling.« Sie gab ihm einen leichten Schubser in Richtung des Wagens. »Beeil dich, hier ist eine verletzte Frau, und wir haben schon genug Zeit verschwendet.« Der letzte Satz entging der großen Frau nicht, die so nah an Aries stand, dass Aries ihren moschusartigen Körpergeruch und ihr starkes Parfüm riechen konnte.

Aries sah zu, wie Timmy zum Wagen rannte. Dann drehte sie sich um. »Ben«, sagte sie leise nur zu ihm, ihre Augen so voller Ausdruckskraft, dass sie ihr ganzes Gesicht dominierten. »Es tut mir so leid … Ich, ähm, ich weiß, dass das nicht das ist, was Sie sich erwartet hatten. Ich will nicht, dass wir uns auf den falschen Weg begeben, wirklich, das will ich keinesfalls, aber …« Sie machte eine Pause und fuhr sich mit der Zunge über die Lippen. »Ben, ich muss das tun. Bitte versuchen Sie mich zu verstehen.«

Aries sah ihn flehend an, in der verzweifelten Hoffnung,

dass er verstehen würde, dass sie den hippokratischen Eid seit dem Moment, als sie alt genug war, ihn zu begreifen, verinnerlicht hatte, ebenso wie die Standards und die Moral des medizinischen Berufs. Ihren ärztlichen Beistand nicht anzubieten, wenn er dringend benötigt wurde, wäre ein unfassbarer, unverzeihlicher Bruch mit dem Andenken an ihren Vater.

»Aries.« Ben blieben die Worte im Halse stecken. Er sah sie an und blickte dann kurz zu Mae. »Ich glaube, Sie verstehen nicht.« Er machte eine Pause und suchte nach den richtigen Worten. »Das ist … Das ist ein Saloon, und die Frauen, die da drin arbeiten … Verflucht, Aries, die Frau da drinnen, ähm, die Frau, die verletzt ist … Sie ist, ähm, sie ist …«

»Sie ist eine Tänzerin«, dröhnte Maes Stimme und schnitt damit Bens Gestottere ab. Sie starrte die Männer zornig an, als ob sie diese herausfordern würde, etwas anderes zu behaupten. »Und eine verflucht gute noch dazu.« Sie lehnte sich näher zu Aries, ihr warmer Atem an dem Gesicht des Mädchens. »Ganz recht, das ist ein Saloon und nicht der richtige Ort für eine Dame, da stimme ich zu. Und einige meiner Mädchen …«

»Ich weiß«, sagte Aries und hielt Mae mit ihren kraftvollen Worten effektiv davon ab, den Satz zu beenden und die verurteilenden Worte zu sprechen.

Mae klappte ihren Mund zu und sah Aries fest an.

»Ich weiß, wie sie ihren Lebensunterhalt verdient«, wiederholte sie sowohl für Mae als auch für Ben. Ihre Worte und die Art, wie sie diese aussprach, hielten beide davon ab, einen weiteren Versuch zu unternehmen, sie von ihrem Vorhaben abzubringen.

Just in diesem Moment bahnte sich Timmy seinen Weg durch die Gruppe, die schwere schwarze Tasche in seinen kleinen Armen. Der kleine Junge hielt sie, als sei sie von großem Wert und voller Geheimnisse. Als ob er stolz darauf wäre, dass man ihm erlaubt hatte, diesen in Ehren gehaltenen Behälter zu berühren.

»Aries?«

Sie drehte sich zu ihm um und lächelte ihn freundlich an. »Danke, Liebling. Jetzt bleib bei mir«, befahl sie ihm sanft.

Er nickte, seine Augen von der Aufregung geweitet. Sein Leben hatte sich in nur einigen wenigen Tagen schon so sehr verändert.

Die schwarze Tasche mit ihrer Hand umklammernd, richtete sich Aries auf, die Müdigkeit auf ihrem Gesicht verschwand, und eine starke und energische Präsenz nahm ihren Platz ein. Sie tippte an ihren Hut in Richtung des Saloons und nickte Mae zu.

Bevor sie sich in Bewegung setzen konnten, unterbrach sie der Sheriff.

»Ma'am.«

»Ja?« Aries drehte sich um, voller Ungeduld aufgrund der abermaligen Verzögerung.

»Ma'am«, begann er erneut und baute sich aufrecht und bedrohlich auf, seine dünnen Beine fest auf dem Boden verankert. »Der Saloon ist kein Ort für eine Dame. Ich kenne Sie nicht, Ma'am, aber es ist offensichtlich, dass Sie eine Dame sind. Und nun ja, Ben hier wird Ihnen das Gleiche sagen. Sie können da nicht reingehen, Ma'am.«

»Er hat recht, Aries«, sagte Ben, nachdem er sich geräuspert hatte, seine Stimme nun stärker, da er die Unterstützung des Sheriffs hatte. »Ich kann Sie nicht da reingehen lassen, Aries.« Er senkte seine Stimme: »Aries, wenn ich Sie da reingehen lasse, gäb' es so einiges, was ich Jar... ähm, was ich Ihnen erklären müsste, Sie sind ja aus der Stadt, und da wissen Sie so einiges nicht.«

»Ben«, sagte Aries und legte ihre freie Hand auf seinen Arm. »Sie müssen mir nichts erklären. Ich weiß ganz gut Bescheid, und ich weiß Ihre Besorgnis zu schätzen. Es tut mir leid, wenn ich Ihnen Schwierigkeiten bereite. Ich will nicht, dass wir unseren gemeinsamen Weg auf diese Weise beginnen, Ben, aber

Sie müssen verstehen, dass sich dort drin eine Person befindet, die dringend ärztlicher Hilfe bedarf. Von der es hier sonst keine gibt, habe ich nicht recht?« Sie sprach weiter, ohne auf seine Antwort zu warten. »Ich bin in der Lage, diese Hilfe zu leisten, aber nicht, wenn Sie und diese Männer mich weiterhin mit … mit all diesem Gerede aufhalten.« Ihre Verärgerung platzte aus ihr heraus.

Aus Maes Richtung war ein gut hörbares leises Lachen zu vernehmen.

»Nun, wenn Sie – und Sie ebenfalls, Sheriff – mich eskortieren würden, dann könnten wir einfach Miss Mae nach drinnen folgen, und ich kann mir die Patientin ansehen. Ich bin mir sicher, Sie wollen nicht, dass dieses Mädchen stirbt, während Sie hier draußen stehen und mit mir streiten.« Sie machte eine Pause und sah jeden Einzelnen der Männer in der Gruppe herausfordernd an.

Dann ließ sie ihren Blick auf Mae ruhen und sprach die folgenden Worte direkt zu ihr, wobei sie jedes einzelne betonte: »Wie ich vor ein paar Minuten bereits sagte, bin ich mehr als qualifiziert, alles medizinisch Notwendige zu unternehmen. Ich würde nun gern meine Patientin sehen.«

Auf Maes Gesicht breitete sich ein Grinsen aus, und sie lachte schallend auf. »Die hat's euch aber gezeigt, Jungs. Ich würde sagen, ihr tretet besser zur Seite. Das ist ein zähes Ding. Sie hält ihre Zunge nicht im Zaum, Jungs, und ich schätze, Haare auf den Zähnen hat sie auch. Ben«, fuhr Mae fort und schaute ihn an. »Ich vermute, du hast ganz recht, dass du da jede Menge zu erklären haben wirst. Wenn Jarrett dir Schwierigkeiten macht, schick ihn einfach zu mir. Ich hätte nichts dagegen, ein bisschen Zeit mit ihm zu verbringen, um Überzeugungsarbeit zu leisten. Nein, Sir, überhaupt nichts dagegen.« Sie zwinkerte Ben doppeldeutig zu, woraufhin er am Hals und im Gesicht rot anlief. »Wäre das in Ordnung für dich?« Sie sah zu, wie er zwanghaft zu schlucken anfing und dabei langsam zustimmend nickte. Sie glättete mit ihren Armen die Seiten ihres Kleides, drehte sich auf dem Absatz um und ging mit wiegenden Hüften unter dem wogenden Satinkleid auf die Schwingtüren zu.

Kapitel 4

Aries' Augen passten sich langsam an die Dunkelheit des Raumes an. Sie fühlte eine Hand auf ihrem Rücken, die sie stützte. Sie lächelte Ben zitterig und dankbar an. Er verstand vielleicht nicht, wieso sie dies tun musste, und es fand auch keinesfalls seine Zustimmung, aber dennoch stand er zu ihr. Sie war für seine Anwesenheit dankbar und hoffte, dass das dämmrige Licht des Raumes ihre Angst verbarg.

Der Geruch von Whiskey, Parfüm, Sägemehl und ungewaschenen Körpern vermischte sich und erfüllte die Luft. Aries stand gerade mitten im Raum und war sich der Tatsache bewusst, dass sie die Prozession der Männer, die sich hinter ihr drängten, zum Stillstand gebracht hatte. Sie alle waren begierig, die Show mit anzusehen und Teil des unerwarteten Trubels zu sein, den die Unschicklichkeit dieser Dame aus der Stadt verursachte.

Maes hellrotes Kleid blähte sich hinter ihr auf wie ein Segel voller Wind. Sie schlängelte sich einen Weg durch die Tische und blieb an einem Tisch im hinteren Bereich des Raumes stehen. Aries erhaschte einen ersten Blick auf ihre Patientin, die klein und wie eine von einem Kind zur Seite geworfene und vergessene Puppe aussah. Zwei Tänzerinnen standen neben dem Tisch und beobachteten die seltsame Prozession genau.

Von ihrem Standort aus konnte Aries nicht viel von der jungen Frau sehen. Maes Körper blockierte ihre Sicht, sodass sie auf nicht viel mehr als ein paar dünne Beine, schwarze

Strümpfe und hochhackige geschnürte Schuhe blicken konnte. In einem Meer aus farbigen Unterröcken waren ihre Beine und Oberschenkel erkennbar.

Aries nahm einen tiefen Atemzug und versuchte, sich zu orientieren. An der Bar an der Wand stand ein großer, muskulöser Mann in einem weißen Hemd mit einem schwarzen Strumpfband an seinem rechten Arm. In der einen Hand hielt er einen Lumpen, in der anderen eine Flasche. Mehrere Männer standen wie festgefroren entlang der Bar. Alle Gespräche in dem Raum verstummten, und niemand bewegte sich. Stiefel wurden auf der Kupferstange abgestellt, die unten entlang der Bar verlief. Erstarrte Hände hielten Schnapsgläser mitten in der Luft. Durch einen der ungepflegten Bärte zog Tabakspucke ungehindert einen Pfad und hinterließ eine braune Spur. Ein weiterer Mann saß an einem Klavier, über die Tasten gebeugt, die Musik vergessen, sein Körper in Richtung der Tür gedreht. Er war so klein, dass er im Vergleich zur Höhe des Klaviers wie ein Zwerg aussah. Das einzig Imposante an ihm war ein Paar breiter roter Hosenträger, die an seinem mit einem grauen Unterhemd bekleideten Rücken lose herabhingen.

An dem Tisch, dem Aries am nächsten war, saßen vier Männer. In der Mitte des Tisches lagen ein umgedrehter Kartenstapel und daneben vier Stapel mit roten, weißen und blauen Pokerchips. Der Höchste von ihnen stand vor einem leeren Platz, an dem der Stuhl zur Seite gerückt worden war. Die Männer hatten ihre Karten vergessen. Eine große Frau, die ein knappes pinkfarbenes Satinkleid trug, stand hinter einem von ihnen und hatte ihre Hand besitzergreifend auf seine Schulter gelegt.

Aries ließ alles auf sich wirken und bewegte sich dann in Richtung von Mae und dem Holztisch. Sie sah hinab auf das mit Rouge geschminkte Gesicht eines Mädchens, das nicht älter als siebzehn Jahre alt sein konnte. Aber es war nicht das Gesicht, das ihre Aufmerksamkeit auf sich zog, sondern die Tatsache, dass sie ein mit Blut durchtränktes Gewand trug.

»Ben, können Sie mir bitte diesen Stuhl holen?«

Ben stellte den Stuhl schnell neben Aries und wartete, dass sie sich auf ihn setzen würde. Stattdessen zog sie ihn zu sich und stellte vorsichtig die schwarze Tasche darauf.

Es war schlimmer, als sich Aries vorgestellt hatte: Ein etwa fünfzehn Zentimeter langer Schnitt verlief von ihrem Schlüsselbein bis hin zu ihrer linken Brust. Blut sickerte aus der Wunde und durchtränkte ihr Mieder aus orangefarbenen Rüschen. Als Aries den Arm des Mädchens erblickte, atmete sie scharf ein und bewegte sich näher auf den Tisch zu. Sie legte ihre Fingerspitzen sanft auf die unverletzte Schulter. Eine lange Schnittwunde wand sich die Innenseite des Arms entlang. Sie war so tief, dass sie den Arm offenlegte wie den Bauch einer ausgenommenen Forelle. Eine Blutspur verlief von der Wunde den Arm hinunter, an den Handgelenken vorbei bis hin zu den leicht gekrümmten Fingern, die bewegungslos auf dem harten Holz lagen.

Aries spürte Zweifel und Angst in sich aufsteigen. Dies war das erste Mal, dass sie Medizin ohne die beruhigende Einflussnahme ihres Vaters praktizierte. Was, wenn sie etwas falsch machte? Was, wenn sie nicht genug wusste oder nicht schnell und präzise genug war? Was, wenn ihre jahrelangen Studien und ihre Erfahrung sie im Stich ließen? Sie blickte auf und sah Mae in die Augen. Dem unnachgiebigen Starren von Mae ausgesetzt, fragte sich Aries, ob ihr ihre Zweifel ins Gesicht geschrieben waren, sodass sie für jedermann sichtbar waren. Dann hörte sie ein leises Flüstern in ihrem Kopf, die von Zigarren raue Stimme vertraut und beruhigend. *Stille die Blutung. Dann säubere das Feld. Du kannst den Schaden nicht auf einem blutigen Feld beurteilen, Aries.*

»Ich brauche kochendes Wasser und sauberen Stoff.« Ihre Stimme wurde kräftiger, während sie sich im Raum umblickte. Niemand bewegte sich, um ihr zu helfen. »Ich kann das hier nicht alleine schaffen«, sagte sie mit Nachdruck. »Ich werde Hilfe benötigen.«

Niemand bewegte sich. Die Stille war ohrenbetäubend. Dann sprach eine Stimme aus dem Schatten auf der anderen Seite des Tisches: »Ich werde Ihnen helfen.« Ein Mann schritt nach vorne. Er war ganz in Schwarz gekleidet. Mit schnellen Bewegungen eilte er zur Seite des Tisches. Seine Kleidung war sauber, und die schwarzen Hosen, die Brokatweste und das schwarze Hemd passten wie angegossen an seinen schlanken Körper. Sie sahen maßgeschneidert aus. Aries' Blick fiel auf seine Taille und die verzierte Lederpeitsche, die um einen Halfter geschlungen war. Die lange Spitze der Peitsche teilte sich in mehrere Enden. Sie ruhte auf dem Bein des Mannes. Andere Waffen trug er nicht. Ein Zigarrenstumpen hing von seinem Mund, und der Rauch kringelte sich um seinen Kopf und verlieh ihm den Anschein, als sei er gerade den Feuern der Hölle entstiegen. Ein schwarzer Schnurrbart zierte seine dünnen Lippen. Er rollte die Zigarre in seinen Mundwinkel und sprach um sie herum: »Wird sich sonst hier keiner um die Ehre reißen, Miss.« Auf seinen Lippen zeigte sich ein dünnes Lächeln. »Sie sagen mir, was Sie brauchen, und ich sorge dafür, dass Sie es bekommen.«

»Danke, Mr… ähm, Mr…«, sagte sie mit einem Schlucken.

»Mein Name ist Brett, aber ich bin eher unter dem Namen Whip bekannt, wegen meiner Peitsche.« Er machte eine Pause und ließ die Worte wirken, wartete auf ihre Reaktion. »Callie ist mein Mädchen, wenn ich in der Stadt bin.« Er blickte über den Raum hinweg, als ob er darauf wartete, dass jemand es wagte, seine Worte anzufechten. »Was brauchen Sie?«

»Ich brauche heißes Wasser und Tücher, saubere Tücher«, betonte sie. »Wenn es nur irgend möglich ist, sollten sie aus weißem Stoff sein, nicht farbig.«

Er nickte mit dem Kopf und wandte sich an eines der Mädchen. »Hol es.« Er presste die Worte scharf hervor. Das Mädchen drehte sich schnell um und eilte in Richtung der gewundenen Treppe an der Seite des Raumes. In der Stille hallten ihre Schritte laut.

Aries wandte ihre Aufmerksamkeit wieder dem leblosen Körper auf dem Tisch zu. »Callie.« Aries legte ihre Hand auf die Wange des Mädchens und drehte ihr Gesicht zu sich. Ein leises Stöhnen entrang sich den blassen Lippen. »Callie, kannst du mich hören? Mein Name ist Aries. Ich bin Ärztin, und ich werde dir helfen, aber du musst mit mir zusammenarbeiten. Kannst du das für mich tun?« Aries wiederholte die Worte, während sie in ihrem Geiste ihren Vater um Verzeihung dafür bat, dass sie es wagte, sich selbst als Ärztin zu bezeichnen, und hoffte, dass er sie verstehen würde, weil er ihre Fähigkeiten besser als jeder andere kannte. »Callie«, beharrte sie weiter. »Callie.«

Whip unterbrach sie. Seine Stimme durchschnitt den Raum, während er sich über das Mädchen beugte. »Callie, Mädchen, ich bin hier. Ich hätte, ähm, ich hätte die Sache besser im Auge behalten sollen, dann wäre das nicht passiert«, murmelte er mehr zu sich selbst als zu dem Mädchen. »Callie, du musst mithelfen. Diese Ärztin hier braucht deine Hilfe.«

Er erhielt keine Antwort auf seine Worte. Doch dann bewegte sich die Hand des jungen Mädchens langsam auf das Bein des Mannes zu, das er gegen den Tischrand drückte. Ihre Finger strichen über seine Hose. Getröstet durch diese kurze Berührung, sank ihre Hand zurück auf den Tisch. Er blickte nach unten und legte dann seine langen, flachen Finger unbeholfen über die ihren.

»Brett«, flüsterte sie kaum hörbar.

Er lehnte sich zu ihr, seine Lippen nah an ihrer Stirn. Ein fürsorglicher Blick legte sich über sein Gesicht, der für einen Augenblick die Kälte des Mannes beiseitewischte. »Ich bin hier, Callie. An deiner Seite.«

»Callie«, sagte Aries sanft. »Du wurdest verletzt, aber ich muss nachsehen, wie schlimm es ist. Dafür muss ich erst das

Blut von dir abwaschen. Es wird Schmerzen verursachen. Es tut mir leid, aber ich muss es tun. Als Erstes wirst du aber Druck auf deiner Wunde spüren, dort, wo ich die Blutung stoppen muss. Sie hat von alleine ein wenig nachgelassen, aber du hast sehr viel Blut verloren. Hältst du das aus, ohne zu zucken oder dich zu bewegen? Wenn du dich bewegst, fängst du wieder zu bluten an. Du musst so still wie möglich liegen. Kannst du das tun?«

Die Augen des Mädchens flatterten auf, und sie sah Aries an.

»Sie schafft das.« Die lapidaren Worte kamen von Brett, dessen Blick sich nicht von Callies Gesicht abwandte. »Sie wird sich nicht bewegen.«

Aries nickte, drehte sich zurück zu ihrer Tasche um und öffnete das Schnappschloss aus Messing. Sie zog die zwei Taschenhälften auseinander und drehte sich um.

»Mr Whip«, sagte sie zu ihm, während er die Zigarre mit der Spitze seines Stiefels austrat. »Ich werde einen weiteren Tisch brauchen, auf den ich meine Sachen legen kann.«

Er nickte zwei Männern zu, die sich beeilten, einen der Tische zu verschieben.

»Danke«, murmelte sie. »Ich hätte gerne mehr Licht und zwei Becken für das Wasser.« Brett sah einen der Männer, der in der Nähe stand, auffordernd an.

Nachdem sie die Tasche auf den Tisch gestellt hatte, nahm Aries die Gegenstände heraus, die sie benötigen würde. Die Männer drängten näher, miteinander wetteifernd, um zusehen zu können, was diese Ärztin aus der Tasche ziehen würde. Sie fühlte Timmys Körper, der sich an ihr Bein drückte. Timmy. Sie hatte ihn einen Moment lang vergessen. Er sollte nicht hier sein und zusehen. Aber was sollte sie tun? Jeder Moment war von entscheidender Bedeutung, es war bereits zu viel Zeit verstrichen und zu viel Blut verloren gegangen.

Maes klare Stimme unterbrach ihre Gedankengänge. »Tess,

bring den Jungen da raus hier. Das ist hier nicht der richtige Platz für den Kleinen. Bring ihn nach nebenan in den Laden.« Sie sah Timmy an und sagte: »Wette, er hätte gerne eine Sarsaparilla und vielleicht noch einen Kieferbrecher dazu.«

Timmy nickte begeistert, aber erinnerte sich dann an seine Manieren. Er wollte Aries nicht verlassen, neben ihr fühlte er sich sicher. Aber er war durstig, und niemand kann eine Chance auf einen Kieferbrecher verstreichen lassen.

»Ja, Ma'am, danke, Ma'am, das hätte ich wirklich gerne«, sagte er respektvoll.

Tess sah zu Mae rüber und lächelte dann Timmy an. Sie verließ ihren Platz neben dem Tisch und ging um ihn herum zu dem kleinen Jungen.

»Wie heißt du, Kleiner?«, fragte sie, nahm seine Hand und führte ihn aus dem Saloon.

»Timmy«, flüsterte er leise.

»Danke«, sagte Aries und erhielt als Antwort ein kurzes Nicken von der Frau.

Aries war fertig damit, die Sachen herauszulegen, die sie benötigen würde. Sie hatte mehrere Rollen Bandagen, aber sie würde die Wunde erst berühren, wenn sie ihre Hände desinfiziert hatte. Ihr Vater war ein großer Verfechter von Reinlichkeit gewesen.

Während sie auf das heiße Wasser und die Tücher wartete, knöpfte Aries eilig ihre Jacke auf und legte sie über eine Stuhllehne. Sie rollte ihre Ärmel hoch und entblößte dabei ihre zarten Arme. Dann legte sie beide Hände an ihren Kopf und tastete auf der Suche nach der langen Hutnadel umher, die den blauen Filzhut an Ort und Stelle hielt, bis sie sie fand. Sie legte den Hut ab und legte ihn neben ihre Jacke. Ihr kurzer Moment der Unsicherheit und des Zweifels war vorüber, und nun zeichnete sich jede ihrer Bewegungen durch Zuversicht und Präzision aus.

Die Stimme ihres Vaters, der sie anleitete und beriet, hatte ihr Selbstvertrauen und ihre Fähigkeiten wiederhergestellt. Sie wusste, dass ihr Vater ihr von diesem Tag an zur Seite stehen würde, sie im Tod ebenso unterstützen würde, wie er es im Leben getan hatte.

Aries verschob die Laterne und stellte mit Erleichterung fest, dass die Blutung von selbst nachließ. Die Verzögerung wirkte sich zu ihrem Vorteil aus anstatt zu ihrem Nachteil, und sie musste möglicherweise keinen Druck auf die Wunde ausüben, um den Blutfluss zu stoppen. Sie hatte auf den ersten Blick gesehen, dass keine Aderpresse nötig sein würde. Das Blut sickerte eher, als dass es aus der Wunde spritzte. Daher wusste Aries, dass keine Arterie durchtrennt worden war. Hätte ein derartiges Trauma vorgelegen, wäre schnelles Handeln unerlässlich gewesen. In der Tasche ihres Vaters befand sich ein gepolstertes Holzstück, das man über die Arterie legt, um den Druck auf eine Stelle zu fokussieren und Blutungen zu stoppen.

Aries entfuhr ein Seufzer der Erleichterung. Sie war schon einmal Zeuge einer Operation gewesen, bei der der Chirurg aus Unachtsamkeit die Arterie im Bein eines Mannes verletzt hatte. Blut war in den Raum geschossen und hatte den Chirurgen und die Krankenschwester bespritzt. Aries erinnerte sich, wie sie voller Entsetzen zugesehen hatte, wie das Blut im Takt seines Herzens aus dem Mann emporschoss und seine Lebensgeister ihn verließen.

Sie fühlte eine Bewegung hinter sich. Ein Eimer mit kochendem Wasser und ein dampfender Teekessel wurden auf den Tisch gestellt. Anschließend zog das Mädchen einen kleinen Stapel weißer Tücher unter ihrem Arm hervor.

»Sind sie sauber?«, fragte Aries sie.

»Ja, Ma'am. Frisch von der Wäscheleine. Ich, ähm, ich habe einen meiner Unterröcke zerrissen. Er war schon älter«, erklärte sie wenig überzeugend.

Aries wusste, was für ein Opfer dies gewesen war. Sie bezweifelte, dass der Unterrock benötigt wurde, egal, ob er nun alt war oder nicht. Aber sie sagte: »Danke, das ist genau, was ich brauche.«

Das Mädchen lächelte, als sie Aries' freundliche Worte hörte.

Aries legte ihre Hand auf den Griff.

»Das erledige ich für Sie, Ma'am.« Brett hob den Eimer und schüttete das heiße Wasser in eines der Becken.

Sie zog den Kittel ihres Vaters über ihren Kopf und band ihn fest um ihre schmale Taille. Der Kittel war für den üppigen Körperumfang ihres Vaters geschneidert worden und reichte um sie herum, sodass die Enden wieder vorne zusammenführten. Aries verschnürte ihn systematisch. Es war das erste Mal, dass sie ihn trug. Sie verschwendete keinen Gedanken an die symbolische Übergabe der Verantwortung. Ihr Augenmerk und ihre Gedanken konzentrierten sich auf ihre Patientin.

Sie nahm ein Stück Seife aus der Packung und tauchte ihre Hände dann in das heiße Wasser, um sie methodisch zu waschen. Seifenschaum blubberte zwischen ihren Fingern, und sie rieb sich damit zwischen den Fingern bis an die Arme hinauf ein. Zufriedengestellt wusch sie die Seife ab und benutzte eines der sauberen Tücher, um sich abzutrocknen. Dann zeigte sie auf das andere Becken.

»Bitte füllen Sie es mit Wasser, nachdem Sie es ausgespült haben«, sagte sie und stellte es zur Seite. »Bitte berühren Sie die Innenseite nicht. Ich werde es benutzen, um die Wunde zu reinigen. Anschließend müssen Sie sich ebenfalls waschen, Mr Whip. Ich weiß nicht, ob Sie die Patientin berühren werden, aber für den Fall, dass ich Ihre Hilfe schnell benötige, möchte ich nicht, dass Sie meinen Arbeitsbereich verunreinigen.«

Sie hielt den Kopf unten und sah ihn nicht an, sondern hob das Becken mit dem schmutzigen Wasser und blickte zu Mae. »Wo kann ich das ausleeren?«

»Holt ihr einen der Spucknäpfe«, sagte Mae. »Die halten jede Menge, und wenn was danebengeht, schadet das diesem

Boden auch nicht mehr. Im Gegenteil, vielleicht tät' ihm das gar nicht so schlecht.«

Aries goss das Seifenwasser aus dem Becken in den Spucknapf aus und schob es zu Whip.

Wortlos schüttete er zum zweiten Mal Wasser aus dem Eimer in das Becken. Er knöpfte die Manschetten an seinem Hemd auf und rollte es an seinen Armen hoch. Dann hob er das Seifenstück auf und begann Aries' frühere Bewegungsmuster nachzuahmen. Als er fertig war, leerte er das Becken ebenfalls in den Spucknapf, wobei er etwas von dem Wasser auf dem Boden verschüttete, und ging anschließend wieder um den Tisch herum und stand dort wie jeder andere im Raum und sah ihr zu.

Sie hob eines der Tücher auf, tauchte es in das dampfende Becken und wrang es aus, bevor sie sich zu dem Mädchen umwandte.

»Wie ich vorhin schon gesagt habe, Callie, das wird ein wenig wehtun. Du blutest ein wenig schwächer, und es ist noch wichtiger als vorhin, dass du dich nicht bewegst. Eine plötzliche Bewegung, ein Zucken, und du fängst erneut zu bluten an. Bist du bereit?«

Das Mädchen nickte leicht und wandte ihre Augen wieder Whip zu. Sie biss ihre Zähne zusammen und hielt den Blick des Mannes mit vor Angst geweiteten Augen.

Aries reinigte die Wunde gründlich von dem Blut. Innerhalb weniger Sekunden wurde das Wasser im Becken schaumig und rosa, als sie das blutgetränkte Tuch darin auswusch.

Sie begann mit der Schnittwunde an der Brust des Mädchens in dem Bewusstsein, dass es der Arm war, der ihrer größten Aufmerksamkeit bedurfte. Als sie die Wunde gereinigt hatte, konnte Aries sehen, dass diese nicht so tief war, wie sie zuerst vermutet hatte. Sie würde auch ohne Naht verheilen. Sie entschied, eines ihrer bevorzugten Wundheilmittel zu verwenden, Schwarzwurz. Es würde die Wunde sowohl beruhigen als auch bei der Heilung helfen. Schwarzwurz wirkte auch unterstützend bei der Bildung von neuem Gewebe und hielt die Blutung in Schach. Aries war hervorragend geschult in der Anwendung von Kräutern und anderer einfacher Heilmittel, die die Gesundheit und Heilung förderten. Obgleich ihr Vater darauf bestanden hatte, dass sie sich in den modernen Wissenschaften und der Medikation auskannte, würdigte er dennoch die heilenden Eigenschaften von Kräutern niemals herab. Für Aries waren sie alte, vertraute Freunde, die sie oft und weise einsetzte. Sie schloss eine kurze Sekunde lang ihre Augen und dankte dem Mann, den sie so sehr vermisste, für seine ungewöhnliche Lebensweisheit und für das Geschenk, das er ihr gegeben hatte.

Callie lag still, ihr Körper steif, ihr Atem ein kurzes Keuchen. Erst als Aries ihre Aufmerksamkeit dem Arm zuwandte, stöhnte die Frau leise.

Aries hielt einen Augenblick in ihrer Tätigkeit inne und blickte in das weiße, schmerzverzogene Gesicht. Der Schmerz würde beim Nähen nur noch schlimmer werden. Sie ließ das Tuch im Becken liegen und zog den Stöpsel aus einer braunen Flasche.

»Könnte mir jemand bitte ein Glas bringen … Ein Schnapsglas sollte genügen.« Dieses Mal musste Whip nicht eingreifen. Schnell wurde ein Schnapsglas auf dem Tisch neben ihrer Hand abgestellt. Sie hob es hoch und füllte es mit einer kleinen Menge der farblosen Flüssigkeit. Sie hielt das Glas an Callies Lippen und sagte: »Hier. Trink das. Es ist bitter, aber es wird die Schmerzen lindern.« Callie leerte das Glas und verzog das Gesicht, so bitter war die Flüssigkeit. In der Zwischenzeit lieferte Aries Whip die Erklärung. »Das wird ihren Schmerz deutlich lindern, vielleicht schläft sie sogar ein. Sie hat sich tapfer geschlagen, aber ich werde ihren Arm nähen müssen, Mr Whip. Sie wird heftige Schmerzen leiden. Wir warten noch ein paar Minuten, bis die Arznei zu wirken beginnt.«

Aries wandte sich wieder ihrer Tasche zu und holte ein Päckchen mit getrockneten Blättern und anschließend eine kleine Schale und einen Stößel heraus. Beim Anblick dieser vertrauten Werkzeuge, die ihr Vater so oft bei Hausbesuchen verwendet hatte, schnürte sich Aries der Hals zusammen. Sie ließ die Blätter in die Schale fallen, fügte einen Teil Lobelie und einen halben Anteil Weizenkeimöl hinzu. Es wäre besser gewesen, wenn sie die Wurzel einer Schwarzwurz zu Puder hätte zerstoßen können, aber die Blätter sollten genügen, um den gleichen Effekt zu erreichen. Während sie die Mischung herstellte, drängte sich die Menge näher heran und drückte sie gegen den Tisch. Sie sah auf und runzelte die Stirn.

»Mr Whip, ich brauche Platz.«

Er sah die Männer an, die sich um sie drängten, und blickte finster drein, als ob er sie nun zum ersten Mal bemerken würde. Er richtete sich auf. »Tretet zurück«, knurrte er. »Ihr seid dem Doc im Weg. Wo wart ihr, als er sie mit dem Messer aufgeschlitzt hat? Ja? Wo wart ihr da?« Seine Anschuldigung hing in der Luft, und die Männer schlurften vom Tisch weg, wobei sie es vermieden, Whip anzusehen. »Und jetzt seid ihr auch keine Hilfe, das kann ich euch verraten. Macht Platz für sie, und steht ihr nicht im Licht. Und außerdem nehmt ihr Callie auch noch die Luft weg, die sie zum Atmen braucht.« Er wandte seine Aufmerksamkeit wieder dem Mädchen zu. Ihre Augen waren geschlossen, und sie atmete sanft und langsam. Ihr Griff entspannte sich in seiner Hand. Er sah zu, wie Aries die Paste fertig mischte und sie auf die Brust des Mädchens aufbrachte.

»Wir werden sie verbinden, Mr Whip, sobald ich mit ihrem Arm fertig bin. Ich will sie nicht unnötig bewegen. Aber ich glaube, dass das Glück auf unserer Seite ist. Die Blutung hat von alleine aufgehört. Auch wenn ich den Blutverlust bedaure, hat er doch dabei geholfen, die Wunde zu reinigen.«

Aries schüttete das blutige Wasser weg und füllte das Becken erneut. Sie begann damit, den Arm zu säubern. Die Wunde war tief, und ihre Einschätzung, dass sie genäht werden müsste, erwies sich als korrekt. Als sie zufrieden war, reinigte Aries das Schnapsglas und füllte es mit heißem Wasser. Dieses goss sie langsam in die Wunde.

Aries zog einen Faden durch eine gebogene Nadel. »Mr Whip, werden Sie derjenige sein, der die Fäden entfernt? Sie müssen entfernt werden, damit sie nicht in die Haut einwachsen.«

»Ich werde es machen«, sagte er, auf das schlafende Mädchen herabblickend. Ihr Gesicht war entspannt und sah im Schlaf unschuldig aus. Sanft schob er eine Haarsträhne aus ihrem Gesicht und sagte mehr zu sich selbst als zu Aries: »Dieses Mal werde ich für sie da sein.«

»Ich mache kleine Stiche, in der Hoffnung, dass sich die Vernarbung dadurch in Grenzen hält. Aber es besteht keine Chance, dass keine Narben zurückbleiben, Mr Whip. Sie hatte großes Glück, dass die Wunde nicht tiefer ist und keine Blutgefäße verletzt wurden. Wäre das der Fall gewesen, hätte sie möglicherweise ihren Arm nicht mehr bewegen können oder sogar ihr Leben verloren. Ich denke, eine Narbe ist im Vergleich dazu ein kleiner Preis, finden Sie nicht auch?« Sie blickte zu ihm hinüber. Er schluckte schnell, bevor er versuchte zu antworten. Sein Gesicht hatte einen unnatürlichen Glanz und sah feucht und klamm aus.

»Mr Whip, geht es Ihnen gut? Ich bin fast fertig, falls Sie lieber einen Augenblick nach draußen gehen möchten, um ein wenig frische Luft zu schnappen. Sie waren eine große Hilfe, aber das Schlimmste ist vorbei.«

»Nein«, presste er hervor. »Ich bleibe. Ich habe gesagt, dass ich helfen würde, und das werde ich auch.«

Aries stellte Whip keine weiteren Fragen. Sie wusste, dass er die Stärke und die Entschlossenheit besaß, um durchzuhalten. Ihr fiel allerdings durchaus auf, dass die Menschenmenge um den Tisch von dem Moment an, in dem sie angefangen hatte, den Arm zu nähen, deutlich kleiner geworden war. Sie musste lächeln, weil sie sich an die Übelkeit erinnerte, die sie verspürt hatte, als sie ihrem Vater zum ersten Mal dabei zugesehen hatte, wie er eine Wunde vernähte.

Nachdem sie den letzten Faden abgeschnitten hatte, legte sie die Nadel ab und öffnete einen kleinen Umschlag, in dem sich eine pudrige Substanz befand. Sie streute sie über die Wunde. Der Geruch von Schwefel durchdrang die Luft. »Das fördert die Heilung und verringert die Wahrscheinlichkeit einer Infektion. Ich werde Ihnen ewas davon abgeben, Mr Whip, aber Sie müssen es sparsam einsetzen. Es ist möglich, dass Callie eine Reaktion auf die Arznei entwickeln könnte. Möglicherweise bekommt sie plötzlich einen Ausschlag oder vielleicht auch erst in ein paar Tagen. Falls dies passiert, hören Sie sofort mit der Anwendung auf. Sie müssen die Bandagen täglich wechseln. Verwenden Sie dafür saubere Bandagen, und ich meine wirklich saubere Bandagen, Mr Whip.« Sie fixierte ihn mit einem strengen Blick. Er nickte kurz, und sie fuhr fort: »Das wird Ihnen die Gelegenheit geben, die Wunde genau zu beobachten. Halten Sie sie sauber und trocken, dann sollte sie gut verheilen. Ich bedaure, dass ich nicht in der Lage sein werde, die Heilung im Auge zu behalten, aber ich sehe keine Probleme voraus.«

Sie drehte sich einen Moment von ihrer Patientin ab und suchte mit einem Blick nach Ben. Sie hatte seine Anwesenheit gänzlich verdrängt. Sie hoffte inständig, dass er nicht so wütend und enttäuscht über ihren Eigensinn war, dass er sie zurückschicken würde. *Zurück wohin?*

»Ben«, sagte sie leise zu ihm. »Wie weit sind wir von der Stadt entfernt?«

Er sah sie verwirrt an, und ihr Herz fing ängstlich an zu schlagen.

»Wie weit?«

»Ja«, sagte sie leise. »Die Ranch.«

»Oh«, sagte er und lächelte sie beruhigend an. »Ich wusste

nicht, was Sie meinen, Aries. Mit dem Wagen brauchen wir ungefähr sechs Stunden. Auf einem guten Pferd geht es natürlich schneller.« Er runzelte die Stirn, verwundert über den Grund für ihre Frage.

Sie drehte sich zurück zum Tisch. »Mr Whip, sollten Sie mich brauchen, werden Sie mich in dieser Entfernung finden. Denken Sie daran, Sauberkeit ist von enormer Wichtigkeit für die Heilung. Vergessen Sie das nicht. Sie wird wahrscheinlich den Rest des Tages schlafen. Wenn sie aufwacht, wird sie Schmerzen haben. Ich gebe Ihnen eine kleine Menge der Flüssigkeit, um ihre Schmerzen zu lindern, aber verwenden Sie sie sparsam. Geben Sie ihr viel zu trinken, das unterstützt die Neubildung von Blut. Damit und mit ausreichend Ruhe sollte der menschliche Körper die Restarbeit übernehmen und sich selbst heilen. Ich zeige Ihnen, wie Sie die Wunde auf ihrer Brust bandagieren müssen, und lasse Ihnen noch etwas von der Salbe da. Wechseln Sie die Bandage mindestens alle zwei Tage. Wischen Sie die Salbenrückstände nicht ab, damit Sie die Wunde nicht irritieren.« All diese Anweisungen gab sie, während sie mit ihren Händen weiterarbeitete.

Nachdem Aries das letzte Teil ihrer Ausrüstung zurück in die Tasche gesteckt hatte, nahm sie den Kittel ab, faltete ihn, legte ihn obenauf und schloss die Tasche. Sie richtete sich auf. Erst jetzt spürte sie, dass sich die Muskeln in ihrem Rücken und Genick verkrampft hatten. Sie rollte ihre Ärmel nach unten und legte mit schnellen Bewegungen ihre Jacke und ihren Hut wieder an. Einmal mehr war Aries die schicke junge Dame, die erst vor ein paar Stunden aus dem Zug gestiegen war.

»Ich bringe sie jetzt in ihr Zimmer.« Whip blickte nach Bestätigung suchend zu ihr auf, bevor er das schlafende Mädchen vorsichtig in die Arme nahm und sie einen Moment lang festhielt, ihr Gesicht auf seiner schwarzen Satinweste ruhend. Dann trug er sie ohne große Anstrengung um den Tisch herum und machte vor Aries halt.

»Ich schulde Ihnen etwas, Ma'am«, sagte er ihr direkt ins Gesicht. »Das werde ich nicht vergessen.«

Mit diesen Worten schritt er durch den offenen Pfad zwischen den Männern und ging die Treppe hinauf, die zu den Zimmern führte.

Aries hob ihre Tasche hoch und begab sich zur Tür, in dem Wissen, dass Ben hinter ihr war. Das Abklingen der Krise im Zusammenspiel mit der in ihr wachsenden Anspannung sorgte dafür, dass sich ihr Körper schwer anfühlte und ihre Schritte langsam waren.

»Doc.« Das Wort drang befehlend durch den Raum, der wieder von Geschäftigkeit erfüllt war, nun, da die flüchtige Unterbrechung der monotonen Normalität des Saloons vorbei war, und ließ sie innehalten.

Sie drehte sich um und sah Mae, die sich ihr schnell näherte.

»Danke«, sagte sie laut. »Sie sind eine fabelhafte Ärztin. So jemanden wie Sie brauchen wir hier. Das kannst du diesem Sturkopf Jarrett ruhig erzählen, wenn du willst, Ben.«

»Ja, Ma'am«, stimmte er leise zu.

Mae machte einen Schritt nach vorne und sah Aries abschätzend und mit ernster Miene von oben bis unten an. »Ich stehe in Ihrer Schuld.« Und damit drehte sie sich um und stapfte in Richtung der Treppe.

Es war an der Zeit für Aries und Ben, Timmy und die Vorräte, die Ben benötigte, einzusammeln. Zusammen würden die drei hoffentlich die Strecke bis zur Big Hole Ranch, dem wahren Ziel ihrer langen Reise, bis zum Abend hinter sich gebracht haben.

Kapitel 5

Ben war still und sprach nur, wenn es nötig war. Sie fanden Timmy im Krämerladen. Er hatte das Abenteuer unversehrt überstanden und lutschte fröhlich an einem riesigen sauren Bonbon und plauderte mit Tess. Medizinische Notfälle waren von jeher Teil seines Lebens, und dieser Vorfall war auch nichts anderes gewesen. Der einzige Unterschied bestand darin, dass dieses Mal sein Vater nicht anwesend war, der ihn stets anbrüllte, das Zimmer zu verlassen und sich aus Angelegenheiten, bei denen er nicht erwünscht war, rauszuhalten. Ben holte die Vorräte, die er benötigte. Er schenkte Aries keine Beachtung und sprach nur ein einziges Mal und auch das nur, um zu wiederholen, dass er in der nächsten Woche wiederkommen würde, um die größere Bestellung abzuholen, aber das hatte er direkt zu dem Ladenbesitzer gesagt und nicht zu ihr.

Als er mit dem Wagen vor dem Gasthof anhielt, drehte er sich zu Aries und erklärte ihr, dass er hineingehen und versuchen würde, ein paar belegte Brote zu bekommen, die sie auf dem Weg essen könnten, da sie erst so spät aufgebrochen waren. Aries nickte zustimmend, wohl wissend, dass sie aufgrund des Knotens in ihrem Magen keinen Bissen hinunterbekommen würde.

Einige Minuten später reichte ihr Ben das Päckchen, und sie nahm ein mit Fleisch belegtes, dickes Stück Brot heraus und gab es Timmy, der zwischen ihnen saß. Sie bot auch Ben ein belegtes Brot an. Er nahm es, biss hinein und kaute gründlich, während er den Wagen aus der Stadt hinaus lenkte. Aries packte die verbleibenden Brote wieder ein und steckte sie unter den Sitz.

Timmy aß in aller Stille, die aufregenden Ereignisse des Tages hatten ihn eingeholt. Er spürte die Spannung auf dem Wagen und rutschte näher an die Person, auf die er sich verlassen konnte. Aries tätschelte ihm geistesabwesend die Schulter. In Gedanken befand sie sich bereits am Ende des Tages und in Konfrontation mit Ben. Sicherlich würde er sie nicht zur Ranch mitnehmen, wenn er nicht vorhätte, sie bleiben zu lassen.

Ben hatte recht gehabt. Nachdem sie die zerfurchten Straßen von Wise River hinter sich gelassen hatten, führte der Pfad sie durch Grasland. Aries musste sich zwar immer noch an den schmalen Sitz klammern, aber nach einigen Meilen hatte sie den Rhythmus aufgegriffen und ließ ihren Körper im Takt des Wagens mitschwingen.

Über kurz oder lang war die Stadt nur noch ein blasser Umriss aus schrägen Gebäuden und Häusern, die hinter ihnen verschwanden, und bald war auch die Sicht darauf versperrt, da Ben den Wagen zwischen Bäumen hindurchlenkte. Aries versuchte ihren Verstand davon abzuhalten, dass sich ihre Gedanken, Fragen und Ängste wie wild im Kreis drehten, aber je länger sie unterwegs waren, desto mehr wurde ihr bewusst, wie allein sie war und wie sehr sie ihr Leben und das von Timmy in die Hände eines Fremden gelegt hatte … eines stillen, grüblerischen Fremden.

Timmy hatte sein belegtes Brot bereits vor einiger Zeit aufgegessen. Nun hing sein Kopf tief nach unten, und sein Körper sackte vor Müdigkeit zusammen. Es war ein langer Tag gewesen, wenn nicht ein paar lange Wochen. Und nun, in dem Moment, in dem ihr Ziel ihnen Erleichterung hätte bringen sollen, ihre Reise ein Ende hätte finden sollen, verspürte Aries nur Beklommenheit, während sie über unbeantwortete Fragen nachdachte.

Ihre wachsende Müdigkeit und ihre Besorgnis über Bens Schweigen hinderten sie nicht daran, die Schönheit der Landschaft zu bewundern, durch die sie fuhren. Hohes Gras streifte die Seite des Wagens entlang, während dieser sich einen Weg durch das Gras bahnte. Dabei hinterließ er aber nur kurze Zeit eine Spur, bevor sich das Gras wieder aufrichtete und ihre Fahrrinnen fast gänzlich unsichtbar machte. Es fühlte sich an, als ob es nichts gäbe außer der grünen Weite, dem Wagen, Ben, Timmy und ihr selbst – die einzigen Bewohner der unendlichen Weite des Staates Montana.

Der Himmel erstreckte sich blau über ihnen und wurde langsam dunkler, je weiter der Tag voranschritt. Es schien, als dehnte sich der Himmel ins Unendliche, während er sich schwach über die Berggipfel und schützend über die Täler legte. Aries fühlte sich sicher, als ob ein warmer Quilt sie zudecken würde, der die Nacht und all das Unbekannte von ihr fernhalten würde.

Sie erreichten einen Bergrücken, und Ben hielt den Wagen an. Aries entfuhr ein kleiner Ausruf der Freude. Ben wandte sich ihr zu. Ihr Gesicht leuchtete auf, als sie das Tal überblickte, das sich vor ihnen erstreckte. Wohin sie auch blickte, war saftiges grünes Gras zu sehen. Ein langsam fließender Fluss durchkreuzte es und schlängelte sich mehrere Biegungen entlang. In der Ferne kam er erneut zum Vorschein, nur um wieder in einem dichten Weiden- oder Pappelwald zu verschwinden, dessen Blätter in den letzten Lichtstrahlen des Tages silbern zitterten. Dahinter waren in so weiter Entfernung, dass sie blau erschienen, die Umrisse der Berge erkennbar, die dieses üppige Tal eifersüchtig bewachten. Mehrere Gipfel trugen einen Heiligenschein aus weißen, luftigen Wolken. In der Ferne schienen sie im Nebel zu schimmern.

Es war, als ob Gott bei der Erschaffung der Welt einen Moment lang verweilt hatte, dann mit einem Lächeln auf den Lippen ein wenig Landmasse in der Mitte entfernt und sein

Meisterwerk mit einer Vielzahl von Farben vollendet hatte, jede von ihnen so lebendig, dass sie miteinander wetteiferten. Aries ließ die verschiedenen Grüntöne des Grases und der Bäume, das Silber der Unterseiten der Pappelblätter, das Blau und Grau des Flusses und das schimmernde Blaulila der fernen Berge auf sich wirken.

Sie nahm einen tiefen Atemzug, wollte diese Schönheit in sich aufnehmen, wollte ihre Arme ausstrecken und sie an sich ziehen. Sie sah Ben an, errötete und sagte: »Ich … ich habe noch nie etwas so Schönes gesehen. Ben, das ist die schönste Landschaft, die ich je erblickt habe.«

Ben nickte, und auf seinem Gesicht breitete sich langsam ein Lächeln aus und vertrieb die Ernsthaftigkeit, die ihn in ihrem Bann gehalten hatte, seit sie Wise River verlassen hatten. »Das ist sie«, sagte er leise, wohl wissend, dass eine Huldigung an diese Herrlichkeit nicht durch Worte verdorben werden sollte, die lauter als ein Flüstern waren.

Sie wandte sich wieder dem herrlichen Ausblick vor ihr zu, von dem sie sich nur widerwillig losgerissen hatte. Sie war sich nicht bewusst, dass der Mann ihr Gesicht studierte, sah die sich widersprechenden Emotionen nicht, die sich auf seinem Gesicht abzeichneten.

»Ich, tja, ich vergesse manchmal, wie schön es hier ist, ich sehe es ja jeden Tag. Das ist das Big Hole Valley.« Er zeigte auf das silberne Band des Flusses. »Und das da ist der Wise River. Wir, ähm, na ja, wissen Sie, Aries, das hier ist unser Land. Sie befinden sich nun auf dem Land der Big Hole Valley Ranch«, verkündete er voller Stolz.

Sie drehte ruckartig ihren Kopf. »All das … all das gehört Ihnen? Dieses wunderschöne Tal gehört Ihnen?« Ihre Stimme verstummte. Das Wunder, das jemand sich so glücklich schätzen konnte, dieses Naturgeschenk tatsächlich sein Eigen nennen zu können, war nur schwer zu glauben. Sie sah hinunter auf den kleinen Jungen, der auf ihrem Schoß lag, seine Augen im Schlaf geschlossen, und in ihr stieg Freude auf, dass er zu einem Teil dieses Landes werden würde, dem Big Hole Valley. Er würde hier aufwachsen und stark und selbstsicher werden, während er sein neues Zuhause durchstreifte und erkundete. Oh, was hatten sie doch für ein Glück. Nichts, absolut nichts durfte geschehen, das Timmy diese seltene Chance, diese Antwort auf seine Gebete wegnehmen würde. *Und auch mir*, dachte sie. *Dies ist auch eine Chance für mich. Ich brauche dieses Tal.* Ein Gefühl des Nachhausekommens erfüllte sie und überraschte sie mit einem ungewohnten Rausch von Emotionen und Wünschen.

»Oh, Ben. Ich … ich weiß nicht, was ich sagen soll. Das hier zu besitzen …« Sie atmete ein und beeilte sich weiterzusprechen: »Ich weiß nicht, wie ich Ihnen danken soll, dass Sie mich ausgewählt haben.« Sie errötete. »Ähm, dass Sie mich ausgewählt haben, um hier mit Ihnen auf diesem Land, in diesem Tal zu leben.« Sie hielt inne und senkte Ihre Augen unter Bens durchdringenden Blicken. »Was ich versuche, zu sagen, Ben, ist, dass ich weiß, dass ich nicht das bin, was Sie erwartet haben.« Aries streckte ihre Hand aus und legte sie auf seinen Arm. Sie hielt ihn davon ab, sie zu unterbrechen. »Bitte lassen Sie mich ausreden. Ich weiß, dass diese …«, sie suchte nach Worten, »diese Angelegenheit heute im Saloon ebenfalls eine Überraschung war. Aber wenn Sie mir nur eine Chance geben, werden ich Ihnen beweisen, dass ich Ihnen hier auf Ihrer Ranch wirklich eine Hilfe sein kann. Bitte, Ben, ich weiß, dass ich nicht ganz ehrlich war und dann … ist da auch noch Timmy … Aber«, fuhr sie fort, »wenn Sie uns nur bleiben lassen, werden wir Ihnen wirklich zur Hand gehen. Wir werden hart arbeiten, wir beide.« Ihr gingen die Worte aus, und sie fühlte, wie alle Hoffnung sie verließ, als sie sein Gesicht sah. »Es tut mir so leid, dass ich nicht ganz ehrlich mit Ihnen war und in meinen Briefen mehr versprochen habe, als ich wirklich kann, aber ich werde dazulernen. Ich kann es, ich weiß, dass ich es kann. Bitte geben Sie mir eine Chance, es Ihnen zu beweisen, bitte.« *Was konnte sie sonst noch sagen? Welche anderen Worte könnten ihn überzeugen, dass er sie hier bei ihm in diesem wunderschönen Tal namens Big Hole Valley bleiben ließe? Er musste es zulassen … er musste es einfach zulassen.*

Sie wartete, die Augen voller Hoffnung. Er antwortete nicht, sah erst sie an und blickte dann ins Tal, die Zügel des Wagens lose in seiner Hand liegend. Sein Adamsapfel hüpfte in seinem Hals auf und ab, während er mit größter Anstrengung schluckte, um etwas zu sagen. Und immer noch kam kein Ton von ihm. Nach mehreren langen Sekunden wandte sie sich ab, wohl wissend, dass sie verloren hatte. Tränen füllten ihre Augen, und ein Gefühl der Hoffnungslosigkeit durchströmte sie, und sie sackte voller Verzweiflung in sich zusammen. Sie hatte versagt.

»Aries.« Der Name klang, als hätte man ihm seinem Hals entrissen.

Sie drehte sich nicht um. Sie wusste, dass sie ihm nicht ins Gesicht sehen konnte, wenn er ihr sagte, dass er nicht wollte, dass sie an seiner Seite auf der Ranch arbeitete. Sie konnte ihm nicht ins Gesicht sehen, wenn er ihr sagte, dass es ein Fehler gewesen war, sie auszuwählen. Darüber hinaus fühlte sie sich schuldig, als sie sich erneut bewusst machte, dass ihr Wunsch zu bleiben nicht in dem Mann selbst begründet lag. Nein, er war nicht im Geringsten das, was sie bei einem Mann wollte und begehrte, aber damit konnte man leben. Er schien gütig zu sein, und auch wenn er noch im Wachstum begriffen war, so zeugte sein Handeln doch von dem Mann, der er einmal sein würde.

Es waren das Tal und die Ranch, die irgendwo darin verborgen lag, nach denen sich ihr Herz sehnte. Und dieses Wissen, zusammen mit ihrer Unehrlichkeit und ihren fehlenden Gefühlen für ihn, führte dazu, dass sie sich innerlich schlecht fühlte.

»Aries«, brachte seine Stimme sie zurück.

»Ja.« Sie sah ihn nicht an, sondern richtete ihren Blick entschlossen auf das Tal, um Stärke aus seiner Präsenz zu ziehen.

»Ich … es gibt da was, was ich Ihnen sagen muss, und ich mach mir schon seit Wise River einen Kopf, wie ich es sagen soll. Es kommt mir nicht so leicht über die Lippen, also schätze ich, ich hab keine andere Möglichkeit als …«

»Es ist in Ordnung, Ben«, unterbrach sie ihn. Sie würde es ihm so einfach wie möglich machen, ihr zu sagen, dass er sie wieder zurückschicken würde. Wieso er sie so weit mitgenommen hatte, sie mit seinem Tal in Versuchung gebracht hatte, um ihr anschließend zu sagen, dass sie niemals ein Teil davon sein würde, war ihr nicht klar. Vielleicht versuchte er, sie sanft zurückzuweisen. Vielleicht wusste er einfach nicht, was er mit ihr und Timmy anstellen sollte, und hatte sich entschieden, sie lange genug bleiben zu lassen, dass sie sich von der Reise erholen konnten, und sie dann nächste Woche mit nach Wise River zu nehmen. Ja, das war es wohl. Das stand im Einklang mit der Güte dieses jungen Mannes.

»Ich weiß, was Sie mir zu sagen haben.«

»Das tun sie?« Seine Stirn runzelte sich.

»Ja.« Sie wandte sich ihm zu, ihr Gesicht blass in der Abenddämmerung.

»Es ist in Ordnung, Ben. Ich verstehe es. Bitte glauben Sie mir, ich gebe Ihnen nicht die Schuld.«

»Sie geben mir nicht die Schuld?«, stotterte er. »Wirklich?«

»Ja. Wie hätten Sie das wissen sollen. Es ist alles meine Schuld … meine und die dieser verflixten Briefe, in denen einiges stand und anderes dafür nicht. Ich habe zu viel ausgelassen, und jetzt hat mich die Wahrheit eingeholt.«

»Aries«, unterbrach seine Stimme ihr Schuldgeständnis. »Aries, Sie bringen mich völlig durcheinander. Ich verstehe nicht, wie Sie das wissen können. Ich weiß, dass Sie klug sind und eine bessere Ausbildung haben als ich, aber trotzdem verstehe ich nicht … Na ja, woher wissen Sie das?«

Nun war sie an der Reihe, verwirrt zu sein. Sie schüttelte ihren Kopf. »Ben, was wir zueinander sagen, ergibt überhaupt keinen Sinn, oder doch?«

»Nein, Ma'am, das tut es nicht. Können Sie vielleicht nur eine kurze Weile lang still da sitzen und mich aussprechen lassen. Die Worte stecken mir eh schon im Hals, und um sie herumzutanzen macht es nicht gerade leichter. Verzeihen Sie, Aries, aber würden Sie einfach nichts sagen und mich auch nicht unterbrechen, bis ich fertig bin?« Er starrte sie ernst an und fuhr sich nervös durchs Haar. Wieder einmal erstaunte sie seine Jugend, die durch seine Bestürzung nur noch deutlich sichtbarer wurde.

Sie nickte mit dem Kopf und sagte nichts. Dann fuhr sie sich mit der Zunge über die Lippen und wartete auf die Worte, die fallen würden.

Ben räusperte sich, schluckte und räusperte sich erneut.

»Ähm, wissen Sie, Aries, ich … wir … nun verflucht noch mal«, explodierten die Worte aus ihm heraus. »Sie wurden angelogen.«

Die Worte hingen schwer in der Luft und legten sich zwischen sie. Aries öffnete ihren Mund, um zu sprechen, erinnerte sich aber dann an ihr Versprechen, ihn zu Ende reden zu lassen.

»Als ich die Anzeige aufgegeben hab, dass ich nach einer Frau suche, die willens ist, auf einer Ranch in Montana zu arbeiten, hab ich, ähm, na ja, entsprach das nicht ganz der Wahrheit. Ich hab meinen Namen als Kontaktperson angegeben und es so klingen lassen, als ob ich derjenige wär, der nach der Frau sucht und …« Die Worte sprudelten nun geradezu aus ihm heraus, als ob er sie so schnell wie möglich ausspucken wolle, um sich von seiner Last zu erleichtern. »Ich hab es so klingen lassen, als ob ich der Besitzer der Big Hole Ranch wär'.« Er sah sie an und beobachtete, wie sich verschiedene Emotionen auf ihrem Gesicht abwechselten. Sie war ganz still, während in ihr die Fassungslosigkeit darüber, was sie da hörte, wuchs. Ben wendete seinen Blick von ihren fragenden Augen ab und ließ die Stille zwischen ihnen weiter anwachsen.

Als er nicht weitersprach, fing Aries mit brechender Stimme zu reden an. »Sie … sind nicht … Sie sind nicht der Besitzer …« Sie konnte den Satz nicht beenden. Der Gedanke war zu schrecklich, um ihn in Betracht zu ziehen. Er schüttelte seinen Kopf und vermied es weiterhin, sie anzusehen.

»Sie haben mich getäuscht?«, fragte sie ihn mit gequälter Stimme. »Ben, Sie haben mich getäuscht? Es wird keine Hochzeit geben, Sie suchen nicht nach einer Frau, Sie sind nicht der Besitzer der Ranch, es gibt keine Big Hole Ranch?«

»Nein … Ich … ich meine, ja! Nein! Ich hatte nicht vor, Sie zu täuschen. Ich würde Ihnen mit Sicherheit keinen Schaden zufügen wollen. O verdammt, Aries, es ist einfach kompliziert. Wissen Sie …« Er machte erneut eine Pause. »Aries, es ist nicht so, wie Sie denken. Es wird einiges beredet werden müssen, aber, na ja, ich brauche Hilfe dabei. Ich hatte nicht geplant, dass jemand wie Sie auf die Anzeige antwortet, so eine Dame wie Sie, so hübsch und alles, und dann obendrauf auch noch eine Ärztin. Sie sind so viel geschniegelter, als wir alle erwartet haben. Das hat die ganze Zeit an mir genagt. Ich fühl mich echt schrecklich, dass ich Sie an der Nase herumgeführt habe und Sie hab glauben lassen, dass ich derjenige bin, den Sie heiraten würden. Verflucht noch mal, es ist ja nicht so, als ob ich nicht jemanden wie Sie heiraten wollen würde, aber es ist nur so, dass ich noch nicht bereit bin, überhaupt jemanden zu heiraten. Aber die Big Hole Valley Ranch gibt es. Die gibt es wirklich! Nur noch ein paar Meilen, und wir erreichen das Haus … Ich bin nur nicht der Besitzer.« Er lächelte sie schüchtern an.

»Sie arbeiten dort nur, Ben?«, fragte Sie ihn leise.

»Nein, so ist das nicht, Aries. Ich will damit sagen, ich arbeite schon dort, aber es ist auch mein Zuhause … verflucht noch mal, Aries, ich kann Ihnen das nicht alles allein erklären. Wie ich vorhin schon gesagt hab, ich brauche Hilfe, denn aus meinem Mund klingt das alles falsch, und ich kann auf Ihrem Gesicht sehen, dass ich Ihnen jede Menge Sorgen bereite. Ist schon irgendwie lustig, oder nicht? Dass Sie sich Sorgen machen, dass Sie mir nicht gesagt haben, dass Sie Ärztin sind, und dass ich mir Sorgen mache, dass ich Ihnen nicht gesagt hab, dass ich nicht derjenige bin, der Sie heiraten wird.« Er sah sie voller Hoffnung an, dass sie ihm zustimmen würde, dass sie ihm sagte, dass sie verstünde. Nachdem er nicht die Antwort erhielt, auf die er gehofft hatte, fuhr er fort: »Aries, ich weiß, das hier ist nicht das, was Sie erwartet haben, und ich weiß, dass Sie einen langen Weg hinter sich haben. Können Sie es noch ein kleines Weilchen länger aushalten? Es wird spät, und bald wird es dunkel sein. Wir müssen weiter, aber ich verspreche Ihnen, dass Sie Antworten erhalten werden, sobald wir das Haus erreicht haben. Würde es Ihnen etwas ausmachen, sich die Fragen bis dahin aufzusparen?« Seine Augen waren groß.

Sie würde nicht ihn heiraten. Das Wissen füllte sie mit gemischten Gefühlen, die sich widersprachen. Sie war erleichtert, dass man nicht von ihr erwartete, mit diesem großen Jungen zu leben, als seine Frau und Gehilfin. Aber gleichzeitig wuchs in ihr Unruhe über das, was noch vor ihr lag, und in ihr rumorte die bohrende Frage: Erwartete Sie dort ein Mann? Und dann war da noch die noch größere Sorge: Was, wenn dort niemand auf sie wartete, der sie heiraten und ihr und Timmy ein Zuhause geben wollte? Was, wenn dies alles wirklich ein närrischer Plan eines jungen Mannes gewesen war, eine Lüge? Nein, versicherte sie sich immer wieder, während ihre Gedanken im Kreis liefen, nein. So wenig sie auch über Ben McCabe wusste, so war es doch genug, um ihr zu sagen, dass er nicht so unlauter war, so etwas zu tun. Es handelte sich um ein Missverständnis, und sowohl von Seiten Bens als auch von ihrer Seite war es zu Falschdarstellungen der Wahrheit gekommen, so viel war klar.

Aber es gab eine Big Hole Valley Ranch. Das wusste sie. Sie saß hier oben und blickte auf sie, und Ben hatte ihr versichert, dass in nur wenigen Meilen Entfernung ein Haus stand. Also in Ordnung. Sie würde das tun, worum er sie gebeten hatte. Sie würde ihn nicht weiter nach Antworten drängen … Sie würde warten … Zumindest bis sie die Ranch erreicht hatten und Ben die Unterstützung hatte, die er brauchte, um dieses verworrene Netz zu entwirren. Sie würde warten, aber nur bis zu diesem Augenblick.

»Ich werde warten, Ben. Aber nur so lange, bis wir die Ranch erreicht haben.« Ihr Blick war ebenso fest wie ihre Stimme. »Und dann erwarte ich Antworten, Ben. Jede Menge Antworten.« Sie richtete ihre Aufmerksamkeit wieder auf das Tal, das vor ihr lag, und verlagerte ihr Gewicht, als Ben die Zügel anzog und Belle auf das Schnalzen seiner Zunge reagierte. Der Wagen bewegte sich in die herabfallende Dämmerung, in Richtung der Ranch, die auf sie wartete, und der Antworten, vor denen sich beide fürchteten.

Kapitel 6

Die Dämmerung senkte sich über sie wie der Rauch eines Lagerfeuers. Aries kniff ihre Augen zusammen, um einen ersten Blick auf das Wohngebäude der Ranch zu erhaschen, das hoffentlich ihr neues Zuhause werden würde. Als sie näher kamen, gab das Gras den Weg auf einen viel befahrenen Weg frei. Der Wagen kam zwischen einem Gehölz hervor und stürzte sich förmlich auf diesen Weg. Auf der einen Seite konnte sie es kaum erwarten, dass sie das Haus erreichten, auf der anderen Seite bewegte sich der Wagen zu schnell auf ein Ziel zu, von dem sie sich nicht sicher war, dass sie es erreichen wollte.

Im düsteren Abendlicht konnte sie Pferche, eine Scheune, mehrere Nebengebäude und, ja, ein großes und ausladendes Haus erkennen. Eine breite überdachte Veranda befand sich davor und erstreckte sich eine weitere Hausseite entlang. Das verwitterte Holz verlieh dem Gebäude ein Gefühl der Heimeligkeit und Beständigkeit. Aus zweien der Fenster im Erdgeschoss leuchtete der gelbe Schein von Lampen, das Obergeschoss jedoch war dunkel und schien ihnen einen bösen Blick zuzuwerfen. Mehrere große, schattenspendende Bäume breiteten ihre Äste vor dem Haus aus, und Büsche drängten sich an die Veranda. Eine schwache Brise brachte den süßen Geruch von Akeleien mit sich. Das Haus zog Aries an, rief ihr zu, sich auszuruhen. Auf der Veranda standen zwei Schaukelstühle in stiller Erwartung.

Als Ben den Wagen anhielt, hörte Aries, dass die Geräusche der Nacht bereits anfingen zu erklingen, während der Tag sich dem Ende zuneigte. Grillen zirpten, und Hühner gackerten und machten sich zum Schlafen bereit. Sie fühlte sich, als wäre sie nach Hause gekommen.

Kaum war Ben von dem Sitz gesprungen und um den Wagen herumgegangen, um den schlafenden Timmy auf die Arme zu nehmen, als auch schon die Vordertür aufgestoßen wurde und ein Mann auf die Veranda schritt und die Stufen herunterstampfte. Der Schatten des Hauses hinderte Aries daran, sein Gesicht deutlich erkennen zu können, aber sie nahm die Schnelle und Bestimmtheit seiner Schritte wahr. Er war groß und schlank. Seine Schultern waren leicht gebückt, als ob er es gewohnt wäre, sich kleiner machen zu müssen, wenn er ein Haus betrat.

»Wo hast du gesteckt, Junge? Hab den ganzen Nachmittag nach dir gesucht. Wie hast du es geschafft, für eine Strecke von sechs Stunden zehn Stunden zu brauchen?«, sagte der Mann, als er mit langen Schritten auf sie zueilte.

»Dad«, rief Ben ihm zu. »Ich … ich …«

»Schon gut. Ich bin nur froh zu sehen, dass du es geschafft hast und auch noch Miss Burnett mitgebracht hast.« Er kam näher an den Wagen und hielt dann plötzlich inne. »Was zum Teufel. Verzeihung, Ma'am«, kam es leise aus seinem Mund. »Wer ist das da in deinen Armen, Ben?«

»Timmy, Aries' kleiner Bruder«, antwortete Ben und schlüpfte an dem Mann vorbei. »Bitte, Dad, kannst du Aries vom Wagen helfen? Ich bin mir sicher, dass sie von all dem Gerüttel auf dem Wagen ganz steif und ermattet ist.« Ben ließ die beiden, sich gegenseitig anstarrend, allein, während er Timmy ins Haus trug.

Aries betrachtete den Mann. Dieser Mann war ebenso alt wie Ben jung war. Anscheinend wurde sie von einem Extrem ins andere geworfen. Sie fühlte, wie ihr Tränen in die Augen stiegen und sich ihre Müdigkeit und Frustration zu einem Gefühl der Verzweiflung zusammenfanden.

»Was?«, antwortete der Mann in Richtung Bens Rücken und wandte sich dann schnell ihr zu. »Tut mir leid, Miss. Hier, lassen Sie mich Ihnen hinunterhelfen.« Ohne auf ihre Erlaubnis zu warten, legte er zwei große Hände um ihre Taille, hob sie mit einer einzigen fließenden Bewegung vom Sitz und setzte sie am Boden ab.

Sie konnte die sehnige Stärke seiner Arme fühlen. »Herrje, Sie sind aber ein zierliches kleines Ding, was?« Ohne auf eine Antwort zu warten, reichte er mit dem Arm hinter den Sitz und griff ihre Taschen. Anschließend nahm er ihr die schwarze Tasche aus der Hand, bevor sie ihm erklären konnte, dass sie diese selbst tragen wollte. »Ich nehm die hier mit rein, darum müssen Sie sich nicht kümmern. Schätze, Sie sind müde, wie Ben gesagt hat. Nun, ich hab heißen Kaffee und ein echt gutes Stew, das nur auf Sie wartet. Das sollte Ihre Kräfte wiederherstellen.« Er lehnte sich zu ihr und bemerkte die Tränen in ihren Augen, und in diesem Moment öffnete sich ein kleiner Teil seines Herzens für dieses junge Mädchen, das in so eine unangenehme Lage gebracht worden war. »Aber, aber«, brummte er und stellte eine der Taschen zu seinen Füßen ab. Mit einem seiner Finger wischte er eine kleine Träne weg, die ihr aus dem Augenwinkel lief. »So schlimm kann es doch gar nicht sein. Wie hat Ben Sie noch mal genannt?«

»Aries«, flüsterte sie.

»Nun, Aries, willkommen auf der Big Hole Valley Ranch. Und jetzt lassen Sie uns reingehen. Sie und ich und Ben haben jede Menge zu bereden, darauf möchte ich wetten.« Und damit legte er ihr die Hand an den Rücken und führte sie die Stufen hinauf über die Veranda in das Haus hinein.

Aries blieb im Eingang stehen, um ihre Augen an das Licht zu gewöhnen. Holzhaken, an denen eine Reihe von Mänteln und Hüten hingen, säumten eine der Wände. Auf dem Holzboden lag ein geflochtener Teppichläufer, der vom oftmaligen Waschen ganz ausgebleicht war. Von beiden Seiten des

Eingangsbereichs gingen Türen ab, und am Ende des Gangs wand sich eine Treppe nach oben zu einer Art Galerie, die über einem Raum thronte, den Aries nicht sehen konnte. Die Galerie war von einem dunklen Holzgeländer begrenzt, und noch mehr Türen waren zu erkennen. Sie nahm an, dass hinter ihnen Schlafzimmer lagen. Aries fühlte sich in dieser Annahme bestätigt, als Ben mit leeren Armen aus einer der Türen trat. Er schloss die Tür sanft hinter sich und begab sich auf den Treppen nach unten.

Der Mann, den er »Dad« genannt hatte, verschwand durch eine Tür zu ihrer Linken. Ben nickte mit dem Kopf in diese Richtung und sagte: »Das hier ist das Wohnzimmer. Lassen Sie uns reingehen. Ich geh davon aus, dass Dad Kaffee aufgesetzt hat. Das klingt doch gut, oder nicht?« Er sah Aries erwartungsvoll an und ging zur Seite, damit sie den Raum betreten konnte.

Ein steinerner Kamin nahm die gegenüberliegende Wand ein. Ein kleines Feuer brannte in einem Kaminrost, der groß genug war, um einen ganzen Baumstamm zu beherbergen. Ben ging zum Feuer hinüber und streckte seine Hände aus.

»Der Sommer ist noch so jung, da fühlt sich ein Feuer am Abend gut an. Kommen Sie rüber, Aries.«

Sie nahm Notiz von der maskulinen Einfachheit des großen Raumes, in dem Felle an die Wände aus goldenem, astigem Kiefernholz gehängt worden waren. Sie sah das lange, schwarze Fell eines Bären, das Goldgelb eines Rothirschs und das sandfarbene Schwarzbraun eines Elchs.

Ledersofas und Sessel waren in unterschiedlichen Winkeln zueinander verteilt. Im hinteren Bereich des Raumes befand sich ein hölzerner Schreibtisch, hinter dem ein Stuhl mit Armlehne stand. Am Rand des Schreibtischs strahlte eine Lampe die unaufgeräumte Arbeitsfläche an. Teppiche in verschiedenen Farben und Größen bedeckten den Großteil des Bodens und ergaben ein wahres Durcheinander an Farben. Es war ein Raum, der Aries geradezu aufforderte, hineinzugehen und sich zu setzen. In diesem Raum konnte man die Welt, die einen außerhalb seiner Wände erwartete, vergessen.

Aries sah ihre Taschen auf dem Boden in der Nähe von zwei Schwingtüren stehen. Durch diese kam Bens Vater, in seinen Händen zwei cremefarbene Tassen, aus denen Dampf stieg. Er lächelte, als er auf sie zuging.

»Es gibt keine Situation, in der eine gute Tasse Kaffee nicht helfen würde. Ich war so frei und hab einen oder zwei Spritzer Sahne in Ihren getan. Dachte mir, Sie könnten die Stärkung gut brauchen. Ich hab den Topf mit Stew zum Aufwärmen auf den Herd gestellt. Setzen Sie sich hin«, sagte er und zeigte auf ein braunes Ledersofa. »Ben, greif dir eine Tasse, Sohn, und komm her. Lass uns über alles reden, bevor wir mit dem Essen anfangen.« Er wandte sich wieder ihr zu und fragte sie: »Klingt das gut, Aries?«

Zur Antwort konnte sie nur nicken. Sie setzte sich auf das Sofa, nahm die schwere Tasse entgegen und sah auf, um ihm zu danken. Blaue Augen voller Verständnis und Güte blickten sie an. Der Mann war groß mit breiten Schultern und strahlte Stärke aus. Sein schwarzes Haar war von grauen Strähnen durchzogen und begann, lichter zu werden. Er trug Jeans, ein Hemd aus Chambraystoff und Stiefel. Sein ledriges Gesicht war von Lachfalten geprägt. Wartend stand er da, während sie ihn genau ins Auge nahm. Ein leises Lächeln huschte über seine Lippen. Sie errötete, peinlich berührt von ihrem schlechten Benehmen.

»Mein Name ist Ted«, sagte er und streckte seine Hand aus. »Ted McCabe.«

»Ich … ich bin Aries Burnett, Mr McCabe. Es freut mich, Sie kennenzulernen.« Sie nahm seine Hand und fühlte seine Stärke, als er die ihre sanft drückte.

»Jetzt nehmen Sie erst mal einen Schluck von diesem Kaffee, und wenn Ben wieder zurück im Zimmer ist, reden wir.«

Er setzte sich in einen der dick gepolsterten Sessel.

Ben kam mit einer Tasse Kaffee in der Hand durch die Schwingtüren und setzte sich seinem Dad gegenüber in einen Sessel. Wenn man die zwei Seite an Seite sah, war es offensichtlich, dass sie Vater und Sohn waren. Ben war noch nicht auf die Größe seines Vaters herangewachsen, aber das Potenzial dazu war vorhanden. Beide waren ansehnliche Männer.

»Timmy schläft. Er ist noch nicht mal aufgewacht, als ich ihn ins Bett gesteckt hab. Ich wette, der wacht nicht vor dem Morgengrauen auf.«

»Danke, Ben.« Aries nahm einen weiteren Schluck von dem dampfenden Kaffee und fühlte, wie sie die Wärme durchströmte. Sie war voller Ungeduld, endlich reinen Tisch zu machen und ein für allemal zu klären, ob sie bleiben durfte oder nicht. *Nicht nur, ob ich bleiben darf, sondern auch, ob ich heiraten werde … und wenn ja, wen? Ted?*

»Ähm, Dad, Aries weiß schon, dass ich in der Anzeige nicht ganz die Wahrheit gesagt habe«, unterbrach Ben die Stille. »Ich habe sie gebeten, zu warten, bis wir hier sind, bis die ganze Sache geklärt wird.« Er wischte mit einer Hand über seine Stirn und suchte nach den richtigen Worten. »Nun, es ist ein klein wenig komplizierter geworden, als du und ich dachten.« Er schluckte hart. »Verflucht, Dad, könntest du vielleicht einspringen und mir ein wenig helfen?« Er sah den Mann, der neben ihm saß und in Seelenruhe an seinem Kaffee schlürfte, voller Verzweiflung an.

»Du machst deine Sache doch ganz gut, Ben. Denk dran, dass das Ganze deine Idee war.«

»Ja, aber du hast genauso mitgemacht. Du dachtest, es wär 'ne gute Idee. Jetzt versuch nicht, alles auf mich zu schieben. Wir dachten beide, dass es funktionieren würde.«

»Ich weiß, ich weiß«, sagte Ted und sah mit gerunzelter Stirn zu dem Jungen. »Aber ich hatte Bedenken. Wenn man so etwas Verrücktes macht … Na ja, da fordert man die Schwierigkeiten geradezu heraus.«

Aries schloss ihre Augen und atmete tief ein. »Würden Sie beide bitte aufhören, darüber zu streiten, wer die Schuld trägt, und mir genau erklären, wieso Sie eine Anzeige aufgegeben haben, dass Sie eine Frau suchen, und wer von Ihnen beiden denn nun eine Frau braucht?« Ihre Stimme forderte Antworten.

Beide Männer sahen sich an, und ein identisches Lächeln begann sich auf ihren Gesichtern auszubreiten. »Sie kann sich behaupten, was?«, fragte Ted seinen Sohn.

»Das kann sie auf jeden Fall. Sie ist eine Ärztin, Dad.«

»Eine was?«, platzte es aus Ted heraus.

Ben grinste erfreut über die Reaktion. »Yep. Eine Ärztin. Du hättest sie sehen sollen. Du kennst doch Callie?«

Ted nickte und vermied es dabei, Aries anzusehen.

»Nun, sie wurde mit einem Messer übel zugerichtet. Und der Doc war besoffen, wie immer. Callie hat schlimm geblutet und wär' vermutlich gestorben, wenn Aries nicht gewesen wär'. Sie ist zu Mae reingestürmt und hat ihren Arm zusammengeflickt und …«

»Moment mal, Sohn«, unterbrach ihn Ted. Beide Männer hatten für den Augenblick vergessen, dass ihnen gegenüber eine Frau saß, deren Nerven aufs Äußerste angespannt waren und auf deren Gesicht sich wachsende Ungeduld abzeichnete. »Du willst sagen, dass sie Callie zusammengeflickt … dass sie in den Saloon gegangen ist und sich um eine der Tänzerinnen gekümmert hat?«

»Genau das hab ich doch gesagt.«

»Und du hast sie gelassen?«, donnerte die Stimme des Mannes durch den Raum.

»Jetzt warte mal, Dad«, stotterte Ben. »Ich hatte keine Chance, sie daran zu hindern.«

Ted schüttelte seinen Kopf. »Ben, wenn wir beide uns in Schwierigkeiten bringen, dann aber richtig. Das wird die Angelegenheit noch mehr verkomplizieren.«

»Ich weiß«, stimmte ihm Ben jammernd zu.

»Gentlemen.« Aries' Stimme war harsch und durchschnitt den Raum. »Hören Sie bitte damit auf. Ich habe nicht die geringste Ahnung, worüber Sie da reden, und glauben Sie mir, ich brauche Antworten. Die Tatsache, dass ich Ärztin bin, hat nichts mit der Anzeige zu tun, auf die ich geantwortet habe.« Sie atmete tief ein und fuhr fort: »Ich habe eine Anzeige beantwortet, in der eine Ehefrau gesucht wurde, die willens ist, auf einer Ranch in Montana zu arbeiten. Sie haben geantwortet, dass Sie mich nehmen würden. Ich dachte, dass Sie das waren, Ben, da es Ihr Name war, an den ich den Brief gesendet hatte, aber anscheinend ist dem nicht so. Sind Sie es also, Mr McCabe?«

»Nein, Aries, das bin ich nicht«, antwortete er langsam. »Lassen Sie uns am Anfang beginnen und herausfinden, ob wir etwas Licht ins Dunkel bringen können. Und wenn Ben und ich ausgeredet haben, gibt es anscheinend noch ein paar Sachen, die Sie uns erzählen sollten«, sagte er. »Einverstanden?«

Aries errötete. »Einverstanden, Mr McCabe. Sie haben recht, ich … ich habe auch einige Dinge zu erklären. Bitte fahren Sie fort. Ich bin müde, und ich muss wissen, ob Sie mir erlauben zu bleiben oder nicht.«

»Was meinen Sie damit? Bleiben?« Die Verwunderung über ihre Worte war deutlich zu sehen. »Sie bleiben dort einfach still sitzen und hören Ben und mir zu, und dann hören wir Ihnen zu. Und danach glaube ich nicht, dass Ihr Bleiben noch infrage gestellt sein wird. Ich glaube, Miss Aries, dass Sie genau das sind, wonach Ben und ich gesucht haben. Vielleicht ein wenig mehr, als wir erwartet hatten, aber ich denke, das wird schon in Ordnung gehen. Was denkst du, Ben?«

Ben lächelte seinen Dad an, und sie wechselten einen zustimmenden Blick. Der Blick entging Aries nicht und führte nur dazu, dass ihr Stirnrunzeln noch besorgter wurde.

»Schauen Sie, Aries«, begann Ben, »Sie werden keinen von uns beiden heiraten.«

»Das werde ich nicht?«, sagte sie schwach.

»Nein, Aries«, sagte Ted. »Ben hat diese Anzeige in der Zeitung aufgegeben, aber der Mann, der eine hart arbeitende Frau an seiner Seite braucht, ist keiner von uns zweien. Nein, der Mann, der eine Frau braucht, weiß nicht, dass er eine braucht, müssen Sie wissen.«

Sie wusste nicht, was sie an diesem Punkt sagen sollte.

»Und nachdem ich Sie nun getroffen habe, bin ich mehr als je zuvor überzeugt, dass er Sie braucht.«

»Wer?« Aries hatte ihre Stimme wiedergefunden, wenn sie auch nur schwach war.

»Nun, Jarrett. Mein Sohn Jarrett. Jarrett McCabe.«

Es wurde zu viel für Aries, noch ein McCabe, noch ein Mann, mit dem sie es zu tun bekommen würde. Sie lehnte ihren Kopf zurück auf die gepolsterte Lehne des Sessels und schloss die Augen, während Ted weiterredete.

»Es ist nicht so, als ob Jarrett nicht allein eine Frau finden würde. Könnte er. Jede Menge Frauen wären wirklich entzückt, wenn er ihnen auch nur einen Blick schenken würde. Die Sache ist nur, dass er es nicht tut. Mit Jarrett ist etwas passiert, aber die Geschichte muss er selber erzählen.«

Aries hob den Kopf und sah ihn genau an. »Jarrett braucht jemanden, mit dem er sein Leben teilen kann, Seite an Seite. Ben und ich wissen das beide. Also haben wir uns diesen Plan ausgedacht. Zurückblickend war das vielleicht nicht die beste Idee. Aber … wir entschieden, dass wir Jarrett helfen würden, eine Frau zu finden, ob er nun eine wollte oder nicht. Ben hat die Anzeige aufgegeben, und wir hatten schon aufgegeben, als wir Ihren Brief erhielten. Wir wussten nicht, was wir erwarten sollten, aber Sie klangen genau wie die Art von Frau, die hier auf der Ranch benötigt wird.«

»Ben und ich, wir arbeiten hier mit Jarrett, aber die Ranch gehört eigentlich Jarrett.« Er lächelte sie an und wandte seinen Blick dann den Fenstern zu, die in das Dunkel der Nacht gehüllt waren. »Meine Frau und ich haben dies hier aufgebaut.

Sowohl Jarrett als auch Ben wurden hier geboren. Und meine Sara starb hier.« Seine Augen verdunkelten sich vor Schmerz. »Ich habe den Großteil der Ranch Jarrett überschrieben. Er ist derjenige, der das Dasein hier immer liebte. Hab auch Ben hier einen kleinen Teil abgegeben, aber er ist kein Rancher. Er hat andere Träume, nicht wahr, Ben?«

Ben nickte und sah auf seine Hände hinab, mit denen er die Tasse umschlang.

»Ich werde nicht jünger, und ich will noch erleben, dass beide meiner Jungs glücklich sesshaft geworden sind. Jarrett wird niemals hier fortgehen. Und sofern niemand einschreitet und ihn vor seiner eigenen Sturheit bewahrt, wird er hier alleine leben. Das weiß ich. Ich hatte das Glück, von einer wundervollen Frau geliebt zu werden, und es gibt nichts, was dem auch nur nahekommt. Nein«, sagte er leise, »nichts, was dem auch nur entfernt nahekommt.«

Die drei saßen stumm da, jeder allein mit seinen eigenen Gedanken.

»Nun, vielleicht war es nicht der klügste aller Pläne. Und vielleicht waren wir nicht so ehrlich, wie wir es hätten sein sollen. Aber wir wollten niemandem Leid zufügen. Ich kenne Sie nicht, Aries. Ich kenne Ihre Geschichte nicht, aber ich fühle, dass Sie leiden. Aus welchem Grund, das wissen nur Sie. Aber Sie müssen sich ein eigenes Heim gewünscht haben, auch wenn ich nicht die geringste Ahnung habe, wieso jemand so Hübsches wie Sie auf eine Zeitungsanzeige antworten müsste, um das zu erreichen. Wie dem auch sei, hier sind Sie nun, und das ist unsere Geschichte. Es wird nicht leicht werden. Jarrett weiß von all dem nichts, und ich kann mir nicht vorstellen, dass er sich über unsere Einmischung freuen wird. Aber wenn Sie ihm eine Chance geben, denke ich, werden Sie den wahren Mann in ihm erkennen. Vielleicht werden Sie ihn im Lauf der Zeit auch lieben lernen. Das ist es, was ich mir für den Jungen wünsche, und ich glaube, dass Sie in der Lage sind, diese Herausforderung anzunehmen. Nun, mein Ben hier sagt, dass auch Sie eine Geschichte zu erzählen haben. Wir haben unseren Teil gesagt, jetzt sind Sie an der Reihe. Also los.« Er sah, wie sie zögerte, und sagte: »So schlimm kann es doch nicht sein. Jetzt erzählen Sie einfach.«

Aries räusperte sich. Es konnte in der Tat so schlimm sein. Ted und Ben hatten zwar mit Sicherheit die Tatsachen verdreht, aber sie hatten nicht wirklich gelogen. O ja, sie hatten es mit der Wahrheit nicht so genau genommen, aber lange nicht so ungenau wie sie. Sie sah in Teds Augen und fühlte seine Güte und sein Verständnis. Wenn dieser Jarrett nur etwas von der Güte und dem Verständnis besaß, von dem sein Vater so viel im Übermaß zu haben schien, dann würde ihr Schicksal möglicherweise ein entschieden glückliches Ende finden.

»Nun«, begann sie, »ich war nicht ganz ehrlich mit Ihnen, oder vielmehr mit Ben, sollte ich sagen. Was ich in meinem Brief nicht erwähnt habe, ist, dass ich nichts darüber weiß, was es heißt eine Rancherehefrau zu sein, Mr McCabe. Oh, ich arbeite hart, und ich bin mehr als willens, es zu versuchen. Ich lerne schnell, aber die traurige Wahrheit ist, dass ich noch nicht einmal weiß, wo ich anfangen soll. Ich musste nie einen Haushalt führen, wir … nun, wir hatten Dienstmägde, die das erledigt haben. Und das, was ich als kleines Kind hätte lernen sollen, habe ich mich geweigert zu lernen.« Sie blickte zu den beiden Männern auf, die jedes einzelne ihrer Worte verfolgten. »Mein Vater war Arzt, einer der besten in Philadelphia. Er brachte mir alles bei, was ich an medizinischen Kenntnissen besitze, und ich glaube, ich könnte wirklich gut darin sein. Allerdings bin ich eine Frau. Wenn Sie in der Anzeige nach einer Ärztin gesucht hätten, hätte ich keinerlei Bedenken, was meine Fähigkeiten betrifft. Aber diesen Haushalt zu führen …« Sie blickte sich um. »Zu kochen und … und, nun, alles andere zu erledigen, was eine Hausfrau zu tun hat … An diesen Fähigkeiten mangelt es mir bedauerlicherweise. Sie sehen also, dass ich nicht so ehrlich zu Ihnen war, wie ich es hätte sein sollen. Und dann …«, fuhr sie mit gesenkter Stimme fort, »und dann gibt es da ja auch noch Timmy. Ich bin für ihn verantwortlich, und wenn Sie sich entscheiden, mich zu akzeptieren, dann müssen Sie auch ihn akzeptieren. Ich liebe ihn sehr, und er verdient eine Chance auf ein richtiges Zuhause.« Die Sehnsucht auf ihrem Gesicht ging beiden Männern zu Herzen. »Ich würde alles tun, Mr McCabe, Ben, um die Anforderungen zu erfüllen, die Sie von mir erwartet haben, und um hier bleiben und in diesem Haus leben zu dürfen. Ich weiß, dass ich es kann. Bitte geben Sie mir eine Chance, dies zu meinem … Zuhause zu machen.« Sie sah weg, da sie sich selbst nicht traute, die Tränen zurückhalten zu können, die loszubrechen drohten. Sie hielt den Atem an und wartete. Sie wusste nicht, was dieser Jarrett über sie sagen würde. Sie wusste nur, dass sie, falls sie es schaffen würde, Ben und Mr McCabe zu überzeugen, vielleicht auch eine Chance haben würde, ihn zu überzeugen. Er würde die Entscheidung seines Vaters respektieren müssen, oder etwa nicht?

Ted räusperte sich. »Es scheint, als hätten wir alle ein wenig die Wahrheit verdreht. Ben, hast du etwas zu sagen?«

Ben schüttelte seinen Kopf.

»In Ordnung. Dann habe ich zwei Dinge, die ich sagen will. Nummer eins, wir würden uns freuen, wenn Sie bleiben würden, Aries, und ein Teil der Big Hole Valley Ranch würden. Warten Sie eine Sekunde.« Er hielt seine Hand hoch, um sie davon abzuhalten, ihn zu unterbrechen. »Nummer zwei, ich will nicht mehr Mr McCabe genannt werden. Wenn wir eine Familie werden wollen, dann sollten wir uns nicht mehr siezen. Ich heiße Ted, und der Kleine da oben kann mich Großvater nennen. In Ordnung?«

»Oh, Mr … Ted, ich kann gar nicht in Worte fassen, was mir das bedeutet. Ich verspreche, dass ich alles lernen werde, ich verspreche es. Ich habe bereits einen Plan. Ich denke, dass ich die Rezepte im Kopf behalten habe. Ich habe einige davon in meine Tasche gesteckt, aber nicht so viele, wie ich es hätte tun sollen«, sagte sie voller Bedauern. »Aber sobald mein Koffer ankommt, werde ich in der Lage sein, zu kochen. Wirklich, das werde ich. Jarrett wird so froh sein … Herrje … Er weiß nichts von all dem, nicht wahr?«

»Nein«, sagten beide Männer gleichzeitig.

»Wird er heute Nacht zu Hause sein? Dann werde ich mit ihm reden. Ich bin mir sicher, dass er verstehen wird. Wenn es dein Wunsch ist, dass er eine Frau nimmt, und ich hier bin, dann wird er sich doch sicher einverstanden erklären.« Sie sah, wie Ted und Ben einen Blick austauschten.

»Wir erwarten ihn noch einige Tage lang nicht zurück, Aries. Er ist unten in Butte, um Geschäftliches zu erledigen. Ich werde nicht lügen, junge Dame, aber er wird nicht so leicht zu überzeugen sein. Nichtsdestotrotz, wenn es eine Frau gibt, die stark genug ist, es mit meinem Jarrett aufzunehmen, dann bist du das, davon bin ich überzeugt.« Mit diesen Worten stand er auf. »Ich glaube, wir haben jetzt alles gesagt, was es heute Abend zu sagen gab. Wie wäre es jetzt mit ein wenig Stew? Und dann ab ins Bett mit dir, bevor du noch im Stehen einschläfst. Du siehst vollkommen erschöpft aus.«

»Das bin ich wohl auch. Die Reise war lang, und ich habe an Bord des Zuges nicht schlafen können, weil ich nicht aufhören konnte, mir …«

»Sorgen zu machen?«, fragte er.

»Ja«, antwortete sie. »Aber zumindest diese Strapaze liegt nun hinter mir. So gut eine Schale Stew auch klingt, Ted, aber ich glaube nicht, dass ich lange genug wach bleiben kann, um sie zu essen. Würde es dir etwas ausmachen, mir zu zeigen, wo ich schlafen kann? Timmy und ich können gerne im gleichen Bett schlafen, aber wenn du mir helfen könntest, die Taschen in das Zimmer zu bringen?«

Ben sprang auf und ging hinüber, um ihre Taschen zu nehmen. Auf seinem Gesicht lag ein schiefes Grinsen, und er sagte: »Sie dachte, dass sie mich heiraten würde.« Sein Vater musste schmunzeln, und Ben fügte hinzu: »Nun, was ist denn daran so lustig? Ich bin auf jeden Fall netter als Jarrett.« Die Bemerkung blieb Aries im Gedächtnis, als sie ihm zu dem Schlafzimmer im Obergeschoss folgte.

Kapitel 7

Aries erwachte in absoluter Stille. Für einen Moment war sie desorientiert und blickte in dem fremden Raum umher. Das Sonnenlicht, das durch ein staubiges Fenster fiel, zwang sie zum Blinzeln. Staubpartikel tanzten in den Lichtstrahlen, die in goldenen Kreisen auf den Holzboden fielen. Der Raum war zwar gemütlich und hübsch, aber benötigte auf jeden Fall eine gründliche Reinigung.

Sie streckte sich und musste sogleich die Nase rümpfen. Sogar die Bettlaken rochen modrig. Ted hatte das Bett wohl in Erwartung ihrer Ankunft bezogen und Laken hergenommen, die schon vor längerer Zeit in einen Schrank gelegt worden waren. Aries fragte sich, vor wie vielen Jahren das wohl gewesen war.

Sie blickte auf die leere Bettkuhle neben ihr. Die Laken waren zurückgeworfen, als ob jemand hinausgesprungen wäre… Herrje, Timmy. Aries hatte ihn völlig vergessen. Der Schlaf hatte sie in dem Moment übermannt, in dem sie ihren Kopf auf das Kissen gelegt hatte. All die Beanspruchung und die Sorgen der letzten paar Wochen hatten ihren Preis gefordert, und erleichtert durch das Wissen, dass sie bleiben konnte, hatte sie tief geschlafen.

Sie sprang aus dem Bett, ihre schlafwarmen Füße fühlten den kalten Boden. Die Morgensonne hatte den Raum noch nicht aufgewärmt. Aries öffnete eine der Taschen, zog einen Morgenrock hervor und schlüpfte schnell hinein. So hatte sie den ersten Tag wirklich nicht geplant, und sie schalt sich innerlich dafür, dass sie so lange geschlafen hatte. *Was sollen sie nur von mir denken? Dass ich nicht nur eine unfähige Haushälterin bin, sondern obendrein auch noch faul?* Darüber hinaus hatte sie es auch noch vernachlässigt, sich um Timmy zu kümmern. So etwas war seit seiner Geburt nicht vorgekommen.

Sie ging zu einem schmalen Tisch, auf dem eine Porzellanschale und ein Wasserkrug standen. Große gelbe Rosen waren auf die Außenseite beider Gefäße gemalt, und im Inneren befand sich kaltes Wasser. Aries schüttete etwas davon in die Schale, bespritzte ihr Gesicht und atmete tief durch. Sie trocknete ihr Gesicht mit einem kleinen Handtuch ab, das sie gefaltet auf der untersten Ablage des Tisches gefunden hatte. Als Aries in den ovalen Spiegel blickte, der hinter dem Wasserkrug hing, sah sie, dass die dunklen Schatten der Müdigkeit und Angst verschwunden waren. Die Frau, die ihr entgegenblickte, lächelte und sah ausgeruht aus. Sie fühlte sich gut, nein, besser: Sie war voller Vorfreude und Begeisterung. Diese Gefühle hatte sie nicht mehr verspürt, seit … nun, seit ihr Vater gestorben war und all die Entscheidungen schwer auf ihren Schultern lasteten. »Ich gehöre hierher«, flüsterte sie in den Raum. »Ich weiß es einfach, irgendwie weiß ich es.«

Sie war darauf bedacht, Timmy zu finden, aber wollte sich nicht zeigen, bevor sie nicht zumindest mit der Bürste ihre Locken durchgekämmt hatte. Sie griff sich die Bürste aus der Tasche und unternahm den Versuch, ihre goldene Lockenpracht zu bändigen, die nun von den Haarnadeln und dem Hut befreit war, ihr lose über die Schultern hing und ihr Gesicht einrahmte. Ein Sonnenstrahl fiel durch das Fenster auf ihr schweres goldenes Haar, das ihren Rücken hinunterreichte. Sie legte die Bürste auf den Tisch, da sie wusste, dass ein paar Bürstenstriche nicht ausreichen würden. Sie wünschte, sie könnte sich ihr Haar waschen und sich dann in einem heißen Bad entspannen. »Hmm«, der Gedanke brachte sie zum Lächeln. »Ich glaube nicht, dass das passieren wird, Aries«, sagte sie laut zu sich selbst. »Die Tage, in denen dir jemand ein Bad mit wohlriechenden Badesalzen eingelassen hat, sind vorüber. Solltest du ein Bad nehmen wollen, musst du es dir schon selber einlassen.« Gegen den Gedanken war eigentlich nichts einzuwenden. Tatsächlich hieß Aries die Herausforderungen dieses neuen Lebens willkommen und war begierig darauf, sich ihnen zu stellen.

Sie zog den Gürtel ihres Morgenrocks enger um ihre schmale Taille und verließ den Raum. Barfuß ging sie, ohne viel Lärm zu machen, die Treppe hinunter in das nun leere Wohnzimmer und durch die Schwingtüren.

Aries hielt inne. Am anderen Ende des Raumes stand Ted, seine Hände in seifigem Wasser, ihr den Rücken zugewandt. Als er das Geräusch der Türen hörte, drehte er sich um und lächelte sie warm an, während er sich die Hände abtrocknete. Sie fühlte sich zu ihm hingezogen und wusste auf Anhieb, dass sie für Ted nur sie selbst sein musste und er auch nichts anderes erwartete. Sie lächelte zurück, unsicher, was sie nun tun sollte, und bedauerte, dass sie sich nicht die Zeit genommen hatte, sich anzuziehen.

Er spürte ihr Unbehagen, aber das hielt ihn nicht davon ab, sich ein genaues Bild von ihrem lieblichen Anblick zu machen, so wie sie dort barfuß stand. *Ja*, dachte er sich, *Ben und ich haben das Richtige getan. Das ist die richtige Frau für Jarrett. Ich wünschte nur, ich müsste nicht derjenige sein, der ihn davon überzeugen muss. Nein. Das ist wirklich etwas, worauf ich mich nicht freue.* Keiner dieser Gedanken war in seiner Stimme oder seinem Lächeln zu erkennen. Er zeigte auf einen Stuhl an dem runden Tisch, der die Mitte des Raumes dominierte.

»Na, hast du dich entschieden, endlich aufzustehen? Setz dich! Steh nicht da wie ein scheues Reh. Ich beiß schon nicht.« Er lachte leise und griff nach der Kaffeekanne, die hinten auf dem schwarz-silbernen Herd stand. Er schenkte ihr eine Tasse ein und stellte sie vor einem der leeren Stühle auf den Tisch.

Dann schenkte er sich selbst ein und setzte sich ihr gegenüber. »Na los, setz dich. Der Kaffee köchelt schon seit dem Morgengrauen, der sollte dir Haare auf der Brust wachsen la…«, verschluckte er das letzte Wort peinlich berührt. »Verflucht, jetzt hab ich mich aber wirklich im Ton vergriffen.«

Aries lachte. »Keine Sorge, Mr… Ted. Ich kenne den Ausdruck. Als Tochter eines Arztes habe ich weitaus Schlimmeres gehört und gesehen, als es eine Frau normalerweise tut. Ich bin nicht so zart besaitet, um vor Schreck in Ohnmacht zu fallen. Du hast momentan möglicherweise keine sehr hohe Meinung von mir. Ich habe es sicher geschafft, das hier ganz falsch zu beginnen. Aber ich versichere dir…«

»Aries, Liebes«, unterbrach er sie. »Setz dich und trink deinen Kaffee. Ich hatte gestern Abend eine hohe Meinung von dir, und das hat sich auch heute Morgen nicht geändert. Wenn du davon redest, dass du heute Morgen gefaulenzt hast, dann will ich dir Folgendes sagen: Wenn irgendjemand das Recht hat, ein wenig Schlaf nachzuholen, dann bist du das. Als Timmy…«

»Herrje, Timmy! Ted, ich… ich habe ihn ganz vergessen… Wo…«

»Er ist bei Ben. Er wird einen richtig guten Rancher abgeben, wenn man sein frühes Aufstehen als Zeichen nimmt. Ben und ich haben grade erst den Ofen da angeschürt und den Kaffee aufgesetzt, als wir hörten, wie er durch die Tür kam. Er ist ein feiner Junge, Aries.« Er beäugte sie genau. »Er hat sich ziemlich schnell an mich gewöhnt, und Ben kannte er natürlich schon ein wenig.«

»Ja, er ist ein feiner Junge, Ted. Er… er hatte es die letzten vier Jahre nicht leicht. Es ist mir nicht immer gelungen, ihn zu beschützen vor… wie auch immer, das wird sich nun alles ändern.« Die letzten Worte waren leise und vor allem an sie selbst gerichtet.

Sie nahm einen Schluck Kaffee und fuhr sich mit der Zunge

über die Lippen, während sie die Augen aufriss. »Gute Güte, das war kein Scherz. Der wird mir Haare…« Als sie Teds Gesichtsausdruck sah, musste sie laut lachen.

Sie nippten still an ihrem Kaffee. Ted beobachte sie mit gesenktem Blick, während sie sich in dem großen Raum umsah.

Der runde Eichentisch und die sechs Stühle beherrschten den Raum, aber entlang der Wand war noch genügend Platz für einen großen schwarz-silbernen Holzofen von Morning Comfort geblieben. Er sah gleichzeitig sowohl beeindruckend als auch behaglich aus. In seinem hohen Rückenteil befanden sich zwei Backrohre zum Aufwärmen, von denen eines offen stand: Ein Teller mit Speck und Toast war halb im und halb vor dem Ofen abgestellt. An der Seite des Herds befand sich ein Reservoir, das genügend heißes Wasser für den Abwasch, Bäder und sonstige Haushaltsverwendung enthielt. Oben am Herd befanden sich vier Deckel aus Gusseisen, in einem davon steckte ein aus Draht geschlungener Heber. Der Herd selbst war schwarz wie die Nacht, die Ofengriffe und Verzierungen an der Seite jedoch glänzend silbern. Hinter dem Herd, wo das Ofenrohr in die Wand überging, war ein wenig Platz frei gelassen, um Stiefel an kalten Wintermorgen aufzuwärmen. Der Herd verströmte eine angenehme Wärme und umgab Aries im Zusammenspiel mit dem Dampf, der aus einem großen silbernen Teekessel stieg, wie eine Willkommensumarmung.

An dem Fenster über der Spüle befanden sich rot karierte Vorhänge, die zu beiden Seiten schlaff herunterhingen. In der Ferne konnte Aries die grünen Äste von Baumwipfeln erkennen.

An den Wänden waren Holzschränke angebracht, und ein kleiner Raum öffnete sich zu einer großen Speisekammer, in der Aries Regale sah, die mit so vielen Vorräten bestückt waren, dass man eine Armee damit füttern konnte.

Sie drehte sich um und erblickte einen hohen Geschirrschrank. Mit einem freudigen Ausruf stand sie auf und ging zu ihm hinüber. Im oberen Teil befanden sich hinter verglasten Türen Regalböden voller Porzellangeschirr, das vor Staub und Schmutz starrte, aber dennoch von zarter Schönheit war. Darunter gab es drei kleine Fächer zum Aufbewahren verschiedenster Kochutensilien. Eine breite Oberfläche aus Eichenholz bot ausreichend Platz zum Arbeiten. Darunter befanden sich zwei Behälter für Mehl und Zucker. Der große Schrankkorpus ruhte stabil und sicher auf vier geschnitzten Holzbeinen. An der Seite war eine Kaffeemühle aus Holz befestigt. Den hölzernen Arm der Mühle krönte ein Porzellangriff. Beim Mahlen der Bohnen fiel das Kaffeemehl in ein Glas, das fest unter der Öffnung angebracht war. Reste gemahlenen Kaffees bedeckten seinen Boden. Über den zwei großen Behältern für Mehl und Zucker befanden sich zwei Schubladen mit Besteck und weitere Küchenutensilien. Der Schrank war aus stabilem goldenem Eichenholz und stellte schon allein eine ganze Küche dar. Aries strich mit den Händen über das glatte Holz. Wie sie da so stand, fühlte sie sich wie ein Teil des Möbelstücks und wusste, dass sie an dieser Arbeitsoberfläche viele glückliche Stunden beim Mischen und Ausrollen von Teig verbringen würde.

»Das war auch das liebste Möbelstück meiner Frau«, sagte Ted leise.

Aries griff nach einem großen Glasgefäß und zog es zu sich. Ein Metalldeckel mit eisernen Zahnrädern war an das flache Gefäß geschraubt, von dem hölzerne Rührstäbe tief in das Innere hineinreichten. Aries drehte an einem Griff und sah zu, wie sich die Rührstäbe in dem Glas in- und umeinander bewegten. Die leichtgängige Kurbel summte ruhig bei jeder Umdrehung. Aries beugte sich nach vorne und roch den schwachen Duft von Butter. Sie schloss ihre Augen und fühlte eine starke Verbundenheit zu der Frau, die dieses Gefäß zuletzt verwendet hatte, um Butter für ihre Familie herzustellen, eine Familie, die sie offensichtlich sehr liebte.

»Wie lange ist es her, dass sie von dir gegangen ist, Ted?«, fragte sie leise.

»Zehn Jahre.« Aries setzte sich nieder und nahm ihre Tasse in die Hand. Ted beugte sich zu ihr, er fühlte eine Verbindung zu dieser jungen Frau, die nur einen Tag zuvor noch eine Fremde gewesen war. Etwas drängte ihn dazu, ihr von Sara zu erzählen. Schon seit langer Zeit hatte er mit niemandem mehr über sie gesprochen.

»Sie ist im Kindbett gestorben, Aries. Wir … wir hätten das letzte Kind nicht mehr bekommen sollen, ich gebe auch mir die Schuld. Sie hatte bereits Schwierigkeiten mit Jarrett und Ben, und wir hatten vorgehabt, dass Ben unser letztes Kind sein sollte. Er war neun und Jarrett sechzehn. Wir waren überrascht, als wir erfuhren, dass Ben unterwegs war, weil wir gedacht hatten, dass Jarrett ein Einzelkind bleiben würde. Er war eine schwierige Geburt, aber mit Ben wurde es noch schlimmer. Und dann die letzte …« Seine Stimme ließ nach, und er nestelte an seiner Tasse herum. »Nun«, sagte er heiser, »wir waren ziemlich überrascht, als wir merkten, dass sie schwanger war. Natürlich haben wir uns gefreut. Wir hatten uns immer ein Haus voller Kinder gewünscht. Aber dieses Mal war es anders, gleich von Anfang an. Sara war die ganze Schwangerschaft lang krank, und es schien, als würde ihr das Kind jeden Tag mehr von ihrer Kraft rauben. Sie war dafür geschaffen, ohne Schwierigkeiten Kinder zu bekommen, das hatte uns der Arzt bei der Geburt von Ben mitgeteilt. Er hat uns davor gewarnt, weitere Kinder zu bekommen. Aber …«, brach er ab, ohne ihr in die Augen zu sehen.

»Und das Kind?«, fragte sie ihn ruhig.

»Ist auch gestorben. Ich habe an diesem Tag meine Sara verloren, das Kind und … und Jarrett.«

»Jarrett?«, fragte sie ihn verwundert.

Ted nickte. »Ich hab meinen Jungen an jenem Tag verloren. Ich bin mit dem kleinen Ben in die Stadt gefahren, um Vorräte zu besorgen. Ich wollte vor Einbruch der Nacht zurück sein. Jarrett wollte nicht mitkommen. Er war immer so ernst, nahm sich alles so sehr zu Herzen. Sagte, er müsse noch ein Zaumzeug reparieren. Ich vermute, dass er wohl in der Nähe seiner Ma bleiben wollte, falls sie seine Hilfe brauchen würde. Ich hab den Jungen an dem Tag zurückgelassen und fand bei meiner Rückkehr einen verbitterten, zurückgezogenen Mann vor.« Er blickte zu Aries auf. »Ich hab ihn niemals wieder zu Gesicht bekommen, diesen Jungen. Ich glaube, Jarrett hat mir nie wirklich verziehen, dass ich nicht hier war, als seine Mutter mich brauchte. Ich glaube, dass er mir auch nie verziehen hat, dass ich sie überhaupt erst in diese Lage gebracht hatte, wo ich doch wusste, wie schwer es ihr fiel.« Seine Augen waren von Traurigkeit über die so lange vergangenen Ereignisse gezeichnet. »Aber das ist in Ordnung. Ich habe mir selbst auch nie verziehen. Ich habe an diesem Tag viel verloren. Aber Jarrett, nun, er hat noch mehr verloren.«

In dem Raum war kein Laut vernehmbar, außer dem Pfeifen des Teekessels, der zufrieden auf dem großen Herd vor sich hin summte.

Aries schluckte den Kloß in ihrem Hals hinunter. Ihr Herz schmerzte vor Mitgefühl für Ted und diesen Mann, den sie noch gar nicht kannte, den Mann, mit dem sie möglicherweise vereint werden würde. Er brauchte sie tatsächlich. Sie würde ihm helfen zu vergessen, würde ihm helfen, mit den Erinnerungen zu leben.

»Verflixt.« Ted rieb sich mit dem Handrücken über das Gesicht.

»Das ist doch keine Art und Weise, wie du deinen ersten Tag auf der Big Hole Ranch beginnen solltest.« Ted sah Aries genau an. »Ich fühle etwas für dich, Aries. Das ist doch seltsam, oder nicht? Bis letzte Nacht kannte ich dich noch gar nicht, aber tief in mir drin schlummert die Überzeugung, dass du mir dabei helfen wirst, diese Familie wieder zu heilen. Es tut mir nur leid, dass wir dich in so eine schwierige Situation hineingestoßen haben. Was bringt dich eigentlich nach Montana? Abgesehen von Bens Anzeige?« Teds Augen schimmerten feucht. »Wir wissen, dass sie deine Aufmerksamkeit auf uns gezogen hat, aber warum sollte eine junge Frau wie du überhaupt auf so eine Anzeige antworten müssen?«

Aries antwortete nicht sofort. Einem Teil von ihr widerstrebte es, jemandem ihre Lebensgeschichte zu offenbaren. Aber Ted hatte ihr von seinem Verlust erzählt, seine Gefühle, seinen ungebrochenen Schmerz mit ihr geteilt.

»Mein Vater«, begann sie, »war ein höchst angesehener Arzt. Ich glaube, das habe ich bereits gestern Abend erzählt. Ich wuchs mit all den Bequemlichkeiten auf, die man mit Geld kaufen kann. Geld, das wir überhaupt nicht hatten, wie ich später herausfinden musste.« Sie ging zum Herd hinüber, holte die Kaffeekanne und füllte erst Teds Tasse und dann ihre eigene auf. Während sie erzählte, hörte Ted aufmerksam zu und schien zu verstehen, was sie sagte und was er zwischen den Zeilen lesen musste. Sie erzählte ihm von ihrer frühen Kindheit und von ihrer Rebellion gegen das Erlernen von haushälterischen Fähigkeiten. Sie erzählte ihm von ihrer Liebe zur Medizin, der Freude ihres Vaters über ihre Fähigkeiten und seinem Wunsch, sein Wissen über einen Beruf, für den er lebte, mit ihr zu teilen. Sie schilderte Ted den unerwarteten Tod ihres Vaters, die Schulden, die Sorge darüber, was sie nun tun, wohin sie gehen sollte. Aries berichtete ihm von Tante Georgias Angebot. Und dann erzählte sie ihm, wie sie auf die Zeitungsanzeige gestoßen war. Sie beschrieb, wie sie Mrs Ellis verzweifelt um Hilfe gebeten hatte. Ted lachte glucksend, als sie ihm von den Seiten über Seiten mit Rezepten und Haushaltstipps erzählte, die sie und Mrs Ellis fieberhaft im Kampf gegen die Zeit niedergeschrieben hatten und die nun in einem Koffer lagen, der nicht schnell genug ankommen konnte. Und zuallerletzt erzählte sie ihm von sich selbst … Dass sie noch nie einen Mann begehrt hatte und noch nie den Wunsch verspürt hatte, zu heiraten.

»Ich habe nie jemanden gefunden, der meinen Vorstellungen entsprach, Ted. Ich hätte viele Gelegenheiten gehabt. Die jungen Ärzte, die bei meinem Vater in die Lehre gingen, fanden mich recht attraktiv, nehme ich an, ebenso wie andere Männer auch.« Sie lächelte Ted an. »Zumindest bis sie meine eigensinnige Hartnäckigkeit kennenlernten. Ich muss gestehen, Ted, dass ich sehr stur sein kann. Ich bin es nicht mit Absicht, aber ich kann Schwäche nicht ertragen, sei es nun bei Männern oder Frauen. Ich habe Hausfrauen kennengelernt, die voller Stärke sind, wie Mrs Ellis und … und wie deine Sara. Die stärker sind, als ich es je sein werde. Ich weiß, dass ein Mann kein Arzt sein muss, um stark zu sein oder«, und hier fingen ihre Augen zu funkeln an, »um meine Bewunderung zu verdienen. Du bist ein starker Mann, Ted, stark auf eine Art und Weise, wie es mein Vater niemals war.« Sie lachte leise. »Mein Vater hatte die Tendenz, ein wenig hochtrabend und ein Sturkopf zu sein. Und er konnte auch grausam sein.« Sie blickte zur Seite, fuhr dann fort. »Was ich sagen will, Ted, ist, dass es gewisse Prinzipien gibt, nach denen ich einen Mann beurteile. Und wie ich leider sagen muss, habe ich niemanden gefunden, der meine Erwartungen erfüllt hätte. Auch nur wenige Frauen schafften dies. Ich hatte leider nur sehr wenige Freundinnen. Auf der anderen Seite schätze ich, dass es das einfacher machte, die Vergangenheit Vergangenheit sein zu lassen und Philadelphia zu verlassen.«

»Und wieso bist du davon ausgegangen, dass der Mann, den du heiraten würdest, ohne ihn je gesehen zu haben, deinen Anforderungen genügen, deinen hohen Standards entsprechen würde?«, fragte er sie, aber nicht unfreundlich.

»Ich wusste es nicht wirklich«, antwortete sie ehrlich. »Aber ich fühle es. Kein Mann könnte in dieses wilde Land vorstoßen und eine Ranch aufbauen, ohne Stärke zu besitzen. So ein

Mann muss Prinzipien und Ideale haben, nach denen er lebt, oder dieses Land würde über ihn siegen. Er muss ein Mann sein, der mit erhobenem Kopf auf seinen eigenen zwei Füßen stehen kann. Und darüber hinaus, Ted, glaube ich, dass ein Mann mit diesen Wesenszügen und von solcher Stärke sich eine Frau desselben Kalibers an seiner Seite wünschen würde. Ich mag nicht über die Fähigkeiten verfügen, zumindest noch nicht, um ihm eine echte Hilfe zu sein, aber ich denke, dass ich stark bin. Ich weiß, dass ich es bin. Ich weiß, dass ich das nötige Rückgrat habe, um mich jeder Aufgabe, jeder Herausforderung zu stellen und sie zu meistern. Ich weiß es.« Ihre Stimme verstummte allmählich.

»Liebes, das weiß ich auch.«

»Wirklich?«, fragte sie.

»Ohne jeden Zweifel.« Er streckte sich. »Nun, jetzt haben wir uns erst einmal genug das Herz ausgeschüttet. Haben wohl auch einiges ausgelassen, vermute ich?« Sie nickte. »Aber das ist in Ordnung, wir haben Zeit, wir beide. Ja, ich schätze, wir werden jede Menge Zeit haben, uns alles zu erzählen. Aber für den Augenblick … Wieso holst du dir nicht erst mal ein Stück von dem Toast und etwas Speck zum Frühstück? In der Schachtel sind auch Eier, wenn du dir ein paar braten willst.« Er sah ihren fragenden Gesichtsausdruck und musste lachen. »Du weißt nicht, wie man ein Ei anbrät?«

»Nein«, gab sie zu. »Nicht wirklich. Ich habe der Köchin beim Braten zugesehen, und vermutlich könnte ich es auch, aber für den Moment sollen mir Toast und Speck genügen.«

»Na gut, dann nur Toast mit Speck. Ich bin der Koch in diesem Haus, Aries. Ich werde auch weiterhin kochen, wenn das für dich in Ordnung ist.« Er sah sie an, konnte dabei aber die Erheiterung in seinen Augen nicht verbergen.

»Ted, das ist mehr als in Ordnung für mich. Ich … ich kann Kekse backen«, bot sie schüchtern an.

»Das kannst du?«, fragte er sie überrascht.

»Ja«, lächelte sie. »Ich liebe Kekse, also war das die eine Sache, die ich mir von meiner Mutter habe beibringen lassen. Ich kann Pfefferkuchen backen und Mürbegebäck, Haferkekse mit Rosinen und jeder Menge Gewürzen, und ...«

»Halt, halt! Hör besser sofort auf. Mir läuft schon das Wasser im Munde zusammen. Kekse, was? Du liebst sie also? Nun, Aries, es scheint, als hätten du und Jarrett schon etwas gemeinsam. Er ist völlig verrückt nach Keksen und ...«, er senkte seine Stimme, »... nach Keksteig. Ich erinnere mich, dass er mehr als ein paar Klapse auf die Hand bekommen hat, weil er vom Teig genascht hat, wenn er dachte, dass seine Mutter nicht hinschauen würde. Siehst du, schon gibt es einen Silberstreifen am Horizont. Wir haben in Sachen Kochen noch jede Menge Arbeit vor uns, aber mit den Keksen hast du die ersten Schritte auf dem Weg in Jarretts Herz schon hinter dich gebracht. Also, was hältst du davon, wenn du etwas isst, dich anziehst und dich dann ein wenig umschaust? Timmy ist mit Ben unten an der Scheune. Nimm ihn mit, und ihr zwei könnt heute euer neues Zuhause erkunden. Wenn Jarrett zurück ist, wird noch genug Zeit sein, um die schwerwiegende Aufgabe in Angriff zu nehmen, seine Gehilfin zu werden. Du solltest dich jetzt noch ein wenig vergnügen, Aries, denn vor uns liegt eine schwere Zeit ... Ja, das tut sie in der Tat.« Er wandte sich von ihr ab, und Aries dachte darüber nach, was für Probleme und Sorgen es wohl sein mochten, die er mit diesen düsteren Worten angedeutet hatte.

Kapitel 8

Das Wasser fühlte sich wundervoll an. Sie hatte nicht vorgehabt, etwas anderes zu tun, als ihre Schuhe auszuziehen und ihre Füße an der tiefen Stelle zu kühlen, wo das Wasser unter der ausladenden Laubkrone einer großen Pappel sanft gegen das Ufer schlug. Sie und Timmy hatten das schattige Plätzchen gefunden, als sie den Weg erkundeten, auf dem sie letzte Nacht angereist waren. Sie hatten den Weg verlassen und waren einem kleinen Pfad gefolgt, der sie zum Fluss führte. Dort hielten sie an, um dem Wasser zuzusehen, wie es sich durch die Weiden schlängelte, vorbei an einem Feld voller früh blühender Frühlingsblumen. Zunächst waren Aries und Timmy damit zufrieden gewesen, durch das kühle Wasser zu waten und ein wenig herumzuspritzen, aber die Sehnsucht nach einem Bad und einer Gelegenheit, ihr Haar zu waschen, übermannte Aries. Timmy, der, ganz wie es sich für einen kleinen Jungen gehört, eine Aversion gegen zu viel Wasser hatte, wollte mit dem Bad nichts zu tun haben und versprach, dass er für Aries Wache halten würde, während sie aus ihrem Kleid schlüpfte. Nur mit einem Leibchen bekleidet, stieg sie tiefer in den Fluss hinein. Dort tauchte sie vollkommen ein, am ganzen Körper zitternd aufgrund der Kälte des Wassers. Wild um sich spritzend und nach Luft schnappend gelangte sie wieder an die Wasseroberfläche. Das Wasser ronn ihr in Bächen aus dem langen Haar. Sie schüttelte sich das Wasser aus den Augen und suchte das Ufer ab.

»Timmy!«, rief sie.

»Ja, Aries«, ertönte die Antwort des kleinen Jungens von hinter einem Büschel Rohrkolben. »Ich bin hier drüben. Hier sind Frösche, Aries, jede Menge Frösche.« Seine Stimme erschallte laut in der Stille des sonnigen Sommertags, er klang aufgeregt und glücklich.

Sie und Timmy hatten Ted beim Wort genommen und waren seinem Vorschlag gefolgt, den Tag damit zu verbringen, ihr neues Zuhause zu erkunden. Aries konnte sich nicht erinnern, wann sie je eine schönere Zeit verbracht hatte. Sie fühlte sich so leicht wie die Sommerbrise, die über die Wassertropfen auf ihren Schultern strich. Aries sank zurück ins Wasser und fand nun das Wasser wärmer als die Luft.

»Geh nicht weg, Timmy«, warnte sie ihn. »Und du sollst doch für mich Wache halten, erinnerst du dich?« In ihrer lachenden Stimme war die Freude über Timmys Vergnügen an den soeben gefundenen Fröschen zu hören und über das wunderschöne Tal, das sie so sehr begeisterte. Sogar in der Luft lag der Geschmack von Honig. Sie ließ ihren Kopf zurück in den Fluss sinken, sodass das Wasser über sie floss und ihr Haar hinter ihr einen goldenen Teppich bildete.

»Ich passe auf, Aries«, rief er kaum vernehmbar von hinter den Rohrkolben.

Sie lachte leise und entspannte sich, gab sich den Bewegungen des Wassers hin, ließ ihren Körper von der Strömung schaukeln. Sie summte leise vor sich hin. So sehr war Aries von der Freude des Moments abgelenkt, dass sie den großen Mann nicht bemerkte, der auf einem hochbeinigen schwarzen Hengst heranritt, unter dem Baum zum Stehen kam und sie beobachtete.

»Noch etwa sechs Fuß weiter, und der Flussboden fällt plötzlich ab. Wenn Sie nicht gut schwimmen können, sollten Sie besser nicht mehr weiter rausgehen.«

Aries schoss mit einem Schwall von Wasser nach oben und versuchte, ihre Füße so schnell wie möglich wieder unter sich zu bringen. Ihr Herz raste.

Der Fremde lachte glucksend von seiner Aussichtsposition auf dem Pferd aus. Er befand sich im Schatten des Baumes, und Aries konnte sein Gesicht nicht erkennen. Sie sah nur die Silhouette des Mannes, die mit der seines Pferdes zu einem überlebensgroßen Schatten verschmolz.

In diesem Moment kam Timmy durch die Rohrkolben gerannt, seine Augen weit offen. »Aries, Aries, da kommt ein Mann … da kommt …« Er blieb stehen und starrte den Mann an.

»Ich glaube, das kann sie sehen. Genau wie ich sie dort im Wasser sehen kann.«

Aries schnappte nach Luft und ließ sich schnell tiefer ins Wasser sinken.

Der Mann blickte den kleinen Jungen finster an und sagte mit strenger Stimme: »Du hast deine Aufgabe nicht erledigt, Junge. Solltest du nicht aufpassen? Hier draußen macht ein Mann seinen Job, ohne dass man ihn daran erinnern muss.«

»Ja, Sir.« Timmy ließ seinen Kopf hängen.

Aries hörte, wie der Mann Timmy tadelte, und der goldene Nachmittag zerbrach vor ihren Augen. Sie sah Timmy, der mit seinem gesenkten Kopf einen nur allzu vertrauten Anblick bot. Wie konnte es dieser Mann wagen, sie hier zu stören und Timmy in dieser Art und Weise zu demütigen … auf dieselbe Art und Weise, wie er sein ganzes Leben zurechtgewiesen worden war.

»Das geht Sie nicht im Geringsten etwas an, Mister«, sagte Aries ruhig. Der Mann wandte sich in einer raschen Bewegung wieder ihr zu. »Was er tut oder nicht tut, braucht Sie nicht zu kümmern. Es war meine Entscheidung, hier ein Bad zu nehmen, und wenn Sie ein Gentleman wären, hätten Sie sich bemerkbar gemacht, damit ich Gelegenheit gehabt hätte, mich zu … zu …«

»Angemessen zu bedecken? Ein wenig zu spät dafür, oder etwa nicht? Und was die Frage angeht, ob ich ein Gentleman bin, nun, ob sie mich als solchen bezeichnen oder nicht, ist mir völlig gleichgültig«, sagte er kalt. »Aber Sie sollten besser dankbar sein, dass ich kein abtrünniger Indianer bin oder jemand, der die Situation ausnutzt, wenn er eine junge Frau allein hier draußen vorfindet und diese nur einen nutzlosen kleinen Jungen zum Schutz dabei hat. Wissen Sie es nicht besser, als sich hier zu entblößen, wo jederzeit ein Mann vorbeireiten könnte, oder ist es Ihnen einfach nur egal?«

»Oh!«, sprudelte es aus ihr hervor, aber bevor ihr eine vernichtende Antwort einfiel, hatte sich der Mann bereits wieder zu Timmy umgedreht.

»Ich habe gehört, dass dir deine Ma zweimal zugerufen hat, dass du aufpassen sollst. Und wo warst du? Na? Wie ich vorhin gesagt habe: Wenn man dir eine Aufgabe gibt, dann solltest du besser in dem Wissen aufwachsen, dass Menschen darauf vertrauen, dass du sie auch erledigst. Nächstes Mal ist es vielleicht jemand, der kein so ein … Gentleman … wie ich ist, der euch begegnet.« Seine Stimme troff vor Sarkasmus, als er zurück auf Aries blickte. »Nächstes Mal könnten die Konsequenzen ganz andere sein. Verstanden?«, bellte er.

Timmy nickte elend, und Aries wurde mit jeder Sekunde wütender.

»Sir, ich weiß nicht, wer Sie sind, aber ich wäre Ihnen dankbar, wenn Sie Ihre Meinung für sich behalten würden. Ich bin für ihn verantwortlich, und ich – und nur ich – bin für seine Erziehung zuständig.«

»Dann sollten Sie sich auch darum kümmern«, unterbrach er sie, bevor sie den Rest ihrer wütenden Rede zu Ende bringen konnte. »Einem echten Gentleman würde vermutlich ebenfalls auffallen, dass Sie fast nichts anhaben und dass Sie in dem kalten Wasser, in dem Sie sich verbergen, langsam blau anlaufen.« Und damit machte er mit seinem Pferd kehrt und war so schnell außer Sichtweite, dass sie nicht mehr tun konnte, als wegen seiner Unverschämtheit scharf einzuatmen.

Sie wartete, bis sie sicher war, dass er fort war. Alle Gedanken daran, das Wasser zu genießen oder, was das betraf, den Rest des Nachmittags, waren wie fortgewischt. Aries fühlte, dass sie zu zittern begann, ob wegen der Kälte des Wassers oder aus Wut, vermochte sie nicht zu sagen. »Oh, wie kann er es wagen, wie kann er es wagen«, murmelte sie immer und immer wieder, während sie nach ihrem Kleid griff, das von einem niedrigen Ast hing, und versuchte, sich mit ihrem Rock abzutrocknen.

»Timmy!«, blaffte sie ihn an, die Wut auf den Mann in ihrer Stimme hörbar. »Komm hierher! Und wag es nicht, zu weinen. Fang jetzt nicht zu weinen an. Komm her.«

Sie beugte sich nach unten und hob sein schmales Kinn an, sodass er ihr in die Augen schaute. »Timmy, er hatte recht, weißt du. Ich hab dir eine Aufgabe gegeben, Liebling. Wir leben jetzt nicht mehr in der Stadt. Hier sind wir aufeinander angewiesen. Aber er hatte nicht das Recht dazu, dir zu … egal, das ist nicht mehr wichtig, es ist alles vorbei. Manchmal trifft man eben auf Menschen, die von Natur aus unhöflich und gemein sind. In Ordnung?«

Er nickte still mit traurigem Gesicht.

»Wir hatten vorhin so einen schönen Nachmittag«, sagte sie in dem Versuch, das Licht, das den ganzen Tag in seinen Augen geleuchtet hatte, wieder zurückzubringen.

»Das hatten wir doch, oder?«

Ein weiteres Nicken.

»Nun, dann lass uns auch weiterhin einen schönen Tag haben. Lassen wir uns von diesem gemeinen Mann nicht die Laune verderben. Weißt du, Timmy, ich habe so ein Gefühl, dass wir hier in Montana von nun an immer eine schöne Zeit haben werden, genau wie heute Nachmittag.«

»Glaubst du das wirklich?« Seine Stimme war voller Hoffnung, und sein Vertrauen in sie rührte sie.

»Ja, das tue ich. Und jetzt lass uns zurück zum Haus gehen. Vielleicht können wir Ted beim Abendessenkochen helfen.

Klingt das gut?«

»Mmm, hmm. Aber ich helfe lieber Ben. Er hat gesagt, ich könnte ihm beim Melken helfen. Er meinte, ich hätte genau die richtige Größe, um zu lernen, bei einer Kuh am … am Kuh… na ja, du weißt schon wo zu ziehen, Aries.«

Sie lachte auf. »Ja, ich denke, ich weiß es.« Sie wuschelte ihm mit ihrer Hand durchs Haar. Sein Kopf war warm von der Nachmittagssonne.

»Ach, Timmy«, seufzte sie. »Die Dinge sind wirklich anders hier. Du und ich sollten besser schnell dazulernen, denn ich glaube, wir haben viel aufzuholen. Was hältst du davon?«

»Hm hm«, antwortete er ihr, aber seine Gedanken waren nicht mehr länger bei dem, was sie sagte, oder bei dem dunklen Mann, der so streng zu ihm gewesen war. Er dachte über die Kuh nach und darüber, ob er wirklich an ihrem Schwanz drehen musste, damit sie Milch gab, wie Ben ihm gesagt hatte. Er hoffte stark, dass es nicht stimmte, denn er hatte Angst vor dieser großen Kuh und wollte sicher nicht in der Nähe ihres Schwanzes oder ihrer Hinterbeine sein.

Kapitel 9

»Ich hab dich nicht so bald zurückerwartet, Jarrett«, sagte Ben und warf dabei seinem Vater, der ein Stück Holz in den Ofen stopfte, hinter Jarretts Rücken einen besorgten Blick zu.

»Nein, ich hatte auch nicht erwartet, dass ich so schnell fertig sein würde. Tatum war froh, mit mir Geschäfte machen zu können, und wir sind schneller als gedacht einig geworden. Er wird uns alle Pferde abnehmen, die wir liefern können. Er will nur, dass sie bereits an Zaumzeug gewöhnt sind. Ich schätze, er plant, die Soldaten den Rest erledigen zu lassen.« Er lächelte, während er sich einen Stuhl hervorzog, und ließ seinen schlanken Körper darauf sinken, in der einen Hand eine Tasse Kaffee. Er schob den Hut seine Stirn hoch, wodurch eine Locke schwarzen Haars zum Vorschein kam. Sein schmales Gesicht hatte in all den Stunden, die er in der Sonne verbracht hatte, die Farbe von Bronze angenommen, und schwache Linien waren seitlich an seinen Augen erkennbar, aber sie stammten vom Zwinkern gegen das Sonnenlicht, nicht vom Lachen. Er lächelte nur selten, aber wenn er es tat, dann trat ein Ausdruck von Güte auf sein strenges Gesicht. Das Blau seiner Augen war so dunkel, dass es fast schwarz schien. Abhängig von seiner Stimmung konnte es jedoch heller oder dunkler wirken und sich innerhalb von nur wenigen Momenten verändern. Seine Augen waren von langen, dichten Wimpern umrahmt, die dieselbe schwarze Farbe hatten wie sein Haar. Sein Gesicht sorgte dafür, dass sich Frauen zweimal nach ihm umdrehten.

Aber ihr Interesse verflog schnell wieder, wenn sie seine kalte Distanziertheit zu spüren bekamen.

»Hier alles in Ordnung?«

Ben nickte, ohne Jarrett ins Gesicht zu sehen. Ted hustete und machte mehr Lärm, als nötig war, als er mit dem Schürhaken am Herdrost rüttelte und die Klappe wieder zuschlug.

»Aber ich bin verdammt müde«, sagte Jarrett und rieb sich mit der Hand hinten über das Genick. »Nach nur ein paar Tagen in Butte bin ich heilfroh, dass wir nicht näher an der Stadt wohnen, als wir es eh schon tun. Glaube nicht, dass ich schon mal einen Ort wie Butte gesehen habe. Wusstet ihr, dass die Chinesen mitten in der Stadt eine Reihe von Geschäften aufgemacht haben? Ich bin in eines reingegangen, und ich muss euch sagen, ich war echt überrascht. War sauber drin und sehr gut bestückt. Das sind hart arbeitende Leute. Ich habe ein paar angeheuert.«

»Du hast was?«, fragte Ted ihn überrascht.

»Wir brauchen einen Koch und jemanden, der sich hinten in der Schlafbaracke um die Wäsche kümmert. Seit Cookie Hals über Kopf nach Wyoming losgezogen ist, haben sich die Jungs abgewechselt und murren die ganze Zeit darüber. Da wir grade von Köchen reden, hast du schon was Bestimmtes im Sinn für das Abendessen?«

Ohne auf Teds Antwort zu warten, fuhr er fort: »Ben, ich will, dass du ein Stück Fleisch holst und es runter zum Bach hinter dem Weg bringst, bevor es zu dunkel wird. Irgendwo dort muss eine Familie auf der Durchreise ihr Lager aufgeschlagen haben. Das Fleisch können sie wahrscheinlich ziemlich gut gebrauchen. Und wenn du sie eh schon suchst, kannst du sie gleich daran erinnern, dass sie sich auf dem Land der Big Hole Valley Ranch befinden und dass man von ihnen erwartet, dass sie morgen früh verschwinden. Lass dich von ihnen nicht in einen Streit verwickeln … besonders nicht von der Frau.«

»Der Frau?«, fragte Ted leise.

»Yeah, hab sie beim Baden im Fluss erwischt. Du kennst die Stelle, Ben, dort, wo wir früher von der Pappel runter in das tiefe Loch gesprungen sind? Nun, da hat sie gebadet, zusammen mit einem kleinen Jungen. Bildschön«, sagte er ruhig, »aber ziemlich aufsässig. Hat sich auf mich gestürzt wie eine Löwin, die ihr Junges beschützt.« Seine Augen blitzten auf, und ein Lächeln umspielte seine Lippen. Die Blicke, die sein Vater und Ben austauschten, entgingen ihm. »Hat mir gesagt, dass ich mich um meine eigenen Angelegenheiten kümmern soll, und zwar klar und deutlich. Wie dem auch sei«, sagte er und blickte auf. Die Männer umklammerten ihre Kaffeetassen und sahen überall hin, nur nicht zu Jarrett. »Ich will, dass sie und der Rest von ihnen bis Tagesanbruch verschwunden sind.« Er gluckste leise. »Man kann nur Mitleid haben mit dem Mann, den sie herumkommandiert.«

»Ähm, Jarrett«, fingen Ben und Ted gleichzeitig zu sprechen an.

Er sah sie mit einem strengen Blick an, spürte ihre Bestürzung. »Yeah?«

Ben sah zu seinem Vater hinüber und fuhr sich mit der Zunge über die Lippen. »Ähm, Dad und ich … Wir, ähm … nun, wir müssen dir etwas erzählen, Jarrett.«

Jarretts Stimme wurde spürbar kühler. Er fühlte ihre Zurückhaltung und hatte keine Lust, sich noch ein weiteres Problem anhören zu müssen. »In Ordnung«, sagte er müde, »dann schieß los.«

»Dad …«, sagte Ben bittend.

»Sohn.« Ted begann zu sprechen, räusperte sich. »Ben und ich haben etwas getan, das ein wenig impulsiv war, aber zu dem Zeitpunkt schien es eine gute Idee zu sein. Eigentlich ist es immer noch eine gute Idee. Es ist nur so, dass ich mir jetzt im Moment wünschte …« Seine Stimme wurde immer leiser.

»Spuckt es aus«, forderte Jarrett sie auf, sah vom einem zum anderen.

»In Ordnung. Wir, ähm, waren der Meinung, dass du jemanden brauchst, jemanden, der dir möglicherweise dabei helfen könnte, deinen Schmerz zu lindern, deine Einsamkeit … du weißt schon, dir dabei helfen könnte, dir die Last von den Schultern zu nehmen, die du ganz alleine trägst, also …« Er räusperte sich erneut und fuhr mit so leiser Stimme fort, dass man ihn fast nicht mehr hören konnte. »Wir haben dir eine Ehefrau besorgt, eine …«

Jarrett sprang auf und schmiss dabei den Stuhl um.

»Was zur …? Habe ich dich grade richtig gehört? Ihr habt mir eine Ehefrau besorgt?«, schrie er, seine Augen vor Wut schwarz. »Ihr habt mir eine Ehefrau besorgt? Wie besorgt man bitte jemandem eine … egal, vergiss es. Aber verratet mir eines: Was ist in euch zwei gefahren? Eine Ehefrau? Wo? Wer?«

»Verflixt noch mal, Sohn, setz dich einfach wieder hin. Ben hat eine Zeitungsanzeige in Philadelphia aufgegeben und, na ja, wir haben eine Antwort erhalten. Ben hat sie gestern vom Zug abgeholt.«

»Das ist erst mal genug. Gestern? Okay.« Jarrett atmete tief ein und bemühte sich, seine immer größer werdende Wut und Frustration in den Griff zu bekommen. Zwischen zusammengebissenen Zähnen presste er hervor: »Wo ist sie? Na? Nun, es ist egal, wer sie ist, sie wird nicht hierbleiben. Was hat euch beide nur denken lassen, dass ich eine Ehefrau wollen oder brauchen würde? Wer hat euch das Recht gegeben, diese Entscheidung für mich zu treffen?«

Seine Stimme war laut, und er stieß die Worte wütend hervor, während er den umgefallenen Stuhl aufhob und ihn mit einem Knall zurück unter den Tisch trat. »Hört mir mal genau zu«, flüsterte er und betonte dabei jedes einzelne Wort. »Wenn ich eine weitere Frau in dieses Haus hätte bringen wollen, dann hätte ich mir selbst eine geholt. Ich – selbst. Ich weiß nicht, wo ihr sie versteckt habt, aber ich kann euch jetzt schon verraten, dass sie hier nicht bleiben wird.« Er fuhr sich mit zitternder

Hand durch das Haar, stieß dabei seinen Hut auf den Boden. Er bückte sich nach unten, um ihn aufzuheben, und richtete sich dann langsam wieder auf, seinen Körper vor Wut angespannt. Die zwei Männer vor ihm traten einen Schritt zurück, beide in seinem durchdringenden Blick gefangen. »Und jetzt verratet ihr mir, welche Art von Frau überhaupt auf eine Anzeige in einer Zeitung antwortet, um einen Ehemann zu finden, und dann den ganzen Weg von Philadelphia herkommt, um einen Mann zu heiraten, den sie noch nie gesehen hat?«, knurrte er. »Welche Art von Frau?«

»Diese hier.«

Drei Köpfe drehten sich in Richtung der Person, die gesprochen hatte, und wurden von Aries' wütendem, kaltem Blick getroffen.

Sie stand in der offenen Tür, von Sonnenlicht umgeben. Ihr nasses Haar hing ihr den Rücken hinunter, das natürliche Gold schwer und dunkel. Nasse Flecken zeichneten sich dunkel auf ihrem Kleid ab, das sie als eine Art Handtuch verwendet hatte, um sich abzutrocknen. Aber selbst in diesem Zustand blieb ihre natürliche Schönheit nicht verborgen. Ihr Gesicht war vor Wut rot angelaufen und ihre Augen weit aufgerissen. Sie war blass und hielt trotzig ihre zu Fäuste geballten Hände nah an ihrem angespannten Körper.

»Sohn, ich würde dir gerne …«

»Wir kennen uns!«, antworteten beide gleichzeitig, spuckten die Worte in die Luft wie zwei Katzen, die sich anfauchten und die Klauen ausfuhren.

»… Aries und Timmy vorstellen«, sagte Ted. »Und Aries, das ist mein Sohn Jarrett.«

Weder Aries noch Jarrett schenkten der Vorstellung Beachtung. Blaue Augen blickten starr in blaue Augen und fochten einen Willenskampf aus. Aries bückte sich zu dem kleinen Jungen, der versuchte, sich hinter ihr zu verstecken. »Timmy, wieso gehst du nicht nach oben in dein Zimmer und spielst ein wenig mit deinen Soldaten?« Sie sah an seinem Gesicht, dass er protestieren wollte, und fügte ein leises »Bitte« hinzu.

Wortlos durchquerte Timmy den Raum und machte dabei einen weiten Bogen um den Mann, der ihn nicht aus den Augen ließ.

»Er könnte ein paar Lektionen in Sachen Gehorsam gebrauchen«, murmelte Jarrett im Flüsterton, aber laut genug, sodass Aries es verstehen konnte.

»Ja, und jemand anderes könnte ein paar Lektionen in Sachen Anstand brauchen. Der einzige Unterschied ist, dass einer vier Jahre alt ist und sich der andere nur so aufführt, als wäre er vier Jahre alt.« Sie ahmte sein Verhalten nach und murmelte leise vor sich hin, aber ebenfalls laut genug, sodass er sie verstehen konnte.

»Bitte?« Jarrett zog die Augenbrauen nach oben, und seine Augen verengten sich. »Hören Sie, Miss …«

»Aries«, sagte sie in einem ebenso kühlen Tonfall.

»Was?«

»Mein Name lautet Aries. Aries Burnett.«

»Aries? Grundgütiger, sogar Ihr Name ist …«

»Ist was, Mr McCabe?«, sagte sie langsam und frostig.

Er starrte sie an und antwortete dann voller Sarkasmus: »Seltsam.«

Er wartete auf eine Erwiderung, stachelte sie noch weiter an: »Was für eine Art Name ist denn bitte Aries?«

»Nicht, dass es Sie etwas angeht, Mr McCabe, aber mein Vater gab mir diesen Namen. Er liebte die Astrologie, und Aries ist der Name eines Sterns, einer Sternenkonstellation, es ist …«

»Nun, es ist eigentlich gleichgültig, wie Ihr Name lautet«, schnitt ihr Jarrett das Wort ab. »Sie wurden unter Vortäuschung falscher Tatsachen hierhergelockt, Ma'am, und Ben, der die Verantwortung dafür trägt, dass man Sie für dieses sinnlose Unternehmen hierhergebracht hat …« Seine Augen funkelten böse in Richtung des unglückseligen jungen Mannes. »Ben wird Sie und den Jungen«, dabei nickte er in Richtung der Tür, »heute Nacht zurück nach Wise River bringen. Von dort aus können Sie mit dem Zug zurück nach Philadelphia reisen. Es tut mir leid für dieses Missverständnis und dass Sie die lange Reise auf sich nehmen mussten. Natürlich bezahlen wir Ihnen das Rückfahrticket. Ben«, und damit wandte er Aries den Rücken zu, setzte seinen Hut auf und machte sich daran, den Raum zu verlassen, »Ben, hol den Wagen und sieh zu, dass du sie …«

»Das wird nicht nötig sein, Ben«, sagte sie in einem Tonfall, der keinen Raum für Diskussionen ließ. »Ich werde hier nicht fortgehen.«

Ben sah mit weit aufgerissenen Augen von einem zum anderen. Ted stand bewegungslos beim Herd und beobachtete das Geschehen. Es war, als ob sich nur zwei Menschen in dem Raum befinden würden. Zwei Menschen, zwischen denen sich ein Gewittersturm zu entladen schien.

Jarrett wirbelte herum, seine Augen schwarz und vor Wut schwelend. Aries stellte sich ihm entgegen, mit angespannten Schultern, ihre Hände in die Hüften gestemmt. Dann ging sie langsam auf ihn zu und hielt wenige Schritte vor ihm inne.

»Ich werde nicht gehen, Mr McCabe.« Sie sprach jedes einzelne Wort klar und deutlich aus.

»O ja, das werden Sie«, antwortete er ihr, seine harten Worte voller Überzeugung. Aber in den undurchdringlichen Tiefen seiner Augen blitzte Bewunderung auf, wenn auch nur eine Sekunde lang. Angesichts der Kühnheit der zierlichen kleinen Frau, die es wagte, sich ihm in seinem eigenen Haus entgegenzustellen, musste er sich ein Lächeln verkneifen. Zwei helle Wutflecken verliehen ihren hohen Wangenknochen Farbe. Ihre Patriziernase war nach oben gestreckt, und ihre schmalen Nasenflügel blähten sich auf. Er konnte sich nicht helfen und ließ seine Augen zu ihrem Mund wandern. Sein Blick blieb an der süßen Fülle ihrer Lippen hängen. Ein Ausdruck der Verwunderung zog über seine Stirn, während er versuchte, die ungewohnten Gefühle beiseitezuschieben.

»Nein, das werde ich nicht. Ich habe mich auf eine Anzeige hin gemeldet, dass eine Frau gesucht wird, die willens ist, auf einer Ranch in Montana zu arbeiten. Ich reiste in gutem Glauben an. Nun sind Sie verpflichtet, diese Vereinbarung einzuhalten.«

»Ich habe Ihnen gegenüber keinerlei Verpflichtung, Ma'am. Nur weil mein Bruder und mein Vater beschlossen haben, dass ich eine Frau brauche, heißt das noch lange nicht, dass ich mir auch eine nehmen muss. Meine einzige Verpflichtung besteht darin, dafür zu sorgen, dass Sie wieder mit einem Zug zurück nach Philadelphia kommen. Nichts für ungut, Ma'am, aber genauso sicher, wie Gott das Gras grün gemacht hat, habe ich keinerlei Absicht, erneut zu heiraten.«

»Nun, das trifft sich gut, Mr McCabe. Denn diese Absicht habe ich auch nicht.«

Seine Verwendung des Wortes »erneut« entging ihr vollkommen.

»Aries«, schnitt Ted ihr das Wort ab.

»Nein, Ted, er hat recht. Er will mich nicht zur Frau und«, ahmte sie seine eigenen Worte nach, »nichts für ungut, aber genauso sicher, wie Gott das Gras grün gemacht hat, will auch ich ihn nicht zum Ehemann. Aber ich habe immer noch die Absicht hierzubleiben.« Sie atmete tief ein und fuhr fort: »Mr McCabe, Sie brauchen möglicherweise keine Ehefrau, aber sie brauchen in jedem Fall eine Frau in diesem Haus. Sie brauchen eine Frau, die das Kochen übernimmt.« Sie sprach die Worte ruhig aus. »Und das Putzen und all die anderen Aufgaben, die eine Frau auf einer Ranch verrichtet. Da Sie nicht die Absicht haben, sich eine Ehefrau zu nehmen, die sich um diese Aufgaben kümmert, ist es nur sinnvoll, jemanden dafür einzustellen. Sie haben doch einen gesunden Menschenverstand, nicht wahr, Mr McCabe?«

»Ja«, knurrte er und ließ dabei keinen Moment ihr Gesicht aus den Augen.

»Nun, dann ist ja alles geregelt. Ich werde als ihre Haushälterin hierbleiben.«

An dieser Stelle schaltete sich Ted ein, auf dessen Lippen die Spur eines Lächelns zu sehen war. »Das scheint mir die Antwort zu sein, Sohn. Du und Ben, ihr habt nicht genügend Zeit, all das zu tun, was getan werden muss, hier in diesem Haus, und ich bin nicht mehr so schnell, wie ich es einmal war. Wir haben hier eine junge Dame, die willens ist, sich dieser Aufgabe zu stellen.« Er legte eine Hand auf Aries' Schulter.

Jarrett blickte von einem Gesicht zum anderen. Er war sich ziemlich sicher, dass er in eine Situation manövriert worden war, aus der er sich nicht mehr herauswinden konnte, aber er hatte nicht die geringste Ahnung, wie dies geschehen war. Er war von einer scharfzüngigen, hitzköpfigen Frau manipuliert worden, deren blaue Augen ihn anblitzten.

Er atmete mehrmals scharf und tief ein, da er das Gefühl hatte, dass er mehr Luft brauchte. Schließlich sagte er: »In Ordnung, Aries.« Dabei betonte er den ungewöhnlichen Namen. »Sie können auf der Big Hole Valley Ranch arbeiten. Aber vergessen Sie nicht, dass Sie Ihre Anweisungen von mir erhalten. Nur damit wir uns gleich von Anfang an recht verstehen. Ich arbeite hart, und ich erwarte, dass meine Mahlzeiten pünktlich zubereitet werden und rechtzeitig auf dem Tisch stehen, und …«

»Nein.« Das Wort hing in der Luft.

»Bitte?« Sein Kopf zuckte nach oben, seine Kiefermuskeln flatterten unter der Anspannung. »Was wollen Sie mit diesem Nein sagen?«

»Einfach nur genau das, Mr McCabe.« Ihre Antwort war ruhig und gab ihm keinen Hinweis auf die Angst, die in ihr rumorte. »Nein. Ihre Mahlzeiten werden nicht von mir zubereitet werden, zumindest noch eine Weile lang nicht. Sehen Sie«,

sie hielt inne, bevor sie ihm den Rest des Satzes entgegenwarf, »bevor mein Koffer hier ankommt, kann ich nicht kochen.«

Er lehnte sich auf den Absätzen seiner Stiefel nach hinten, auf seinem Gesicht ein verwirrter Gesichtsausdruck. Dann strich er sich mit der Hand müde über sein Gesicht. »Lassen Sie mich das zusammenfassen. Sie haben vor, sich von mir als Haushälterin anstellen zu lassen, und das Kochen und alles andere zu erledigen, was dazu nötig ist, dieses Haus am Laufen zu halten, aber Sie können nicht kochen, außer wenn Sie einen Koffer haben, der aber in ein paar Tagen hier ankommen sollte. Stimmt das so in etwa?« Er zog die Worte in die Länge, betonte jedes einzelne davon.

»Ja, ich denke, das ist korrekt.«

»Aries«, sagte er langsam. »Wie um alles … Nein, lassen Sie mich erneut anfangen. Wie gedenken Sie …« Er verstummte und blickte zu den drei Menschen, die ihn ansahen. Sein Gesichtsausdruck verriet, dass er sie um eine Erklärung anflehte.

»Sohn, Aries kann nicht kochen. Sie kann, ehrlich gesagt, überhaupt nicht kochen.«

Jarrett blickte seinen Vater mit starrem Blick an, als ob er ihn herausfordere, sich weiterhin so über die Situation zu amüsieren, wie man es am Klang seiner Stimme zu erkennen glaubte. »Überhaupt nicht?«

»Nein. Aber sie hat sich ein paar Rezepte eingeprägt und noch ein paar mehr aufgeschrieben und mitgenommen. Der Rest befindet sich gemeinsam mit Tipps dazu, wie man einen Haushalt führt, in ihrem Koffer. Bis dieser hier ankommt … Nun, ich habe versprochen, dass ich bis dahin weiterhin kochen würde.«

Vor sich hin murmelnd ging Jarrett langsam zur Anrichte, nahm eine Karaffe aus geschliffenem Glas heraus und füllte ein Schnapsglas mit brauner Flüssigkeit. Er sah das Glas einen Moment lang an und stürzte den Inhalt in einem Schluck hinunter.

»Mr McCabe. Ich werde mich nicht an einem Ort aufhalten, an dem geflucht und Alkohol getrunken wird. Mein Vater wusste ab und zu ein Glas davon zu schätzen, aber nicht, um sich Mut anzutrinken.«

Man konnte einen hastigen Atemzug hören, als Ben und Ted gleichzeitig voller Sorge einatmeten.

Jarretts Rücken war so starr wie ein Stock.

»Aries«, entfuhren ihm die Worte kalt wie Eis. »Wenn Ihr Vater nicht öfter einen Schluck trinken musste, wo er doch mit Ihnen zusammenlebte, dann, Donnerwetter, muss ich meinen Hut vor ihm ziehen. Was für ein Mann. Sie wären jedoch gut bedient, mich nicht noch mehr zu reizen. Und jetzt sagen Sie mir in deutlichen Worten, was Sie denn können.«

»Ich kann putzen. Dies ist ein reizendes Zuhause, aber es starrt vor Schmutz. Und auch wenn ich nicht in der Lage bin, ihre Mahlzeiten zu kochen, Mr McCabe, so kann ich sie doch servieren und hinterher aufräumen. Ich habe nicht vor, mich vor meinen Aufgaben zu drücken, ich werde hart arbeiten.«

»Da haben Sie verdammt recht. Jeder hier muss hart arbeiten, und das wird auch von Ihnen erwartet. Erwarten Sie keine Sonderbehandlung. Es ist harte Arbeit. Wenn ich Sie so ansehe«, sagte er und drehte sich dabei zu ihr um, »so würde ich sagen, dass Sie in Ihrem Leben bisher nicht viel harte Arbeit geleistet haben. Über kurz oder lang werden Sie sich zurück nach Philadelphia davonmachen, um wieder in Ihr einfaches Stadtleben zurückzuflüchten.«

»Rechnen Sie besser nicht damit, Mr McCabe«, antwortete Aries, während sie seinem Blick eisern standhielt.

Er sah für einen langen Augenblick nicht fort. Dann sagte er: »In Ordnung. Ich erwarte, dass Sie und Ihr Junge Ihren Beitrag leisten. Er wird genauso wie Sie auch arbeiten.«

»Nein!«

Das Wort fiel leise in den Raum und unterbrach alle Gespräche.

»Nein, Timmy wird nicht arbeiten. Er wird durchaus Aufgaben zu erledigen bekommen, denn ich will, dass er lernt, Verantwortung zu übernehmen. Aber er ist vier Jahre alt, und er wird ein Leben führen, wie es für einen Vierjährigen normal ist. Er wird arbeiten, aber er wird auch Zeit zum Spielen haben. Er wird lernen, dass beides seinen Platz in dieser Welt hat. Ich werde nicht zulassen, dass er voller Wut aufwächst und vergisst, wie man lächelt, wie man Menschen mit Güte behandelt, wie man Dinge genießt.«

»Ihr Sohn ist verhätschelt.«

»Er ist nicht mein Sohn«, schnitt sie ihm das Wort ab. »Timmy ist mein Bruder. Unsere Mutter starb im Kindbett. Ich bin die einzige Mutter, die er je gekannt hat. Es gab Umstände in seinem Leben … Er hatte ein hartes Leben. Ich schätze, so könnte man es wohl umschreiben. Und deswegen will ich, dass er die Chance hat, ein kleiner Junge zu sein, ein vierjähriger kleiner Junge, der Freude an seiner Kindheit hat.«

Ted hatte besorgt zu Jarrett hinübergeblickt und einen kurzen Moment lang einen verletzten Ausdruck in seinen Augen entdeckt, bevor dieser sein Gesicht weggedreht hatte, ohne dem Blick seines Vaters zu begegnen.

»Sind Sie damit einverstanden, Mr McCabe?«

Er nickte. Dann sah er erneut zu ihr hinüber, die distanzierte Kühle wieder in seine Augen zurückgekehrt, sein Gesicht verschlossen und bar jeder Emotion, die in seinem Inneren tobte. »Ich gebe Ihnen zwei Monate, Aries. Keinen Tag mehr. Verstanden?« Er stand aufrecht und ließ seine Augen nicht von der Frau. Sie richtete sich auf und neigte ihren Kopf nach hinten. So stand sie stolz und majestätisch wie eine Königin vor ihm. Einen Augenblick erfüllte ihn heftige Bewunderung für diese Frau. Bewunderung und das unerwartete Bewusstsein, wie schön sie ist. Beides übermannte ihn und traf ihn unvorbereitet.

»Gut«, antwortete Aries, drehte sich mit einer scharfen Bewegung um und ging aus dem Raum.

»Gut«, warf auch er das Wort über seine Schulter, als er sich im gleichen Moment wie sie, aber in die entgegengesetzte Richtung, umdrehte und durch die Hintertür hinausging, welche er laut hinter sich zuschlug.

Der Raum war still. Die wie elektrisch geladene Luft entspannte sich und hinterließ eine Stille wie nach einem schweren Sturm.

Ted blickte hinüber zu Ben, der stehen geblieben war und von einer Tür zur anderen schaute. Ihre Augen trafen sich, und langsam breitete sich ein Grinsen auf den Gesichtern beider Männer aus. Lachfältchen bildeten sich um ihre Augen, und sie streckten ihre Arme aus, um sich still die Hände zu schütteln.

»Zwei Monate«, sagte Ted.

»Yeah.«

»Willst du Wetten abschließen?«, fragte Ted.

»Nee«, grinste Ben und schüttelte die Hand seines Vaters.

Kapitel 10

An diesem Abend wurde um den Esstisch herum nur wenig gesprochen. Ted hatte etwas Stew vom Vortag aufgetischt, das zusammen mit Brötchen mit wildem Honig ihr Mahl darstellte. Aries hatte noch nie etwas so Wohlschmeckendes gekostet.

Timmy kam vom Melken herein, stolz darauf, dass er es geschafft hatte, einen dünnen Strahl Milch zu gewinnen, indem er an einer der Zitzen gezogen hatte. Er strahlte und plauderte mit Ben, als er in die Küche hineinlief und dabei half, den Eimer voll Milch zu tragen. Als er Jarrett am Tisch sitzen sah, der wiederum seinem Vater dabei zusah, wie er Stew in eine Schüssel löffelte, blieb er mit niedergeschlagenen Augen in der Tür stehen.

Dort sah ihn Jarrett stehen und knurrte ihm zu: »Geh dich waschen.«

Timmy ging schnell zur Spüle und stellte sich auf die Zehenspitzen, um so zu versuchen, die Schüssel mit Wasser zu erreichen.

»Hier, Liebling. Das ist fast ein bisschen hoch für dich, nicht wahr?« Aries hielt ihn an der Taille fest und hob ihn einige Zentimeter weiter hoch, bis er sich das Gesicht und die Hände waschen konnte. Sie stellte ihn zurück auf den Boden und reichte ihm ein Handtuch. »Nimm am Tisch Platz, Timmy. Ich wette, dass du Hunger hast, oder etwa nicht?« Sie bückte sich zu ihm und flüsterte ihm zu: »Ted hat frische Brötchen gebacken. Und es gibt Honig.«

»Wirklich?« Seine Augen leuchteten auf.

»Mmm hmm. Und ich habe vor, dir das erste Glas von dieser Milch einzuschenken, die du grade reingebracht hast. Du hast sie gemolken, du kriegst sie also auch zu trinken.«

Sie lächelte, als sie seinen Sonnenbrand bemerkte. Sein sonst so blasses Gesicht glühte rötlich. Seine Augenlider hingen müde herunter, und Aries wusste, dass die frische Bergluft und die langen Strecken, die seine kleinen Beinchen hinter sich gebracht hatten, ihre Wirkung zeigten. Sie würde etwas Aloe Vera auf sein Gesicht auftragen müssen, um die Verbrennung zu beruhigen und die Haut mit Feuchtigkeit zu versorgen. Er würde sich schnell abhärten müssen, aber sie freute sich darüber, dass seine Müdigkeit davon stammte, dass er seine Zeit im Freien genossen hatte und Dinge getan hatte, die ihm niemals zuvor in seinem Leben erlaubt gewesen waren. Er mochte vielleicht müde sein, aber er sah glücklich aus … zumindest bis er Jarrett angesehen hatte. Es war für Aries offensichtlich, dass Jarrett den kleinen Jungen einschüchterte. *Verflucht soll er sein*, dachte sie sich. *Sieh dir nur an, wie finster er dreinschaut und jede unserer Bewegungen verfolgt. Nun, ich werde nicht zulassen, dass er uns diesen Abend verdirbt. Das ist unser erster Tag hier, und wir werden ihn glücklich ausklingen lassen, egal ob Mr Jarrett McCabe das gefällt oder nicht.*

»Ich … ich warte auf dich, Aries«, flüsterte Timmy ihr zu.

»Setz dich hin, genau wie sie es dir aufgetragen hat. Hier.« Jarrett schob mit der Spitze seines Stiefels einen Stuhl nach hinten und wartete darauf, dass Timmy reagierte.

Timmy blickte zu Aries auf, und als er sah, dass sie nickte, ging er langsam auf den Tisch zu. Die Augen nach unten gerichtet, setzte er sich. Sein Kinn reichte gerade mal bis zur Tischkante.

»Hör mal, Knirps, das sieht ja so aus, als ob du ohne Teller vom Tisch essen wolltest. Was hältst du davon, wenn wir dir etwas holen, worauf du sitzen kannst, damit du ein wenig in die Höhe sprießt?«, sagte Ted. Er verließ den Raum und kam wenige Minuten später mit einem dicken Sears-Roebuck-Katalog in den Händen zurück. Er bückte sich über Timmy, hob den kleinen Jungen hoch und schob den Katalog unter seinen kleinen Hintern. »Na, wie ist das?«

»Das ist viel besser, Mr Ted. Danke«, sagte Timmy.

»Wart mal, wer ist Mr Ted?« Ted lehnte sich mit einem übertrieben finsteren Gesichtsausdruck zu dem Jungen. »Hä?«

Timmy kicherte über die Grimasse. »Du«, sagte er.

Ted knuffte ihn in die Rippen, woraufhin Timmy sogar noch mehr lachen musste, vor ihm wegzuckte und sich auf dem Katalog hin und her wand. Er versuchte Teds Kitzeleien auszuweichen. So wie er sich auf dem glatten Papier des Katalogs hin und her warf, begann er plötzlich seitlich vom Stuhl zu rutschen. Bevor Ted ihn festhalten konnte, griff ein starker Arm nach vorne, hielt ihn an der Schulter fest und stabilisierte ihn so.

Timmy erstarrte, als Jarrett ihn zurück auf den Katalog schob.

»Sitz still«, sagte er, doch seine Stimme war nicht mehr so barsch, wie sie es noch ein paar Minuten zuvor gewesen war. Er fühlte die dünnen Schultern des Jungen. *Verflixt*, dachte er, *er ist nicht viel größer als ein Säugling.* Dann schob er die zärtlichen Gedanken beiseite und drehte ihm den Rücken zu, da ihm diese ungewohnte Flut an Emotionen nicht gefiel.

Ihm fiel auf, dass der Tisch mit mehr Sorgfalt gedeckt war. Neben jedem Teller lagen Stoffservietten, und in der Mitte des Tisches stand ein kleines Glas mit Gänseblümchen und Glockenblumen. Der Honig war aus der Fünf-Pfund-Dose entnommen und in ein kleines Gefäß umgefüllt worden. Das Besteck lag säuberlich aufgereiht neben den Tellern, und die Lampe war glänzend poliert worden.

Stille legte sich über den Tisch, als Aries ihren Platz gegenüber Jarrett einnahm. Sie sah zu Timmy hinüber und nickte, woraufhin beide ihren Kopf senkten. Die drei Männer blickten sie an und anschließend einander. Aries warf ihnen einen flüchtigen Blick zu und sah, dass sie aufrecht auf ihren Stühlen saßen, nur Teds Kopf war leicht angewinkelt.

»Ted«, sagte sie, »sprichst du das Tischgebet, oder soll ich es tun?«

»Ähm«, räusperte er sich. Er sah so aus, als würde er sich unwohl fühlen. »Nun, ähm, wieso machst du das nicht, Aries? Yeah, mach einfach und fang an.«

Sie nickte und senkte ihren Kopf erneut.

»Lieber Gott«, erklang ihre Stimme laut in der Stille der Küche. »Danke für dieses wundervolle Essen, das wir vor uns haben. Danke dafür, dass Ted es gekocht hat. Und danke für die Big Hole Valley Ranch, die uns mit diesem Essen versorgt. Amen.«

»…men«, sprach ihr Timmy leise nach und hob dann seinen Kopf. Er war daran gewöhnt, ein Dankgebet vor dem Essen zu sprechen.

Aries griff nach der Schüssel mit Stew vor ihr und gab sie zuerst an Ted weiter, der an ihrer Seite saß. Erst dann bemerkte sie, dass Ben und Jarrett ihr ins Gesicht starrten. Sie blickte beide an, verwirrt von dem Gesichtsausdruck, der auf den Gesichtern beider Männer lag.

»Habe ich etwas Falsches getan?«, fragte sie.

Jarrett schüttelte zur Verneinung kurz den Kopf und schaute weg.

Aber Ben antwortete ihr. »Nein. Es ist nur so, dass an diesem Tisch keine Frau mehr ein Dankgebet gesprochen hat, seit…« Seine Stimme verstummte, ließ den Satz im Nichts hängen.

Aries lächelte ihm zu und riskierte dann einen Blick zu Jarrett. Er löffelte mit verschlossenem Gesichtsausdruck Stew auf seinen Teller. Jeglicher Hinweis auf ein Gefühl war wie weggewischt. Eine flüchtige Sekunde lang glaubte Aries, Schmerz in seinen Augen zu erkennen, aber diese verdunkelten sich schnell wieder.

Er nahm die schwere Schale und wollte sie Timmy geben, aber als er die kleinen Hände sah, stellte er die Schüssel neben seinen Teller und schöpfte einen Löffel der dicken Brühe aus Fleisch, Kartoffeln, Karotten und Zwiebeln auf den Teller des Jungen. Dampf stieg von dem Stew auf und kräuselte sich um Timmys Gesicht.

»Wie viel?«, fragte Jarrett ihn schroff.

»Ich … ich weiß es nicht, Sir. Normalerweise macht Aries …«

»Denkst du niemals für dich selbst?«, schnitt ihm Jarrett das Wort ab.

»Noch ein Löffel wird ihm mehr als genügen, Mr McCabe«, unterbrach Aries ihn und warf ihm einen vorwurfsvollen Blick zu. »Danke, dass Sie ihm geholfen haben«, sagte sie ihm mit kühler Freundlichkeit.

Sie nahm sich selbst von dem Stew, und während sie sich ihr Brötchen vorbereitete, sog sie den würzigen, heißen Duft ein. »Ted, die riechen köstlich. Könntest du mir vielleicht zeigen, wie man sie macht? Ich habe noch nie derartige Brötchen gesehen.«

Ted strahlte sie an. »Na klar, natürlich kannst du sie machen. Ist nicht besonders schwer, Brötchen mit Backpulver zu backen. Für uns sind sie nichts Besonderes, Aries. Ich freue mich, dass sie es für dich sind, aber ich schätze, du bist eher an helles Brot gewöhnt, nicht wahr?«

»Ja.« Die Erinnerung daran ließ sie lächeln. »Unsere Köchin ging jeden Tag zu einer kleinen Bäckerei, die sich in der gleichen Straße wie unser Haus befand. Dort haben sie jeden Tag frisch gebacken. Oft hat sie Donuts mitgebracht, die noch warm vom Ofen waren und über die Zimt und Zucker gestreut worden war. Mmm«, seufzte sie. »Ich hatte das alles fast vergessen«, lachte sie, »und jetzt läuft mir glatt das Wasser im Mund zusammen.«

»Aries«, stöhnte Ben auf, »hör mir bloß auf. Ich hab einmal bei einem Kirchenkaffee Donuts gegessen. Davon hätte ich ein Dutzend verschlingen können.«

Sie und Ben plauderten locker weiter, hauptsächlich über Essen und unterschiedliche Vorlieben und Abneigungen. Ted schaltete sich in das Gespräch ein, aber nicht Jarrett. Dieser sah nicht von seinem Teller auf und schien geistesabwesend, während er mit großer Sorgfalt sein Essen verspeiste. Es hatte den Anschein, als ob er sich von der Gesellschaft der drei anderen Erwachsenen am Tisch distanziert und sich in seine eigene Welt zurückgezogen hatte, in der niemand sonst willkommen war.

Aries löffelte ihr Stew aus und wand sich Timmy zu, um nachzusehen, ob er etwas brauchte. Sie hielt mit einem Lächeln auf dem Gesicht inne und betrachtete den kleinen Jungen. Er saß still auf seinem Katalogsitz, seine Schultern nach unten hängend, während ihm die Augen zufielen. Sein Körper schwankte, richtete sich dann in dem Versuch, wach zu bleiben, wieder auf. Seine Hand umklammerte noch das Brötchen, das er längst vergessen hatte, und der Honig tropfte zwischen seinen Fingern hindurch.

Aries stand vom Tisch auf und ging zur Spüle, um ein feuchtes Tuch zu holen. Sie beugte sich über Timmy, nahm ihm das Brötchen aus der Hand und wischte ihm die klebrige Flüssigkeit von den Fingern. Ihre Bewegungen waren sanft, und einmal streifte sie ihm leicht mit den Lippen über die sich nach unten neigende Stirn.

Jarrett hörte auf zu essen und beobachtete sie, seine Augen dunkel und undurchdringlich. Dann erhob er sich vom Tisch, griff nach seinem Hut und ging durch die Hintertür. Sein Teller Stew blieb auf dem Tisch stehen.

Er brauchte frische Luft. Er musste die Küche verlassen, fort von dem Tisch, der sich der Berührung einer Frau erfreut hatte, und fort von den Erinnerungen an seine Mutter und wie ihre zarten Lippen über das dunkle Haar eines müden kleinen Jungen gestrichen waren. Fort von den Erinnerungen an eine andere Frau, die niemals die Chance gehabt hatte … Er atmete tief ein und wusste, dass er in dieser Nacht keinen Frieden finden würde. »Ich hätte nicht zustimmen sollen, dass sie hierbleiben kann«, sagte er in die Nacht hinaus. Dann steckte er die Hände in seine Hosentaschen und ging langsam zur Scheune, verlor sich in der Nacht, sowie die Dunkelheit das schwache Lampenlicht verschluckte, das durch das Küchenfenster drang.

Aries sah ihm zu, wie er fortging. Gegen ihren Willen erfüllte sie Mitgefühl für den Mann. Sie wollte ihm nachlaufen, ihm die Hand auf den Arm legen und … und was? Ihm Trost zusprechen, den er ihr nur wieder ins Gesicht zurückwerfen würde? *Aries*, schalt sie sich selbst, *er hat es klar und deutlich gemacht, dass er von niemandem Hilfe will. Er ist kein gebrochener Arm, den du heilen kannst. Und doch …* Seufzend wandte sie sich wieder dem Tisch zu und der Stille, die Jarretts Aufbruch hinterlassen hatte. Ben half Timmy in sein Zimmer und kehrte zurück, um sein Abendessen fertig zu essen, aber niemand redete mehr, niemand lachte und teilte seine Geschichten. Jarrett war der Auslöser, auf den die zwei Männer, die gesamte Ranch, reagierten. Sogar sie spürte seine fehlende Anwesenheit und wunderte sich über seine Macht über sie, über seine Stärke und wie es ihm gelang, die Ranch völlig unter seiner Kontrolle zu halten.

In dieser Nacht kroch Aries neben Timmy ins Bett, zog den Quilt über sich und lag im Bett, während die Ereignisse des Tages ihr durch den Kopf liefen. Sie hatte das Fenster angelehnt, um die süße Nachtluft hereinzulassen, und konnte die Abendsinfonie der Grillen hören. Ein Eulenschrei verlieh der Musik eine melancholische Note. Sie drehte sich auf die Seite und zog die Decke bis über die Ohren, um diese Geräusche abzublocken, die sie angsterregend und seltsam fand. Sie musste lächeln, weil ihr bewusst war, dass sie sich wie ein verängstigtes Kind verhielt, das sich mit dem Kopf unter der Bettdecke versteckt, damit es von den Geistern und Kobolden nicht gefunden werden kann. Sie schloss ihre Augen, und ohne Vorwarnung schoss ihr Jarretts Gesicht in den Kopf. Sie sah ihn, wie er am

Tisch ausgesehen hatte, und den Ausdruck in seinen Augen, als sie ihn dabei erwischte, wie er sie beim Säubern der Hände des schläfrigen Jungen beobachtete. Seine Augen waren dunkelblau gewesen, und sie war sich sicher, dass sie einen Moment lang, nur einen kurzen Moment lang, Sehnsucht in ihnen entdeckt hatte, bevor Wachsamkeit von seinem Gesicht Besitz ergriff und die dunklen Wimpern sich auf seine hohen Wangenknochen senkten. Als er seine Augen wieder öffnete, hatten sie sich in die kalten Fenster zurückverwandelt, die keinen Blick in sein Inneres zuließen. *Er hat so wunderschöne Augen*, dachte sie. Als ihr klar wurde, was ihr da grade durch den Kopf gespukt hatte, drehte sie sich schnell um und befahl sich, einzuschlafen. Sie verdrängte alle Gedanken aus ihrem Bewusstsein und zwang sich, nicht an den großen Mann zu denken, der immer noch nicht in das Haus zurückgekehrt war, als Ted die letzte Lampe in der Küche ausgeblasen und sie ins Bett gescheucht hatte.

Aries musste geschlafen haben, aber für wie lange, wusste sie nicht. In der einen Minute hatte sie sich noch dazu gezwungen, an nichts zu denken, und fühlte, wie ihre Augen immer schwerer wurden, während der Schlaf sie übermannte. In der nächsten Minute wurde sie schon plötzlich von einem Geräusch aus dem Schlaf gerissen, das durch das offene Fenster drang. Ihre Augen sprangen auf, ihr Herz schlug ihr bis zum Halse, und ihr Körper wurde vor Angst ganz starr, während sie darauf wartete, dass sich, was auch immer sie so vehement aus dem Schlaf gerissen hatte, offenbaren würde. Sie hörte das Geräusch erneut. Anfangs war es weit entfernt und ertönte nur in einzelnen Schreien. Dann stimmten mehrere Kehlen mit ein und erzeugten ein gespenstisches, heulendes Jammern. *Aaaaarrruuuuuuuh … jip jip jip … aaaaaruuuuuh.*

Das Heulen schien immer näher und näher zu kommen. Waren es Todesfeen, die aus der Hölle entkommen waren? Kamen sie näher, näher an ihr Fenster? *Aaaarruuh … aaaaarruuuh.* Ohne zu realisieren, was sie tat, warf Aries die Bettdecke zur Seite, sprang aus dem Bett und lief blitzschnell aus dem Zimmer. Sie musste Hilfe finden. Sie musste es. Sie rannte blind vor Angst in den Gang und direkt in die starken Arme von Jarrett.

»Wa… was zum Teufel?« Er hielt die angsterfüllte Frau an den Armen fest.

»Jarrett. Oh, Gott sei Dank.« Ihr Gesicht war blass, und sie sah mit vor Angst geweiteten Augen zu ihm auf.

»Was ist los?«, fragte er sie. »Was haben Sie denn?«

»Jarrett. Da draußen ist irgendetwas. Etwas, oh, es ist so schrecklich, es …« Aries hörte auf zu sprechen, und die Stille der Nacht wurde erneut von dem klagenden Geräusch zerrissen. *Aaaaaarruuuuuh.*

»Da«, flüsterte sie und klammerte sich mit der Hand an sein Hemd. »Es kommt näher. Jarrett, bitte helfen Sie mir. Wir müssen Timmy holen. Wir müssen die anderen warnen … Oh, da ist es schon wieder.«

»Psst«, sagte er sanft. »Es ist nichts.« Seine Hand schien ihren eigenen Willen zu besitzen und streichelte Aries sanft über den Kopf. Er fühlte die seidigen Locken, die von dem Kissen durcheinandergebracht worden waren. »Aries«, sagte er mit einer Zurückhaltung, die ihn selbst überraschte. »Aries, das sind Kojoten. Das Geräusch, das Sie hören, stammt von Kojoten, die einander zurufen. Wir haben heute Vollmond, und sie jagen. Es stimmt, sie kommen näher. Sie wissen, dass wir Hühner haben, und wenn eines dieser blöden Hühner heute Nacht nicht in seinem Haus eingesperrt ist, wird es als ihr Nachtmahl enden.« Seine Stimme war sanft und beruhigte sie.

Sie hob ihren Kopf und sah ihn an, die Angst noch sichtbar auf ihrem Gesicht. Dann wich sie zurück, widerwillig, die Stärke und Sicherheit seiner Arme zu verlassen.

»Kojoten?«, fragte sie angsterfüllt. »Kojoten können solche … solche Geräusche von sich geben? Ich habe über sie gelesen, aber …«, sie zitterte, »aber ich habe noch nie einen gehört. Es klingt … es klingt schrecklich. Da draußen müssen Hunderte von ihnen sein.«

Er lächelte ihr ins Gesicht. »Nein, nur ein paar. Auch wenn es anders klingt. Sie haben oben auf dem Bergkamm einen Bau, hinter dem Haus. Jedes Jahr wird ein neuer Wurf Jungen geboren. Das gleiche Kojotenpaar kommt jedes Jahr hierher zurück, um seine Welpen zu werfen und den Winter hier zu verbringen, schon so lange wie ich denken kann. Die Kleinen sind verdammt niedlich, aber sorgen für einen Mordsaufstand bei den Hühnern. Dafür helfen sie dabei, den Hasenbestand unter Kontrolle zu halten, also lass ich sie in Ruhe. Ab und an eine Henne zu opfern ist dafür kein allzu hoher Preis, würde ich sagen. Kommen Sie mal mit.« Er nahm sie am Arm und führte sie die Treppe hinunter auf die breite Veranda. Er lachte leise, als er spürte, wie fest sie seinen Arm umklammert hielt. Er hätte ihre Finger nicht von seinem Hemd loslösen können, selbst wenn er es gewollt hätte. Und er war sich nicht sicher, ob er das wollte.

»Schauen Sie«, sagte er und zeigte auf den Himmel, als ein weiterer Heuler die Luft durchschnitt und sich Aries näher an ihn herandrückte. Der Mond war voll und der weite Himmel über Montana von Sternen erleuchtet, die wie weiße Diamanten strahlten.

»Das ist wunderschön«, flüsterte sie. Ihr Gesicht war nach oben gewandt, und er ertappte sich dabei, dass er sie ansah anstatt den Himmel. Sie war wunderschön, und er ergötzte sich an ihrer Schönheit. Er hasste sich für das Verlangen, das ihn erfüllte, hasste sich für seine Schwäche.

»Und jetzt«, befahl er ihr, »hören Sie zu. Sie rufen einander zu. Wenn Sie genau zuhören, können Sie das erwachsene Heulen der Eltern erkennen und das Jaulen der Welpen, die ihnen antworten. Hören Sie es?«

Sie spitzte die Ohren. Dann breitete sich ein Lächeln auf ihrem Gesicht aus. »Ja«, sagte sie leise, »Ich kann es hören.«

»Sie bekommen gerade eine ihrer ersten Lektionen im Jagen. Das alte Paar bereitet sie darauf vor, dass sie für sich selbst sorgen können.«

»Es ist nicht mehr so gruselig, wenn man weiß, dass … wenn man es auf diese Weise betrachtet … Aber fallen sie nicht Ihre Kühe an und Ihre Kälber? Ich habe gelesen …«

»Sie jagen, um zu fressen, Aries. Da draußen hat jeder seinen Platz. Wenn sie hungrig genug sind, ja. Ein Rudel wäre in der Lage, ein Kalb zu reißen. Sie würden sich vermutlich erst an einem Reh oder Elch versuchen, die durch den Winterschnee vom Hunger geschwächt sind. Am gefährlichsten sind sie, wenn sie im Rudel jagen, vom Hunger angetrieben. Dann geht es um das Überleben des Stärkeren, das ist hier draußen nun mal so. Nur die Stärksten, die Gesündesten überleben. Man muss stark sein, oder man fällt …« Seine Stimme verstummte, und Aries wusste, dass er nicht mehr von Kojoten sprach.

Sie zitterte in der kühlen Nachtluft, da sie sich nicht mehr in der Geborgenheit der warmen Arme des Mannes befand, der neben ihr stand, hinaus in die Nacht blickte und seine Gedanken wie eine schützende Decke um sich zuzog.

Er blickte zu ihr hinüber und beobachtete, wie sie sich mit den Händen die Arme warm rieb und der Mondschein sie in schimmerndes Licht hüllte. Er fühlte etwas in seinem Inneren erwachen, und augenblicklich stieg in ihm Wut auf über die Fähigkeit dieser Frau, in ihm Gefühle zu wecken. »Sie sollten besser wieder reingehen. Ihnen ist kalt.« Er sprach die Worte mit flacher Stimme. Verschwunden war der Mann, der ihr nur wenige Augenblicke zuvor ein Lächeln geschenkt und ihr von den Kojotenwelpen und ihren Eltern, die ihnen das Jagen beibrachten, erzählt hatte. Verschwunden war der Mann, der instinktiv die richtigen Worte fand, um sie zu beruhigen.

Er ging hinüber zur Eingangstür und öffnete sie. »Gehen Sie ins Bett, Aries«, sagte er leise. »Der Morgen kommt auf einer Ranch sehr früh, und Sie haben einen langen Tag voller Arbeit vor sich.« Er folgte ihr durch die leeren Räume und ließ sie ohne ein weiteres Wort vor der Tür zu ihrem Schlafzimmer stehen.

Dort stand sie, sah zu, wie er in seinem Zimmer verschwand, und fragte sich, ob seine Ermahnung, dass sie einen langen Arbeitstag vor sich habe, seine Art war, sie daran zu erinnern, dass ihr das Bleiben hier nur gestattet war, solange sie arbeitete. Seine Art, sie daran zu erinnern, dass sie nur auf Probe hier war. Sie hörte, wie seine Tür ins Schloss fiel, als sie in ihr Bett kletterte. Eine sanfte Wärme erfüllte sie, eine Wärme voller Erinnerungen. Sie hatte miterlebt, wie er seine verletzliche Seite gezeigt hatte. Sie hatte den nur selten in Erscheinung tretenden sanften Jarrett zu sehen bekommen. Erneut erklang das Heulen der Kojotenfamilie, schwächer dieses Mal. Sie entfernten sich von der Ranch, um ihre Jagd im Mondlicht fortzusetzen. Aries lächelte. Ihr Heulen würde ihr von nun an keine Angst mehr einflößen. Ihr letzter bewusster Gedanke vor dem Einschlafen war, wie gut es sich angefühlt hatte, jemanden zu haben, zu dem sie laufen konnte, jemanden, der sie tröstete und beruhigte. Sie erkannte, dass sie genau das Gleiche tat wie alle anderen auf der Big Hole Valley Ranch: Sie sah zu Jarrett auf, um bei ihm Stärke und Sicherheit zu finden.

Kapitel 11

Aries stand an diesem Morgen vor allen anderen auf. Die Stille des Hauses wurde nur vom Knarzen des Bodens durchbrochen, als sie in der kühlen Küche über das kalte Linoleum schritt. Nie zuvor war sie die Erste gewesen, die von einer Küche begrüßt wurde, die noch von der Kälte der verstrichenen Nacht erfüllt war. Stets war jemand anderes vor ihr dagewesen, der das Feuer geschürt, den Raum angeheizt und ihr einen Kaffee gekocht hatte. Sie blickte sich in dem Raum voller Schatten um und war froh, dass sie hier stand, zitternd zwar, aber von einem Gefühl friedvoller Leere erfüllt.

Beim Blick aus dem Fenster entdeckte sie, wie sich die ersten pinkfarbenen und perlgrauen Streifen über den Himmel zogen, während die Sonne sich tapfer bemühte, die Nacht zu verbannen. Sie hörte einen Hahn krähen und lächelte. Der Morgen war angebrochen. Sie hatte diese Tageszeit immer geliebt, hatte es immer genossen, früh aufzustehen, um den Tag zu begrüßen, aber nichts, das sie je erlebt hatte, hatte sie auf diesen Moment vorbereitet. Der Morgen gebar einen neuen Tag auf der Ranch in diesem wundervollen Tal. Sie stand einen Moment lang am Fenster und genoss die Schönheit, die direkt vor ihrer Tür lag. Die zarten Strahlen des Morgens fingen sich auf ihrem Gesicht und ließen ihre Haut elfenbeinweiß erstrahlen. Gedankenverloren strich sie sich mit der Hand ihr Kleid hinunter, und Dankbarkeit für Mrs Ellis durchströmte sie, die ihr dabei geholfen hatte, etwas Praktisches auszuwählen, das sie jeden Tag zum Arbeiten tragen konnte. Das Kleid war einfach geschnitten: Der Mittelteil und der Rock waren aus grauem Stoff, mit einem runden Ausschnitt, der von einem schmalen Spitzenband umsäumt war. Es war an ihrer Taille zu einem V zusammengeschnürt, fiel von dort in Falten nach unten und betonte so ihre schlanke Figur. Es mochte vielleicht einfach und praktisch geschnitten sein, aber an ihr verwandelte es sich in ein prächtiges Gewand.

Schweren Herzens wandte sich Aries vom Fenster ab und ließ den Morgenhimmel hinter sich. Sie ging zum Ofen hinüber. Dort nahm sie die kalte Kaffeekanne in die Hand, in der sich noch die Reste der letzten Nacht befanden, und trug sie zur Spüle. Zwei verzinkte Eimer standen auf einem kleinen Tisch. Aries nahm die Kelle, die über dem Rand von einem der Eimer hing. Damit schöpfte sie genug Wasser hinaus, um die Kaffeekanne auszuspülen. Dabei fiel ihr auf, dass zwar der eine Eimer voll war, aber in dem anderen nur noch ein paar Zentimeter Wasser standen. Sie würde einen Eimer voll von der Pumpe hereintragen müssen, um das Geschirr nach dem Frühstück spülen zu können. Vielleicht erwischte sie Ben und konnte ihn bitten, das für sie zu tun, bevor er in der Scheune verschwand, um seine Aufgaben zu erledigen. Am Tag zuvor hatte sie an der Pumpe haltgemacht und den langen Griff, der an dem schweren eisernen Auslaufrohr befestigt war, ein paar Mal nach unten und oben gedrückt, aber es war kein Wasser herausgekommen. Sie war sich nicht sicher, wie sie das erreichen sollte, aber sicher würde ihr das jemand zeigen. Sie seufzte. Es gab so viel, das sie lernen musste. Nichts hier war einfach. Harte Arbeit und Erfahrung schienen das Wichtigste zu sein. Aber sie würde sich von nichts davon abhalten lassen, Erfolg zu haben. Sie war eine Kämpfernatur, oder etwa nicht?

Aries stellte die volle Kanne zurück auf den kalten Herd. Sie warf den Kaffeesatz vom Vortag weg und hielt inne, als sie das leere Körbchen ansah. Wie viel Kaffee würde sie brauchen?

Sie maß etwa so viel Kaffee ab, wie sie dachte, dass sie soeben weggeworfen hatte. Sie gab das Körbchen wieder zurück in die Kanne und setzte den Deckel darauf. Sie hatte Ted letzte Nacht dabei beobachtet, wie er die Kaffeekanne hinten auf den Herd gestellt hatte. Als es stark kochte, war der Deckel nach oben und unten gewackelt. Dann hatte er die Kanne an eine kühlere Stelle des Herdes geschoben, wo sie schwächer weiterblubberte und -gurgelte, bis der Kaffee stark genug war. Das konnte sie auch. Ein Gefühl der Zufriedenheit durchströmte sie, dass sie zumindest diese kleine Aufgabe erledigen konnte.

Sie ging einen Schritt zurück und sah den kalten Herd betrübt an. Das Feuer musste angeschürt werden. Sie zitterte in der Kälte und freute sich schon auf die Wärme, die der große Ofen bald abgeben würde. Sie packte den Griff des speziell geformten Eisenwerkzeugs, das in der Aussparung eines der Herddeckel ruhte, und zog nach oben. Der Deckel war schwer, und sie hatte Angst, dass sie ihn fallen lassen würde, als sie ihn sanft auf die benachbarte Oberfläche des Herdes sinken ließ. Dann tat sie dasselbe mit dem anderen Deckel. Sie blickte prüfend durch die Öffnungen, in denen die Deckel gelegen hatten, in das Innere des Ofens. Dort sah sie nur graue Asche und einige wenige glühende Kohlen, die auf dem stählernen Feuerrost ruhten. *Und was jetzt? Holz. Natürlich.* Voller Stolz auf dieses kleine bisschen Wissen lächelte sie, ging zur Rückseite des Ofens, hinter dem die Kiste mit Holz stand, und nahm zwei ziemlich große Holzstücke heraus. Sie zwängte sie durch die zwei runden Löcher und stapelte sie aufeinander. Dann legte sie die Deckel wieder an ihren Platz und ging zufrieden mit ihren Bemühungen einen Schritt zurück. Ted würde überrascht sein. Es würde ihm sicher gefallen, dass Kaffee für ihn bereitstehen würde, wenn er die Treppe herunterkam und in eine gemütlich warme Küche trat, anstatt wie sonst in eine kalte, leere Küche. Aber noch besser würde es sich anfühlen, den Ausdruck der Überraschung auf Jarretts Gesicht zu sehen. Sie musste hart schlucken, weil ihr der Gedanke nicht gefiel, dass es Jarrett war, den sie am meisten sehen und beeindrucken wollte.

Der Hahn krähte erneut. Aries gab ihrem wachsenden Verlangen nach, das Haus zu verlassen und den Tag zu begrüßen. Sie öffnete die Hintertür, ging auf die schmale Veranda hinaus und lehnte sich gegen das Geländer. Der frische Geruch von Tau und Gras, Bäumen und feuchter Flussluft wurde ihr von einer Brise entgegengeweht. Sie atmete tief ein und schloss ihre Augen, um den Moment zu genießen. Frieden und ein Gefühl der Zugehörigkeit durchströmten sie. Das zweitönige Pfeifen eines Vogels erklang von einem Zaunpfosten des großen Pferchs. Die daraus entstehende Melodie entzückte sie. Der an der Brust gelb gefiederte Vogel sprang auf das Geländer und wiederholte seinen Ruf. In ihrem Koffer befand sich ein kleines Buch über nordamerikanische Vögel, die von dem bereits verstorbenen Mr John James katalogisiert worden waren. Sobald der Koffer hier ankam, würde sie den Namen dieses Vogels mit der goldenen Kehle herausfinden.

Die Minuten verflogen, während Aries die neuen Gerüche und Geräusche des Big Hole Valley in sich aufsog, das am Erwachen war und einen neuen Tag begrüßte. Die Sonne bemühte sich redlich, aber bisher hatte sie erst den Rand des hohen Bergkamms erklommen und war in der Ferne dunkel verschleiert. Sie blieb am Geländer stehen, bis die Kühle der Morgenstunde unangenehm wurde. *Morgen werde ich ein Umhängetuch mit nach unten nehmen und meinen Kaffee hier draußen trinken. Nur ich und der frühe Morgen.* Die Vorfreude auf eine Tasse des Kaffees, der nun auf dem warmen Herd auf sie warten sollte, kämpfte mit ihrem Wunsch, draußen zu bleiben. Der Gedanke an die behaglichen Küche und den warmen Kaffee gewann die Oberhand. Sie zog die Tür auf und erstarrte, die Hand immer noch am Türknauf.

Dichter schwarzer Rauch drang aus jeder Spalte des Küchenherds. Er quoll unter den vier Deckeln auf dem Herd hervor und um sie herum, aus den Ecken an der Seite, aus der Rückseite und sogar aus dem Spalt, in dem die Aschepfanne unter dem Rost ihren Platz hatte. Aber mehr als der Rauch sorgten die wütenden Ausrufe und Flüche dafür, dass Aries wie angewurzelt stehen blieb.

Jarrett stürzte durch den Raum und kämpfte sich einen Weg durch den Rauch, bis er die Seite des Herdes erreicht hatte. Er griff nach dem gebogenen Metallgriff der Ofenklappe, der aus dem Ofenrohr ragte, und drehte sie schnell, bis sie senkrecht nach unten stand.

»Dad!«, brüllte er. »Was zum Teufel ist in dich gefahren? Wie kannst du ein Feuer anfachen, ohne die Ofenklappe zu öffnen? Du solltest es doch besser wissen.« Seine wütenden Worte wurden von bellenden Hustenanfällen unterbrochen. Er eilte an ihr vorbei und stieß die Hintertür auf. »Dad!«, schrie er. »Wo bist du? Das Haus ist voller Rauch, und er ist nirgendwo zu sehen«, murmelte er wütend vor sich hin. »Bin ich denn wirklich der Einzige auf dieser Ranch, der noch bei Verstand ist?« Er blickte grimmig in den Raum und bemerkte erst jetzt Aries, die neben der offenen Tür stand, die Augen weit aufgerissen.

»Was machen Sie hier?«, fuhr er sie an, froh, jemanden ausfindig gemacht zu haben, an dem er seinen Ärger auslassen konnte. Zudem war er erleichtert, dass er einen Grund gefunden hatte, den kleinen Moment der Freude zu ignorieren, den er verspürt hatte, als er sie in der Küche hatte stehen sehen. »Und fangen Sie erst gar nicht an, mir Vorwürfe wegen meiner Ausdrucksweise zu machen. Nicht ein verfluchtes Wort dazu. Ich vermute, dass in Ihrer Gegenwart auch noch nie geflucht worden ist? Ihr Vater hat weder getrunken noch geflucht, richtig?«, sagte er in garstigem Ton. Jarretts Augen verengten sich, und er wartete nur darauf, dass sie es wagen würde, ihm zu widersprechen, und ihm so einen Anlass geben würde, noch mehr von seiner Wut abzulassen. Seine Augen waren schwarz und bissig; ein vollkommen Fremder, nicht mehr der sanfte

Mann aus der letzten Nacht. Er drehte sich weg von ihr, griff nach einem Küchentuch, das am Haken über der Spüle hing, und begann, damit Luft zu fächern. Er schwenkte das Tuch über seinem Kopf und trieb so die Luft zur offenen Tür hinaus. »Na, nun stehen Sie da nicht nur rum, helfen Sie mir«, knurrte er sie an.

Sie blinkte mit den Augen, kam zu Sinnen und griff nach dem anderen Küchentuch, um die Bewegungen des wütenden Mannes nachzuahmen.

»Was zum …?« Ted warf einen Blick in den Raum und sah den Rauch, der schwer in der Luft hing und langsam seinen Weg aus der offenen Küchentür fand. Er wurde von Ben zur Seite geschubst, der daraufhin abrupt stehen blieb und seinen wütenden Bruder und die zierliche kleine Frau beobachtete, die Küchentücher in der schwarzen Luft herumwirbelten.

Dann streckte Timmy seinen Kopf seitlich von Bens Beinen in die Küche, um auch etwas von der Darbietung im Rauch mitzubekommen.

»Sohn, was ist passiert? Ich weiß deine Bemühungen zu schätzen, aber sicher hast du genügend Verstand, um …« Teds Äußerung wurde von einem Hustenanfall und Jarretts drohendem Gesichtsausdruck jäh beendet. Ted begab sich zum Herd, hob die Deckel hoch und warf einen Blick hinein. Er murmelte zu sich selbst: »Mit so großen Holzstücken, da ist das kein Wunder.«

»Die Größe der Holzstücke hat damit nichts zu tun«, sagte Jarrett mit eiskalter Stimme. »Du hast vergessen, die Ofenklappe zu öffnen.« Jarretts Augen waren von einem dunklen, stürmischen Blau.

Ted legte die Deckel langsam wieder an ihren Platz und sah seinen Sohn an. »Jarrett, ich habe nicht vor, hier zu stehen und mir diesen Ton von einem meiner Söhne gefallen zu lassen. Also, ich habe nicht …« Er blieb mitten im Satz stecken, als er Aries' angsterfülltes Gesicht sah, ihre Hände um ein Geschirrtuch geschlungen, das sie sich vor den Mund hielt. Ihre Augen waren vor Schreck geweitet, und sie blickte von Ted zum Herd und dann zurück zu Jarretts angespanntem Körper, der sich nur wenige Zentimeter vor ihr befand.

»Ich … ich … ich habe nicht …«, stammelte Ted und suchte nach den richtigen Worten. »Ich habe nicht bemerkt, dass ich …«

»Ich bin es gewesen«, erklang eine Stimme, die Ted davon abhielt, den Satz zu beenden. Ben machte einen Schritt nach vorne und nahm das Geschirrtuch aus Jarretts Klammergriff. »Danke dir, Bruder. Das war meine Schuld, nicht die von Dad. Ich habe mich so auf den Kaffee gefreut«, sagte er und warf einen Blick auf die Kanne, die fröhlich vor sich hin gurgelte und das würzige Aroma von frisch gebrautem Kaffee verströmte, das sich sogleich mit dem schweren Geruch des Rauchs vermengte. »Ich schätze, da hab ich vergessen, die Ofenklappe zu öffnen. Tut mir leid.« Er grinste entschuldigend und ging dann zum Geschirrschrank. Als er an Aries vorbeihuschte, zwinkerte er ihr verschwörerisch zu.

Jarretts Augen verengten sich. Mit der Seite seines Arms schob er eine breite Haarsträhne aus seiner Stirn. Er drehte sich um und sah Aries, die mit bleichem Gesicht und allzu sehr geweiteten Augen vor ihm stand.

»Ihr lügt beide. Keiner von euch zwei …«

»Nein, Mr McCabe, da haben Sie recht. Keinen von beiden trifft die Schuld am Rauch in Ihrer Küche. Ich war es.« Sie ging ein paar Schritte auf ihn zu, dabei ballte sie in einer unbewussten Geste ihre Hände zu Fäusten und hielt sie eng gegen ihren Körper gepresst. Sie schob ihr Kinn nach vorne, und ihre kleine Nase hob sich nach oben, als sie dem wütenden, furchterregenden Mann ins Gesicht blickte. »Ich war es, die das Feuer entfacht und die Ofenklappe nicht geöffnet hat. Ich wusste nicht einmal, dass es eine solche überhaupt gibt. Es scheint, als hätten Sie recht mit Ihrer brillanten Schlussfolgerung, dass

Sie möglicherweise der Einzige auf dieser Ranch sind, der noch bei Verstand ist. Es scheint jedoch, dass Sie dabei nicht berücksichtigt haben, dass sich auf dieser Ranch noch zwei andere Männer befinden, die nicht nur ebenso viel Verstand besitzen, sondern darüber hinaus …«, sprudelten die Worte aus ihr heraus, »auch noch Güte. Das Zeichen menschlicher Güte ist es, Fehler zu erkennen und ihnen Raum zuzugestehen.« Sie stand vor ihm und starrte ihn an, auf dass er es wagen würde, ihr zu antworten.

»Güte? Ich habe das Recht, aufzuwachen und ein gewisses Maß an Frieden und Harmonie in meiner eigenen Küche vorzufinden. Nicht das hier.« Er wedelte mit der Hand durch den sich verziehenden Rauch. »Sie sind eine Bedrohung, gute Frau.«

»Und Sie sind ein Tyrann«, unterbrach sie ihn. »Ein Tyrann, der sich äußerst unfreundlicher Sprache bedient. Ich werde Fehler begehen, Mr McCabe. Aber ich werde mein Bestes geben. Ich werde dazulernen.« Ihre Worte hingen in der Luft und forderten ihn spottend heraus. Stille herrschte im Raum, unterbrochen nur vom Geräusch der Tür des Geschirrschranks, die Ben sanft schloss, und dem leisen Räuspern Teds. Alle Augen richteten sich auf die zwei Kontrahenten, die sich in der Mitte des Raums gegenüberstanden.

Jarretts Nasenflügel bebten, seitlich seines Auges zitterte ein Muskel. Er schluckte hart, und seine Kiefermuskeln spannten sich an, während er eine Antwort hinunterschluckte. Er blieb noch ein paar Momente derart angespannt stehen, bevor er sich langsam von dem Hitzkopf vor ihm abwandte.

»Ich werde mir mein Frühstück in den Schlafbaracken holen«, sagte er kurz angebunden mit kalter Stimme zu Ted. Dann befahl er ihm in der gleichen eisigen Tonlage: »Zeig ihr ein paar Dinge, in Ordnung?« Ohne sie noch einmal anzusehen, drehte er sich um, griff nach seinem Hut und verließ den Raum. Hinter ihm schlug die Tür zu.

Niemand bewegte sich oder sprach. Dann griff Ted oben

auf den Warmhalteofen, wo die Topflappen lagen, nahm einen davon und wickelte ihn um den Griff der Kaffeekanne. Er ging in Richtung des Tisches. Dort blieb er stehen und wartete mit der Kanne in der Hand.

Ben trug still drei Tassen zum Tisch und stellte sie sanft ab. Ohne ein weiteres Wort goss Ted die schwarze Flüssigkeit in die Tassen. Nachdem er mit dem Einschenken fertig war, beugte er sich nach vorne und betrachtete eine der Tassen voller Kaffee, welcher dick und duftend in der schweren Tasse war. Seine Lippen zuckten, und er zog langsam seine Augenbrauen nach oben. Ben sah seinen Vater an, ging einen Schritt nach vorne und betrachtete die Tasse. Er biss sich auf die Wangen, um ein Grinsen zu unterdrücken. Dann blickten beide Männer zu der stillen Frau, die immer noch mit geballten Fäusten an der gleichen Stelle stand.

Verwirrt ging sie ein paar zögerliche Schritte auf den Tisch zu und hielt dort inne. Ihre Augen füllten sich mit Tränen, als sie den Kaffee in der Tasse sah.

»Der Kaffee. Er ist zu …« Mit erstickter Stimme brach sie den Satz ab, Tränen drohten ihr aus den Augenwinkeln zu laufen.

»Er ist genauso, wie ich ihn mag«, schaltete Ted sich ein. »Yep«, sagte er, »heiß, schwarz und dickflüssig.« Das letzte Wort war nur undeutlich zu vernehmen, da er versuchte, ein Lachen zu unterdrücken. »Ja, Sir, schwarz und dickflüssig.«

Die zwei Männer sahen sich an und bemühten sich, nicht in Gelächter auszubrechen. Aries sah ihre Blicke und presste beide Lippen aufeinander, während sie die auf dem Tisch wartenden Tassen voll Gebräus anstarrte. »Oh, Ted, er schmeckt furchtbar, nicht wahr?« Sie hob ihre Tasse an und führte sie langsam an ihren Mund. Kurz davor entschied sie sich jedoch, an der schwarzen Flüssigkeit zu riechen. »Puuuh!« Sie hielt die Tasse eine Armlänge von sich entfernt. »Bäh! Der ist viel zu stark!« Sie nahm die zwei Männer, die sie betrachteten, näher unter die Lupe. Sie warteten auf ihre Reaktion und kämpften darum, nicht loszulachen. Alle Tränen verschwanden aus ihren Augen und wurden von einem verschmitzten Glitzern ersetzt. »Ja, der ist genau richtig. Yep«, ahmte sie Teds Stimme nach, »heiß, schwarz und dickflüssig. Jarrett weiß ja gar nicht, was er verpasst …« Ein Lächeln breitete sich auf ihren Gesichtern aus, als sie ihre Tassen zu einem stillen Gruß erhoben. Dann stellten sie die Tassen zurück auf den Tisch, ohne auch nur einen Tropfen der schwarzen Flüssigkeit getrunken zu haben, und brachen in schallendes Gelächter aus.

Kapitel 12

Jarrett hielt sich den ganzen Tag vom Haus fern, und Aries bekam ihn bis zum Abendessen nicht mehr zu sehen, was ihr ganz recht war. Und doch erwischte sie sich selbst dabei, wie sie jedes Mal nach ihm Ausschau hielt, wenn sich die Küchentür öffnete oder sie Schritte auf der Veranda hörte.

Ted hatte Jarretts Anordnung befolgt und Aries einige Dinge gezeigt. Sie hatte gelernt, dass man mit der Pumpe erst Wasser ansaugen muss, bevor man den Hebel auf und ab bewegt. Sie brauchte beide Hände, um an dem langen Hebel zu ziehen, und musste sich mit ihrem ganzen Körpergewicht daranhängen. Wenn das eiskalte Wasser endlich aus dem Rohr hervorströmte, wurde es sogar noch schwerer, den Hebel für einen zweiten Schwall Wasser nach unten zu drücken. Anschließend schleppte sie die schweren Wassereimer ins Haus. Sowohl Ted als auch Ben hatten Eimer voll Wasser hereingetragen, bevor sie das Haus verließen, und ihr erklärt, dass sie sie rufen sollte, wenn sie mehr benötigte. Aber das hatte sie nicht getan. Sie hatten ihre eigene Arbeit zu erledigen und bereits zu viel ihrer Zeit darauf verschwendet, ihr Dinge zu zeigen und zu erklären.

Schließlich hatte sie sie beide aus dem Haus gescheucht und ihnen versichert, dass sie zurechtkommen würde. Es tat gut, in diesem großen, freundlichen Haus allein zu sein. Darauf hatte sie sich bereits den ganzen Morgen gefreut. Sie wusste genau, was sie zuwege bringen wollte, und brauchte dafür niemandes

Hilfe. Zuerst würde sie sich der Küche widmen und die Vorhänge waschen und anschließend den Boden schrubben. Wenn sie sich beeilte, wäre sie damit fertig, bevor Ted zurückkam, um mit den Vorbereitungen für das Abendessen zu beginnen. Als er ihr angeboten hatte, sich sein Mittagessen gemeinsam mit Ben und dem abwesenden Jarrett bei den Schlafbaracken zu holen, hatte sie dem Vorschlag schnell zugestimmt. Timmy war am Morgen zunächst Ben gefolgt, aber als Ben die unmittelbare Umgebung verließ, war Timmy zurück ins Haus gestrolcht, da er sich noch nicht selbstsicher genug fühlte, um sich ohne Bens beruhigende Anwesenheit allzu weit von Aries zu entfernen. Er saß an dem großen runden Tisch und zeichnete Buchstaben nach, die Aries ihm auf ein Blatt Papier geschrieben hatte. Er klemmte seine kleine Zunge zwischen den Zähnen ein, sein Gesicht voller Konzentration zusammengekniffen. Aries musste lächeln, als sie ihn ansah.

Sie füllte einen Eimer mit heißem Wasser aus dem Tank, der seitlich am Herd angebracht war, und schüttete die dickflüssige, zähe Seife hinein, die Ted ihr aus einem Eimer im Vorratsraum gebracht hatte. Aries hielt ihre Hand in das heiße Wasser und verrührte die Seife mit dem Wasser, bis sich Schaum bildete. Die scharfen Seifendämpfe trieben ihr Tränen in die Augen, und die Haut ihrer Hand fing an zu brennen. »So«, murmelte sie, »das sollte sogar dem Schmutz an diesen Wänden den Garaus machen.« Sie schüttelte den Kopf, als sie die Wände betrachtete, die einstmals weiß gewesen waren, aber nun nach Jahren der Vernachlässigung durch eine Mischung aus Rauch und Fett vergilbt waren. Wie man ordentlich putzt, das wusste sie. Die Erinnerung daran, wie sie der Haushälterin beim Frühjahrsputz geholfen hatte, brachte ein Lächeln auf Aries' Lippen. Allerdings hatte sie damals verschwinden können, sobald sie der Arbeit müde wurde. Sie seufzte. Nun, dieses Mal würde sie nicht weglaufen. Hier gab es keine Polly, die für sie übernehmen und die mühsameren Aufgaben erledigen konnte, während Aries zu Visiten mit ihrem Vater aufbrach. »In Ordnung, Aries«, schalt sie sich selbst. »Hier herumzustehen und dir Sorgen zu machen hilft dir auch nicht bei der Arbeit.« Sie rollte die Ärmel ihres Kleides nach oben, hob den Eimer mit heißem Seifenwasser an und stellte ihn auf den Tisch. Nachdem sie einen Stuhl zu der Wand gezogen hatte, die ihr am nächsten war, stieg sie auf ihn, bückte sich zum Eimer, um das Tuch auszuwringen, und wischte damit über die Decke der Küche. Nach nur einem Wisch war bereits ein weißer Streifen erkennbar. Nun gab es kein Zurück mehr, und sie lächelte, denn ihr war völlig bewusst, dass sie sowieso nicht aufhören wollte. Dies sollte ihr Zuhause werden, und verflixt noch mal, es würde sauber sein.

Sie war überrascht, wie schnell die Arbeit voranging. Sie hörte nur lange genug auf, um Holz in den Ofen zu legen, wie Ted es ihr gezeigt hatte, und um Timmy etwas zum Mittagessen zu machen. Der Tag schritt weiter voran, und die Sonne, die nun hoch am Himmel stand, wärmte die Küche. Aries öffnete die Fenster, um frische Luft in das Zimmer zu lassen. Spät am Nachmittag schüttete sie den letzten Eimer grauen, schmutzigen Wassers zur Hintertür hinaus und ging zur Wäscheleine, um die Vorhänge abzunehmen, die sie zuvor in der Küchenspüle gewaschen hatte. Sie vergrub ihr Gesicht darin und atmete den frischen Geruch der sauberen Bergluft ein. Jetzt mussten sie nur noch gebügelt werden. Sie war oft genug zu Füßen von Polly gesessen und hatte der Frau zugesehen, wie sie das Bügeleisen auf dem Herd erhitzt hatte, um es dann nach einer kurzen Überprüfung auf den Stoff zu pressen und so die Falten zum Verschwinden zu bringen. Polly hatte nicht darauf vertraut, dass Aries die Temperatur des Bügeleisens korrekt einschätzen konnte und hatte nicht das Risiko eingehen wollen, dass sie eines der weißen Hemden des Doktors verbrannte. Aber Aries wusste, dass sie das schaffen konnte. Und so machte sie sich an die Arbeit. Sie machte sich auf die Jagd nach einem

Bügelbrett und durchsuchte den Wandschrank in der Vorratskammer. Da sie nirgendwo eines finden konnte, improvisierte sie und polsterte den Tisch mit dicken Handtüchern. Sie wusste, dass irgendwo ein Bügelbrett sein musste, und nahm sich vor, Ben oder Ted danach zu fragen. Im Lauf des Tages war sie immer wieder über Überbleibsel gestolpert, die von der Anwesenheit einer Frau zeugten, und pries Ted dafür, dass er Saras Besitztümer nicht einfach weggeworfen hatte. Sie fand Schubladen vor, die immer noch voller sorgfältig gefalteter Tischtücher und Leinen waren. Es war, als ob Sara nur kurz das Haus verlassen hatte, bevor Aries hineingetreten war.

Es gelang Aries, den dumpfen Schmerz in ihrem Kreuz zu ignorieren. Für ihre Müdigkeit wurde sie mit einem Gefühl der Zufriedenheit entschädigt, als sie sich in dem Raum umblickte, der sich seit diesem Morgen so sehr gewandelt hatte.

Sie hob das erste der beiden schweren Bügeleisen hoch, führte einen ihrer Finger an den Mund, befeuchtete ihn und tippte in einer schnellen Bewegung den Boden des heißen Eisens an. Der Tropfen Feuchtigkeit verdampfte zischend, und Aries erkannte das gleiche Geräusch, das Pollys Bügeleisen von sich gegeben hatte, und wusste nun, dass es die richtige Temperatur hatte. Dennoch setzte sie die Spitze des Bügeleisens erst an einer Ecke des Vorhangs auf, an der es nicht auffallen würde, falls das Eisen zu heiß wäre und den Stoff verbrannte. Die Vorhänge ruhten in einem Korb. Zuvor hatte sie sie mit Wasser besprenkelt, damit sie leicht feucht und gut zum Bügeln waren. Sie hatte recht gehabt. Das Bügeleisen hatte die perfekte Temperatur. Sie zog das zweite Bügeleisen, das noch auf dem Herd stand, auf einen kühleren Bereich und fuhr fort, die Vorhänge zu bügeln, erst mit dem ersten Eisen, bis dieses ausgekühlt war, und anschließend mit dem zweiten. Die Vorhänge erwachten in ihren Händen zum Leben. Als sie fertig war und sie wieder aufgehängt hatte, hingen sie stolz und sauber, ohne eine einzige Falte, an den Fenstern. Sie blickte aus den funkelnd sauberen

Fenstern hinaus und sah, dass die Dämmerung einzubrechen begann. Ted würde nach Hause kommen, um mit der Vorbereitung des Abendessens zu beginnen. Aries öffnete die Hintertür und rief nach Timmy, er solle hereinkommen und sich waschen, damit die Männer das Waschbecken für sich haben würden, wenn sie zurückkamen. Sie verspürte Gewissensbisse, als sie sah, wie ihr kleiner Bruder einsam am Zaun eines Pferches stand und mit dem kleinen Kalb auf der anderen Seite redete. Sie hatte ihm heute nicht viel Beachtung geschenkt, ihn sich selbst überlassen, damit er sich mit sich selbst beschäftigte. Ihr fiel auf, dass er hier genau das Gleiche tat wie früher. Er ging Erwachsenen aus dem Weg und versuchte sich unsichtbar zu machen, ein kleiner Geist, mit dem außer ihr selten jemand sprach oder auch nur an ihn dachte. Sie schüttelte den Kopf. Vielleicht hatte Jarrett recht: Timmy brauchte ebenfalls Aufgaben. Heute Abend würde sie ihn vielleicht fragen, ob es etwas gab, bei dem Timmy helfen könnte. Zumindest falls Jarrett heute Abend ansprechbar sein würde.

Sie zog den kochenden Kaffee auf dem Herd weiter nach hinten und wusste, dass er dieses Mal weitaus besser sein würde als die sirupartige Flüssigkeit, die sie an diesem Morgen produziert hatte. Heute Morgen. Es kam ihr so vor, als hätte sie ihr ganzes Leben in diesem Raum verbracht. Sie schob sich erschöpft das Haar aus dem Gesicht und ging zur Tür. Dort blieb sie stehen und warf noch einmal einen Blick auf ihr Tageswerk. Die Küche strahlte dank ihrer Anstrengungen. Nirgendwo war auch nur ein Körnchen Staub zu sehen. Die Fenster waren sauber geputzt, auf dem Tisch lag ein rot kariertes Tischtuch, und in der Mitte stand eine Vase mit Blumen. Die Wände und die Decke waren sauber. Ein Flickenteppich, den sie in einem Schrank auf dem Regal gefunden hatte, lag vor der Spüle. Sogar den Herd hatte sie in Angriff genommen, und so war auch dieser von Staub befreit und wartete nur darauf, dass jemand etwas auf seiner makellosen Oberfläche kochte. Aries wünschte sich, dieser jemand wäre sie, aber sie wusste, dass sie ihr Glück besser nicht herausfordern sollte. Sie verließ den Raum mit einer Schale heißen Wassers und stieg langsam die Treppe zu ihrem Zimmer hinauf. Sie hatte vor, sich nach einer kurzen Katzenwäsche andere Kleider anzulegen und dann Ted mit dem Abendessen zu helfen. Der Gedanke, dass sie sich auf die Rückkehr der Männer nach Hause freute, überraschte sie selbst. Es war das perfekte Ende eines perfekten Tages. Allerdings gestand sie sich nicht ein, dass der Mann, den zu sehen sie sich am meisten freute, auch der Mann war, der am Morgen das Haus wütend und mit barschen Worten verlassen hatte.

Ted kam nicht als Erster zurück. Es war Jarrett. Er war dem Haus mit voller Absicht den ganzen Tag lang ferngeblieben und hatte sich in Gedanken immer wieder zusammengerissen, sobald diese zu der Frau wanderten, auf die sich sein Zorn konzentrierte. Er schämte sich dafür, dass er so überreagierte. In letzter Zeit schien er öfter wütend zu sein, als dass er es nicht war. Er öffnete die Tür zur Küche voller Anspannung und wich sofort einen Schritt zurück. Die Küche unterschied sich von der, die er heute Morgen verlassen hatte, wie Tag und Nacht. Es war nun mehr als nur ein bloßes Zimmer – er sah die Küche vor sich, wie sie früher gewesen war, voller Liebe und von sanfter Hand geführt. Sacht schloss er die Tür hinter sich und stand dort, sog den Raum und die Erinnerungen ein, die ihn sowohl mit Schmerz als auch mit Freude erfüllten. Er hängte seinen Hut an den Haken und ging zum Herd hinüber, auf dem der Teekessel leise pfiff. Nachdem er Wasser in das Waschbecken gegossen hatte, rollte er die Ärmel seines Hemds nach oben und fing an, sich den Schmutz des vergangenen Tages abzuwaschen. Als er fertig war, blickte er an sich hinunter. Würde nicht schaden, sich zum Abendessen umzuziehen. Einst hatten sie das alle getan, aber mittlerweile hatten sie sich das abgewöhnt. Es hatte schließlich keinen Anlass gegeben, es war ihnen allen drei egal gewesen, wie die anderen aussahen. Wenn er so darüber nachdachte, war ihnen so einiges egal geworden. Zumindest bei ihm war das gewiss der Fall gewesen. Er ging die Treppen hinauf und passierte die geschlossene Tür zu Aries' Zimmer. Der kaum vernehmbare Gesang einer Frauenstimme brachte ihn zum Halt, und er blieb wie angewurzelt vor der Tür stehen. Sie summte und sang zu einer Melodie, die er schon einmal gehört hatte. Er konnte die Worte nicht verstehen, aber sie hatte eine schöne Stimme. Das war nicht die Stimme, mit der sie heute Morgen mit ihm geredet hatte. Fältchen bildeten sich um seine Augen, als er sich lächelnd daran erinnerte, wie er in seiner verrauchten Küche gestanden war und sie es ihm ebenso gegeben hatte wie er ihr. Sie war eine würdige Gegnerin, dachte er. Sie war seit langer, langer Zeit auch die vielleicht hübscheste Person, die ihm die Stirn geboten hatte. Er ging in sein Zimmer, und als er die Knöpfe seines Hemds öffnete, wurde ihm bewusst, dass er sich auf das Abendessen und den heutigen Abend auf eine Art und Weise freute, die nichts damit zu tun hatte, dass ein weiterer langer, harter Arbeitstag sein Ende gefunden hatte.

Als Jarrett den Raum betrat, stand Ted am Herd und rührte eine Pfanne mit Kartoffeln und Zwiebeln um. Ben saß am Küchentisch. Sofort wanderten seine Augen zu der Frau, die sich über den Küchentisch beugte und einen Teller mit Steaks absetzte. Sie hatte sich umgezogen und trug nicht mehr das Kleid vom Vormittag, sondern ein Baumwollkleid in hellen goldenen und braunen Farbtönen. Ihr Haar hatte sie mit einem Band zurückgebunden, das zu ihren seidigen goldenen Locken passte. Einige Strähnen hatten sich gelöst und ringelten sich sanft um ihr Gesicht. Sie lächelte über etwas, das Ben gesagt hatte, und Jarrett verspürte einen Stich der Eifersucht angesichts des mühelosen neckenden Umgangstons, den sein Bruder und sie miteinander hatten. Sie blickte auf und ertappte ihn dabei, wie er sie ansah. Immer noch lächelnd, setzte sie den

Teller vorsichtig ab und ging dann zurück zum Herd, wo sie eine Schale für die Kartoffeln holte. Ted und Ben sahen beide ebenfalls auf, als sie seine Anwesenheit bemerkten, und alle Gespräche verstummten, während sie den großen, dunklen Mann anstarrten, der in der Küchentür verharrte.

»Verflucht, Sohn, du hast dich aber fein zurechtgemacht«, sagte Ted. »Wusste nicht, dass wir uns jetzt zum Abendessen umziehen«, fügte er hinzu und nickte zu Jarretts frischem Hemd.

»Yeah«, mischte sich auch Ben ein, der den seltenen Moment genoss, dass es seinem Bruder die Sprache verschlagen hatte. »Du hast dich wirklich fein zurechtgemacht. Was ist der Anlass?«

Jarrett begann eine Antwort zu knurren, aber wurde unterbrochen.

»Hallo, Jarrett«, sagte Aries sanft. »Bitte setzen Sie sich hin. Das Abendessen ist fast fertig.« Sie sah zu den zwei grinsenden Männern und sagte mit mahnender Stimme: »Und ihr zwei hattet vermutlich keine Zeit, euch vor dem Abendessen umzuziehen, weil ihr so beschäftigt damit wart, mir zu helfen. Es tut mir leid, dass ich eure Zeit so beansprucht habe, aber ich kann mir vorstellen, dass das morgen schon anders aussehen wird. Ich lerne schnell dazu, und ich bin mir sicher, dass ich euch ein paar Minuten Zeit verschaffen kann, damit ihr euch zurechtmachen könnt.« Sie schenkte ihnen ein bezauberndes Lächeln und drehte sich dann um. Beide machten ein langes Gesicht, räusperten sich und murmelten: »Klar. Yeah, wir hätten ein bisschen mehr Zeit gebraucht.«

Jarretts Lippen verzogen sich leicht, als er um den Tisch herumging und einen Stuhl für Aries nach hinten rückte. Es fühlte sich auf jeden Fall gut an, wenn sie sich auf seine Seite schlug. Auch wenn er das natürlich nicht brauchte, aber …

Aries setzt sich, und als Jarrett sich nach vorne beugte, stieg ihm der Duft ihrer Haare in die Nase, ein Geruch von Blumen und dem zarten Duft des Frühlings. Flieder. Er blieb länger als notwendig hinter ihr stehen, drehte sich dann um und setzte sich an seinen Platz.

Timmy hockte auf seinem Thron aus Katalogen und hatte wie gewohnt seine Augen nach unten gerichtet. Jarrett runzelte die Stirn. Etwas an dem kleinen Jungen erinnerte Jarrett an … an was? Dann fiel es ihm ein. Vor ein paar Jahren hatte er einen Viehtreiber angestellt, der damit geprahlt hatte, wie gut er mit Pferden umgehen könne. Sicher, sein Pferd war gut trainiert und reagierte überaus schnell auf jeden seiner Befehle. Aber in den Schlafbaracken war viel über ihn geredet worden. Jarrett hatte es als das Misstrauen der Cowboys einem neuen Angestellten gegenüber abgetan und vielleicht auch als ein klein wenig Eifersucht auf sein Können. Dann war er eines Morgens unerwartet aus der Scheune gekommen und sah den Viehtreiber mit seinem Pferd im Pferch. Das Pferd scheute, als der Mann sich anschickte, aufzusitzen, woraufhin dieser dem Tier mit seiner Stiefelspitze sofort einen Tritt in die Rippen verpasste. Das Pferd wieherte vor Schmerzen auf. Jarrett konnte hören, wie es dem zitternden Tier den Atem verschlug. Anschließend stand das Tier fügsam und gebrochen still, den Kopf nach unten gehalten, während der arrogante Mann aufsaß. Jarrett erinnerte sich an seine rot glühende Wut, als er den Hof überquerte und den überraschten Mann vom Rücken des Pferdes zerrte. Er warf ihn zu Boden und verpasste ihm mit seiner Stiefelspitze einen harten Tritt in die Rippen. Dann hatte er ihn gefragt, wie es ihm gefalle, wenn mit ihm das Gleiche passiert, was er gerade einem hilflosen Tier zugefügt hatte. Jarrett schüttelte seinen Kopf angesichts der Erinnerung und blickte erneut zu dem kleinen Jungen. Timmy sah ebenso gebrochen aus wie damals die Stute. Er sah Aries an, die Timmy zärtlich zulächelte. Sie tätschelte ihm die Schulter und flüsterte ihm einige Worte zu, die ihn zum Lächeln brachten. Aries war Timmys Verteidigerin, seine Retterin, genau wie er es damals an diesem Morgen für das Pferd gewesen war. Es musste jemand anderes in Timmys Leben die Schuld tragen, und er hatte die Absicht, herauszufinden, wer das war. Dann fing er sich. *Wieso? Was sollte mich das kümmern?* Sie bedeuteten ihm nichts. Sicher, das Haus, oder zumindest die Küche, sah verdammt viel besser aus. Und sicher, die Gespräche und die Atmosphäre am Küchentisch schienen entspannter und glücklicher zu sein, aber sie wurde für ihre Arbeit bezahlt, genau wie jeder andere Angestellte auch. *Mach dir nicht zu viele Umstände*, mahnte er sich selbst. *Halt dich da raus, lass dich da nicht reinziehen.* Er nahm sich mehrere Stücke Steak und konzentrierte sich auf sein Essen.

»Ähm, Mr McCabe.« Sie erhielt keine Antwort. »Mr McCabe«, versuchte es Aries erneut.

Jarrett blickte auf, weil ihm die Stille der anderen am Tisch aufgefallen war, und sah, dass alle Augen auf ihn gerichtet waren.

»Mr McCabe«, sagte sie erneut und sah ihn an. »Ich habe mich gefragt … Sie hatten einmal erwähnt, dass es Aufgaben gibt, die Timmy erledigen könnte.« Bei diesen Worten sah der kleine Junge sie erstaunt und voller Angst an.

»Yeah«, sagte Jarrett langsam.

»Nun, würde es Ihnen etwas ausmachen, uns wissen zu lassen, was für Aufgaben das sind, und wir sorgen dafür, dass sie erledigt werden. Timmy hat freie Zeit, vielleicht sogar zu viel davon, und er muss genauso mithelfen wie alle von uns, also habe ich mich gefragt …« Ihre Stimme verstummte, als sie den Ausdruck auf Jarretts Gesicht sah.

»Ja?«, forderte er sie auf, weiterzusprechen, während er ihr Unbehagen genoss.

»Ich, damit will ich sagen, Sie haben gesagt, dass er genauso arbeiten muss wie …«

»Ja, und wenn ich mich recht entsinne, haben Sie mir deswegen den Kopf zurechtgerückt, oder etwa nicht?«, stichelte er.

Sie atmete tief ein. »Nun, ja, das habe ich. Ich war in meiner Reaktion vielleicht ein wenig zu schnell, möglicherweise habe ich voreilig Schlüsse gezogen, Mr McCabe. Und auch wenn ich weiterhin der Ansicht bin, dass eine Ausgeglichenheit zwischen Arbeit und Spiel herrschen muss, ist mir heute aufgefallen, dass Timmy nicht weiß, was er mit seiner Zeit anfangen soll.« Sie sah in die durchdringenden blauen Augen des Mannes, und ihr wurde klar, dass er sie nicht so leicht davonkommen lassen würde. Er hatte die Kiefer aufeinandergepresst, aber sie war sich sicher, dass sie die Spur eines Lächelns entdecken konnte, das seine Mundwinkel umspielte. Er fand Gefallen an der Situation, an ihrem Unbehagen darüber, dass sie eingestehen musste, dass sie zum Teil unrecht gehabt hatte. Er sah arrogant und doch gleichzeitig stattlich aus, wie er so an seinem Platz saß, die langen Finger seiner Hand um das Messer geschlungen, die Gabel in der Luft über dem Steak schwebend. Seine breiten Schultern waren nach vorne gebeugt, und der karierte Stoff seines Hemds spannte sich am Rücken über seinen Muskeln. Langsam legte er sein Messer ab und sah zu Ben.

»Zeig Timmy, wie man sich um das Kalb kümmert, das du eingepfercht hast, das mit dem Durchfall. Es braucht Aufmerksamkeit, und wir haben mit Sicherheit nicht die Zeit, uns darum zu kümmern. Es wird vermutlich trotzdem sterben, aber wenn er es über den Tag verteilt mehrmals mit kleinen Mengen Milch füttert, wird es vielleicht kräftiger und schafft es, am Leben zu bleiben.« Er blickte zurück zu Aries, deren Lächeln ihm das Herz wärmte. Ohne es zu bemerken, lächelte er zurück, wodurch die harten Linien seines Gesichts weicher wurden und er ihr einen weiteren kurzen Blick auf den sanften Mann gewährte, den er so sorgfältig in seinem Inneren verbarg.

»Timmy«, adressierte er den kleinen Jungen, der ihn anstarrte. »Wir haben einen Eimer, an dem ein Nippel angebracht ist. Glaubst du, du kannst das Kalb dazu bringen, daraus zu trinken?«

Timmy nickte langsam, als ob er sein Glück nicht fassen könnte. Er hatte den ganzen Tag bei dem kränklichen Kalb verbracht, und nun sollte er derjenige sein, der es füttern und sich um es kümmern sollte.

»Hast du gesehen, wie eingefallen seine Flanken sind?«, fragte Jarrett ihn schroff. Timmy nickte. »Nun, das liegt daran, dass es Durchfall hat. Die Milch seiner Mama ist zu reichhaltig, und er hat zu viel davon getrunken. Das ist bei Kälbern manchmal so. Sie werden davon krank und können sterben. Deine Aufgabe wird es sein, dafür zu sorgen, dass er immer nur eine kleine Menge trinkt. Es ist gierig wie ein Schwein und wird mehr wollen. Aber du darfst nicht weichherzig sein und ihm nicht mehr geben, egal, wie sehr es bettelt. Verstanden?« Er wartete, bis Timmy mit großen Augen nickte. »Und ich erwarte, dass du seinen Pferch sauber hältst. Durchfall sorgt für jede Menge Dreck, du wirst schon sehen, was ich damit meine. Es wird sich selbst beschmutzen und auch den verflu… verflixten Pferch«, korrigierte er sich selbst. »Der Pferch wird ziemlich schmutzig werden. Ben wird dir zeigen, wo das frische Stroh ist. Das ist eine wichtige Aufgabe, und ich erwarte von dir, dass du sie ordentlich machst.«

»Ja, Sir«, flüsterte Timmy. Nach einer kurzen Pause sagte er mit leiser Stimme: »Danke, Sir.«

Jarrett sah den kleinen Jungen scharf an und drehte sich dann abrupt weg, überrascht von den Emotionen, die ihn durchströmten. Er hörte seinen Vater husten und sah auf, wobei ihm Aries' Blick ins Auge fiel. Sein Körper wurde von einer Wärme erfüllt, die bis in die kalte Leere in ihm reichte, und er wandte sich ab, weil er nicht wollte, dass sie es bemerkte.

Am nächsten Morgen war es nicht Aries, die als Erstes aufstand. Als sie nach draußen ging, um den ersten Atemzug in der frischen Morgenluft zu nehmen, sah sie Timmy bereits unten am Pferch des Kalbs stehen. Ihr stiegen die Tränen in die Augen, und Dankbarkeit durchströmte sie, dass Jarrett eine so weise Wahl getroffen und Timmy genau die richtige Aufgabe zugewiesen hatte. Aries wusste nicht, woher Jarrett gewusst hatte, dass der kleine Junge etwas brauchte, um das er sich kümmern konnte, für das er verantwortlich war, ein Lebewesen, das ihn ebenso sehr brauchte, wie er es brauchte. In diesem Moment wurde ihr klar, dass Jarrett ein vielschichtiger Mann war. »Aber«, sagte sie zu sich selbst, als sie zurück ins Haus ging, um nach dem Feuer zu sehen, das sie im Ofen entzündet hatte, »er ist jemand, der es wert ist, dass man ihn näher kennenlernt, und genau das habe ich vor.«

Das Frühstück fand unter gänzlich anderen Vorzeichen statt als am Vortag. Jarrett blieb während der gesamten Mahlzeit sitzen. Tatsächlich gewann Aries den Eindruck, dass es ihm widerstrebte, den Tisch zu verlassen, und dies mit einer weiteren Tasse Kaffee herauszögerte.

»Mr McCabe«, sagte sie, nahm die Teller und brachte sie zur Spüle. »Gibt es etwas im Haus, das ich in Ruhe lassen sollte?« Er hob den Kopf und runzelte die Stirn. »Ich meine, ob es einen Raum gibt, den ich nicht betreten darf, oder Vorräte, die ich nicht verwenden sollte? Ich weiß, dass Sie mich als Haushälterin angestellt haben, aber es würde mir helfen, wenn ich wüsste, ob es gewisse Grenzen gibt, die ich nicht überschreiten darf.«

»Nein.« Seine Antwort kam schnell und knapp. »Das Haus gehört ganz Ihnen, was das angeht, und Sie können sich nach Belieben um alles kümmern. Was die Vorräte betrifft, werden Sie wohl feststellen, dass der Vorratsraum und der Keller gut gefüllt sind. Verwenden Sie, was auch immer sie brauchen. Wenn Sie zum Kochen etwas benötigen oder verwenden wollen, das heißt, sobald Sie Ihren magischen Koffer erhalten haben und das Kochen gelernt haben«, grinste er sie an, »dann schreiben Sie einfach eine Liste, und Ben oder ich werden es in Wise River besorgen.« Er stand auf, nahm den Hut vom Haken und ging zur Tür hinaus.

Aries folgte ihm auf die Veranda. »Mr McCabe«, begann sie, streckte die Hand nach ihm aus und berührte die harten Muskeln seines Oberarms. Er hielt inne. Sie fasste ihn nur sanft an, und doch schienen sich ihre Finger durch sein Hemd zu brennen, versengten seine Haut. Ihre Berührung raubte ihm den Atem. Als er sich umdrehte, sah er von Angesicht zu Angesicht in ihre blauen Augen, mit denen sie bis in sein Innerstes zu blicken schien.

»Ja«, antwortete er leise und zögerlich. Er hielt seinen Arm steif von sich, wollte nicht, dass Aries losließ, und war sich gleichzeitig mehr als bewusst, dass sein Herz schneller zu schlagen begonnen hatte und er nur schwerfällig atmen konnte.

Sie sah in Richtung des Pferchs und des Jungen, der auf Zehenspitzen stand, um das Gatter zu dem Kalb öffnen zu können. Dann blickte sie zurück zu Jarrett, nur um von seinem intensiven Blick gefangen genommen zu werden. Sie leckte sich über die Lippen, und seine Augen folgten der Bewegung ihrer Zunge über die weiche Fülle. »Danke. Für Timmys Aufgabe, für Ihr Verständnis.« Sie senkte ihre Hand und hinterließ ein kaltes Gefühl der Leere an seinem Arm. Und damit ging sie schnell wieder in das Haus hinein.

Er hatte den Atem angehalten und atmete nun aus. Einen Augenblick lang stand er vor der geschlossenen Tür und starrte sie an. Geistesabwesend legte er seine Hand auf die Stelle, die sie berührt hatte, und ein wohliger Ausdruck trat einen kurzen Moment lang auf sein Gesicht, während er, zwei Stufen auf einmal nehmend, die Veranda hinunterging und auf dem Weg zur Scheune den Hof überquerte.

Aries unterbrach ihre Arbeit am Vormittag. Sie hatte sich für diesen Tag das Ziel gesetzt, systematisch durch alle Räume des großen Hauses zu gehen und sie auf dieselbe Art und Weise zu putzen, wie sie es mit der Küche getan hatte, bis das ganze Haus vor Sauberkeit erstrahlte. Heute gab es jedoch noch etwas anderes, das sie tun würde. Sie würde eine doppelte Portion

Haferkekse mit Rosinen backen. Am Tag zuvor hatte sie auf den Regalen des Vorratsraums nachgesehen und alles gefunden, was sie brauchte. Ted hatte ihr gezeigt, wie man den Herd auf einer gleichmäßigen Temperatur hält, indem man eine bestimmte Menge an Holz hineinwirft. Es war noch Vormittag und somit die perfekte Zeit, mit dem Backen anzufangen, bevor die Sonne die Küche zu sehr aufheizte.

Aries band sich eine Schürze um, die sie zusammengefaltet in einer der Küchenschubladen gefunden hatte. Dann stellte sie sich auf die Zehenspitzen und holte eine Schüssel herunter. Anschließend ging sie in die Vorratskammer, um die restlichen Zutaten zusammenzusammeln. Das Rezept kannte sie auswendig. Haferflocken, Rosinen und Erdnussbutter. Ihr lief das Wasser im Mund zusammen bei dem Gedanken daran, sich mit einer Tasse Kaffee und einigen riesigen Keksen zum Eintauchen an den Tisch zu setzen. Genau das würde sie tun, sobald das erste Blech aus dem Ofen kam. Eine Melodie vor sich hin summend, gab sie die passende Menge an Zutaten in die Schüssel, vermengte sie und hob die Rosinen unter. Dann nahm sie das schwere Backblech und verteilte eine dünne Schicht Fett darauf. Nachdem sie einen kleinen Happen des Keksteigs genascht hatte, setzte sie kleine Häufchen davon mit Teelöffeln auf das Blech. Fünf Reihen mit jeweils vier Klecksen, insgesamt zwanzig Stück. Sie füllte das Blech und schob es auf die oberste Schiene des heißen Ofens. Anschließend machte sie sich daran, das Geschirr abzuspülen. Ein Gefühl des Glücks durchströmte sie, als sie sich über die offene Ofentür beugte und die goldbraunen Kekse herausnahm, die sie nur wenige Minuten zuvor hineingeschoben hatte. Die Temperatur war genau richtig gewesen, die Kekse waren perfekt. Sie stellte sie zum Abkühlen auf ein Schneidebrett aus Holz. Einige Minuten später öffnete sie die Ofentür erneut und bückte sich, um einen kurzen Blick hineinzuwerfen, ob auch dieses Blech fertig war. Völlig auf diese Aufgabe konzentriert, hörte sie nicht, dass sich hinter ihr die Küchentür öffnete. Jarrett blieb mit weit aufgerissenen dunklen Augen in der Tür stehen und sog die Wärme der Küche in sich auf, die mit dem würzigen Duft frisch gebackener Kekse erfüllt war. Sonnenschein fiel durch die sauberen Fenster und auf Aries, die prüfend in den Ofen blickte. Eine überwältigende Sehnsucht erfüllte ihn. Er wollte den Raum durchqueren und seine Arme um ihre schlanke Taille schlingen. »Was ist nur mit dir los?«, murmelte er sich selbst zu. Angestrengt runzelte er die Stirn, als er versuchte, diese verwunderliche Idee aus seinen Gedanken zu verbannen, und räusperte sich. Das Geräusch erzielte den gewünschten Effekt. Aries sprang hoch, und die Ofentür glitt ihr mit einem lauten Scheppern aus der Hand.

»Immer mit der Ruhe.« Er durchquerte den Raum, griff nach dem Topflappen in ihrer Hand und schloss die Tür. »Wollte Sie nicht erschrecken. Ich bin nur hereingekommen, um …« Er brach den Satz ab. Seine Augen weiteten sich, als er den verlockenden Geruch, der aus dem Ofen kam, tief einatmete. »Raus damit, das sind doch nicht etwa Haferkekse mit Rosinen, oder? Echte Haferkekse mit Rosinen?«

Der Ausdruck auf seinem Gesicht brachte sie zum Lächeln. »Mmm hmm«, grinste sie ihn an. »Daraus ziehe ich die Schlussfolgerung, dass Sie sie mögen, Mr McCabe?«

»O ja«, sagte er ehrerbietig. »Ich kann Ihnen nicht mal mehr sagen, wann ich zum letzten Mal frisch gebackene Kekse aus diesem Ofen gegessen habe.« Er unterbrach sich, ein Ausdruck des Schmerzes huschte über sein Gesicht. Er wusste genau, wann das letzte Mal gewesen war. Selbst nach all diesen Jahren übermannte ihn das Gefühl ohne jede Vorwarnung. Aries sah, wie er innehielt, und spürte voller Überraschung seinen Schmerz.

»Wenn Sie etwas Zeit haben, Mr McCabe, könnten Sie mir bei einer Tasse Kaffee und ein paar von diesen Keksen Gesellschaft leisten, wenn Sie mögen. Sie sind noch warm«, fügte sie hinzu, um ihn in Versuchung zu führen, weil sie an der Hoffnung festhielt, dass er vielleicht bleiben würde. Sie wollte sich nicht die Frage stellen, warum ihr das so wichtig war, aber sie wusste, dass es ihr richtig schien, ihn in dieser Küche an ihrer Seite zu haben, und sie wollte nicht, dass er ging.

Er zögerte. Ein verschmitztes Lächeln begann sich um seine Lippen zu formen. »Nur ein paar, Aries? Machen Sie ein halbes Dutzend daraus, und wir haben einen Deal.« Seine Augen funkelten, als er sich mit einer geschmeidigen Bewegung auf den Stuhl sinken ließ, den er gerade herausgezogen hatte. Er sah sie erwartungsvoll an.

Sie schmunzelte und sagte leise: »In Ordnung.« Flink bewegte sie sich durch die Küche, die sich mit jeder Minute mehr wie die ihre anfühlte, und stellte ein paar Tassen heraus, die sie mit Kaffee füllte. Dann nahm sie einen breiten Pfannenheber und schaufelte mehrere der warmen Kekse auf einen Teller, den sie in die Mitte des Tisches stellte. Die Hitze des Ofens ließ sie erröten, und ihr Gesicht erstrahlte in sanfter Schönheit. Sie schien nicht zu bemerken, was für ein liebliches Bild sie abgab, als sie sich auf dem Stuhl niederließ und einen der Kekse nahm. Sie biss hinein, blickte auf und musste feststellen, dass Jarrett sie beobachtete. Seine Augen waren von einem dunklen Blau und ebenso unergründlich wie eine tiefe Quelle. Sie spürte, wie das Blut in ihrem Hals pulsierte und die Spannung zwischen ihnen wuchs. Jarrett musste dem Gefühl, das ihn zu verschlingen drohte, Einhalt gebieten, was auch immer es sein mochte, und griff nach einem der Kekse. Er nahm einen großen Bissen, und seine Augen weiteten sich vor Überraschung.

»Verflucht noch mal! Ich dachte, Sie könnten nicht kochen!« Er wartete nicht auf die Antwort, sondern schlang den Keks mit nur einem weiteren Biss hinunter und griff nach dem nächsten. »Die sind köstlich«, murmelte er, den Mund voller Keks. Aries vergaß ihren eigenen Keks und sah stattdessen zu, wie der Mann, der ihr gegenübersaß, einen Keks nach dem anderen verschwinden ließ, ohne für einen davon mehr als zwei Bisse zu benötigen. Verschwunden war der stattliche, unnahbare Mann. An seine Stelle war ein Fremder getreten, von robuster Schönheit und vergnügt wie ein kleiner Junge. Der Anblick ließ ihr das Herz stehen bleiben. Er ertappte sie dabei, wie sie ihn ansah, und lächelte. Er schob ihr den fast leeren Teller zu.

»Hier, ich habe wohl meine Manieren vergessen. Nehmen Sie sich doch noch einen Keks.«

»Einen, Mr McCabe?«, lachte sie.

»Na ja, vielleicht auch zwei.« Er blickte besorgt in Richtung Ofen. »Aber nur, falls es dort, wo sie herkamen, noch mehr gibt.«

»Es sind noch mehr da«, lachte sie. »Ich habe eine doppelte Portion gebacken.« Sie ging zum Ofen, holte das fertige Blech heraus und stellte es ab, damit die Kekse abkühlten. Dann nahm sie ein leeres Blech und begann, mit dem Teelöffel weitere Teighäufchen daraufzusetzen.

»Hier«, sagte er und nahm ihr den Löffel aus der Hand. »Sie essen, und ich kümmere mich um das Blech.«

Ihre Augen trafen sich. »In Ordnung«, sagte sie und ließ sich dankbar auf den Stuhl sinken in dem Bewusstsein, dass ihre Beine die Pause gut vertragen konnten. *Das ist doch verrückt*, dachte sie sich. Aber als sie sah, wie er abwechselnd den dicken Teig mit Löffeln auf das Blech setzte und sich dann wieder die Finger abschleckte, wurde sie von einem Gefühl der Freude erfüllt.

Nachdem er mit dem Blech fertig war, setzte er sich wieder gegenüber von ihr hin. Die Stille zwischen ihnen war angenehm, und beide fühlten sich wohl und genossen den Augenblick, ohne dass etwas gesagt werden musste.

Einmal lehnte er sich automatisch nach vorne und wischte einen Krümel von ihrem Mund. Seine Finger tanzten über ihr Gesicht und berührten sie nur leicht. Er zog seine Hand zurück, als wäre er selbst von seinem Handeln überrascht, dann nahm er einen Schluck Kaffee. Er lehnte sich in seinem Stuhl zurück und sah ihr zu, wie sie das letzte Blech mit Keksen aus dem Ofen zog. Sie setzte sich wieder und strich sich eine goldene Haarsträhne aus dem Gesicht.

»Aries«, sagte er.

»Ja?« Sie blickte zu ihm auf.

»Erzählen Sie mir von Timmy.«

»Timmy?«, wiederholte sie, seinem Blick ausweichend.

»Ja. Etwas stimmt mit ihm nicht. Er ist völlig eingeschüchtert.« Jarretts Worte blieben in der Luft hängen. »Er ist wie ein Pferd, das niemals eine sanfte Berührung kennengelernt hat. Ich habe gesehen, wie Sie mit ihm umgehen. Sie sind dafür sicher nicht verantwortlich.«

Aries antwortete nicht sofort. Als sie anfing zu sprechen, schien ihre Stimme aus weiter Ferne zu kommen. »Mein Vater war ein strenger Mann, Mr McCabe. Man könnte sogar sagen, dass er unerbittlich war. In seinem Leben liebte er zwei Dinge: meine Mutter und die Medizin. Ich habe nie erfahren, welche von beiden er mehr liebte, aber ich glaube, es war meine Mutter. Als die zwei feststellten, dass sie mit Timmy schwanger war, waren beide überrascht. Sie hatten nicht mit einem weiteren Kind gerechnet.« Sie senkte ihre Stimme. »Ich glaube nicht, dass sie ein weiteres Kind wollten. Ich genügte den Vorstellungen meines Vaters in seinem Wunsch, jemanden zu haben, der in seine Fußstapfen trat. Auf vielerlei Weise war ich der Sohn, der Erstgeborene, den er nicht hatte.« Sie blickte nach oben und sah ihm in die Augen. »Ich habe meinen Vater geliebt, Mr McCabe. Ich habe ihn überaus geliebt. Als er starb, habe ich jemanden verloren, der mir am Herzen lag. Sein Tod hinterließ eine schreckliche Leere in mir. Aber auch wenn ich ihn liebte, so konnte ich doch seine Unzulänglichkeiten erkennen. Mein Vater war sehr jähzornig. Dr. Burnett zu enttäuschen war etwas, das man besser nicht tun sollte. Viele unerfahrene Medizinstudenten mussten dies am eigenen Leib feststellen.« Sie hörte auf zu reden und schien sich zu sammeln.

Jarrett saß still da, ohne etwas zu sagen, unterstützte sie mit seiner Stärke.

»Timmy war eine Steißgeburt.« Sie wartete und fügte dann erklärend hinzu: »Er kam mit den Füßen zuerst. Es war eine schwierige Geburt, nicht nur wegen seiner Position im Geburtskanal, sondern auch wegen des Alters meiner Mutter. Mein Vater, mit all seinem medizinischen Wissen, war nicht in der Lage, sie zu retten. Sie starb in seinen Armen.« Aries gab einen tiefen Seufzer von sich, und Jarrett wusste, dass sie in Gedanken an einem anderen Ort war und die schmerzliche Erinnerung erneut durchlebte. Er bereute es, ihr diese Frage gestellt zu haben, die sie dieses schreckliche Erlebnis erneut durchmachen ließ.

»Mein Vater warf nur einen einzigen Blick auf das Kind, das seine geliebte Frau das Leben gekostet hatte, und hasste den Jungen von diesem Augenblick an. Er konnte es kaum ertragen, sich im selben Raum wie Timmy aufzuhalten. Ich wusste dies und machte es zu meiner Mission, dafür zu sorgen, dass Timmy sich, so gut es ging, von meinem Vater fernhielt. Vater nahm ihn kaum zur Kenntnis, und je älter Timmy wurde, desto mehr schien es meinen Vater zu erzürnen, dass er am Leben war und meine Mutter nicht. Unser Haus war geräumig, Mr McCabe, aber kleine Jungen haben ein Talent dafür, anderen in den Weg zu kommen.« Sie musste hart schlucken, und ihre Stimme wurde sogar noch leiser. »Timmy wurde für den kleinsten Verstoß gegen die unzähligen Regeln bestraft, die mein Vater für ihn aufgestellt hatte. Mein Vater erhob nie die Hand gegen ihn, das musste er auch gar nicht. Er bestrafte ihn mit seinem schroffen Tonfall und seinen hasserfüllten, gemeinen Worten. Wenn ich mich zu sehr einmischte, machte dies die Sache nur noch schlimmer, und Timmy wurde noch schlimmer gescholten. Er hat Timmy mit seinem ständigen Gemäkel gebrochen, bis Timmy es endlich lernte, ihm aus dem Weg zu gehen und sich vor ihm zu verstecken. Ich kann ihnen nicht aufzählen, wie viele Stunden dieser kleine Junge in seinem Zimmer verbracht hat, dem einzigen Raum, in dem er vor unserem Vater sicher war.« Sie blickte nach oben in seine Augen. »Und das ist der Grund, warum ich es nicht zulassen kann, dass ihm das wieder angetan wird. Ich vermisse meinen Vater, ja, ich vermisse ihn schmerzlich, aber ich vermisse es nicht, wozu er fähig war. Ich vermisse nicht den Mann, der sich durch seinen Verlust in einen unnachgiebigen, jähzornigen Menschen verwandelt hatte. Er hat an diesem Tag mehr als nur meine Mutter verloren. Er hat seine Fähigkeit zu leben verloren und die, zu lieben. Er zehrte von seiner Wut und gab jedem die Schuld für etwas, das nur Gott verstehen kann, sogar einem kleinen Jungen.« Sie schüttelte den Kopf und kaute mit den Zähnen an ihrer Lippe. Dann stand sie auf und begann die Unordnung in der Küche zu beseitigen.

Auch Jarrett stand auf, wohl wissend, dass diese Geschichte auch die seine hätte sein können. Dieser Tatsache war er sich nur allzu sehr bewusst. Er ging zur Tür, hielt dort inne, den Türgriff in der Hand. Er blickte zurück und schloss die Tür dann sanft hinter sich. Oben auf der Treppe sah er sich im Hof um. Dann schritt er mit entschlossenen Schritten auf den Pferch zu, in dem sich das Kalb befand. Dort stand auch der kleine Junge, die Hände in den Hosentaschen, und starrte das kleine Kalb an, ohne ein Wort zu sagen. Er sah zu, wie Timmy sich umdrehte, und bemerkte den ängstlichen Gesichtsausdruck des Jungen, als diesem klar wurde, dass Jarrett sich ihm näherte.

»Timmy!«, rief Jarrett.

»Ja, Sir?«, antwortete er mit einer Flüsterstimme, die fast nicht an Jarretts Ohr gelangte.

»Wie würde es dir gefallen, mit mir auszureiten und dir den Bach anzusehen? Er wäre vor ein paar Tagen beinahe über die Ufer getreten, und ich möchte überprüfen, ob der Kanal, den ich gegraben habe, auch seine Aufgabe erfüllt.«

»Reiten, Sir?«, fragte der kleine Junge verblüfft.

»Yep, mit mir. Buck ist groß und hat einen breiten Rücken, jede Menge Platz, um uns beide zu tragen. Was sagst du dazu?«

Ein kurzes Nicken mit dem Kopf war die Antwort auf Jarretts Frage, und er blickte in ein Augenpaar, das vor Unglauben über sein Glück weit aufgerissen war. Jarrett spürte einen Knoten in seinem Hals, als er durch das von der Sonne warme Haar des kleinen Jungen wuschelte.

»Gut. Renn zurück ins Haus und sag deiner Schwester, wohin du gehst. Oh, und Timmy«, rief er dem Jungen nach, der keine Sekunde verschwendete, um zum Haus zu laufen, »sag ihr, dass Jarrett gesagt hat, sie soll dir ein paar von den Keksen auf den Weg mitgeben! Wir wissen schließlich nicht, wie lange wir weg sein werden.«

Timmy schenkte ihm ein breites Grinsen und rannte, so schnell ihn seine kurzen Beine tragen konnten.

Jarrett ging zur Scheune und hörte, wie die Küchentür zuschlug und Timmy ausrief: »Aries, Aries, Jarrett hat gesagt, dass ich mit ihm mitkommen kann! Auf seinem Pferd! Aber wir brauchen Kekse, Aries. Ganz viele Kekse für Jarrett und mich. Beeil dich, Aries, beeil dich!«

Kapitel 13

In den nächsten Tagen schien Jarrett einen zweiten Schatten dazugewonnen zu haben. Wo auch immer er war – ob in der Scheune, bei den Pferchen oder im Haus –, war ein kleiner Junge an seiner Seite. Timmys Stuhl befand sich nun näher an Jarretts. Jarrett, und nicht Aries, war es, der Timmy sein Essen auf den Tisch stellte, sein Fleisch klein schnitt und ihn dazu ermunterte, mehr zu essen. Und als die Kataloge durch einen geschickt zusammengezimmerten kleinen Stuhl ersetzt wurden, der perfekt auf den Sitz des großen Stuhls passte, war es Jarrett, der ihn dort gemeinsam mit Timmy anbrachte. Der kleine Junge verkündete voller Stolz, dass er und Jarrett ihn selbst angefertigt hatten. Und auch wenn Timmy zumeist erst Jarrett einen kurzen Blick zuwarf, bevor er antwortete, um zu überprüfen, was er sagen durfte, schien dies niemanden zu bekümmern. Tatsächlich tauschten sie oft hinter den Rücken des kleinen Jungen und des Mannes ein Lächeln und wissende Blicke aus.

Eines Abends korrigierte Timmy am Essenstisch Aries sanft und ließ sie wissen, dass Timmy ein Name für ein Kleinkind sei und er von nun an von ihr Tim genannt werden wolle, genau wie Jarrett es tat. Sie lächelte nur und sagte, dass sie ihm vollkommen zustimme und ihn von nun Tim nennen würde, es sei denn natürlich, sie vergesse dies aus Versehen.

Es war einer dieser späten Frühlingstage, an denen die Sonne mit ihren warmen Strahlen den Vormittag erhellte. Der Gesang von Vögeln, die einander aus ihren Nestern zuriefen, drang aus den Bäumen entlang des Flusses. Aries hörte das Geräusch galoppierender Pferde. Sie hätte dem keine Aufmerksamkeit geschenkt, wenn sie nicht eine fremde Stimme hätte rufen hören.

»Hallo? Ist hier jemand?«

Aries öffnete die Tür und ging auf die Veranda. Ihre Augen passten sich an das helle Sonnenlicht an, und sie blickte auf zwei Reiter, die vor dem Haus ihre Pferde zügelten.

»Morgen, Ma'am, Miss Aries.« Ein großer, schlanker Mann sprach sie vom Rücken eines langbeinigen, nervös herumtanzenden Pferdes aus an.

»Aries!«, rief die Frau neben ihm aus. »Sie sind Aries. Ich kann mich kaum noch daran erinnern. Ich stand so neben mir, aber ich hab Whip hier gesagt, dass ich Sie überall wiedererkennen würde. Ich wusste einfach, dass ich sie erkennen würde.«

»Whip?« Dann erinnerte Aries sich. War es wirklich erst zwei Wochen her, dass sie in Wise River angekommen war? Es erschien ihr länger. Diese Ranch war bereits so sehr zu ihrem Zuhause geworden. »Whip und Callie!«, rief sie mit einem Lächeln auf ihrem Gesicht. Sie überquerte schnell die Veranda und stieg die Treppe hinunter zu den beiden, die Seite an Seite auf zwei nervös scharrenden Pferden saßen.

Sie ging auf den Hof hinaus. »Meine Güte, es ist ... nun, was für eine Überraschung, Sie hier zu sehen. Ich ...«

Sie wurde davon abgehalten, noch etwas anderes zu sagen, da ein finster dreinblickender Jarrett von dem Pferch hinter dem Haus herbeieilte. Timmy folgte ihm auf dem Schritt. Alle drei Augenpaare richteten sich auf die imposante Figur, die mit entschlossenen Schritten auf sie zupreschte. Jeder seiner Muskeln war angespannt, sein Körper unnachgiebig. Er streckte seine Hand nach unten und berührte den Jungen an der Schulter, sodass dieser langsamer wurde, bis er sich im Schutz des Rückens des Mannes befand. Mit geschmeidigen

Bewegungen, und ohne ein Wort zu sagen, kam er heran und blieb neben Aries stehen. Erst ab da zollte er dem Mann vor sich Aufmerksamkeit.

»Whip.« Seine Stimme war kalt und abweisend.

Aries sah ihn an, verwundert über sein steifes, unnachgiebiges Verhalten.

»Jarrett«, antwortete Whip. Seine langen Finger strichen über die Krempe seines Huts, während er in Richtung der Frau nickte. »Das hier ist Callie.«

Jarrett ließ seine Augen nicht von dem Mann. »Ma'am.«

Die Stille zog sich in die Länge, und Aries war ratlos, wie sie die wachsende Spannung an diesem Sommertag auflösen sollte.

Whip räusperte sich. »Wir sind gekommen, um Miss Aries zu besuchen.« Die Erklärung blieb schwer in der Luft hängen.

»Aries?«, erklang Jarretts überraschte Stimme. »Aries?« Dann wandte er sich leicht von dem Mann ab, um die Frau, die neben ihm stand, in Augenschein zu nehmen. Seine Stirn runzelte sich vor Verwunderung, als er sah, dass Aries zustimmend lächelte.

»Woher kennen Sie …«

»Ist das Timmy?«, fragte Whip und lehnte sich über den Hals seines Pferdes nach vorne. »Wie geht's dir, Timmy?«

»Gut, Mr Whip. Jarrett und ich suchen nach einem Pferd für mich, Jarrett sagt, dass ich groß genug bin und er …«

»Tim.« Das Wort fiel harsch, und der kleine Junge hörte aufgrund des vorwurfsvollen Tons in Jarretts Stimme sofort auf zu reden.

Whip schien von Jarretts abweisender Begrüßung nicht sonderlich überrascht zu sein. Stattdessen verhielt er sich, als hätte er nichts anderes erwartet. Seine Augen verengten sich. Dann wandte er sich der Frau auf dem Pferd zu. Sie war still und hielt ihre Augen gesenkt. Die natürliche Überschwänglichkeit, die zuvor zum Vorschein gekommen war, als sie Aries begrüßt hatte, war verschwunden. Sie sah zu Whip auf, welcher ihr ein kleines, ermutigendes Lächeln schenkte.

Als Aries sie so betrachtete, fühlte sie, wie Jarretts Überheblichkeit sie wütend machte. Sie würde hier nicht stehen bleiben und zusehen, wie er diese zwei Leute behandelte, als wären sie weniger wert als er. Natürlich war einer von ihnen ein Glücksspieler mit einem gewissen Ruf und die andere eine … nun, eine Tänzerin, aber das war keine Entschuldigung dafür, so unhöflich zu sein. Sie wollte gerade etwas sagen, als sie sah, dass Whip und Jarrett einen Blick austauschten. Einen Blick, der nicht nur Verständnis auf beiden Seiten signalisierte, sondern eine Übereinkunft der beiden Männer darstellte. Whip respektierte Jarrett und seinen Widerwillen, einen berüchtigten Glücksspieler vor seiner Haustür stehen zu haben. Unter den Umständen ging Jarrett mit der Situation besser um, als es die meisten Männer getan hätten.

»Was können wir für Sie tun, Whip? Ich weiß, dass Sie nicht auf einen Kaffee vorbeischauen«, sagte Jarrett.

»Sie haben recht, das tun wir nicht. Wir sind hier, um den Doc aufzusuchen.«

»Doc? Sie sind hier, um einen Arzt aufzusuchen?«, wiederholte Jarrett perplex.

»Genau das. Callie hätten schon vor ein paar Tagen die Fäden gezogen werden sollen. Aber …« Er schluckte hart. »Ich hab's versucht. Ich hab ihr wehgetan, und ich … ich konnte es einfach nicht.« Ihm gingen die Worte aus.

»Ich und Brett sind auf dem Weg nach Butte und dann vielleicht weiter nach Billings, Mr McCabe«, schaltete sich Callie ein. Sie streckte die Hand aus und berührte mit einem schüchternen Lächeln den Arm des angespannten Mannes neben ihr, dessen Blick auf Jarretts Gesicht fixiert war. »Er … er nimmt mich mit. Er sagt, dass es an der Zeit ist, dass wir alles hinter uns lassen, einen Neustart wagen.«

»Du schuldest ihm keine Erklärung, Callie«, sagte er leise zu ihr. »Was wir tun, geht allein uns etwas an, niemanden sonst.« Dann blickte er zurück zu Jarrett. »Wir werden Ihnen nicht lange zur Last fallen, Jarrett. Wie ich bereits sagte, wir sind nur hier, um den Doc zu sehen. Die Fäden müssen raus, und ich würde es zu schätzen wissen, wenn sich das jemand ansehen würde. Sieht für mich so aus, als ob alles gut verheilen würde, aber ich bin ja kein Arzt.«

»Aber von uns ist das auch niemand.« Jarretts Antwort kam schnell, seine Stirn vor Verwirrung gerunzelt. *Hatte der Mann den Verstand verloren?*

Bei diesen Worten wanderten Whips Augen zu Aries, die nur still dastand, und er begriff die Situation. Sie hatte es Jarrett nicht gesagt. Whip sah sie an und nickte ihr zu, um sich zu entschuldigen, dass er sie, ohne es zu wissen, in so eine verzwickte Lage gebracht hatte. Er straffte die Zügel in seiner Hand und begann, sein Pferd herumzudrehen.

»Warten Sie!«, rief Aries aus. »Bitte, Mr Whip. Natürlich werde ich mir Callies Arm ansehen. Sie haben recht, diese Fäden müssen tatsächlich gezogen werden. Eigentlich hätten sie das schon vor ein paar Tagen werden müssen. Ich kann nur hoffen, dass sie nicht eingewachsen sind. Callie«, lächelte sie. »Wenn Sie absteigen würden und sich hier auf der Veranda hinsetzen, dann hole ich meine Tasche und kümmere mich schnell darum. Mr McCabe«, wandte sie sich ihm zu. Ein Paar stahlblauer Augen starrten sie an, als ob er ein zweiköpfiges Monster ansehen würde anstatt der Frau, die er noch kaum kannte. »Würde es Ihnen etwas ausmachen, mir eine Schüssel mit heißem Wasser zu holen? Wenn Sie sie da auf dem Tisch abstellen könnten, wäre ich Ihnen sehr dankbar.« Sie gab ihm die Anordnung in einem selbstbewussten Ton. Verschwunden war die Aries, die sich ihrer Rolle als Haushälterin unsicher war. Ihre Stelle eingenommen hatte eine souveräne, selbstsichere … Ärztin?

Sie nickte zu dem kleinen Tisch hin, der zwischen den zwei Schaukelstühlen stand. Dann huschte sie an dem schockierten, sprachlosen Mann vorbei und eilte ins Haus.

Die Stille wurde vom Geräusch ihrer Schritte durchbrochen, als sie die Stufen zu ihrem Zimmer hinaufpolterte. Die drei starrten einander an und wussten nicht, was sie sagen oder tun sollten. Whip konnte nicht anders: Es bereitete ihm eine enorme Freude, die Vielzahl von Emotionen zu beobachten, die über Jarretts Gesicht zogen, als er sich von der sich hinter Aries schließenden Haustür zurück zu den zwei Pferden umwandte.

»Tim«, ertönte Aries' Stimme aus dem Fenster im ersten Stock. »Hol mir ein weißes Tischtuch von der Anrichte im Esszimmer, und leg es auf den Tisch. Beeil dich!«, rief sie.

Whip schwang sich von seinem Pferd, streckte dann seine Arme aus, nahm die Frau voller Liebe und Zärtlichkeit an der Taille und hob sie auf den Boden. Er ließ die Zügel los, und beide Pferde blieben still an Ort und Stelle stehen. Nachdem er Callies Arm genommen hatte, ging er an Jarrett vorbei und setzte sie in einen der Schaukelstühle. Dann sah er auf.

»Sie wird das Wasser haben wollen, nehme ich an.«

Jarrett sah ihn finster an und zögerte, als ob er nicht darauf reagieren würde. Dann drehte er sich auf dem Absatz um und folgte Timmy ins Haus. »Ärztin?«, murmelte er vor sich hin. »Was zum Teufel?«

Whip drehte sich zu Callie um, und ein schadenfrohes Grinsen breitete sich auf seinem Gesicht aus. Das musste das erste Mal gewesen sein, dass es jemandem gelungen war, Jarrett derart zu überraschen. Und noch dazu war es eine so schmächtige, kleine Frau gewesen. Aber darüber sollte er sich besser erst später amüsieren. *Nicht jetzt. Jetzt ist das einzig Wichtige, dass diese Fäden gezogen werden und dass der Doc einen Blick auf ihre Wunden wirft.*

»Whip?«, flüsterte Callie.

»Ist schon in Ordnung, Kleine. Es gefällt ihm zwar nicht, aber es sieht so aus, als würde er trotzdem ihre Anweisungen befolgen. Ich würde wetten, dass es in diesem Haus heute

Abend lebhafte Diskussionen geben wird. Yep«, sagte er, als er ein Schwefelholz an seinem Hosenbein entlangzog und dann mit der aufzüngelnden Flamme einen Zigarillo entzündete. Er lehnte sich frech gegen das Holzgeländer, seine Augen auf die Tür gerichtet. »Sehr lebhafte Diskussionen.«

Aries nahm das Tischtuch aus Timmys Hand und legte es über den Tisch. Sie lächelte Callie beruhigend an und nahm die Instrumente, die sie benötigen würde, aus der Tasche ihres Vaters. Als die Tür zuschlug, sah sie auf und bedeutete Jarrett, die Wasserschale auf den Tisch zu stellen. Eins nach dem anderen legte Aries die Instrumente in das kochende Wasser. Sie war außerstande gewesen, ihn anzusehen, aus Angst davor, was sie sehen würde. Sie wusste, dass die Stunde der Abrechnung später ohne Zweifel schlagen würde und sie ihm alles würde erklären müssen. Indes wandte Jarrett ihr den Rücken zu, ging zur gegenüberliegenden Seite der Veranda und lehnte sich gegen das Geländer. Er distanzierte sich von ihnen, blieb aber gleichzeitig nah genug am Geschehen, sodass seine Anwesenheit nicht in Vergessenheit geriet. Es war für alle offensichtlich, dass er angespannt alles im Auge behielt, was ihm gehörte, und das schien nun auch Aries und Timmy einzuschließen.

»Das sieht gut aus, Callie. Sie haben die Wunde sehr sauber gehalten, und sie verheilt gut«, sagte Aries beruhigend, während sie den Verband vom Arm löste.

»Das war Brett, Doktor. Er ist derjenige, der mir jeden Tag die Medizin, die Sie dagelassen haben, aufgetragen und alles neu verbunden hat. Er lässt mich auch nichts machen, wodurch sie schmutzig werden könnte.« Ihre mit Ehrfurcht erfüllte Stimme wurde leiser. »Er hat sich wirklich gut um mich gekümmert. Er und ich, ähm, nun, er nimmt mich mit. Ich werde nicht mehr als Tänzerin arbeiten müssen.«

Der Rest des Satzes ging unter, da Whip laut zu husten anfing, während er gleichzeitig grinsend zu Jarrett hinüberblickte. Jarretts einzige Reaktion war ein leichtes Zucken der

Muskeln neben seinen Augen. Seine gesamte Aufmerksamkeit fokussierte sich auf Aries und ihre sicheren Handbewegungen. Sie legte die Bandage zur Seite, und eine Reihe von Stichen kam zum Vorschein. Sein Gesicht war verschlossen. Er hatte zu seiner vertrauten Distanziertheit zurückgefunden, die niemandem Zugang zu den Gedanken und Fragen gewährte, die in seinem Inneren tobten. Er sah Aries wie eine Fremde an, die den genähten Arm überprüfte. Sie war eine Fremde, die ganz offensichtlich über viel Wissen verfügte.

Vorsichtig griff Aries in die Schale mit heißem Wasser und nahm eine kleine Schere heraus, deren Enden gebogen und scharf waren. »Ich werde nun jeden dieser Fäden durchschneiden, Callie, dann ziehen wir sie heraus. Es sieht so aus, als wären ein paar in die Haut eingewachsen. Ich versuche, so vorsichtig wie möglich zu sein.«

Callie sah angsterfüllt auf und suchte mit den Augen nach dem Mann, der sich gegen das Geländer lehnte. Ohne ein weiteres Wort trat er die Zigarre mit seinem Stiefel aus und stellte sich an die Seite des Mädchens. Sanft legte er seine Hand auf ihre Schulter.

»Sind viele eingewachsen, Doc?«

»Ein paar«, antwortete Aries knapp. »Wir haben schon Schlimmeres durchgestanden, Mr Whip. Ich bin mir sicher, dass wir diese paar Fäden entfernen können, glauben Sie nicht auch?« Sie lächelte den Mann an, während sie sich beide an den Tag erinnerten, an dem sie sich um eine blutende und schlimm verletzte Callie hatten kümmern müssen.

Jarrett beobachtete den Moment, der sich zwischen den beiden abspielte, und ein überraschender Blitz der Eifersucht durchfuhr ihn. Es war ihm zuwider, dass Aries und Whip etwas teilten, von dem er nichts wusste. Ihm wurde bewusst, dass er es ihr übelnahm, dass sie lächelte.

Whip nickte und zog scharf die Luft ein, während Aries die Spitze der Schere geschickt unter einen der Fäden schob und diesen mit einem Schnitt entzweite. Niemand bewegte sich oder sprach auch nur ein Wort in der nächsten halben Stunde, in der Aries von einem Stich zum nächsten ging, die Fäden durchtrennte und dann mithilfe einer Pinzette den Faden aus der Haut zog. Zurück blieb eine etwas verzogene, aber geschlossene Wunde. Einige Male, wenn Aries die tiefer liegenden eingewachsenen Fäden herauszog, blieb Callie der Atem stocken, und sie gab ein leises Stöhnen von sich. Whip fasste ihren Arm fester, während Jarrett sich voller Unbehagen wand. Tim verließ einfach den Ort des Geschehens. Für ihn war das nichts Neues, er hatte sein ganzes Leben nichts anderes kennengelernt. Schließlich richtete sich Aries auf und legte die Schere und die Pinzette zum letzten Mal in die Schüssel mit Wasser.

»Fertig«, sagte sie und lächelte die beiden an. »Jetzt rühre ich noch ein Antiseptikum an, und dann zeige ich Ihnen, wie Sie es auftragen müssen.«

Sie nahm einen Mörser aus der Tasche und vermengte anschließend sorgfältig eine Unze Kamillentinktur mit einer Unze Borsäure darin. Als sie mit der Mischung zufrieden war, hielt sie sie Whip hin. »Mr Whip, könnten Sie eines Ihrer Streichhölzer entzünden und die Flamme ein paar Minuten lang unter diesen Mörser halten? Wir müssen ihn sanft erhitzen.«

Er nahm ihr den Mörser ab und hielt ihn vorsichtig über das brennende Streichholz. Aries berührte die Schale, und als sie die richtige Temperatur erreicht hatte, nahm sie sie erneut an sich und vermengte die Mischung mit einer genau abgemessenen Menge Gelbwurzpulver.

Während dieser Prozedur war Jarrett einige Schritte nach vorne getreten, bis er nur noch einige Zentimeter vom Tisch und von der Frau, die das Präparat herstellte, entfernt war. Vor ihm stand eine Frau, die es nicht fertigbrachte, Kartoffeln anzubraten, und die Ted dafür bewunderte, dass er den Teig für ein paar Brötchen zusammenmischen konnte… und dennoch dachte sie sich überhaupt nichts dabei, so ein Präparat anzurühren? Eine Mischung aus Stolz und Bewunderung übermannte ihn, und er versprach sich selbst, dass er vor Ende des Tages ein paar Antworten erhalten haben würde. Miss Aries Burnett würde einiges zu erklären haben.

»Das hier können Sie direkt auf den Wundbereich aufbringen. Es sollten keine anderen Auswirkungen entstehen außer einer Narbe«, wandte sie sich an das Mädchen. »Callie, ich würde Ihnen raten, die Wunde nicht dem direkten Sonnenlicht auszusetzen, aber abgesehen davon geht es Ihnen wieder genauso gut wie zu dem Zeitpunkt, bevor das passiert ist.« Sie wandte sich wieder der Aufgabe zu, alles sauber zu machen, und legte die Utensilien zurück in die Ledertasche.

Whip beugte sich hinunter zu Callies Ohr, flüsterte ihr etwas zu, richtete sich dann auf und ging über die Veranda zu den Pferden. Auf dem Rücken von Callies Pferd war eine große Damenhandtasche festgebunden. Er griff hinein und holte etwas heraus. Mit einer verstohlenen Handbewegung steckte er sich das Bündel unter seine Weste und ging die Treppe langsam hinauf. Vor Aries blieb er stehen.

In nur einer fließenden Bewegung war Jarrett auch schon zwischen ihn und die verblüffte Frau getreten.

»Ist schon in Ordnung, Jarrett«, knurrte Whip. »Wir …« Whip warf einen Blick an Jarrett vorbei und sah zu Callie.

»Brett und ich haben etwas für den Doktor, Mr McCabe. Wir schulden ihr so viel. Ich verdanke ihr mein Leben«, schluckte Callie. Sie sammelte ihren Mut und fuhr fort: »Wissen Sie, sie hat sich um mich gekümmert, als niemand … niemand sonst es getan hat. Es war ihr egal, wer ich war und wo ich war. Sie hat mich wieder zusammengeflickt, und das werde ich ihr niemals vergessen. Nicht wahr, Brett?« Sie sah zu Whip auf, der zustimmend mit dem Kopf nickte.

»Callie, Sie schulden mir gar nichts. Ich bin Ärztin. Ich habe nur getan, was jeder andere Arzt auch getan hätte«, sagte Aries.

»Nein, Miss Aries, das stimmt so nicht, und das wissen Sie auch. Und wenn Sie es nicht wissen, so weiß Jarrett es«, sagte Whip ruhig. »Sie sind in einen Saloon gegangen und haben Callie geholfen. Dafür stehe ich in Ihrer Schuld. Wenn Sie jemals meine Hilfe brauchen, egal, worum es geht«, und hier sah er Jarrett mit zusammengekniffenen Augen an, »ganz egal, was … Sagen Sie Mae Bescheid, dass sie es mich wissen lässt, und ich werde kommen. Das verspreche ich. Aber …« Er zog seine Hand aus der Weste hervor. »Fürs Erste würden wir Ihnen gerne diesen kleinen Kerl hier schenken.« Er hielt ein kleines Fellknäuel nach oben, dessen Augen sich im hellen Sonnenlicht zusammenkniffen. Eine kleine rosafarbene Zunge stieß zwischen zwei winzigen schwarzen Lippen hervor. Dann gähnte es und fing an, sich zu winden, aus Protest dagegen, dass man es aus seinem bequemen Bettchen hervorgezogen hatte. Dichtes schwarzes und braunes Fell bedeckte den kleinen Welpen über und über. Ein weißer Streifen Fell zog sich wie ein weiches Halsband um sein Genick, ein weiterer weißer Streifen umrundete seine zitternde nasse Schnauze. Eine seiner Vorderpfoten war braun, die andere schwarz. Die Spitze seines Schwanzes war ebenso schwarz, als ob sie in ein Fass mit Tinte getaucht worden wäre. Er öffnete seine Augen, winselte und richtete beide Ohren nach vorne.

»Oooh«, atmete Aries sanft aus und griff nach dem Bündel in Whips ausgestreckten Armen. »Ich hatte noch nie … Mein Vater hat nicht erlaubt …« Sie hielt inne und hob den Welpen auf Gesichtshöhe. In diesem Moment schaffte es der Welpe endgültig, Aries' Herz zu gewinnen. Sein rosiges Zünglein schnellte nach vorne, und er gab ihr einen kleinen, feuchten Kuss auf die Wange.

»Meine Güte!«, sagte sie mit leiser, kaum hörbarer Stimme. »Ich glaube, er mag mich. Er ist wundervoll. Absolut wundervoll, Mr Whip. Ich kann nicht glauben, dass er mir gehört. Woher haben Sie ihn, und was für eine Rasse ist es, und …«, lachte sie, während sie über die Fragen stolperte, »hat er einen Namen?«

»Er war der Jackpot für eine Hand mit fünf gleichen Karten, Doc. Fünf Könige.« Whip lächelte. »Was die Rasse angeht, der Mann, von dem ich ihn gewonnen hab, meinte, er sei ein Collie, was auch immer das ist. Er sagte, dass er gut im Kühehüten ist und dass seine Mama darin die Beste weit und breit war. Er war auf der Durchreise, und ich schätze, er wurde von einem Wurf Welpen überrascht. Zwölf insgesamt waren es, und der da war der Letzte, den er noch hatte. Die anderen hat der Kerl verkauft. Was den Namen angeht, dachte ich mir, das sollte ich Ihnen überlassen. Er gehört ja ab jetzt Ihnen.«

Er gehört mir. Die Worte drangen durch die Freude, die sie dabei fühlte, den sich windenden kleinen Körper zu halten. Sie blickte zu Jarrett auf. Dieser starrte sie mit einem Gesichtsausdruck an, den sie noch nie zuvor gesehen hatte. »Ähm, Mr McCabe, wären Sie damit einverstanden, wenn ich ihn behalte? Er könnte in einer Schachtel hinter dem Herd schlafen. Es gibt jede Menge Küchenabfälle, die er fressen könnte. Und ich würde dafür sorgen, dass er Ihnen nicht im Weg ist …« Ihre Stimme verlor sich im Nichts, ihre Sehnsucht, den Hund zu behalten, war für alle offensichtlich.

Er sah die Frau, die den Welpen fest in ihren Händen hielt, genau an und sah ihre Verletzlichkeit, als sie ihn um etwas bat, das sie sich so sehnsüchtig wünschte und das ihr von ihrem Vater verweigert worden war. Er biss die Zähne zusammen und drehte sich um, fort von den Augen, die so blau waren, dass er sich fühlte, als würde er in ihrem Meer ertrinken. Er ging langsam über die Veranda und die Treppen hinunter. Er musste Abstand zwischen sich und diese Gefühle bringen, mit denen er nicht umgehen konnte. »Es ist Ihr Hund, Aries«, sagte er; seine Worte waren nur dumpf vernehmbar, da sein breiter Rücken sie verschluckte, während er sich zur Scheune aufmachte.

Sie zog den Welpen näher zu sich. »Danke, Mr McCabe«, sagte Aries. Ihre Worte waren leise und für den Mann kaum noch hörbar. »Ich werde ihn King nennen. Er ist auch meine Siegerkarte.«

Kapitel 14

Jarretts Laune hatte sich im Laufe des Tages weiter verschlechtert. Seit dem Moment, in dem er von Aries fortgegangen war, hatten ihn ihre Augen verfolgt. Er wünschte, er könnte zu ihr gehen und so frei sein, ihr Trost zu spenden, so einfach, wie Whip es für Callie tat. Aber das vermochte er nicht, und er würde es auch nicht tun. Der vertraute Zorn und Schmerz erfüllten ihn. Die Gefühle, die Aries in ihm erweckte, verwirrten ihn, und er schalt sich selbst dafür, dass er so schwach gewesen war und ihnen erlaubt hatte, an die Oberfläche zu dringen. Einmal mehr warf er sich selbst vor, dass er sie nicht hätte bleiben lassen dürfen. Er sagte sich selbst, dass alles besser gewesen war, bevor sie nass und wütend in seiner Küche erschienen war. Aber in Wahrheit war es das nicht gewesen. Das wusste er. Er war wütend, weil sie ihn angelogen und ihm nicht gesagt hatte, dass sie eine Ärztin war. Eine Ärztin. Je mehr er darüber nachdachte, desto mehr fühlte er seine Wut gerechtfertigt.

Die Männer gingen ihm in großem Abstand aus dem Weg. Dennoch hatten einige von ihnen bis zum Abend Anschnauzer abkassiert, die sie nicht verdient hatten. Ted und Ben wussten, was früher am Tag vorgefallen war, denn eine Ranch ähnelte einer Kleinstadt: Nichts ging unbemerkt vonstatten.

Jarrett verlangte sich an diesem Tag alles ab, machte keine Pause zum Mittagessen und übernahm die schwersten, dreckigsten Aufgaben, die er grimmig hinter sich brachte, um so zu versuchen, die Spannung abzubauen, die von ihm Besitz ergriffen hatte. Seine Muskeln schmerzten. Als er sich zum Abendessen begab, war er sowohl geistig als auch körperlich völlig erschöpft. Er sprach mit niemandem, und seine eisige Stille führte dazu, dass auch sein Vater und sein Bruder es ihm nachtaten. Auch Timmy spürte, dass etwas nicht stimmte, und saß still auf seinem Stuhl, die Erwachsenen beobachtend.

Die Stille um den Tisch an diesem Abend war förmlich greifbar. Aries hatte die Suppe mit nur ein wenig Hilfe von Ted selbst gekocht. Auch wenn sie gut aussah, wünschte sie, dass Ted davon gekostet hätte, bevor er sie in die große Terrine füllte. Sie war ziemlich nervös, weil sie nicht wusste, wie die Suppe schmecken würde, daher bemerkte sie die Spannung im Raum nicht. Sie sah zu, wie die Männer ihre Teller mit der heißen Suppe füllten, und erst als sie Jarrett ein zögerliches »Danke« zulächelte, weil er Timmy geholfen hatte, begann sie sich über sein reserviertes, fast mechanisches Verhalten zu wundern.

Ted aß einen Löffel von der Rindfleisch-und-Gemüse-Brühe, blinzelte mit beiden Augen und schluckte hart. Er griff nach einem Brötchen und steckte sich ein Stück davon in den Mund. Aries runzelte die Stirn. *Was stimmte nicht?*

»Ähem«, räusperte Ted sich. »Es … nun, es ist …« Er konnte den Satz nicht beenden.

Jarrett blickte auf und sah seinen Vater an. Eine verwunderte Falte bildete sich auf seiner Stirn. Gleichzeitig führte er einen Löffel der Suppe an seinen Mund.

»Sohn, das solltest du lieber nicht tun«, versuchte Ted ihn abzuhalten, aber es war zu spät.

Jarretts Augen weiteten sich, dann schluckte er hart und zwang die Flüssigkeit hinunter. Er packte die Tasse mit Kaffee, die neben seinem Teller stand, und nahm einen großen Schluck.

»Wa…?« Sie hatte das Wort kaum ausgesprochen, als Jarrett schon explodierte.

»Was zum Teufel ist das für ein Fraß?« Er wusste, dass er überreagierte, aber die Anspannung des Tages verschaffte sich endlich Luft. Er drehte sich zu Aries und schob die Schüssel des Anstoßes hinüber zu ihr. Ein Schwall der rotbraunen Flüssigkeit ergoss sich über das schneeweiße Tischtuch. »Das muss die wohl schlechteste Suppe der Welt sein. Das Zeug verdient es nicht, Suppe genannt zu werden. Salzlake. Das ist es, was das hier ist: eine Schüssel Salzlake.« Sein Gesicht verhärtete sich, und Aries rückte auf dem Stuhl weiter nach hinten. »Haben Sie das hier probiert?«, verhöhnte er sie, seine Stimme kalt und herablassend. Aries saß nur blass und verschreckt mit weiten Augen da. Bedauern durchzuckte ihn kurz, aber er trampelte das Gefühl schnell zu Tode. »Haben Sie?«, schnauzte er sie erneut an. »Vermutlich nicht, Sie waren ja viel zu beschäftigt damit, Doktor zu spielen, anstatt Ihre Aufmerksamkeit auf Ihre Arbeit zu richten, auf den einen Grund, wieso Sie noch hier auf der Ranch sind. Den einzigen Grund, möchte ich hinzufügen. Was ist, bitte, so schwer daran, ein anständiges Essen zu kochen? Was?« Er starrte sie auffordernd an, auf dass sie es wagen würde, ihm zu antworten. Aries war still. »Antworten Sie mir.«

Aber Sie konnte nichts erwidern. Sie zwang sich wegzusehen. Weg von dem wütenden Mann zu Ben und Ted, die sprachlos am Tisch saßen, schockiert von der Wende, die die Ereignisse nahmen. Sie atmete tief ein, blinzelte die Tränen fort, die ihr das Gesicht hinunterlaufen zu drohten. *Du wirst nicht zulassen, dass er dich weinen sieht. Das wirst du nicht*, befahl sie sich lautlos. Dann stand sie mit der Grazie einer Königin langsam von ihrem Stuhl auf und hielt sich dabei auf der Suche nach Kraft an der Tischkante fest.

»Wenn Sie mich entschuldigen würden«, erklang ihre Stimme leise und zitternd. »Ich bin müde. Sie finden mich in meinem Zimmer. Ted, lass bitte das Geschirr stehen, ich werde mich darum kümmern.« Sie schob ihren Stuhl zurück unter den Tisch und verließ den Raum. Zurück blieb eine erschütterte Stille.

Jarrett atmete aus und wandte sich dann den kalten, wütenden Gesichtern seines Bruders und seines Vaters zu.

»Du springst zu hart mit ihr um, Sohn«, presste Ted zwischen den Zähnen hervor.

»Hart? Ich war noch viel zu milde. Salz, die Suppe ist voller Salz.« Er brachte die Worte wie zur Verteidigung hervor. Seine Stimme war leise, als ob ihm die Energie zum Antworten fehlte. Er bewegte sich, als wolle er aufstehen. »Ich gehe zur Schlafbaracke. Da muss es etwas geben, das besser als dieser Fraß ist.«

»Nein, das wirst du nicht.« Teds Stimme durchschnitt die Luft. »Setz dich hin«, befahl er ihm. »Ben, du bringst Tim zur Schlafbaracke, damit er etwas zum Abendessen bekommt.«

Ben sprang auf und hob Timmy von seinem Stuhl. Keiner von beiden verschwendete auch nur eine Sekunde Zeit beim Verlassen des Zimmers. Ted wandte sich wieder seinem finster dreinblickenden Sohn zu, der gereizt und bereit war aufzuspringen.

»Jetzt hör mir mal zu, Sohn«, sagte er mit leiser Stimme und eindringlichem Blick, »ich habe dir den ganzen Tag lang zugesehen, wie du wie ein Bär mit Zahnschmerzen umhergetanzt bist. Ich mische mich nicht ein, wie du diese Ranch führst, und ich habe versucht, Verständnis zu zeigen. Aber verflucht soll ich sein, wenn ich Verständnis dafür zeige, was du gerade getan hast. Diese junge Frau hat hart für dich gearbeitet, seit dem Moment, als sie hier ankam. Und die einzige Anerkennung, die du ihr gezeigt hast, ist es, sie zu erinnern, dass sie hier nur als Haushälterin für dich arbeitet, und selbst das nur auf Probe. Zwei Monate«, schnaubte er. »Was zum Teufel! Sieh dich doch mal um, Sohn. Dieses Haus ist sauberer, als es das seit langer Zeit gewesen ist. Seit … ja, ich werde es aussprechen: Seit deine Frau gestorben ist. Das ist das wahre Problem, nicht wahr? Du bist so voller Schmerz und Wut, über den Tod deiner

Mutter und dann auch den deiner Frau, dass du es an jedem auslässt, der dir in die Quere kommt. Ich habe gesehen, wie dich das zerfrisst. Ich habe zugesehen, wie du dich verändert hast, wie du hart und kalt geworden bist, aber heute … das hier …« Er zeigte mit der Hand auf den Esstisch, auf dem die Teller mit ungegessener Suppe standen. »Das hier war gänzlich ungerechtfertigt. Sie hat es versucht. Und was genau ist falsch daran? Sicher, es war nicht gut, und du hast recht, es war zu salzig, viel zu salzig. Aber Jarrett … Auch deine Mutter war eine schreckliche Köchin, als ich sie geheiratet habe.« Jarretts Kopf flog nach oben. »O ja«, lachte sein Vater leise. »Ich habe so einige wahrhaft furchtbare Mahlzeiten essen müssen. Aber sie hat dazugelernt und«, seine Stimme senkte sich, »ich habe sie dafür geliebt, dass sie es versucht hat.«

»Doch ich habe sie beide sterben lassen.« Die Worte fielen leise und voller Schmerz von Jarretts Lippen.

»Niemand hat sie sterben lassen, Jarrett. Niemanden trifft die Schuld. Sie sind beide im Kindbett gestorben. Wir wissen nicht, warum solche Dinge passieren.« Er atmete tief ein. »Es gab nicht das Geringste, was du hättest tun können, Sohn. In beiden Fällen. Wenn ich die Entscheidung nochmals treffen könnte, würde ich nicht nach Wise River fahren. Ich hätte dich nie allein hier lassen sollen, einen kleinen Jungen, der mit dem zurechtkommen musste, was an diesem Tag passierte.« Er schluckte hart. »Ich würde nicht wieder schwanger werden lassen. Nicht, wenn es bedeutet, dass ich sie verliere.«

Keiner der beiden Männer sprach, während sie beide die Albträume durchlebten, die ihr Leben verändert hatten.

»Du hast eine neue Chance, Jarrett. Aber wenn du nicht aufpasst, wird sie dir durch die Finger rinnen. Diese letzten zwei Wochen haben mir gezeigt, dass etwas in diesem Haus fehlt. Eine Frau. Ich gebe zu, dass sie nicht ganz das ist, was wir uns erhofft hatten. Ich hätte nicht mit einer Ärztin gerechnet. Aber sie lernt schnell, das muss ich ihr lassen. Man muss es ihr nur einmal zeigen, und sie hat es verstanden. Es wird sich nicht vermeiden lassen, dass sie Fehler macht, und wir werden vermutlich noch ein paar Mahlzeiten wie die von heute Abend serviert bekommen. Dafür macht sie verflixt gute Kekse. Ich hab gesehen, wie du jeden Tag hier reinschleichst, immer zufällig dann, wenn sie bald aus dem Ofen kommen.« Er lächelte. »Versuch erst gar nicht, es abzustreiten«, antwortete er auf Jarretts Laut des Protests. »Ist schon komisch, wie du jedes Mal einen guten Grund findest, in der Küche auf einen Kaffee und einen Teller Kekse vorbeizuschauen. Und wenn ich eine Wette abschließen müsste, dann würde ich darauf tippen, dass die Kekse nicht der einzige Grund sind, der dich hier hereinlockt. Sie ist wirklich hübsch, und du bist derjenige, dem sie gefallen will.«

»Ich bin ihr Boss. Ihr Hierbleiben hängt davon ab, dass sie mein Wohlwollen findet.«

»Wie dem auch sei, ich hab dich bisher noch nicht dabei beobachtet, dass du dir die Kekse in die Tasche gestopft hättest und gegangen bist. Wenn du aus dieser Tür trittst, siehst du entspannter und glücklicher aus, als ich dich seit Jahren gesehen habe. Das ist nichts, wofür man sich schämen muss. Im Gegensatz dazu, wie du dich heute Abend verhalten hast.«

»Sie hat mich angelogen. Sie hat mir nie erzählt, dass sie eine Ärztin ist. Eine Ärztin. Niemand hat eine Ärztin zur Haushälterin.«

»Doch, du«, grinste sein Vater.

»Yeah.« Gegen seinen Willen breitete sich ein Lächeln auf Jarretts Gesicht aus.

»Sie hat dich nicht angelogen, weißt du. Sie hat es dir nur nicht erzählt. Genau wie Ben und ich. Du hättest Ben davon erzählen hören sollen, was an jenem Tag in Wise River passiert ist. Herr im Himmel, wir wussten, dass du einen Wutanfall bekommen würdest, wenn du davon erfährst, wie sie in einen

Saloon hineinspaziert ist und, frisch aus dem Zug aus Philadelphia ausgestiegen, in aller Seelenruhe den aufgeschlitzten Arm einer Tänzerin wieder zusammengeflickt hat. Ben meinte, dass sie ziemlich beeindruckend war.« Er stand vom Tisch auf, nahm die Kaffeekanne vom Herd, füllte seine Tasse und zeigte fragend auf die von Jarrett.

Jarrett schüttelte seinen Kopf. Er blieb sitzen, die Stille zwischen den beiden Männern war angenehm. Angenehmer, als sie es seit langer Zeit gewesen war. Langsam stand er vom Tisch auf und blieb einen Moment lang stehen, begegnete dem Blick des älteren Mannes. Mit einem leichten Nicken streckte er den Arm aus und legte seine Hand auf die Schulter seines Vaters. Er drückte sie leicht, drehte sich dann um und ging hinaus in die aufsteigende Nacht.

Die Nacht war schon lange angebrochen, und doch konnte sich Jarrett nicht dazu überwinden, zurück ins Haus zu gehen. Am besten nachdenken konnte er beim Arbeiten, und heute Nacht konzentrierte er all seine Energie auf die Scheune. Er bückte sich nach vorne und nagelte eine gebrochene Latte in einem Stall fest, als er plötzlich bemerkte, dass jemand hinter ihm stand. Er richtete seinen schlanken Körper in einer einzigen flüssigen und präzisen Bewegung auf. Er musste sich nicht umdrehen, um zu wissen, wer hinter ihm war. Der süße Duft von Flieder lag in der Luft und vermischte sich mit dem vertrauten Geruch von frischem Stroh und Pferden. Es erschütterte ihn, als er feststellte, wie sehr ihre bloße Anwesenheit sich auf ihn auswirkte.

»Mr McCabe.« Ihre Stimme war leise und drang sanft durch die Luft. »Mr McCabe, ich muss mit Ihnen reden.«

Er drehte sich zu ihr um und sah sie an. Als er ihr blasses Gesicht erblickte, fing sein Herz sofort an, verrückt zu spielen, und bereitete ihm Schmerzen. Er wusste, dass sie geweint hatte. Selbstverachtung erfüllte ihn, und er bewegte sich auf sie zu, blieb stehen, als er sah, dass sie vor ihm zurückwich. Sie war ihm gegenüber argwöhnisch. *Nun, wer wäre das nicht?* »Was gibt es, Aries?«

Sie atmete tief ein. »Ich werde gehen, Mr McCabe. Ich habe Ihnen genug Probleme verursacht. Ich habe mich Ihnen gegenüber falsch dargestellt. Nein, nicht Ihnen direkt, sondern gegenüber Ben, aber«, prasselten die Worte durcheinander aus ihrem Mund, »aber letztendlich damit auch Ihnen gegenüber. Sie waren freundlich genug, mir eine Probezeit anzubieten«, fuhr sie fort, während sich ihre Augen mit Tränen füllten, die sie schnell wegwischte. »Aber der heutige Abend hat uns beiden bewiesen, dass es keinen Zweck hat. Ich bin keine Haushälterin, Mr McCabe.«

Seine Augen konzentrierten sich auf ihre zitternden Lippen, und ihn erfüllte das Verlangen, seinen Mund gegen den ihren zu pressen, um dem Zittern ein Ende zu setzen. Er musste mit all seinem Willen dagegen ankämpfen, dieses Verlangen zu stillen, und zwang sich, sich darauf zu konzentrieren, was sie sagte.

»Ich denke, dass ich es sein könnte, aber ich bin mir nicht sicher. Es war falsch von mir. Nein, bitte lassen Sie mich fortfahren«, sagte sie und hielt ihn davon ab, sie zu unterbrechen. »Es war falsch von mir, dass ich Ihnen nicht erzählt habe, dass ich Ärztin bin. Das bin ich nämlich. Ich habe keine Zulassung, aber davon abgesehen, bin ich Ärztin. Und ich liebe es, Ärztin zu sein, Mr McCabe. Es war schmerzlich für mich, diesen Beruf aufzugeben.« Sie blickte sich in der Scheune um. »Und doch habe ich auch diesen Ort zu lieben gelernt. In nur zwei Wochen hat dieser Ort mein Herz erobert.« In ihrer Stimme erklang Verwunderung. Sie atmete tief ein. »Und dafür möchte ich Ihnen danken. Ich danke Ihnen auch für Ihre Güte Timmy gegenüber. Ich werde Ihnen das nie vergessen. Genauso wenig wie Timmy. Sie waren der erste Mann in seinem kurzen Leben, der ihn mit Freundlichkeit behandelt hat. Sie sind ein guter Mann, und es tut mir leid, dass ich Unruhe in Ihrem Leben gestiftet habe. Wenn Sie so gütig wären und Ben erlauben würden, dass er morgen Timmy und mich nach Wise River bringt, dann sind Sie uns los. Ich befürchte, dass ich ein Ticket zurück nach Philadelphia von Ihnen annehmen muss, aber ich versichere Ihnen, dass ich es Ihnen zurückzahlen werde. Ich werde für meine Tante arbeiten und Ihnen jeden überschüssigen Cent schicken, bis die Schuld beglichen ist.« Sie blickte mit blassem Gesicht auf zu ihm, die Augen feucht von den nicht vergossenen Tränen. »Ich kann nur hoffen, dass ich Sie durch mein Verhalten im Saloon nicht zu sehr beschämt habe.« Sie drehte sich weg von ihm und ging auf die Tür zu.

»Aries.« Ihr Name kam wie ein Schluchzen aus seinem Mund. Er streckte seine Hand aus und griff nach ihrem Arm. Sie erstarrte unter seiner Berührung, blieb regungslos und steif in seiner Umklammerung. Sie hatte sich entschuldigt. Sie hatte einen Mann, der ihr nur wenige Stunden zuvor vorwurfsvolle Worte des Zorns entgegengeworfen hatte, um Hilfe gebeten, damit sie gehen konnte. Er wusste, wie sehr dies ihren Stolz verletzt haben musste, aber sie hatte es mit Anstand hinter sich gebracht, und es war ihr dabei gelungen, ihre Würde zu wahren. Sie war wirklich etwas Besonderes, und er war kurz davor, sie zu verlieren. Angst erfüllte ihn, und er wusste, dass er das nicht zulassen durfte.

»Aries«, sagte er mit leiser Stimme. »Es sind nicht Sie, die mir eine Entschuldigung schulden. Ich schulde Ihnen eine. Ich glaube nicht, dass ich die richtigen Worte finden kann, wie ich mich gerade fühle, aber die Art und Weise, wie ich mich heute Abend am Esstisch verhalten habe, ist nicht zu entschuldigen.« Sie stand mit abgewandtem Gesicht da. Jarrett musste unbedingt ihre Augen sehen, um beurteilen zu können, ob sie ihm zuhörte, ob sie seine Entschuldigung annahm. Er strecke seine Hand aus, umfasste sanft ihre Wange und hob sie auf seine Höhe an. »Bitte vergeben Sie mir«, flüsterte er. »Gehen Sie nicht.« Seine Augen blickten tief in die ihren und sprachen das aus, was seine Lippen nicht sagen konnten. Der Schmerz, das Verlangen zeichneten sich in seinem Gesicht ab. Die Finger seiner Hand zeichneten langsam ihre hohen Wangenknochen nach, bewegten sich dann nach unten zu ihrem zarten Kinn. Die Berührung war federleicht und versengte ihre Haut doch mit ihrer köstlichen Flamme. Dann senkte er sanft, so sanft, seinen Mund auf den ihren, und seine Lippen streiften in einem samtweichen Kuss über ihren zitternden Mund. Er zog sich von ihr zurück und ließ sie benommen zurück, während sie sich nach weiteren Berührungen sehnte.

Sie war in der Erwartung hergekommen, dass sie sich seinem Zorn würde stellen müssen. Nicht in ihren kühnsten Träumen hätte sie damit gerechnet, dass sie stattdessen seinen süßen Mund berühren würde. Sie hob die Hand an ihre Lippen und flüsterte: »Das werde ich nicht.« Dann floh sie aus der Scheune, bevor er antworten konnte, bevor ihre Beine vor Schwäche nachgaben, bevor sie sich selbst gestattete, ihre Hand nach ihm auszustrecken, ihn zu berühren, ihn zu begehren.

Kapitel 15

Aries hatte den Kaffee früh am nächsten Morgen bereit stehen. Sie hatte die Nacht damit verbracht, sich im Bett hin und her zu werfen, während sie den Moment in der Scheune wieder und wieder durchlebte. Gegen Morgen hatte sie sich überzeugt, dass sie mehr in den Kuss hineininterpretiert hatte, als damit beabsichtigt gewesen war. Er war Teil einer Entschuldigung, das war alles, und nichts mehr. Dennoch spürte sie die Erinnerung daran immer noch auf ihren Lippen. Des Bettes müde, stand sie früher als gewohnt auf und verbrachte mehr Zeit als sonst damit, ihr Haar zurechtzumachen und sich auf den Tag vorzubereiten. Sie sehnte sich nach ihrem Koffer und den zusätzlichen Kleidern darin. Seufzend legte sie erneut das einzige zur Arbeit geeignete Kleid an und tröstete sich damit, dass sie ihr Haar mit einer neuen Schleife zurückband, die zum Blau ihrer Augen passte. Leise ging sie die Stufen zur leeren Küche hinunter.

Ein wenig später hörte sie Schritte auf der Treppe, und ihr Herz fing schneller an zu schlagen. Aber als sie sich umdrehte, war es nur Ted und nicht der Mann, den sie sehen wollte.

»Guten Morgen, Ted«, sagte sie, überrascht, wie normal ihre Stimme klang.

»Aries«, lächelte er. »Du siehst heute Morgen aber hübsch aus. Bist du dir sicher, dass die Sonne nicht extra wegen dir aufgeht?« Damit entlockte er ihr ein weiteres Lächeln, und Erleichterung durchströmte ihn. Auf irgendeine Art und

Weise hatte sich die letzte Nacht in Wohlwollen aufgelöst. Er wünschte, er wüsste, wie.

Sie nahm die schwere gusseiserne Pfanne und begann, Speckscheiben hineinzulegen, die sie bereits von einer großen Schwarte abgeschnitten hatte. Dann schob sie die Pfanne in die Mitte der heißen Herdplatte, und das Aroma brutzelnden Specks begann die Luft zu erfüllen.

»Du hast in nur wenigen Tagen eine Menge dazugelernt, Aries«, sagte Ted und nickte zum Herd, in dessen Bauch so früh am Morgen schon das Holz knackte und dessen prasselndes Feuer den Raum mit einer willkommen heißenden Gemütlichkeit erfüllte.

»Noch nicht genug, Ted. Aber das werde ich.« Die Worte fielen sanft in den Raum, aber die Stärke, die sich hinter ihnen verbarg, war Bestätigung genug.

Bevor noch etwas anderes gesagt werden konnte, kamen Timmy und Ben ins Zimmer. Die zwei Männer zogen sich Stühle unter dem Tisch hervor und begannen, die Arbeitsverteilung dieses Tages zu besprechen. Immer noch gab es kein Zeichen von Jarrett. Sofern Ben und Ted seine Abwesenheit bemerkten, behielten sie diese Tatsache für sich selbst.

Aries gelang es, die Eier anzubraten und dabei nur ein paar der Eigelbe platzen zu lassen und, wie Ted es nannte, Spitzenmuster am Rand zu klöppeln. Er zeigte ihr, wohin sie die Pfanne auf dem Herd stellen musste, damit die Eier nicht so schnell garten, und wie sie beurteilen konnte, wann sie fertig zum Wenden waren. Sie lächelte, zufrieden mit ihren Anstrengungen. Sie lernte dazu und verbesserte sich.

Ted sah, wie sie öfter Blicke zur Tür warf, und wusste, dass sie nach Jarrett Ausschau hielt. Er spitzte die Lippen und nahm einen Schluck Kaffee. Er hatte recht gehabt. Es war Jarrett, den sie beeindrucken wollte.

Die Männer gingen, sobald sie mit dem Essen fertig waren, und nahmen Timmy mit. Sie machten sich auf zur Scheune und den morgendlichen Pflichten. Aries stand am Fenster und sah ihnen beim Gehen zu. Sie fühlte, wie das Haus um sie herum zur Ruhe kam und der morgendliche Frieden die Räume erfüllte. Mit einer Tasse Kaffee in der Hand, deren Dampf zum Fenster aufstieg, streifte sie sich ihr Haar nach hinten. Sie war von Freude erfüllt. »Das ist mein Haus, mein Zuhause.« Die Worte sprangen ihr von den Lippen. Sie hielt inne, die Tasse auf halber Strecke zu ihrem Mund. Dann lächelte sie. Es war ihr Haus. Sie fühlte es, fühlte, dass jeder Raum sie willkommen hieß und auf ihre Berührung reagierte, wenn sie ihn putzte, auffrischte und ihm neues Leben verlieh.

Sie runzelte die Stirn, als sie sah, dass Timmy wieder aus der Scheune kann und auf den Pferch und sein Kalb zuging. Seine dünnen Ärmchen umklammerten einen Strohballen, der sein Gesicht verdeckte. Es war aber auch nicht sein Gesicht, das ihr ins Auge gefallen war. Es war die Art und Weise, wie er ging: breitbeinig und steif, als ob er seine Knie nicht beugen wollte und versuchte, seine Beine so wenig wie möglich zu bewegen. Sie beobachtete, wie er das Stroh absetzte, um nach oben greifen zu können und den Anschlag des Gatters zu öffnen. Das gescheckte Kalb rannte auf den kleinen Jungen zu, da sein Anblick für das Tier gleichbedeutend mit Geborgenheit und der Aussicht auf Milch war. Aries kam zu dem Schluss, dass Timmy vermutlich den breitbeinigen Gang eines der Viehtreiber nachahmte, zuckte mit den Schultern und wollte gerade vom Fenster wegtreten, als sie Jarrett aus der Scheune kommen und auf den Pferch zugehen sah. Er kam vor Timmy zum Stehen, streckte seinen Arm aus und half ihm, das Tor aufzuschwingen. Jarrett blieb stehen und beobachtete Timmy beim Verteilen des frischen Strohs. Dann ging er zu ihm hinüber, bückte sich nach unten und sagte etwas zu Timmy, das diesen dazu brachte, begeistert zu nicken. Aries konnte sein Lächeln sehen. Sie schaute zu, wie er seine Hand nach oben streckte, um Jarretts zu ergreifen. Beide gingen gemeinsam zurück in die Dunkelheit der Scheune, und Timmy bewegte sich mit der gleichen steifbeinigen Gangart. Sie drehte sich vom Fenster weg und sah sich in der Küche um, in der noch das Durcheinander des Frühstücks herrschte. Mit einem Gefühl freudiger Erregtheit machte sie sich an die Arbeit.

»Aries.« Der Klang ihres Namens versprach das Erscheinen Jarretts. Sie fühlte, wie sie erstarrte, und wusste, dass sie der Arbeit nur die halbe Aufmerksamkeit geschenkt hatte, da sie auf ihn gewartet und nach ihm Ausschau gehalten hatte.

Sie sah zur Tür, die ins Wohnzimmer führte, und rief aus: »Ich bin hier drüben.«

Jarrett folgte ihrer Stimme in das Zimmer und blieb dann in der Tür stehen. Jedes einzelne Möbelstück war verschoben worden und befand sich in der Mitte des Zimmers. Die schweren Vorhänge waren von den Fenstern weggezogen worden, und der Raum duftete frisch. Er umquerte vorsichtig das Wirrwarr aus Möbeln und blieb aufrecht und imposant vor dem Ledersofa stehen.

»Ich bin hier hinten, Jarrett.«

Er runzelte die Stirn, beugte sich dann über die Rückseite des Sofas und fand sich mit Aries' Rücken konfrontiert.

»Ja?«, fragte sie sanft.

Er räusperte sich. »Ich fahre heute Vormittag nach Wise River, und ich nehme Tim mit. Ich, ähm, ich wollte nur nachfragen, ob das in Ordnung ist. Wir werden heute Abend zurück sein, aber es wird spät werden. Ich werde Ihren Koffer mitbringen, falls er schon da ist.«

Aries wischte sich mit der Hand über die Stirn und schob dabei eine widerspenstige Strähne ihres blonden Haares aus dem Gesicht. Ihre Augen lächelten und wärmten ihn. »Oh, Jarrett, wie gerne hätte ich meinen Koffer. Ich warte schon ungeduldig darauf, dass er endlich ankommt. Danke. Natürlich kann Timmy mitgehen. Das gefällt ihm sicher. Wo ist er?« Sie stand voller Anmut auf. »Ich muss nur schnell dafür sorgen, dass er sauber und adrett angezogen ist …«

»Er ist oben.« Jarretts Hand schloss sich um ihren Arm und hielt sie auf. »Lassen Sie ihn sich selbst fertig machen.«

»Aries«, unterbrach sie eine kleine Stimme.

Beide drehten sich in Richtung der Tür. Timmy schritt voller Stolz in den Raum und um das Sofa herum, um dann neben Jarrett in Aries' Blickfeld stehen zu bleiben.

Jarrett hörte, wie sie die Luft einsog.

»Timmy, deine Hosen. Was … Was hast du damit angestellt? Weißt du, wie viel sie gekostet haben?«

»Jarrett hat sie für mich verstärkt, Aries. Jarrett sagt, dass ich so besser mit ihnen reiten kann.«

Jarrett wischte sich mit der Hand über den Mund und murmelte etwas Unverständliches.

»Mmm hmm.« Aries lächelte ihn zuckersüß und mit blitzenden blauen Augen an. »Ist das so, Mr McCabe? Vielleicht könnten Sie mir erklären, was genau Sie da verstärkt haben und wieso Sie sich die Mühe gemacht haben, ein neues Paar Levi's zu ruinieren. Hm?« Sie legte ihre Hand auf Timmys Schulter.

»Aries, sei nicht wütend auf Mr McCabe. Ich bin jetzt ein großer Junge, und ich brauche Hosen, in denen ich reiten kann.« Es war das erste Mal, dass er ihr je widersprochen hatte. Das erste Mal, dass er sich auf die Seite von jemand anderem stellte. Sie war stolz auf ihn, aber dieses Gefühl wurde durch den Schmerz verdrängt, als ihr klar wurde, dass es jetzt außer ihr noch eine weitere Person gab, die ihm wichtig war. Er stand so nah an Jarretts Bein, wie er nur konnte.

Die Stille hing schwer zwischen ihnen, als Aries in die tiefblauen Augen des Mannes blickte, der sie beobachtete. Sein Mund wurde weich, und er nahm sanft ihren Arm, um sie zum nächsten Stuhl zu führen.

Ihre Augen füllten sich mit Tränen. »Es war mir nicht bewusst …«, fing sie an. Sie zwang sich, weiterzusprechen, nachdem sie ihre Gedanken gesammelt hatte. Die unmittelbare Nähe des Mannes verunsicherte sie mehr, als ihr bewusst war. »Ich schätze, es fällt mir schwer, mir einzugestehen, dass er erwachsen wird. Er hat mich immer gebraucht«, beendete sie ihren Gedankengang dürftig, ihre Stimme voller Schmerz.

»Und das wird er auch immer, Aries.« Jarretts Stimme war sanft und umschmeichelte sie, als ob er sie berührt hätte. »Nur auf andere Weise.«

Sie nickte halbherzig, hob dann ihren Blick und zwang sich zu lächeln. »Was genau haben Sie verstärkt, Jarrett? Hab ich das richtig gesagt? Verstärkt?« Sie sprach das Wort aus, als läge es ihr seltsam auf der Zunge.

»Yeah«, lächelte er. »Das ist ein alter Cowboytrick, mit dem man verhindert, dass man sich alles aufreibt, und es hilft dabei, besseren Halt im Sattel zu finden. Man näht weiches Hirschleder in die Beine.« Er hielt inne und suchte nach den richtigen Worten, während er überallhin sah, nur nicht zu der Frau, die ihm so nahe war, dass er ihren süßen Duft wahrnehmen konnte.

»Ja?«, fragte sie.

»Nun, man näht es an die Hosenbeine.« Er fuhr sich mit der Zunge über die Lippen. »Na ja, und das hab ich gemacht. Sie werden genauso lang halten und sind dabei ein gutes Stück bequemer.«

»Ich verstehe«, sagte sie. »Interessant. Ja, sehr interessant, Mr McCabe. Danke.«

Er bemühte sich, das Thema zu wechseln, und fragte: »Brauchen Sie noch etwas anderes aus der Stadt? Wenn Sie mir eine Liste machen, besorge ich es Ihnen. Seien Sie nicht knauserig, Aries. Ich will, dass Sie alles haben, was Sie brauchen, um den Haushalt zu führen und um zu kochen.«

Sie stand auf und strich sich mit den Händen vorne über ihr Kleid, um die Falten zu glätten. »Ich werde mich gleich an die Liste machen, aber im Moment bin ich mir nur einer Sache bewusst, an der es uns fehlt, Mr McCabe.« In ihren Augen funkelte es schelmisch.

»Ja?«, fragte er. Es fiel ihm schwer, seine Augen von ihrem Gesicht und ihrer schlanken Figur zu lassen, aber er war über die scheinbare Eile verwirrt, mit der sie durch die Tür schlüpfen wollte.

»Salz«, antwortete sie, und sie lachte über das ganze Gesicht. »Salz, Mr McCabe. Ich, ähm, habe letzte Nacht alles Salz für die Suppe verwendet.« Bevor er ihr etwas erwidern konnte, war sie auch schon aus dem Raum verschwunden. Er blieb zurück und grinste die leere Tür an. Es war ihr wieder einmal gelungen, das letzte Wort zu behalten.

Kapitel 16

Die Reise in die Stadt verging wie im Flug, und Jarrett war überrascht, wie sehr er es genoss, dass der kleine Junge auf dem Platz neben ihm saß. Die ganze Fahrt lang lächelte Jarrett über Timmys zahlreiche Fragen und seine Beobachtungen aus der Sicht eines Kindes. Wenn er sich zu ihm hinunterlehnte, erfüllte der Geruch von sonnenwarmem Haar seine Nase.

»Du brauchst einen Hut, Tim«, sagte Jarrett, als er ihn herunterhob. Zuvor hatte er die Zügel an den Pfosten vor dem Wise River General Store angebunden.

»Ich brauche einen Hut?« Timmys Gesicht und seine Stimme verrieten seine Aufregung.

»Yep.«

Hand in Hand gingen die zwei in den Laden. Als sie einige Zeit später herauskamen, trug Timmy einen hohen Hut mit breiter Krempe und lutschte an einem Pfefferminzbonbon. Jarrett trug die erste Ladung von mehreren Taschen mit Vorräten. Als er die letzte Tasche zum Wagen gebracht hatte und gerade die Zügel vom Pfosten löste, dröhnte eine Stimme hinter ihm.

»Sie haben wohl einen neuen Helfer, Jarrett. Wo steckt die hübsche Ärztin, die Teil des Pakets war?« Maes gewaltiger Körper kam in Sicht.

»Mae.« Jarrett hob den Hut leicht an. »Sie ist zu Hause. Du kennst den Jungen, wie ich sehe?«

»Und wie ich das tue. Wie geht es Ihnen, Mr Tim?«

Timmy grinste die große Frau an. »Wie geht es Ihnen,

Mrs Mae? Jarrett und ich sind in die Stadt gekommen, um Vorräte für uns zu besorgen und Aries' Koffer zu holen. Und ich hab einen Hut bekommen.« Er griff nach oben und ahmte den Mann nach, den er so sehr bewunderte, indem er den Hut leicht anhob.

»Meine Güte, das hast du wohl. Kein einziger Sonnenstrahl wird auf dein Gesicht fallen. Nein, Sir, kein einziger. Das ist ein prima Hut, Timmy.«

Das Lob brachte Timmy zum Lächeln, und er fuhr fort: »Jarrett sagt, dass ein Mann hier draußen aus vielen Gründen einen Hut haben muss. Er ist echt praktisch, um damit Wasser aus einem Bach zu schöpfen, wenn man durstig ist. Und man kann ihn sich übers Gesicht ziehen, um Schatten zu haben, wenn man unter einem Baum ein Nickerchen machen will. Hab ich nicht recht, Jarrett?«

Mae beäugte Jarrett und freute sich über den Ausdruck von Unbehagen auf seinem Gesicht. Es war eine neue Seite an dem sonst so schweigsamen Mann. Sie kam näher heran und beobachtete ihn dabei, wie er mit seinen langen Fingern den Knoten der um den Pfosten geschlungenen Zügel löste. Dann erspähte sie etwas, das sie zum Lächeln brachte: Jarrett sah zu dem Jungen, und ein fürsorglicher Ausdruck huschte über sein Angesicht. Seine übliche Kälte, die sie so gewohnt war, verwandelte sich dabei in eine Wärme, die ihr den Atem stocken ließ. In nur wenigen Wochen war es Timmy gelungen, Jarretts harte Schale zu durchdringen. *Ich frage mich, ob seiner Schwester das auch gelungen ist*, grübelte sie und entschloss sich, so viele Fragen zu stellen, bis sie darauf eine Antwort erhalten würde.

»Wie geht es der Frau Doktor, Jarrett? In der Stadt wird immer noch über sie geredet. Wir finden es sehr beruhigend, einen Arzt so nah an der Stadt zu haben, du nicht auch?«

»Es ist nicht so nah, Mae«, sagte er abwehrend.

»Ach was, auf einem guten Pferd ist das doch keine Entfernung. Und verflucht besser als das, was wir momentan haben.

Bist du bereit, sie mit dem Rest der Stadt zu teilen, Jarrett? Die Leute warten noch ein wenig, bis sie sich eingelebt hat, bevor sie um Hilfe zu ihr kommen.«

»Was sie tut, ist ihre Angelegenheit. Ich bin nicht ihr Ehe…« Bei dem letzten Wort geriet er ins Stocken, da ihm nicht gefiel, welche Richtung die Unterhaltung einschlug. Verflucht mögen Mae und ihr loses Mundwerk sein. Er versuchte, näher an den Wagen zu treten, musste aber feststellen, dass Mae die Lücke zwischen ihnen geschlossen hatte und sie nun vollkommen ausfüllte. Ihr Haar war auf ihrem Kopf aufgetürmt, die weiße Feder, ihr Markenzeichen, in die dichten Locken gesteckt.

»Ehemann?« Sie bellte das Wort aus, und Jarrett sah sich um, in der Hoffnung, dass ihnen niemand zuhörte. »Ist das so? Du bist also noch nicht ihr Ehemann, was?« Sie zwickte die Augen zusammen, wodurch ihre Wangen in ihrem Gesicht nach oben wanderten. »Du hast sie also noch nicht geheiratet, was? Dachte, das wäre der Grund gewesen, dass ihr sie hergebracht habt. Zumindest hat Ben uns das so erzählt. Hat gesagt, dass sie aus Philadelphia gekommen ist, nur um dich zu heiraten. Wie kommt's also, dass das noch nicht passiert ist, gefällt sie dir nicht?«

»Natürlich gefällt sie mir«, blaffte er und hielt dann inne, als ihm bewusst wurde, dass die Frau ihn geradezu dazu geködert hatte, ihr diese Antwort zu geben. Irritation flackerte auf seinem Gesicht auf, weil er sich über seine Dummheit ärgerte. Er hatte sich von einem meisterhaften Klatschmaul manipulieren lassen. »Was mir gefällt oder nicht gefällt, geht niemanden etwas an, Mae. Und es geht erst recht niemanden etwas an, wen ich heirate. Wenn du mich jetzt entschuldigen würdest…«, sagte er spitz und sah sie mit einem kalten Blick an. »Ich breche jetzt auf. Ich habe noch ein paar Zwischenhalte vor mir, und wir wollen zu Hause sein, bevor es zu spät wird.«

»Jetzt werd nicht gleich so herablassend, Jarrett. Ich frage nur, was sich alle Leute in der Stadt denken, aber Angst haben laut auszusprechen. Du hast da eine bildhübsche junge Frau, die weit draußen auf einer Ranch lebt, auf der es sonst nur Männer gibt. Du musst zugeben, dass das ausreicht, um für jede Menge Gerede zu sorgen.«

»Yeah, Mae.« Und damit eilte er an ihr vorbei, sprang geschwind auf den Wagensitz und griff nach den Zügeln. »Das kann ich mir gut vorstellen, dass es hier in der Stadt Leute gibt, die nichts Besseres zu tun haben, als sich das Maul zu zerreißen. Aries ist eine anständige Frau, und ich würde jedem davon abraten, etwas anderes zu behaupten. Verstanden?«

Mae nickte kurz mit ihrem großen Kopf. O ja, sie hatte verstanden. Sie hatte eine Menge mehr verstanden, als Jarrett dachte, dass sie es tat. Sie hatte die Antwort auf ihre Frage erhalten – auf die Frage, die sie nicht gestellt hatte. Ja, in der Tat, sie war mehr als beantwortet. Sie ging den Bürgersteig hinab und summte leise vor sich hin. Es gab kein besseres Gefühl als das, Recht behalten zu haben.

Jarrett blickte indes finster drein, angewidert von den neugierigen Fragen der Frau und ihren hinterhältigen Andeutungen. Er schnappte sich die Zügel und lenkte den Wagen in Richtung des Bahnhofs. Timmy blieb auf dem Wagen sitzen, während er hineinging. Ein paar Minuten später trat er wieder aus dem Gebäude und trug die eine Seite eines schweren Koffers. Zusammen mit dem Bahnhofsvorsteher hievte er den Koffer hinten auf den Wagen. Schließlich lenkte Jarrett den Wagen voller Erleichterung aus der Stadt hinaus. Er schnalzte mit der Zunge und ließ die Zügel knallen, um den Pferden zu signalisieren, dass er es eilig hatte. Sie hatten noch eine weite Strecke vor sich, bis sie die Ranch erreichen würden und damit auch die Frau, die den ganzen Tag lang seine Gedanken beherrscht hatte.

Sterne füllten den weiten Himmel, als Jarrett den Wagen vor dem großen Haus zum Stehen brachte. Er trug einen schlafenden Timmy die Stufen hinauf und stieß die Tür mit dem

Fuß auf. Sobald er ihn ins Bett gesteckt hatte, würde er den Wagen entladen. Ihm wurde bewusst, wie sehr er sich darauf freute, Aries zu erzählen, dass ihr so sehnlich erwarteter Koffer draußen auf dem Wagen lag, und er musste lächeln. *Ich schätze, wir werden bald ein paar von diesen Rezepten zu kosten bekommen*, dachte er. »Das sollte interessant werden«, sagte er in den ruhigen Raum hinein, als er den müden kleinen Jungen in das Bett legte, das er mit seiner Schwester teilte.

Er blieb einige Minuten in dem Zimmer stehen, das nach Flieder duftete und auch sonst von der Anwesenheit einer Frau zeugte. Er fühlte sich wie ein Eindringling, und doch wollte er das Zimmer nicht verlassen. Stattdessen blieb er stehen und sog die Atmosphäre des Raums in sich auf, bis ihm klar wurde, was er da tat. Von seinem Tun abgestoßen, fiel sein Blick auf den kleinen Jungen, der in dem Doppelbett schlief. *Timmy braucht ein eigenes Zimmer*, dachte er bei sich. Ihm war bewusst, dass er damit ein weiteres Zugeständnis einging, damit Aries Teil seines Lebens blieb. Er schloss die Tür leise hinter sich und blieb auf dem Flur stehen. In diesen letzten paar Wochen war viel geschehen. Er zweifelte nicht im Geringsten an, dass Aries die zweimonatige Probezeit bestehen würde. Tatsächlich bestand überhaupt kein Zweifel daran. Etwas anderes würde er auch gar nicht zulassen. Er würde Aries sagen, dass sie das kleine Zimmer am Ende des Flurs aufräumen und für Timmy herrichten sollte. Sein Zimmer würde dann näher an Jarretts liegen als an dem von Aries, aber das wäre in Ordnung.

Mit diesen Gedanken im Kopf stieß er die Tür zu der leeren Küche auf. Erst in diesem Moment fiel ihm die alles umfassende Stille im Haus auf. Normalerweise sollten zu dieser Stunde alle zu Abend gegessen haben und sich entweder in der Küche oder im Wohnzimmer aufhalten. Er blickte sich in dem Raum um, der in Schatten gehüllt und nur vom Mondschein erhellt wurde, der durch das Fenster drang. Jarrett fühlte Aries' Abwesenheit schmerzlich. Der Raum war mehr als nur leer.

Ohne sie war er verloren. Es gab nichts in diesem wohnlichen Raum, das nicht von ihr beeinflusst worden war, einschließlich des Mannes, der in der Tür stand. Das Haus war zu still und zu leer. Wo war sie?

Er schritt durch die anderen Räume, sah in jedem einzelnen davon Zeugnisse ihrer Anwesenheit. Ein Teppich, der vor einen frisch polierten Tisch gelegt worden war. Eine Vase mit Blumen. Stühle, die gemütlich arrangiert worden waren. Sein Schreibtisch, der von all dem Chaos befreit worden war und auf dem nun sein Füllfederhalter, Tinte und seine Tagebücher auf ihn warteten. Er blickte sich in dem Raum um und rief sich ins Gedächtnis, wie es gewesen war, bevor sie gekommen war. Es war nicht schwer, sich daran zu erinnern. Die leere Kälte war noch zu frisch in seiner Erinnerung. Es war nicht schwer, sich daran zu erinnern, wie leer alles gewesen war, und damit meinte er nicht nur die Räume. Den Männern hatte etwas gefehlt, und sie hatten auf etwas gewartet, ihn einbegriffen, gestand er sich ein. Hatten sie auf sie gewartet? Er schüttelte den Kopf, noch nicht dazu bereit, sich diese Frage selbst zu beantworten. Er ließ die Tür hinter sich mit einem Knall zufallen und nahm zwei Stufen auf einmal, als er zum Wagen eilte, auf dem die Vorräte warteten. Ben würde ihm mit dem Koffer helfen müssen.

Er stellte die letzten Vorräte im Vorratsraum ab, als er hörte, wie sich die Küchentür öffnete und schloss. Ein unwillkürliches Gefühl der Freude durchfuhr ihn.

»Aries«, rief er aus, »Ihr Koffer ist hier!«

Er erhielt keine Antwort. Dann sagte eine Stimme, aber nicht die, auf die er gehofft hatte: »Sie ist nicht hier, Sohn.«

Er richtete sich auf und ging langsam aus dem Vorratsraum in die Küche, wo er Teds ernstes Gesicht erblickte.

»Wo ist sie?« Seine Stimme war angespannt und rau.

»Sie ist weggegangen, kurz nachdem du und Timmy weggefahren …«

Er konnte den Satz nicht zu Ende aussprechen.

»Weggegangen?« Er umkreiste seinen Vater und sah ihn finster an. »Wie… und warum?«, sprudelte es aus ihm hervor, bevor er sich unter Kontrolle bringen konnte. Mit kalter Stimme, die an den Jarrett vergangener Tage erinnerte, presste er zwischen den Zähnen hervor: »Wo ist sie?«

»Bei den Delaneys.«

»Bei den Delaneys? Was macht sie da? Wie ist sie dorthin gekommen und wieso? Jetzt steh nicht nur rum und stocher im Feuer rum. Was ist hier los?

»Sohn, setz dich hin.« Ted hatte seinem wütenden Sohn den Rücken zugewandt, und so kam und verschwand das zufriedene Lächeln, das sich auf sein Gesicht schlich, ohne dass Jarrett es zu sehen bekam.

Er stellte zwei Tassen Kaffee auf den Tisch und schob eine davon in Richtung des Stuhls, vor dem Jarrett stand. Er nickte mit dem Kopf in Richtung des Kaffees und nahm dann den Lampenzylinder von der Lampe in der Mitte des Tisches ab, um sie anzuzünden. Gleichzeitig fing er zu erklären an: »Gerade als du mit Timmy außer Sichtweite warst, kam Delaney aus der entgegengesetzten Richtung angeprescht, seine Pferde wie ein Verrückter anspornend. Wusstest du, dass er acht Kinder hat?«

Jarretts mürrischer Gesichtsausdruck war die einzige Reaktion auf diese Information, die Ted wissen lassen sollte, dass ihm bald die Geduld ausgehen würde. »Und weiter?«, murmelte er.

»Sieht so aus, als wäre die gesamte Meute krank. Vor allem das Jüngste. Aries hat sich angehört, was er zu sagen hatte, und als er fertig war, hat sie nur ein Wort gesagt: Masern. Sie hat angefangen, Sachen in diese schwarze Tasche von ihr zu stecken, und bevor ich wusste, was geschah, war sie auch schon weg. So wie sie sich verhalten hat, steht es wohl schlimm.« Er sah zu Jarrett auf, dessen Kaffee unangerührt auf dem Tisch stand. Er wusste, dass er das nicht sollte, aber er genoss die sichtbare Enttäuschung seines Sohnes darüber, dass Aries sich nicht im Haus befand und auf seine Rückkehr wartete. Vielleicht bestand doch noch Anlass zur Hoffnung.

»Masern«, murmelte Jarrett. »Hat sie sonst noch etwas gesagt?« Es fiel ihm schwer, die Worte hervorzubringen. Jedes einzelne war von Hoffnung durchdrungen.

»Yeah«, lächelte Ted. »Sie hat mir ein paar Anweisungen für dich gegeben.«

Die Strenge in Jarretts Gesicht begann sich zu entspannen, und seine Mundwinkel zuckten leicht nach oben. »Für mich? Was denn?«

»Sie hat gesagt, ich soll dich bitten, dass Stück Land da hinten, das sie als Garten bezeichnet, zu bewässern, und ob du bitte ein Auge auf King werfen könntest. Als ob der überhaupt irgendwohin tapsen würde, ohne dass ihn jemand hochhebt«, sagte Ted entrüstet.

»Das ist alles?« Jarrett versuchte die Enttäuschung in seiner Stimme zu verbergen, da er nicht wollte, dass Ted die Sehnsucht in seinen Worten zu hören bekam.

»Nein.« Ted griff in seine Hosentasche und fischte ein zusammengefaltetes Stück Papier hervor. »Sie hat mich gebeten, dir das hier zu geben. Ich hab's nicht gelesen«, erklärte er leise und reichte seinem Sohn das Stück Papier.

Die einzigen Geräusche in der Küche entsprangen dem Herd. Ein Stück Holz knackte, und der Teekessel füllte die Stille mit einem dünnen Pfeifen.

Jarrett las den Zettel schnell, las ihn dann erneut. Er schüttelte den Kopf und schob den Zettel auf dem Tisch zu seinem Vater, ohne diesem in die Augen zu blicken.

Ted faltete ihn langsam auf und las ihn.

Jarrett,

es tut mir leid, dass ich nicht zu Hause sein werde, wenn Sie nach Hause kommen. Die Lage ist ernst. Masern können lebensgefährlich sein, besonders bei kleinen Kindern, und es klingt, als ob es dem Säugling sehr schlecht gehen würde. Ich weiß noch nicht, wie lange ich fort sein werde, aber die Familie muss in Quarantäne bleiben, bis es keine weiteren Erkrankungen mehr gibt. Jarrett, ich muss Sie um etwas bitten, auch wenn ich nicht das Recht dazu habe. Ich bin alles, was Timmy hat. Wenn mir etwas geschehen sollte … schicken Sie ihn bitte nicht zurück zu meiner Tante. Würden Sie ihm erlauben, auf der Big Hole Valley Ranch zu bleiben? Sie ist zu seinem Zuhause geworden. Und würden Sie weiter an seiner Erziehung teilhaben? Er bewundert Sie so sehr, und ich kann mir niemand Besseren vorstellen, zu dem er aufblicken könnte. Ich mache mir nie Sorgen, wenn er bei Ihnen ist. Ich hatte die Masern als Kind, also denke ich, dass das Risiko für mich nicht allzu groß ist. Aber ich mache mir dennoch Sorgen, da ich nicht genau weiß, was mich bei den Delaneys tatsächlich erwartet. Ich wünschte, ich hätte mehr von den Arzneien meines Vaters und mehr seines Wissens. Ich hoffe, mein Weggehen während der zweimonatigen Probezeit wird meine Position als Ihre Haushälterin nicht gefährden. Ich werde das Versäumte nachholen, wenn ich wieder zurückkehre, bitte verlängern Sie also die Probezeit.

Aries

PS: Im Brotkasten ist ein Teller mit Keksen versteckt. Sie sind für Sie gedacht. Wenn Sie sich nicht morgen mit Ihrem Kaffee hinsetzen und alle auf einmal essen, reichen sie vielleicht aus, bis ich wieder zurückgekehrt bin.

Die Muskeln in Jarretts Gesicht waren angespannt. Das einzige Zeichen einer Emotion war das leichte Zittern in seinen Augenwinkeln, als er überall hinsah außer zu dem Mann, der still die Notiz las, die er ihm hingeschoben hatte.

Keiner der beiden Männer sagte etwas: Der Zettel lag auf dem Tisch zwischen ihnen wie ein breiter Fluss, den man nicht überqueren kann.

Schließlich räusperte sich Ted und sagte in die Stille hinein:

»Das meint sie ernst.« Es war keine Frage, sondern eher eine Feststellung des Offensichtlichen.

Jarrett nahm einen Schluck von dem kalten Kaffee, ohne ihn überhaupt zu schmecken. Dann ließ er die Tasse langsam nach unten sinken und blickte in die allzu wissenden Augen seines Vaters.

»Macht sich Sorgen über die zwei Monate.« Die Worte fielen langsam. Jarrett rieb sich über das Gesicht, seine langen Finger strichen müde über sein Kinn.

»Yeah«, antwortete Ted. »Sie hat dir Kekse dagelassen«, sagte er lächelnd in dem Versuch, die Stimmung aufzuhellen.

»Das, und den wertvollsten Besitz, den sie hat: Timmy«, antwortete Jarrett. »Ich weiß nicht das Geringste über Masern.« Seine Stimme war rau. Er hasste seine Unfähigkeit, sich dieser unbekannten Herausforderung zu stellen.

»Du hattest sie schon.«

»Hatte ich?«

Ted lächelte. »Es ging dir hundeelend. Deine Mutter hat dafür gesorgt, dass du in einem abgedunkelten Zimmer warst, um deine Augen so wenig wie möglich anzustrengen. Sie hatte Angst, dass sich die Masern darin festsetzen, wie sie es manchmal machen.«

Jarrett sah mit neuem Respekt zu seinem Vater hinüber, und ein Lächeln drohte seine ernsten Mundwinkel zu umspielen.

»Dich davon zu überzeugen war ein hartes Stück Arbeit. Im Bett liegen zu bleiben fiel dir nicht leicht.« Er lachte. »Herr im Himmel, du hast eine Million Gründe gefunden, wieso du unbedingt aufstehen musstest. Natürlich hat dich die Tatsache, dass du eine einzige rote Beule warst, die es überall juckte, nicht im Geringsten aus der Fassung gebracht. Du warst der Meinung, dass es dir besser gehen würde, wenn du nur rausgehen könntest.« Die Stimme des Mannes wurde leiser, und ein liebevoller Ton schlich sich ein. »Als du dann hohes Fieber bekamst, hast du deine Mutter und mich angebettelt, dass wir dich schwimmen gehen lassen sollten. Die ganze Nacht hast du uns angefleht und uns versprochen, dass du auch nicht von dem Seil aus ins Wasser springen würdest.« Er sah Jarrett in die Augen. »Yeah, du hast uns verraten, dass du ein Seil zum Schaukeln oben an dieser Pappel versteckt hattest. Ich schätze, du hattest die Bitte deiner Mutter vergessen, nicht leichtsinnig zu sein, wenn wir dich dort schwimmen lassen.«

»Ich wusste nicht, dass sie davon wusste.« Er sprach die Worte sanft und voller Sehnsucht aus.

»Nein, wir haben es nicht übers Herz gebracht, es dir zu sagen oder etwas dagegen zu unternehmen. Deine Ma hat sich jedes Mal Sorgen gemacht, wenn du zum Schwimmloch aufgebrochen bist. Sie war sich sicher, dass du dir eines Tages den Kopf aufschlagen oder ...«, fuhr er grinsend fort, »dir einen Arm brechen würdest?« Er sprach die Worte wie eine Frage aus und fing leise zu kichern an.

Jarrett hob den Kopf. »Du hast es gewusst?«

»Teufel ja. Die arme alte Dolly hat vielleicht die Schuld zugeschoben bekommen, aber deine Ma und ich wussten, dass sie dich niemals abgeworfen hätte. Natürlich hat auch die Tatsache, dass dein Haar wie verrückt tropfte, deiner Geschichte nicht unbedingt weitergeholfen. Du warst ganz grün um die Nase, und wir waren der Meinung, dass die Schmerzen, die du beim Abtrocknen und Anziehen erlitten hattest, sowie die Tatsache, dass du zu uns kommen musstest, um uns um Hilfe zu bitten, Strafe genug für die Flunkerei waren. Bis du es zurück zum Haus geschafft hattest, während dein Arm dir kraftlos an der Seite herunterbaumelte, hattest du unserer Meinung nach schon genug durchgemacht.« Er wartete und fuhr dann fort: »An diesem Tag habe ich den Mann zu sehen bekommen, der du einmal werden solltest.«

»Einen Mann, der seine Mutter und seinen Vater anlügt.«

»Nein, das war der kleine Junge in dir. Der Mann hat seine Strafe ohne die kleinste Beschwerde angenommen. Du hast die

Zähne zusammengebissen, genau wie du es auch jetzt tust, und keinen Ton von dir gegeben, als ich dir den Arm geradegerichtet und geschient habe. Deine Ma hat mir erzählt, dass sie gefühlt hat, wie du die ganze Zeit gezittert hast, als sie dich verbunden hat, aber es ist kein Laut über deine Lippen gekommen. Du hast an diesem Abend mein Angebot abgelehnt, dass ich deine Aufgaben übernehme. Genau wie auch an allen folgenden Tagen.« Teds Augen verschleierten sich, und er fixierte die Tasse Kaffee, die vor ihm stand, mit seinem Blick. »Nein, du hast dich zusammengerissen und alle Hilfe zurückgewiesen.« Er lehnte sich in seinem Stuhl zurück und sah seinen Sohn genau an. »Das ist ein feiner Charakterzug, Sohn, aber treib ihn nicht zu weit. Wir alle brauchen manchmal jemanden, und das ist kein Zeichen von Schwäche.«

»Nein«, sagte Jarrett dumpf. »Aber manchmal kann dieses Bedürfnis einen Schmerz nach sich ziehen, der zu schwer zu ertragen ist. Eine andere Art von Schmerz, die sich im Inneren festsetzt wie ein kalter Klumpen, der nie wieder weggeht.«

»Wir reden eigentlich über Aries, oder etwa nicht?«

Jarrett zwang ein dünnes Lächeln auf seine zusammengepressten Lippen. »Yeah.«

»Aries, deine Frau, und deine Ma …« Ted ließ den Satz in der Luft hängen.

»Yeah«, wiederholte Jarrett.

Nach einigen langen Minuten fuhr Ted fort: »Wenn man jemanden liebt, macht man sich für diese Art Schmerz verwundbar. Sobald man jemanden auch nur gern hat, geht man dieses Risiko ein. Einfach so. Masern. Wir könnten sie verlieren. Wenn es nicht die Masern sind, dann wird es möglicherweise irgendetwas anderes sein, wenn sie wieder einmal in die Welt auszieht, um jemanden zu heilen und medizinisch zu versorgen. Sie wird nie in der Lage sein, jemandem den Rücken zuzuwenden, wenn dieser ihre Hilfe braucht, nicht wahr?« Er erwartete keine Antwort auf diese Frage. »Wieso das Risiko auf sich nehmen? Wieso sollte man es sich antun, den Verlust von jemandem zu erleben, den man liebt. Jemandem, der die Tage mit Lachen und Licht und Liebe füllte.«

Ted wusste, dass er nicht mehr nur von Aries sprach.

Jarrett schüttelte den Kopf und setzte sich anders auf den Stuhl, dann stand er auf.

»Jarrett«, hielt ihn die Stimme seines Vaters auf.

»Sag nichts, Dad. Das habe ich alles schon mal gehört. Und wenn nicht du es gesagt hast, so habe ich es selbst getan. Jede Nacht seit ihrer Ankunft lag ich mit mir selbst im Zwist. Habe mir selbst ein paar Mal vorgeschrieben, dass ich nicht den Arm nach ihr ausstrecke und sie erwürge.« Er lachte humorlos. »Habe argumentiert, dass ich mich nicht kümmern soll. Habe mir selbst gesagt, dass sie nur eine Angestellte ist, bestenfalls zur Probe.« Ein bitteres Grinsen huschte über sein Gesicht. »Sie ist eine lausige Köchin.« Er spuckte den Satz wie eine Herausforderung aus, die einer Antwort bedurfte.

»Das ist sie wohl.«

»Hat nicht die geringste Ahnung von der Arbeit auf einer Ranch.«

»Nein.«

»Kann aber dafür wirklich gute Kekse backen«, gestand er ihr zu.

»Ohne jeden Zweifel.«

»Oh, wem mache ich etwas vor?« Er sah zu Ted und suchte nach Anzeichen, dass dieser Verachtung für die Schwäche in seinen Worten zeigte. Es waren keine zu entdecken.

»Sie hört zu. Hört zu, während sie dich mit diesen tiefblauen Augen ansieht, und sagt kein einziges Wort … Hört einfach nur zu und versteht auch das, was ich nicht in Worte fassen kann.«

Ted beobachte seinen Sohn dabei, wie er sich die Worte abrang, fühlte den Schmerz, den sein Sohn aus seinem tiefsten Inneren ans Licht brachte.

»Ich lasse Ben und einen der Arbeiter den Koffer reintragen.« Er rieb sich den Nacken. »Wäre es in Ordnung, wenn du dich morgen allein um alles kümmern müsstest?

»Natürlich.«

»In Ordnung. Ich …«, hielt er inne und zuckte dann mit den Schultern. Er sah sich den Mann genau an, der ebenfalls in der Lage war, all das zu hören, was er nicht sagen konnte. »Ich werde zu den Delaneys rüberreiten. Um sie zu fragen, ob sie etwas aus diesem verfluchten Koffer braucht.« Die nächsten Worte flogen sanft über seine Schulter, während er bereits durch die Hintertür ging: »Um nachzusehen, ob diese Augen immer noch so blau sind und ob der Stern immer noch am Himmel leuchtet.«

Kapitel 17

Schmerz erfüllte Aries, und sie wusste, dass sie dies nie vergessen würde: ihren ersten Fall, den sie alleine ausfocht. Und sie hatte gekämpft. Hatte gegen die Lungenentzündung angekämpft. Und verloren. Es hatte mit einem leichten Husten begonnen, hatte die Mutter berichtet. Allzu schnell waren Fieber und geschwollene Lymphknoten am Hals hinzugekommen. Zu dem Zeitpunkt, als sie Aries zu Hilfe holten, war es bereits zu spät. Der Patient war zu jung. Sie hatte ihm einen Aufguss mit Schafgarbe eingeflößt, mühsam vorbei an seiner pelzig-weißen Zunge. Obgleich das Fieber in ihm tobte und seine Haut trocken und heiß war, bestand sie darauf, dass sie ihn warmhielten, weil sie wusste, dass seine Temperatur noch mehr ansteigen würde, bis der Ausschlag auftrat. Aber ihre schlimmste Befürchtung wurde bestätigt. Die Verkühlung, die er sich irgendwann geholt haben musste, hatte die Poren der Haut verschlossen und die Masern nach innen gedrängt. Sie hätte gerne die Schafgarbe abgesetzt und stattdessen einen erprobten Aufguss aus der Wurzel der Knolligen Seidenpflanze und pulverisiertem Ingwer hergestellt. Wenn man diesen mit Honig süßt und jede Stunde einen Teelöffel davon verabreicht, so führt dies zu leichter Transpiration, die die Haut nachgiebig werden lässt und die Hautporen so weit wie möglich öffnet. Dadurch bekommen die Giftstoffe einen Weg, um über die Haut an die Oberfläche zu gelangen. Bald danach tritt dann der Ausschlag auf. Aries schüttelte den Kopf und zwinkerte Tränen der Frustration und Erschöpfung fort. Sie hatte keine Seidenpflanzenwurzel. Oh, eigentlich hatte sie jede Menge davon. In ihrem Koffer. Der auf einem Bahnhof stand. *Wieso habe ich nicht daran gedacht, etwas davon mitzunehmen? Wieso?* Die Frage beherrschte mit einem anhaltenden Schrei ihren müden Kopf. Die Antwort war immer die gleiche, und auch wenn sie gerechtfertigt war, so brachte sie ihr doch nur wenig Trost. Aries hatte nicht vorhergesehen, dass sie sie benötigen würde. Und der Platz in ihrer Arzttasche war begrenzt. Sie hätte sich nie vorgestellt, dass sie in einer Situation wie dieser hier landen würde. Sie hob den Kopf und sah sich in dem unaufgeräumten Zimmer um. Anzeichen von Krankheit waren überall sichtbar. Krankheit und Tod. Die Delaneys hatten ihren Säugling früh an diesem Morgen verloren. In dem Moment, in dem sie ihn zu Gesicht bekam, wusste sie bereits, dass er verloren war. Aber bei Gott, sie hatte gekämpft. Und wenn sie ihrem medizinischen Verstand erlaubte, ihren Herzschmerz zu übertönen, konnte sie sich vor sich selbst rechtfertigen, dass sie alles medizinisch Mögliche getan hatte. Sie hatten zu lange gewartet, bis sie sie geholt hatten. Nein, das war nicht die ganze Wahrheit. Auch wenn sie in Philadelphia gewesen wären, nur wenige Häuser von einem Arzt entfernt anstatt auf einer einsamen Farm, die meilenweit von aller Hilfe abgeschnitten war, so wäre das Ergebnis vermutlich dasselbe gewesen. Masern in Kombination mit einer Lungenentzündung bei einem so kleinen Kind war eine ernsthafte Erkrankung und verwandelte die einfache Kinderkrankheit oft in ein Todesurteil. Sie hob ihren müden Körper vom Tisch und machte einen Buckel, um den Schmerz aus ihren Schultern zu rollen. Sie erlaubte sich ein zufriedenes kleines Lächeln. Die anderen vier Kinder, die ebenfalls an der hochinfektiösen Krankheit litten, schliefen friedlich.

Das Geräusch eines Hammers drang leise in den Raum. In der Scheune zimmerte der junge Vater einen groben Sarg zusammen.

Sie warf einen Blick auf den Schaukelstuhl in der Ecke des großen Raums. Marge Delaneys Kopf war endlich nach hinten gesunken, und ihre Augen hatten sich geschlossen. Der Raum war dunkel, und die Fenster waren mit Decken verhängt worden, um alles Licht abzuhalten, das die überempfindlichen Augen der Kranken irritieren könnte.

Laut Marge waren die Kinder während verschiedener Zeitspannen erkrankt. Aries wusste, dass die Heilung beginnt, sobald der Giftstoff austritt und an den Stellen jeweils ein runder, leicht erhobener himbeerroter Fleck erscheint. Normalerweise werden die Flecken am dritten Tag des Ausbruchs rau und schuppig. Am fünften Tag nach Auftreten des Ausschlags, im Normalfall am neunten Tag der Erkrankung, verschwinden die roten Flecken und hinterlassen leicht gelbe Spuren. Das Fieber lässt nach, sobald die Abschuppung beginnt. Zu diesem Zeitpunkt ist die größte Herausforderung, die Patienten ruhig und von anderen fernzuhalten. Kinder sind Kämpfernaturen, und normalerweise gelingt es ihren starken Körpern, diese Kinderkrankheit schnell zu bewältigen. Normalerweise. Wie ihr Vater so oft zu sagen pflegte: »Die Natur ist oft der beste Wegweiser zur Heilung, Aries.« Das mochte stimmen, aber die Natur ist auch oft brutal und unerbittlich.

Aries schlenderte zum Fenster. Das Gefühl zu ersticken übermannte sie. Sie brauchte frische Luft. Die Luft im Haus war angefüllt mit Krankheit, Fieber und Leid. Schnell begab sie sich zur Tür. Nachdem sie hinausgetreten war, schloss sie diese sanft. Dann blieb Aries stehen und blinzelte in die Vormittagssonne. Sie hob ihr Gesicht und atmete die süße Luft Montanas ein. Sie schien ihr wie Nektar.

Aries schlenderte den Pfad entlang und stieß auf die zerfurchten Umrisse eines Weges. War dies der Weg, auf dem sie gestern mit dem Wagen angereist und von einer Seite zur anderen geschüttelt worden war? Sie fühlte sich, als sei sie seit Wochen in dem kleinen Farmhaus eingesperrt gewesen. Unter einem Baum blieb sie stehen und legte ihre Hand auf dessen raue Rinde. Sie blickte zurück zur Ranch, die dieses mutige Paar so verzweifelt und mühevoll errichtet hatte. Sie war nicht annähernd so groß wie die Big Hole Valley Ranch. Nein, dachte sie, das hier ähnelte nicht im Geringsten ihrem Zuhause. Zuhause. Bereits das Aussprechen des Wortes entfachte neue Energie in ihrem Körper. »Zuhause«, sagte sie laut zu dem Baum. »Es ist mein Zuhause, und ich brauche es jetzt mehr als je zuvor.« Sie schloss ihre Augen und sah die Küche vor sich, die sie so liebte, samt der Kanne mit Kaffee, die dort stets zu finden war. Sie sah einen Mann, dessen Schultern breit genug waren, um jemandem Schutz zu gewähren, Arme, die stark genug waren, um sie um sich zu legen und sich der Sicherheit seiner Umarmung hinzugeben.

»Jarrett«, flüsterte sie, und der Name entfloh leise in die Bergluft. *Wann war das geschehen? Wann war das… War es Liebe? Nein*, sie schüttelte den Kopf, *nein*. Sie konnte nicht in ihn verliebt sein. Aber sie war es. Das Wissen war in der Tiefe ihres Herzens vergraben gelegen, aber nun drängte es ihre Sehnsucht nach ihm an die Oberfläche, zwang es, aus ihr herauszusprudeln, forderte, dass sie sich ihm stellte. Wie? Wann? Sie kannte die Antwort. Von dem Moment an, als sie ihn das erste Mal gesehen hatte, wie er stolz auf seinem Pferd gesessen war, im Schatten der großen Pappel, und arrogant Befehle knurrte und Timmy zurechtgewiesen hatte, weil er nicht aufgepasst hatte.

Aries atmete schroff aus. Diese Liebe war zu viel für sie. Sie war zu viel, um sie auch nur einzugestehen. Zu viel, um sie zuzulassen. Sie lehnte sich mit ihrem ganzen Körper gegen den Baum und sank an der rauen Rinde nach unten, bis sie schließlich gegen den Stamm gepresst mit an die Brust gezogenen Knien auf dem Boden hockte. Müde legte sie ihren Kopf auf ihren verschränkten Armen ab. Sie würde nur einen Moment sitzen bleiben. Nur einen Moment. Und sie würde sich nicht gestatten, noch mehr darüber nachzudenken. Es hatte keinen Sinn, über etwas zu grübeln, das niemals passieren würde. Sie war die Haushälterin auf der Big Hole Valley Ranch. Und das war alles. Und sogar das hing in der Schwebe. Sie blinzelte und kämpfte dagegen an, dass ihr die Augen zufielen, während sie zuließ, dass die düsteren Gedanken ihr Herz übermannten. In letzter Zeit hatte sie so viele Veränderungen in ihrem Leben akzeptieren müssen. Dies war nur eine neue Herausforderung, ein weiterer schmerzlicher Aspekt, den sie tief in sich würde vergraben müssen. Ihre Augen gewannen den Kampf und schlossen sich. Ihre Wimpern zeichneten federnartige Schatten auf ihren blassen Wangen, und ihre Brust hob und senkte sich langsam, als sie der Schlaf überwältigte, der ihr so lange verwehrt gewesen war. Süßer Schlaf würde den Schmerz heilen und von ihr fernhalten, der mit diesem einfachen Wort einherging: *Liebe.*

Er sah die Gestalt, die am Fuß des Baums kauerte, lange bevor er erkennen konnte, wer es war. Doch bevor ihm seine Augen sagten, wer da saß, wusste er es. Sein wie verrückt in seiner Brust rasendes Herz verriet es ihm. Aries. Aries saß dort, klein und verletzlich. Er lächelte. Sie würde es hassen, dass man sie so sehen konnte, verletzlich und schutzlos, von all ihrem Kampfgeist verlassen. Er zügelte sein Pferd nur wenige Schritte von ihr entfernt. Er blieb im Sattel sitzen und sah auf sie hinab. Ihr Haar fiel um ihr Gesicht herum, verhüllte es mit lockigen Wellen voller Sonnenlicht. Es war ihm gelungen, aus dem Haarknoten zu gleiten, den sie hinten am Nacken gebunden hatte, demselben Haarknoten, den sie sich band, wenn sie putzte oder kochte. Das Lächeln auf seinem Gesicht wurde breiter. Er musste sich eingestehen, wie liebenswert er ihre mangelnden Kochkünste mittlerweile fand. Es war nur schwer zu glauben, dass er sie nur wenige Tage zuvor wegen der Suppe beschimpft hatte. *Jarrett McCabe*, dachte er sich, *du kannst ein richtiges Ekelpaket sein.* Er akzeptierte diese Erkenntnis, und statt der Kälte zu gestatten, von ihm Besitz zu ergreifen, hielt er an der Wärme fest und ließ sie ihn ausfüllen.

Sein erster Impuls war es, schnell vom Pferd zu springen und sie auf die Arme zu heben, ihren Körper gegen seine Brust zu lehnen und sie mit nach Hause zu nehmen, dorthin, wo sie hingehörte. Aber er gab diesem Impuls nicht nach. Der Eisberg in ihm mochte langsam schmelzen, aber er war noch nicht vollkommen aufgetaut.

Sein Pferd bewegte sich nervös unter ihm, und die Frau schlug ihre Augen auf. Mit weit offenen und doch vom Schlaf noch verschleierten Augen starrte Aries ihn verständnislos an und presste ihren steifen Rücken gegen den Baum.

»Scheint so, als ob ich Sie immer wieder unter einem Baum vorfinden würde. Mit dem einzigen Unterschied«, sagte er lakonisch, »dass Sie dieses Mal Ihre Kleider anhaben.«

Ein freudiger Aufschrei entfuhr ihr. »Jarrett!« Sein Name klang wie Musik. »Jarrett«, wiederholte sie. »Ich kann es nicht glauben … Was machen Sie hier?«

Er antwortete nicht. Er wollte ihr nicht seinen wahren Beweggrund verraten. Er schickte sich an, sein Bein über den Sattel zu schwingen, obwohl er wusste, dass er besser nicht absteigen und sich so nah zu ihr begeben sollte, nicht jetzt, nicht, solange seine Sehnsucht nach ihr so stark war.

»Halt!«, rief sie mit lauter Stimme. Sie sprang auf und begann, vor ihm zurückzuweichen. »Kommen Sie nicht näher, Jarrett. Ich könnte ansteckend sein.«

Er lehnte sich mit einer langsamen Bewegung zurück in den Sattel. Sein Gesicht verdüsterte sich und wurde hart.

»Was wollen Sie damit sagen?«, fragte er ruhig.

»Masern.« Sie schüttelte müde den Kopf. »Vier der Kinder haben sie. Wir haben den Säugling heute Morgen verloren.«

Er sog scharf die Luft ein. Ohne sich dessen bewusst zu sein, verschloss sich sein Gesicht, und er verlagerte sein Gewicht, drückte sich tiefer in den Sattel, von ihr fort. Sein Körper verriet, worum sich seine Gedanken drehten: den Tod. Einmal mehr war der dunkle Beobachter hier auf diesem harten, unnachgiebigen Land erschienen und suchte sich seine Opfer unter den Schwachen und Unschuldigen.

Er hörte das Geräusch eines Hammers und sah zu dem alten Stall.

Aries folgte seinem Blick. »Mr Delaney und seine drei Ältesten zimmern einen Sarg zusammen.« Es war ihr zuwider, ihm das sagen zu müssen. Sie hasste es, den Schmerz in seinen Augen zu sehen. Hasste es, zuzusehen, wie sich Distanz und Kälte auf seinem Gesicht ausbreiteten.

»Sie haben hier ja jede Menge zu tun«, sagte er barsch. Er hatte sich nicht wieder zu ihr umgedreht. Er sah nicht ihr ins Gesicht, sondern blickte zur Scheune. »Hat ja verdammt viel geholfen, dass Sie sich so sehr in Gefahr gebracht haben.«

Seine Grausamkeit ließ sie scharf die Luft einziehen.

Er drehte sich zu ihr um. Sie hatte die Hand über den Mund gelegt, ihre Augen quollen vor Kummer über. Er verfluchte sich selbst, dass er sie so angegangen war. Er hatte sie verletzt, weil er zugelassen hatte, dass sein Zorn auf den Tod sich auf sein Verhalten auswirkte. Er presste die Zähne aufeinander, während ihn die Kälte erneut erfüllte. Sie war so viel vertrauter als die Emotionen, die er zuvor an die Oberfläche hatte dringen lassen. Ja, sehr viel vertrauter. Und sicherer.

»Packen Sie Ihr Zeug zusammen«, befahl er ihr. »Ich bringe Sie nach Hause.«

Sie hob ihr Gesicht an, um ihm in die Augen blicken zu können, und streckte ihr Kinn nach vorne. Der Kummer war aus ihren Augen verschwunden. Seine Stelle hatte eine Entschlossenheit eingenommen, die der seinen ebenbürtig war.

»Nein«, sagte sie mit entschiedener Endgültigkeit. »Nein, Jarrett. Unabhängig davon, was Sie möglicherweise denken, so ist mein Platz doch hier. Ich bin Ärztin, und egal, ob Sie das akzeptieren oder nicht oder ob Sie mir glauben, wenn ich

Ihnen sage, dass ich alles getan habe, was möglich war, um den Säugling zu retten, letztlich macht es keinen Unterschied. Meine Anwesenheit, mein Wissen konnten das Unvermeidliche nicht verhindern, aber ich habe mein Bestes getan. Ich habe es versucht, und die Familie da drinnen weiß das. Ich kann nicht alle retten. Niemand kann das.« Sie ließ die Stille zwischen ihnen wachsen und fuhr dann in einem sanfteren, leiseren Tonfall fort: »Die Krankheit war bei ihm zu weit vorangeschritten, Jarrett. Er war zu klein und zu krank. Aber da drin sind noch vier weitere Kinder.« Sie zeigte in Richtung des kleinen Hauses. »Und die werde ich retten. Ich werde ihnen helfen. Genau wie ich auch anderen helfen werde. Jarrett, ich werde jedem helfen, der an meine Tür klopft und um ärztliche Hilfe bittet. Ich werde versuchen, jedem zu helfen.« Sie rückte ihre Schultern gerade, gewann Kraft aus ihren Worten. Sie hatte sich selbst geheilt, genau wie sie es bei ihrem Vater so unzählige Male gesehen hatte, wenn er einen Patienten verloren hatte. Sie ließ es zu, dass ein zufriedenes Lächeln ihre Lippen umspielte, und stieß sich vom Baum ab. Sie war nun eine Ärztin. Sie hatte ihre Feuertaufe bestanden.

»Danke, dass Sie gekommen sind, Jarrett.« Ihre Stimme klang nun förmlicher. Sie ließ es nicht zu, dass ihre Liebe zu diesem ernsten und oft so wütenden Mann an die Oberfläche kam und sich zeigte. »Aber ich will nicht, dass Sie sich der Krankheit aussetzen. Die Masern sind höchst ansteckend.«

»Ich hatte sie bereits«, entgegnete er kurz angebunden.

»Gut. Aber Timmy hatte sie noch nicht.«

Jarrett musste hart schlucken und bekämpfte sein Verlangen nach dieser Frau, die mehr Mut besaß als er. Aries konnte dem Tod ins Angesicht blicken und sich anschließend aufrechten Ganges von ihm entfernen, ohne dass er in sie eindrang und sie mit seiner Endgültigkeit zerstörte.

»Ihr Koffer ist angekommen. Was brauchen Sie daraus?«

Sie sah ihn mehrere Augenblicke lang an. Sie wusste, dass

er ihr auf seine eigene Art und Weise sagte, dass er akzeptierte, was sie ihm soeben gesagt hatte. Jarrett bot ihr seine Hilfe an. In diesem Moment liebte sie ihn mehr, als sie es sich erträumt haben könnte. Sie verstand, welches Opfer er damit auf sich nahm.

Sie blickte lächelnd zu ihm auf. Es war, als wäre die Sonne hinter den Wolken hervorgekommen. »Der Schlüssel liegt in der Schale mit meinen Haarnadeln, auf der Kommode in meinem Zimmer. In dem Koffer werden Sie einige Behälter mit Kräutern finden. Bitte bringen Sie mir etwas Seidenpflanzenwurzel und Ingwer. Die Behälter sind beschriftet. Eine kleine Menge wird genügen.« Ihre Stimme wurde leiser und war von Trauer erfüllt. »Ich werde es vermutlich nicht mehr brauchen, aber ich werde nie mehr ohne etwas davon das Haus verlassen.«

In diesem Moment sah er, was der Tod sie gekostet hatte, und er verfluchte sich selbst, dass er zuvor so gefühllos mit ihr umgesprungen war. »Es tut mir leid, Aries.«

»Ich weiß.« Ihr Blick verweilte auf seinem Gesicht, das nun, da sie sich eingestanden hatte, dass sie ihn liebte, noch attraktiver war. »Ich weiß.«

»Sonst noch etwas?«, fragte er sie ruppig. Er kämpfte gegen das Verlangen an, von seinem Pferd abzusteigen und sie zu halten, ihr den Trost zu spenden, den er ihr so sehr schenken wollte.

»Ja. Ein sauberes Kleid.« Sie lachte peinlich berührt angesichts dessen, worum sie den schlanken Cowboy bat. »Ich werde noch einige Tage lang hierbleiben, bis ich mir sicher bin, dass die Gefahr vorüber ist und ich nicht mehr ansteckend bin. Ich weiß, dass Timmy diese Kinderkrankheiten haben sollte, aber ich halte nichts von absichtlicher Ansteckung. Ich glaube, die Natur wird das von selbst richten, ohne dass ich einen Beitrag leisten muss. Abgesehen davon hätte ich gerne, dass er erst noch etwas stärker wird. Und dank Ihnen, Jarrett, und der Ranch und der Chance, die Sie mir geben, wird er in der Tat mit jedem Tag stärker. Er wird zu einem richtigen Kämpfer heranwachsen.« Sie hielt inne. »Genau wie der Mann, den er so bewundert.«

Er rutschte im Sattel hin und her, von ihren Worten peinlich berührt. Er wusste, dass es einige Dinge gab, die zu bekämpfen er schon vor Jahren aufgegeben hatte. Aber vielleicht würde er – mit der Hilfe dieser Frau – den Willen wiederfinden, den Kampf erneut aufzunehmen. Er wusste, dass dieser Gedanke in seinem Kopf bleiben und er später, wenn er allein war, wieder mit ihm ringen würde.

»Wie geht es Timmy?«, unterbrach sie seine Gedanken. »Ich hatte seine Reise in die große Stadt ganz vergessen.«

»Er hat einen Hut bekommen, der so groß ist, dass seine Ohren besser ein gutes Stück wachsen sollten, damit er auf seinem Kopf hält«, lachte Jarrett leise. »Gab keinen, der klein genug für ihn war, aber er war so verflucht entschlossen, dass er nur mit einem Hut aus dem Laden gehen wollte.« Er schüttelte den Kopf bei der Erinnerung daran. »Hat mir immer und immer wieder erzählt: Der hier passt wirklich gut, Jarrett. Ist nur ein ganz klein bisschen zu groß.«

Aries lachte. Sie vermisste ihren kleinen Bruder, aber ihr gefiel der Gedanke, dass er diesen Mann auf eine Art und Weise manipuliert hatte, die nur wenigen gelang.

»Und?« Sie wartete auf seine Antwort.

Ein Lächeln breitete sich auf seinem Gesicht aus. »Und wir haben Papier oben reingestopft und sind damit aus dem Laden gegangen. Wie ich bereits sagte: Seine Ohren sollten besser anfangen zu wachsen. Aber auf jeden Fall wird er so keinen einzigen Sonnenstrahl aufs Gesicht abbekommen, nicht wenn es unter dieser riesigen Krempe steckt.« Er wartete einen Moment und fuhr dann fort: »Er hat die Entschlossenheit seiner Schwester. Er wusste, was er wollte, und er war nicht willens, den Laden ohne diesen Hut auf seinem Kopf zu verlassen.«

Sie lachte. »Oh, Jarrett, es tut mir so leid. Ich habe ihn noch nie so erlebt. Normalerweise ist er so kleinlaut und entgegenkommend. Ich weiß, dass man dieses Verhalten nicht unterstützen sollte, aber es ist so schön, dass er sich endlich normal verhält. Ich hatte schon befürchtet, dass ihm all sein Kampfgeist genommen wurde.«

Jarrett lächelte sie an. »Nun, dem ist wohl nicht so. Wie er Mae so schön erklärt hat: Man braucht einen Hut, damit man draus trinken kann, und wenn man ein Nickerchen machen will, damit man Schatten im Gesicht hat.«

»Das hat er nicht wirklich?«, fragte Aries. Sie gab alles, um nicht zu lachen anzufangen.

»Yeah, das hat er. Hat ihr erzählt, dass ich ihm das beigebracht hätte.«

»Und haben Sie das?« Sie konnte sich angesichts seines Unbehagens nicht mehr zurückhalten und brach in Lachen aus.

»Yeah. Hätte bloß nicht gedacht, dass der kleine Lümmel jedem davon erzählen würde. Vor allem nicht dieser Klatschbase Mae.« Er machte eine kurze Pause. »Sie hat immer noch ein Loblied auf Sie gesungen. Hat mich wissen lassen, dass die Leute in der Stadt nur darauf warten, dass Sie sich ein bisschen eingewöhnt haben, bevor sie anfangen, den Doktor aufzusuchen. Scheint so, als würden Sie bald sehr beschäftigt sein, Aries.«

Sie hörte die unausgesprochene Frage in seinen Worten und wusste, dass dieser Mann, ebenso wie Timmy, beruhigt werden musste. »Ja, aber nicht zu beschäftigt. Ich werde niemals zu beschäftigt für meine Arbeit sein, Jarrett. Ich werde immer die Zeit finden, um Kekse zu backen, und da jetzt meine Koffer und die Rezepte endlich da sind, werde ich auch andere Sorten machen können. Ich kann mir vorstellen, dass Ihnen die Haferkekse mit Rosinen langsam zu den Ohren rauskommen, oder etwa nicht?« Sie stellte die Frage, obwohl sie seine Antwort bereits kannte.

»Überhaupt nicht!« Einen Moment des Überlegens später fragte er jedoch nach: »Welche anderen Sorten können Sie denn backen?«

»Sie werden abwarten und es selbst herausfinden müssen«, neckte sie ihn. »Und ich habe jetzt die Rezepte von Mrs Ellis«, fügte sie fröhlich hinzu. »Oh, Jarrett, ich kann es kaum erwarten, nach Hause zu kommen und den Koffer auszupacken. Ich kann es wirklich kaum erwarten, wieder zu Hause zu sein.«

Er blickte sie an. Seine Augen waren so tiefblau, dass sie wie Ebenholz glänzten. Er saß aufrecht im Sattel, sein Rücken gerade, die Zügel in seinen langen, fähigen Fingern, sein Hut leicht nach hinten geschoben. Eine Locke seines schwarzen Haars war ihm in die Stirn gefallen.

»Ich auch nicht«, sagte er leise und drehte sein Pferd von der wunderschönen Frau weg. »Ich auch nicht«, wiederholte er und spornte sein Pferd mit einem leichten Schenkeldruck in die Flanken an.

Sie beobachtete ihn, wie er von ihr fortritt. Das Pferd reagierte auf die geringste Berührung. Die Entfernung zwischen ihnen wuchs schnell an, bis er von der hügeligen Straße verschlungen wurde und nicht mehr zu sehen war. Und doch blieb sie weiter stehen. Dann seufzte sie schließlich und begab sich auf den Weg zum Haus. Einmal mehr tauschte sie die Rolle der Frau gegen die der Ärztin aus, die dem Mann, den sie liebt, zusah, wie er davonritt.

Kapitel 18

Jarretts Plan war es gewesen, am nächsten Tag zurück zur Delaney-Ranch zu reiten, aber die Big Hole Valley Ranch hatte ihren eigenen Kopf. Wie eine eifersüchtige Geliebte hielt sie mehrere Gründe bereit, die ihm seinen Plan vereitelten. Erst spät am Nachmittag des dritten Tages hatte er endlich genug Luft, um die Tür zu ihrem Zimmer aufzustoßen. Als er dort stand, fiel ihm zuerst das ungemachte Bett auf, dann, dass Timmy seine Anziehsachen auf dem Boden verstreut hatte, wo sie sich munter mit seinen Zinnsoldaten vermischten. Er schüttelte den Kopf. Er war zu nachsichtig mit dem Jungen. Sie mochten ein Haushalt voller Männer sein, aber jeder von ihnen musste seinen Beitrag leisten. Sobald er aus dem Koffer geholt hatte, was er brauchte, würde er dafür sorgen, dass Timmy aufräumte. Yeah, und wenn er eh schon dabei war, würde er ein paar der Jungs … Er bremste sich selbst. Nein. Er würde Timmy eigenhändig umziehen. Heute. Ein Lächeln huschte über sein Gesicht. Wenn sie zurückkam, würde sie eine Überraschung erwarten. Er ging zu der Kommode hinüber und fischte den Schlüssel aus der Glasschale. Er lag versteckt unter den Haarklammern, genau wie sie es gesagt hatte. Er verstand nicht, wieso sie es überhaupt erst versuchte, diese Masse an goldenen Locken in einem eng geschlungenen Knoten zusammenzubinden, um sie zu bändigen. Sie entflohen dem Knoten eh nur und ließen sie … »… verführerisch aussehen«, murmelte er zu sich selbst. Ihm gefiel die Richtung nicht, in die seine Gedanken wanderten, daher steckte er den Schlüssel in das kleine Kupferschloss und öffnete den Deckel.

Kein Wunder, dass der Koffer so schwer gewesen war. Es war nicht einmal ein Millimeter freier Platz darin. Aller verfügbare Raum war mit Medizinbüchern und medizinischen Utensilien vollgestopft worden. Gläser mit Pillen und getrockneten Kräutern waren in Kleidungsstücke eingewickelt. Sie hatte ihre Kleider zum Schutz für die kostbaren Arzneien eingesetzt. Vorsichtig griff er hinein und fühlte sich dabei wie ein Eindringling. Die Aries, die diesen Koffer gepackt hatte, stammte aus einem Leben, das er sich nur vorstellen konnte. Es war ein Leben, das weit von dem Leben entfernt war, das er führte.

Jarrett faltete ein dunkelblaues Satinkleid auf und zog sofort seine Hände zurück. Der zarte Duft von Flieder, der zwischen den Falten eingeschlossen gewesen war, verbreitete sich im Raum. Das Material blieb an seinen von der Arbeit rauen Händen hängen und wies ihn so auf seine eigene Weise darauf hin, aus welch unterschiedlichen Welten er und die Frau kamen, die dieses Kleid getragen hatte. Er legte das Kleid zurück, schloss den Deckel des Koffers und erhob sich. Er hatte in diesem Zimmer nichts zu suchen. Er hatte kein Recht dazu, diesen Teil ihres Lebens anzusehen, zu berühren. Wieder einmal verfluchte er Ben und seinen Vater dafür, dass sie sie in sein Leben gebracht hatten. Die Unterschiede zwischen ihnen waren so groß wie die Schlucht, die der Wise River teilte. Er fluchte in den leeren Raum hinein.

Dann öffnete Jarrett voller Entschlossenheit den Deckel erneut. Er würde tun, worum sie ihn gebeten hatte. Er würde ihr die Arzneien bringen, die sie benötigte, und das Kleid. Er hatte sie nicht darum gebeten, dass sie hierherkam. Er hatte sie nicht darum gebeten, dass sie Philadelphia den Rücken kehrte und all dem, was die Stadt ihr zu bieten hatte. Aber sie war hier, hier in diesem Raum. Hier in seinem Leben.

Jarrett hob einen Gegenstand nach dem anderen aus dem Koffer. Er legte alles beiseite, das so aussah, als würde es Timmy gehören. Außerdem wickelte er Aries' Kleider aus und trennte sie von der medizinischen Ausrüstung. Alles, das mit Medizin zu tun hatte, landete auf der Seite. Sie würde einen Platz für all dies finden müssen, aber wo? Es waren so viele Dinge, dass man damit eine ganze Arztpraxis ausrüsten konnte. Dann wurde Jarrett bewusst, wie fehl am Platz diese Dinge in einem Ranchhaus wirkten. Er sah die Praxis ihres Vaters vor sich. Zumindest den Teil davon, den Aries hatte einpacken können. Und dem kleinen Stapel an persönlichen Besitztümern nach zu schließen, hatte Aries den Sachen ihres Vaters den Vorrang gegeben. Sie hatte nur wenig für sich selbst eingepackt. Aber die Kleider, die Jarrett auseinanderfaltete, glichen nichts, was er je zuvor zu Gesicht bekommen hatte. Hätte man sie als exquisit bezeichnet, so wäre das noch eine Untertreibung gewesen. All der Satin und die Spitze waren wunderschön und… unpraktisch. Er fühlte mit der Frau, die sie einst getragen hatte, sie in einem Leben getragen hatte, dem sie den Rücken hatte zuwenden müssen.

Er fand die Kräuter, um die sie gebeten hatte, und legte sie beiseite. Er begann bereits, den Deckel zu schließen, als er einen Stapel handbeschriebener Zettel entdeckte, die von einem schmalen Band zusammengehalten wurden. Er wusste sofort, worum es sich handelte. Ihre Notizen. Ihre wertvollen Rezepte. Seine Mundwinkel verzogen sich zu einem Lächeln, und sein Blick wurde sanfter. Zuoberst befand sich ein gefaltetes Stück Papier, auf das ihr Name geschrieben war. Auch wenn er wusste, dass er nicht das Recht dazu hatte, löste er sorgsam das Band und öffnete den Brief.

Meine herzallerliebste Aries, begann dieser. *Oder sollte ich lieber sagen: Meine herzallerliebste Mrs Ben McCabe?* Die Furche auf seiner Stirn wurde tiefer, und seine Augen verengten sich, als er die Worte las: Mrs Ben McCabe. Was zum …? Dann wurde ihm klar, dass Mrs Ellis nicht wusste, dass Ben nicht derjenige gewesen war, dessentwegen Aries zu ihnen geholt worden war. Sie konnte es gar nicht wissen und würde natürlich davon ausgehen, dass Aries und Ben mittlerweile verheiratet sein würden. Aber er war nicht auf den Schock vorbereitet gewesen, den ihm das Lesen dieser Worte verpasst hatte. Seine Aries, verheiratet mit einem anderen. In seinem Magen hatte sich ein Knoten gebildet, und er begann, den Brief zusammenzufalten, als ihm der nächste Satz ins Auge sprang. *Ich hoffe, dass Dein Rancher all das ist, was Du Dir vorgestellt und erhofft hast.*

Schnell faltete er den Brief zusammen und hinderte sich so daran, weiterzulesen.

»Später«, sagte er sich selbst. Später würde Jarrett diese Worte hervorziehen und sich darüber Gedanken machen. Es gab hier keinen »Rancher«, und er war sich sicher, dass nichts, aber auch überhaupt nichts, so war, wie Aries es sich vorgestellt und erhofft hatte. Nun, es war nicht seine Schuld. Er war nicht derjenige gewesen, der die leeren Versprechungen gemacht hatte.

Diese Rechtfertigung spendete ihm trotz allem keinen Trost. Er wollte den Brief gerade wieder auf den Stapel legen, als die in kühner Handschrift verfasste Überschrift auf dem nächsten Zettel ihn davon abhielt: *REZEPT FÜR DEN PERFEKTEN EHEMANN.* Eine Horde wilder Pferde hätte ihn nicht zurückhalten können. Er biss die Zähne aufeinander und öffnete die einzelne Seite. Während er las, begannen die harten Züge um seinen Mund herum langsam zu verschwinden, bis sie sich vollständig in ein breites Grinsen verwandelt hatten.

Aries,

dieses Rezept hat mir meine Mutter vermacht. Ich möchte es mit Dir teilen.

REZEPT FÜR DEN PERFEKTEN EHEMANN

Sei umsichtig bei der Auswahl. Es empfiehlt sich, ein Exemplar auszusuchen, das nicht zu jung ist. Achte darauf, dass Du nur aus solchen Kreisen Deine Auswahl triffst, in denen die Spezies Mann in einer moralisch einwandfreien Umgebung aufwächst. Hast Du erst einmal Deine Auswahl getroffen, so nimm sie für endgültig, belass es dabei und widme Deine ganze Zeit und Aufmerksamkeit der Vorbereitung für die häusliche Verwendung. Einige Frauen bestehen darauf, ihren Gatten in Teufels Küche zu bringen und roh in die Pfanne zu hauen. Allerdings zeigt die Erfahrung, dass sogar mangelhafte Vertreter süß, zart und schmackhaft gemacht werden können, wenn man sie mit Geduld zubereitet, sie garniert, mit einem süßen Lächeln zuckert und je nach Belieben ihren Geschmack mit Küssen abrundet. Wickle sie in einen Mantel der Fürsorglichkeit und des Verständnisses ein und halt sie so mit einer konstanten Portion häuslicher Zuneigung warm. Serviere sie mit Pfirsichen und Sahne. Auf diese Weise behandelt, sind sie lange Jahre haltbar. Andere werden Dich um Dein Zuhause beneiden, in dem die zwischen Euch herrschende Liebe funkelt und alles erhellt.

Mit dem »Rezept« in seinen Händen stand er auf. Langsam faltete er es zu einem kleinen Viereck zusammen, knöpfte seine Hemdtasche auf und schob es hinein. Dort lag es schwer an seiner Brust. Er hatte keinen logischen Grund für sein Handeln. In der Tat widersprach es allem, was er jemals getan hatte. Er wusste nur, dass er es haben wollte, nein, dass er es brauchte. Die Nachricht würde nur ihm überbracht werden. Denn es fühlte sich an, als ob diese Frau – Mrs Ellis – über all die Meilen der Entfernung hinweg ihn anblickte und ihm dieses Rezept geschickt hatte. Er verspürte Zuneigung zu einer Frau, die er nie getroffen hatte. Diese Mrs Ellis, die Aries eine so große Hilfe gewesen war, würde verstehen, wieso er diese Richtlinien an sich genommen hatte, und ihm verzeihen. Auch wenn Jarrett selbst es nicht tat.

Jarrett nahm ein Kleid aus ihrem Garderobenschrank, griff nach den Kräutern, um die sie gebeten hatte, und verließ den Raum. Die Präsenz der Frau, die dieses Chaos in seinem Inneren verursacht hatte, war in dem Zimmer zu stark.

* * *

Sie erwischte sich selbst dabei, wie sie Ausschau nach ihm hielt und die Ohren spitzte. Gleichgültig, wie beschäftigt sie mit ihren Händen war, ihr Verstand schien seinen eigenen Willen zu besitzen. Bei den anderen Kindern war die Krankheit normal verlaufen, und sie waren nun mit erdbeerroten Flecken übersät. Aries' tatkräftige Hände waren stärker gefordert als ihr medizinisches Wissen. Bereitwillig unterstützte sie die erschöpfte Mutter dabei, die von ständigem Juckreiz gequälten ruhelosen Kinder zu baden und so die Symptome zu lindern. Es war leicht, ihre Gedanken bei der Arbeit wandern zu lassen, und Jarrett schien die Lieblingsrichtung deren Wanderung zu sein. Unbewusst umspielte ein Lächeln ihre Lippen, wenn sie an ihn dachte, sich an jeden einzelnen Moment erinnerte, beginnend mit ihrem stürmischen ersten Treffen und endend damit, wie sie ihn beim Fortreiten beobachtete.

Sie war davon ausgegangen, dass er am nächsten Tag zurückkehren würde, und hatte den Tag damit verbracht, nach den Lauten seines Pferdes zu lauschen. Sie unterbrach mehrmals, was auch immer sie gerade tat, und ging zur Tür, nur um lediglich die üblichen Geräusche einer Ranch zu vernehmen und auf eine leere Straße zu blicken.

»Aries«, unterbrach Marges Stimme ihre Gedanken.

»Ja?«, sagte Aries und lächelte die Frau an. Eine Freundschaft hatte sich zwischen ihnen entwickelt, geschmiedet durch den Kampf gegen die Krankheit und den gemeinsam erlittenen Verlust. Aries bewunderte diese Frau, die in der Lage war, mit allem zurechtzukommen, was ihr dieses unbesiedelte Land vor die Füße warf, und doch standhaft und voller Liebe zu ihrem Ehemann und ihren Kindern zu bleiben. Der Tod ihres

Säuglings, ein zweijähriges Kleinkind, und die Entbehrungen, denen sie sich täglich stellen musste, hatten sie nicht gebrochen. Sie hatte trotz allem für jeden ein Lächeln und sanfte Worte der Ermutigung parat. Das einzige Anzeichen für den schweren Verlust, den sie erlitten hatte, war ein dumpfes Aufblitzen des Schmerzes in ihren Augen, wenn sie zu dem kleinen Hügel hinter dem Haus blickte, auf dem ihr kleiner Sohn nun begraben lag.

»Nehmen wir uns einen Moment Zeit und trinken eine Tasse Kaffee draußen auf der Veranda und essen dazu eine Scheibe geröstetes Brot. Bald werde ich die Freude deiner Anwesenheit nicht mehr haben, und ich möchte die Zeit, die uns noch bleibt, in jeder Hinsicht ausnutzen. Ich habe Toast im Ofen gemacht und dazu noch etwas von dieser Traubenkirschmarmelade, die du so magst.«

Aries richtete sich auf, nachdem sie gerade eines der Kinder wieder ins Bett gesteckt hatte. Ihr Rücken schmerzte, und das Angebot, sich im Schaukelstuhl auf der Veranda hinzusetzen und mit ihrer neu gewonnenen Freundin zu unterhalten, war ihr mehr als willkommen. Sie zog an dem Rock des zu großen Kleides. Es war eines von Marges alten Kleidern, und sogar bevor Aries an Gewicht verloren hatte, wäre es ihr zu groß gewesen. Das Kleid hing an ihr herunter und wurde nur von ein paar Schnüren an Ort und Stelle gehalten. In den ersten paar Tagen hatten sie nicht genug Zeit zum Essen gehabt. Nun schien es ihr, als ob sie zu müde war, um überhaupt etwas essen zu wollen.

»Traubenkirsche?«, lachte sie. »Da hast du das magische Wort ausgesprochen.« Sie folgte Marge ins Sonnenlicht und setzte sich dankbar in einen der Schaukelstühle.

Marge zog ihren Schaukelstuhl näher an den kleinen Tisch heran, der zwischen ihnen stand, und hob eine Scheibe des leicht gebräunten Toasts hoch. Sie nahm einen Bissen davon und murmelte mit dem Mund voller Krümel: »Aries, ich schwöre, dein Brot ist genauso gut wie meins. Du hast wirklich ein Talent fürs Backen. Das Brotrezept hast du auf den ersten Versuch hingekriegt. Schwer zu glauben, dass du noch nie zuvor in deinem Leben einen Laib Brot gebacken hast. Meine Güte«, fuhr sie mit wehmütiger Stimme fort, »ich kann mich gar nicht an eine Zeit erinnern, in der ich kein Brot gebacken hätte. Herrje, ich kann mich entsinnen, dass ich auf einem Stuhl gestanden bin, damit ich groß genug war, um den Teig zu kneten.« Sie schmierte etwas von der Marmelade auf den Toast und nahm einen weiteren großen Bissen. Die Krankheit war überstanden, und hier saß sie mit einer anderen Frau und teilte mit ihr den Tag. Sie seufzte zufrieden. Inmitten all des Schmerzes und der Sorgen hatte es ein helles Licht gegeben. Der Herrgott hatte ihr eine andere Frau mit auf den Weg geschickt. Und als ob das noch nicht genug gewesen wäre, war sie noch dazu eine Ärztin.

Sie inspizierte Aries, die so vornehm in dem grob zusammengezimmerten Schaukelstuhl saß, kleine, damenhafte Bisse von dem Brot nahm und den Kaffee in kleinen Schlucken trank. Sogar in dem abgetragenen selbst geschneiderten Kleid, das ihr von ihrem zarten Körper hing, war es offensichtlich, dass Aries bis in die Zehenspitzen eine Dame war, die für ein Leben erzogen worden war, das sich sehr von dem unterschied, das sie jetzt führte. Marge wollte mehr über sie erfahren, aber wusste, dass sie niemals nachfragen würde. In diesem wunderschönen Land gab es einen Kodex, der tief in ihnen allen verankert war. Man schnüffelte nicht herum. Man beurteilte eine Person nicht nach dem, was sie gewesen war. Man beurteilte sie danach, wer sie jetzt war. Und nach Marges Ansicht konnte Aries gar nicht mehr viel höher in ihrer Wertschätzung steigen. Doktor Aries Burnett.

»Meine Güte. Es fällt mir immer noch schwer zu glauben, dass du eine Ärztin bist. Eine Frau – ein echter Doktor.« Sie schnalzte mit der Zunge und lächelte Aries an.

Aries akzeptierte die freundliche Verwunderung der Frau. Sie war ihr auch schon früher entgegengebracht, aber mit deutlich unhöflicheren Worten zum Ausdruck gebracht worden.

»Das Brot ist wirklich gut, nicht wahr?«, fragte sie. Ihr Erstaunen war an ihrer eigenen Stimme erkennbar. »Ich kann es nicht glauben, Marge. Ich kann Brot backen. Waschechtes Brot.« Ohne dass es ihr bewusst war, nahm ihre Stimme einen sanfteren Tonfall an. »Marge, kannst du dir vorstellen, wie überrascht und erfreut Jarrett, ähm, ich meine, die McCabes sein werden, wenn ich ihnen einen Laib Brot zum Abendessen serviere? Brot anstelle von Teds allgegenwärtigen Brötchen?«, lachte sie. »Ich weiß, dass sie schon seit Jahren keins mehr gegessen haben.« Sie lehnte sich in ihrem Stuhl zurück und nippte dabei an ihrem Kaffee. Ihr fiel nicht auf, dass die Frau sie einem prüfenden Blick unterzog.

»Dir ist wichtig, was er über dich denkt, nicht wahr?«

»Hm? Was meinst du? Natürlich ist es mir wichtig. Es ist mir wichtig, was sie alle von mir denken. Das ist mein Job: Kochen und das Haus sauber halten. Ich müsste so vieles wissen, und«, lachte sie laut auf, »du weißt, wie wenig bewandert ich in diesem Bereich bin. In deinem Haus hängt immer noch ein leichter Geruch nach verbranntem Brot.«

»Hmmpf«, knurrte die Frau, »das war nicht deine Schuld, dass der Ofen zu heiß war. Woher hättest du wissen sollen, dass ich gerade ein Stück Feuerholz hineingeworfen hatte?« Sie schaukelte ein paar Minuten lang und blickte dann zu Aries hinüber, die mit einem Ausdruck der Sehnsucht auf ihrem zarten Gesicht die leere Straße hinunterstarrte.

»Er wird kommen«, sagte die Frau und brach die Stille, die sich auf sie niedergesenkt hatte.

»Wer?«, fragte Aries, als sie ihre Aufmerksamkeit wieder auf Marge richtete. Röte stieg ihr in die Wangen.

»Eine große Schlange, Aries… Der große Cowboy, nach dem du Ausschau hältst. Jarrett. Jetzt gerate nicht gleich aus der Fassung. Ich hab schließlich Augen, oder nicht? Man muss nicht besonders schlau sein, um zu bemerken, dass du die Straße vor lauter Anschauen schon fast abgetragen hast.« Sie senkte ihre Stimme verschwörerisch. »Wenn ich so einen Mann hätte, würde ich aber vermutlich auch ständig nach ihm Ausschau halten. Du hast es nicht schlecht erwischt, Aries. Aber hör mir gut zu, nur weil ich nicht übersehe, wie er auf einem Pferd sitzt und was für eine breite Brust er hat, und von den Augen will ich erst gar nicht anfangen … All das heißt noch lange nicht, dass ich meinen Malcomb nicht liebe. Nein, Sir, das heißt es nicht.« Sie lachte laut. »Das heißt nur, dass ich nicht blind oder dumm bin, genau das heißt es.« Sie kicherte immer noch, als sie einen weiteren großen Bissen von dem Toast nahm. »Nein, ich weiß nur zu schätzen, was die Natur mit dem Kerl angestellt und welche Geschenke sie ihm gewährt hat.«

Aries riss die Augen angesichts von Marges Kommentaren weit auf. Sie schaute von der allwissenden Frau weg und suchte nach einer Erklärung.

»Er … er ist nicht mein Mann, Marge. Jarrett ist niemandes Mann und ganz sicher nicht der meine. Er ist mein Arbeitgeber.« Ihre Stimme wurde bei diesen letzten Worten so leise, dass sich Marge nach vorne lehnen musste, um sie auszumachen. »Und zwar nur mein Arbeitgeber. Er war so gütig und hat mir und Timmy ein Zuhause gegeben und außerdem zwei Monate Zeit, in denen ich mich beweisen kann. Aber«, verbesserte sich ihre Laune, »meine Chancen haben sich zum Guten gewendet, Marge. Mein Koffer mitsamt von Mrs Ellis' Rezepten ist angekommen, und was noch viel besser ist: Ich kann jetzt Brot machen. Große braune Brotlaibe.« Ihre Augen funkelten, als sie zu Marge hinüberblickte. »Ich kann dir gar nicht genug danken, Marge. Du hast mir so viel beigebracht.«

»Grundgütiger«, unterbrach sie die Frau, »jetzt dank doch nicht du mir, Aries. Ich bin es, die dir Dankbarkeit schuldet. Alle von uns tun das. Ich wünschte nur, ich könnte dich auf irgendeine Art und Weise bezahlen. Ich weiß, dass du ein Doktor bist und bezahlt werden musst.«

»Marge Delaney, jetzt hör aber auf. Du hast mich mehr als großzügig bezahlt. Wie ich grade sagte: Du hast mir so viel gezeigt, und damit meine ich nicht das Brotbacken. Du hast mir gezeigt, wie man stark ist. Wie man sich Widrigkeiten stellt und dabei doch nicht die Freude am Leben um einen herum verliert und auch nicht die Liebe zu denen, die noch am Leben sind. Ich bewundere dich, Marge. Ich kann nur hoffen, dass ich so stark wie du sein kann. Es tut mir nur leid, dass es einer Tragödie wie dieser bedurfte, damit wir Freundinnen wurden, aber ich bin so froh, dass ich dich kennengelernt habe. Es hilft, jemanden an seiner Seite zu haben, nicht wahr?«

»Das tut es mit Sicherheit.« Marge schaukelte beim Sprechen. »Nun, Aries, es geht mich ja nichts an, aber das hat mich ja noch nie von etwas abgehalten.« Sie lachte laut. »Ich glaube, dass du den jungen Mann falsch einschätzt. Aber, aber!«, sagte sie, als sie sah, wie Aries den Kopf schüttelte. »Du musst dem Ganzen etwas Zeit geben. Er hat eine schwere Zeit durchgemacht, und dann haben sie dich ihm auch noch aufgezwungen.« Sie erinnerte sich an die Geschichte, die Aries ihr erzählt hatte, wie sie nach Wise River, Montana, gelangt war, und lachte. »Aber der ist zu schlau, um dich ziehen zu lassen. Er weiß es nur noch nicht.« Sie ließ ihre Tasse nach unten sinken und nickte. »Mir scheint, du hast bald selber die Gelegenheit zu beurteilen, wie er für dich fühlt. Siehst du die Staubwolke da unten auf der Straße?«

Aries warf den Kopf herum, und ein Lächeln breitete sich auf ihrem Gesicht aus. »Ja«, sagte sie sanft, als sie den Umriss eines Reiters erkannte, der langsam in Sicht kam. »Ja, ich sehe sie, Marge. Und ich weiß, wer sie verursacht: Jarrett.« Ihre Zunge fuhr nervös über ihre Lippen. »Natürlich«, sagte sie nüchtern, da sie nicht wollte, dass Marge das schmerzende Verlangen in ihr entdeckte, »er hatte mir versprochen, dass er mir ein sauberes Kleid bringen würde und die Medizin, um die ich gebeten habe. Ich habe nie angezweifelt, dass er sein Wort halten würde.« Sie stand aus dem Stuhl auf und begab sich zum Ende der Veranda, wo sie sich gegen einen der Stützpfosten lehnte. Die Erschöpfung war verschwunden, ihren Platz hatte Vorfreude eingenommen, die ihr ein flaues Gefühl im Bauch verursachte. Der Reiter näherte sich dem Haus. Sie glättete mit ihren Händen ihr Haar und wünschte sich, dass sie zurück ins Haus huschen und es mit einem Kamm richten könnte. Aber das war nicht möglich. Sie wollte sich nicht Marges allzu wissendem Blick aussetzen, und darüber hinaus genoss sie es auch, hier zu stehen und gegen den Pfosten gelehnt Jarrett dabei zu beobachten, wie er langsam in den Hof ritt.

Jarretts Augen kamen schnell auf Aries zu ruhen, die still und regungslos auf der Veranda stand, die Arme um einen Pfosten gelegt. Ihr honigblondes Haar glänzte golden in der Morgensonne. Er sah sie mit einer Intensität an, die alles und jeden um sie beide ausblendete. Aries fühlte, wie sie zu zittern begann, konnte weder sprechen noch sich bewegen, gefangen in der undurchdringlichen Schwärze seiner Augen.

Dann bewegte er sich auf dem Sattel und entließ sie damit aus seinem mächtigen Blick.

»Guten Morgen, Ma'am«, sagte er und hob seinen Hut grüßend vor der Frau, die still alles beobachtete und in ihrem Schaukelstuhl saß, der seit seiner Ankunft ebenso reglos war wie sie.

»Jarrett«, antwortete sie, ihre Stimme ruhig und voller Respekt.

Er drehte seinen Kopf von ihr weg und ließ den Hauch eines Lächelns seine strengen Lippen umspielen, als er seine Aufmerksamkeit wieder auf die Frau richtete, für die er so viele Meilen hinter sich gebracht hatte. Seine Hand legte sich wieder um das Sattelhorn, die Zügel lagen straff zwischen seinen Fingern.

»Aries.« Er sprach ihren Namen auf eine Art und Weise aus, die besitzergreifend klang. »Tut mir leid, dass ich so lange gebraucht habe, um mit den Dingen zurückzukommen, um die Sie mich gebeten haben. Ich wollte gestern aufbrechen, aber Black hat sich entschlossen, genau an diesem Tag so zu tun, als würde sie abfohlen.«

»Und hat sie?«, fragte Aries mit Aufregung in ihrer Stimme. Sie wusste, wie viel Jarrett die Stute bedeutete und wie nervös er über die Ankunft des Fohlens war.

»Nein«, sagte er lächelnd. »Sieht so aus, als hätte sie ihre Meinung geändert. Ich bin den Großteil der Nacht bei ihr gesessen. Irgendwann im Morgengrauen ist sie zum Heu spaziert und fing zu fressen an, als ob sie nichts anderes im Kopf hätte.« Er lachte leise. »Schätze, sie hat sich entschieden, das Fohlen an einem anderen Tag zur Welt zu bringen. Als ich weggeritten bin, lag sie schlummernd in der Sonne. Ich vermutete, dass ich es hierher und zurück schaffen könnte, bis etwas passiert.«

Während er redete, schwang er sich elegant vom Sattel. Er schlang die Zügel um das Sattelhorn, wich zurück und ließ seine Handflächen über die Flanke des Pferdes streichen, bis er sie auf dem mächtigen Hinterteil ruhen ließ. Er löste ein großes Canvasbündel los, das hinter dem Sattel angebunden war. Während seine Finger behände das Rohleder entwirrten, drehte er sich zurück zu den zwei Frauen um, die ihn beobachteten.

»Marge«, sagte er, »es tut mir leid, von Ihrem Verlust zu hören. Ich hoffe, Sie nehmen das hier«, er nickte zu dem Canvas, »als Zeichen der Anteilnahme von einem Nachbarn an einen anderen an.« Er hielt inne und hob dann das schwere Paket vom Rücken des Pferdes. Die Muskeln seines Rückens zogen sich unter dem schweren Gewicht zusammen. Er verlagerte die Last umständlich in seinen Armen und ging auf die Veranda zu. »Ich werde keiner von Ihnen zu nahe kommen«, sagte er und warf Aries einen Blick zu, da er sich an ihre

Warnung erinnerte, dass sie ansteckend war. »Ich lege das hier nur auf der Veranda ab, und dann können Sie damit machen, was auch immer getan werden muss.« Er ging die Stufen zur Veranda hinauf, wo er sich langsam nach vorne beugte und das schwere Bündel fallen ließ. Mit der Spitze seines Stiefels schob er es aus den Sonnenstrahlen. Er ging einige Schritte zurück und brachte sich in sichere Entfernung von den zwei Frauen.

»Was ist das, Jarrett?«, fragte Aries und blickte das große unförmige Bündel an.

»Das ist das Hinterviertel eines Rinds. Dachte mir, das könnte man hier gut brauchen.« Er sprach abgehackt und wirkte leicht verlegen. »Ich, ähm, wir«, betonte er das Wort, »bedauern den Verlust Ihres kleinen Sohnes sehr. Bitte richten Sie Ihrem Ehemann unser aufrichtiges Beileid aus.« Er stieg von der Veranda hinunter und ging mit müheloser Eleganz zu seinem Pferd.

»Herrje, Jarrett, ich weiß nicht, ob wir das wirklich annehmen sollten«, sagte Marge, während sie auf das Canvasbündel zuging. »Aber wir werden es.« Sie sah zu dem Mann auf, der seinen Kopf peinlich berührt nach unten beugte. »Das wäre wirklich nicht nötig gewesen, Jarrett, aber ich bin keine Närrin und werde ein so großzügiges Geschenk nicht einfach ablehnen. Ein wenig gute Rinderbrühe wird die Kinder schnell wieder auf die Beine bringen. Wir versuchen, unsere Tiere noch ein wenig fetter werden zu lassen, bevor wir sie schlachten, und nun ja, Wildfleisch ist das Einzige, was wir sonst noch bekommen können. Das hier wird ein wahres Festmahl abgeben. Ein wahres Festmahl, und ich danke Ihnen dafür!«

»Nicht der Rede wert«, sagte er über seine Schulter. Die Worte waren nur dumpf vernehmbar, weil er den Frauen den Rücken zugewandt hatte, während er die Verknotung der Satteltaschen löste. Er griff hinein und holte ein kleines Paket heraus und ein zusammengefaltetes Kleid.

»Aries, ich hoffe, das hier ist, was Sie benötigt haben. Sieht allerdings so aus, als ob Sie sich schon selbst um ein Kleid bemüht haben. Ist ein bisschen groß geraten, oder nicht?«

»Ein klein wenig«, lachte sie und nahm ihm die Sachen aus der Hand.

Als sie sich gerade wegdrehen wollte, packte er sie mit einer blitzschnellen Bewegung am Handgelenk und hinderte sie, sich von ihm zu entfernen. »Sie haben Gewicht verloren«, sagte er vorwurfsvoll. »Wieso?«

»Weil sie sich fast zu Tode gearbeitet hat, deswegen«, unterbrach Marge ihn.

Er zog Aries näher zu sich und hielt sie dort mit einem Blick seiner immer dunkler werdenden Augen gefangen. »Wie lange noch?« Die Worte waren wie Rasierklingen, die durch alle Höflichkeit hindurchschnitten. Sein Tonfall und sein Verhalten zeigten Aries, dass Jarrett bald die Geduld ausgehen würde.

Sie feuchtete ihre Lippen an, aber machte keine Anstalten, sich aus seinem Griff zu befreien. Seine Finger versengten ihr die Haut, und sie hielt ihren Arm still. Sie hoffte, er würde vergessen, dass er ihr schmales Handgelenk eng mit seiner Hand umschlungen hielt. Es war das zweite Mal, dass er sie berührte, und auch wenn es nur ihr Handgelenk war, so durchfuhr sie doch ein wonniges Gefühl und wanderte von ihrem Arm zu ihrem Herzen. Seine Berührung war fest und doch sanft, genau wie der Mann selbst.

»Nun, ich …«

Sie beendete den Satz nicht. In diesem Moment unterbrach sie Marge und trieb mit ihren Worten einen Keil zwischen sie, sodass Jarrett ihr Handgelenk langsam aus seinen Fingern gleiten ließ.

»So ungern ich das auch sage, Aries, aber du kannst uns eigentlich auch wieder verlassen. Ist nicht so, als wüsste ich nicht zu schätzen, was du alles getan hast, und der liebe Herrgott weiß, dass ich deine Gesellschaft genieße, aber … von den Masern ist nur noch der juckende Ausschlag bei den Kleinen übrig, und man braucht kein Doktor zu sein, um sich da drum zu kümmern.«

»Stimmt das?«, fragte Jarrett.

»Ja, ich denke, sie hat recht. Ich glaube nicht, dass noch Ansteckungsgefahr besteht. Und ich bezweifle auch, dass ich die Infektion auf Timmy übertragen werde.«

»In Ordnung«, sagte Jarrett und nickte entschlossen in Richtung des Hauses. Aries' Gesicht war blass, und unter ihren Augen befanden sich dunkle Ringe. Sie sah so aus, als könnte sie jede Sekunde vor Erschöpfung umfallen, und das hässliche Kleid betonte ihre Zerbrechlichkeit nur noch mehr. Sie war völlig entkräftet, und er machte ihr Vorwürfe, dass sie sich so wenig um ihr eigenes Wohlergehen kümmerte. Er biss die Zähne vor Wut auf sie zusammen. Der Wunsch, sie zu beschützen, erfüllte ihn, und er schaffte es gerade so, sie nicht in seine Arme zu nehmen und hochzuheben, um sie so vor den körperlichen Gefahren zu schützen, denen sie sich selbst so bereitwillig aussetzte. »Holen Sie Ihre Sachen.« Er war kurz angebunden, und seine Worte ließen keinen Zweifel an seiner Erwartung, dass seinem Befehl Folge geleistet würde.

Aries blickte zu Jarrett auf und schwankte leicht in seine Richtung. Sie sehnte sich danach, sich der Sicherheit seiner Arme hinzugeben. Aber sie hielt sich selbst zurück. »Ich lasse mich morgen von Mr Delaney zurückbringen, Jarrett. Ich muss mich noch um ein paar Dinge kümmern, bevor ich gehen kann.«

»Und um was genau?«, sagte er kalt, und sie wusste, dass sie besser eine gute Antwort darauf haben sollte.

»Aries, wir kommen schon zurecht.«

In diesem Moment wurde Marge von einer tiefen Stimme übertönt, die von der Seite des Hauses kam.

»Wir haben schon genug Ihrer Zeit in Anspruch genommen, Aries«, sagte Delaney und schritt in ihr Blickfeld. »Morgen, McCabe. Danke, dass Sie hergeritten sind, um ihr ihre Sachen zu bringen. Wir schulden Ihnen was.« Er ging die Stufen hinauf und legte seiner Frau die Hand auf die Schulter.

Jarrett sah die beiden an, und Neid erfüllte ihn. Er warf einen Blick auf die kleine Ranch und wusste, dass sie um alles kämpfen mussten, was sie diesem kargen Land abringen konnten, aber dennoch besaßen sie etwas, das er nicht hatte. Etwas, von dem er bis vor nicht allzu langer Zeit noch nicht einmal dachte, dass es ihm fehlte: die Liebe, die ein Mann mit seiner Frau teilt.

Die Weise, auf die Malcombs Hand auf der zarten Schulter seiner Frau ruhte, sprach Bände. Sie wiederum lächelte ihn an, und es gab keinen Zweifel daran, dass dieser Mann der Mittelpunkt ihres Lebens war. Sie schienen ihre Stärke aus der schieren Anwesenheit des jeweils anderen zu ziehen.

»Ich werde ein Pferd an den Wagen anspannen und den Doktor zurück zur Ranch bringen.«

»Das wird nicht nötig sein«, sagte Jarrett und ließ dabei keinen Raum für Widerworte. »Buck kann uns zwei tragen. Aries, holen Sie Ihre Sachen.« Mit besonderer Betonung fügte er noch hinzu: »Jetzt gleich. Ich will vor Einbruch der Dunkelheit zurück sein. Wir können das noch schaffen, aber nur, wenn Sie sich beeilen.« Und dann, bevor er sich zurückhalten konnte, strich er ihr sanft mit dem Daumen über die Wange. »Jetzt gehen Sie schon. Fangen Sie bitte keinen Streit an, nur dieses eine Mal, Aries.« Seine Worte waren sanft, aber nicht so sanft wie seine Berührung.

Sie wandte sich von ihm ab und folgte Marge ins Haus. Einige Minuten später kam sie wieder heraus, mit der vertrauten schwarzen Tasche in ihrer Hand. Die Delaneys begleiteten sie zu dem großen schwarzen Pferd, das seine Nüstern aufblähte und sein Gewicht von einem Bein auf das andere verlagerte, voller Ungeduld, endlich aufbrechen zu können.

Jarrett nahm ihr die Tasche aus der Hand und band sie am Pferd fest. Anschließend wandte er sich wieder ihr zu, und bevor sie wusste, wie ihr geschah, hatte er seine großen Hände um ihre Taille gelegt und sie in den Sattel gehoben. Dann schob er die Spitze seines Stiefels in den Steigbügel, schwang sein Bein behände über den Rücken des Pferdes und ließ sich hinter ihr auf den Sattel sinken. Er griff mit den Armen um sie herum, nahm die Zügel in die Hand und drehte den Kopf des Pferdes zur Seite.

Malcomb räusperte sich. »Ich habe momentan nichts, womit ich Sie bezahlen kann, Doc, aber ich werde Sie bezahlen.«

»Mr Delaney, Sie schulden mir rein gar nichts. Und selbst wenn Sie es täten, so hat Marge diese Schulden bereits vollständig beglichen mit den Dingen, die sie mir beigebracht hat«, sagte Aries und warf der Frau einen verstohlenen Blick zu.

»Ich werde es vermissen, dich hier um mich herum zu haben, Frau Doktor Aries Burnett«, sagte Marge mit tränenerstickter Stimme. »Du hast mir durch all das hier geholfen, und wenn es an mir wäre, würde ich dich einfach hierbehalten, damit du dort auf der Veranda sitzen und mit mir plauschen kannst.«

»So weit weg ist die Ranch doch gar nicht, Marge«, versuchte Aries sie zu trösten. »Lass nach mir schicken, und ich werde kommen. Jederzeit«, versprach sie.

»Na dann …« Marge begann zu lächeln. »Vielleicht komme ich früher auf dein Angebot zurück, als du denkst. Genau genommen werd ich Malcomb vermutlich in, sagen wir, sieben Monaten zu dir schicken. Wenn ich dieses Mal schon einen echten Doktor dabeihaben kann …« Sie sah in Malcombs überraschtes Gesicht und lachte laut. »Hab's dir noch nicht gesagt, aber ich denke, wir bekommen noch eins, und Gott steh mir bei, Malcomb, dieses Mal sollte es besser endlich ein Mädchen werden.«

Ihr Mann grinste sie an, legte seinen Arm um ihre Schulter und zog sie näher zu sich heran.

»Ich schätze, dann werde ich Sie wohl holen kommen, Doc. Wenn sich Marge erst mal was in den Kopf gesetzt hat, dann könnte sie nicht mal eine Herde von Maultieren mehr von ihren fixen Ideen wegzerren.« In seiner Stimme klang Stolz mit.

»Ich werde da sein. Warten Sie nicht zu lange, bis Sie mich holen kommen«, ermahnte Aries ihn. »Ich vermute, dass du das Kind ohne jede Probleme auf die Welt bringen wirst, aber das heißt nicht, dass ich nicht dabei sein will, wenn es passiert.«

Jarrett schloss seine Arme fest um sie, verlagerte sein Gewicht im Sattel und zog die Zügel an die Flanke des Pferdes. Dann übte er leichten Druck mit seinen Knien aus, damit das Pferd sich in Bewegung setzte, und lenkte das Tier mühelos aus dem Hof hinaus auf die Straße.

Aries saß starr im Sattel vor ihm. Sie wagte es nicht, ihre Muskeln zu entspannen, und drückte sich gegen das Sattelhorn, um so viel Platz wie möglich zwischen ihr und dem Mann hinter ihr zu schaffen. Die Hitze seines Körpers drohte sie zu verschlingen, und sie wusste nicht, wie sie es fertigbringen sollte, den geringen Abstand, den sie zwischen sich und ihn gebracht hatte, in all den Stunden, die sie für die Heimreise brauchen würden, zu wahren. Sie war sich seiner Nähe nur allzu bewusst und zog ihre Arme sogar noch enger an ihren Körper heran, als er sie mit den Ärmeln seines Hemdes streifte.

Sie hatten erst eine geringe Entfernung hinter sich gebracht, während der keiner von beiden den anderen beachtet hatte, als Jarrett die Zügel anzog.

»Sie sind völlig erschöpft, Aries, und wir haben einen weiten Weg vor uns. Ich verspreche, wenn Sie einschlafen, werde ich Sie nicht fallen lassen.« Er schnalzte mit der Zunge und trieb Buck an.

Sie wollte gegen ihn ankämpfen und versuchte, ihren Körper so starr und unbeugsam wie möglich zu halten, um sich nicht gegen den Mann hinter ihr lehnen zu müssen. Er spürte ihren Widerstand, als er sie mit seinen Armen umfing und sie mit seinem Körper schützte.

Ungewollt entfuhr ihr ein Seufzer, und sie gestattete sich,

ein wenig zu entspannen. Sie schloss ihre Augen, sog seinen Duft und seine Stärke in sich auf. »Ich werde mich nur ein paar Minuten ausruhen, Jarrett«, sagte sie leise. »Sie sollten mich nicht halten müssen. Ich weiß, ich bin …«

»Pssst«, flüsterte er ihr ins Ohr. Seine Lippen drückten sanft gegen ihr Haar. »Lassen Sie zu, dass sich jemand anders um Sie kümmert, Doktor Burnett, nur für ein paar Minuten. Nur diese paar Minuten.«

Und so hielt er sie – die Arme um sie geschlungen – eng an sich gedrückt und brachte sie nach Haus zur Big Hole Valley Ranch. Eingelullt von dem schaukelnden Gang des Pferdes, schlossen sich Aries' schwere Augen im Schlaf.

Jarrett atmete den süßen Duft der Frau ein, die sich vertrauensvoll in seine Arme geschmiegt hatte. Sanft, um sie nicht zu wecken, presste er seine Lippen auf ihr Haar und stahl sich von ihr im Schlaf das, was er sich nicht zu nehmen gestattete, wenn sie wach war.

Kapitel 19

Es tat gut, zu Hause zu sein. Sie verspürte ein leichtes Schuldgefühl bei dem Gedanken, aber Aries hoffte, dass niemand sonst die Straße heruntergeritten kommen würde, der ihre Hilfe so dringend benötigte, dass sie die Ranch und den Mann alleine lassen musste, der zu spät zum Abendessen kam.

»Ich habe Hunger, Aries. Wann fangen wir denn endlich mit dem Essen an?«

Sie lächelte Timmy an, der mit frisch gewaschenem Gesicht am Tisch saß und in seinem Spezialstuhl herumzappelte.

»Ich hab dir gesagt, dass du noch nicht da raufklettern sollst, Tim. Und was die Antwort auf deine Frage angeht: Wir fangen erst mit dem Essen an, wenn Jarrett ins Haus gekommen ist. Genau das Gleiche habe ich auch Ben und Ted gesagt. Also, wieso steigst du nicht wieder herunter und läufst zur Scheune, um Jarrett zu sagen, dass das Abendessen fertig ist?«

»Aber das hab ich doch schon gemacht, Aries. Er hat mir gesagt, dass wir anfangen sollen und er in einer Minute nachkommt. Es ist schon eine Minute vorbei, oder nicht, Aries?«

Sie schmunzelte. »Das waren mehrere Minuten, Tim.« Sie lächelte in Richtung des Warmhalteofens. »Aber wir werden nicht ohne ihn essen.«

In diesem Moment öffnete sich die Küchentür, und Jarretts großer Körper erschien im Türrahmen. Er hielt an der Schwelle inne und schloss dann sanft die Tür hinter sich. Die Küche wirkte warm und einladend. Der Geruch von Abendessen und noch etwas anderem, das er nicht genau bestimmen konnte, erfüllte den Raum. Etwas Köstliches. Er atmete tief ein, und ein Lächeln umspielte seine Lippen. Es war nicht das Abendessen oder der geheimnisvolle Geruch, der seine Aufmerksamkeit auf sich zog. Es war die Frau, die das Herz der Ranch in ihren Händen zu halten schien. Sie stand mit errötetem Gesicht am Herd, in ihren Händen hielt sie ein Geschirrtuch. Ihre Augen funkelten, als sie ihn anlächelte, um ihn willkommen zu heißen. Er fühlte, wie sein Herz zu schlagen aufhörte und er sie in die Arme schließen wollte. Stattdessen schluckte er hart, ging zur Spüle und begann, sich die Hände zu waschen.

»Ben, Ted!«, schrie Timmy. »Er ist da. Jarrett ist da, wir können jetzt essen.«

»Timmy!«, sagte Aries mahnend.

»Aber Aries, er ist da. Du hast gesagt, wir müssen alle warten, bis er herkommt, auch wenn es zehn Uhr nachts wird. Das hast du doch gesagt, Aries?«

Jarrett hörte damit auf, sich das Gesicht mit dem Handtuch zu trocknen, und grinste sie an. »So ist das also, Aries? Zehn Uhr nachts, was?«

Sie wandte sich von seinem grinsenden Gesicht ab und wünschte sich nichts mehr, als Timmy den Mund zuzuhalten. »Timmy redet zu viel.«

»Tut er das?« Die Worte waren ihr ins Ohr geflüstert worden. Jarrett war auf die andere Seite des Raumes gekommen und stand dicht hinter ihr. Er war ihr so nah, dass sie seinen warmen Atem fühlen konnte, als er sprach. Sie fühlte, wie er seine Hand ausstreckte und sanft über einige Strähnen ihres lockigen Haares strich, die aus ihrem Knoten gefallen waren und ihr Genick umspielten. »Sie riechen gut«, sagte er sanft. Er hatte die Arme verschränkt, da er wusste, dass er all seine Willenskraft brauchen würde, um sie nicht in seine Arme zu ziehen. Das Einzige, was ihn davon abhielt, war die Tatsache, dass Timmy ihnen am Tisch gegenübersaß und dass sich sein Vater und sein Bruder im Zimmer nebenan aufhielten.

»Wenn man von Ihnen absieht, was riecht hier sonst noch so gut?«

»Das ist eine Überraschung.« Es war ihr vor ein paar Stunden noch wie eine gute Idee erschienen, aber nun wurde sie plötzlich von Unsicherheit ergriffen. Sie drehte sich um und sah in seine glitzernden Augen. Sie begann etwas zu sagen, aber hielt inne, weil sie nicht in der Lage war, die Worte zu formulieren. Die unergründliche Tiefe seiner Augen und die Weichheit seines Mundes hielten sie gefangen.

»Was ist eine Überraschung?«, fragte Ben, als er den Raum betrat.

Jarrett wich zurück, und Aries drehte sich schnell zum Herd um. Sie begann, das Essen aufzutischen. Jarrett ging um den Tisch herum und blieb hinter ihrem Stuhl stehen.

»Nun … ich«, stammelte sie in dem Versuch, Bens Frage zu beantworten. Aber sie war nicht in der Lage, die Worte laut auszusprechen.

»Setz dich hin, Ben«, befahl Ted ihm. Er war gerade in den Raum gekommen und versuchte, die Situation einzuschätzen. »Aries wird es dir schon erzählen, wenn sie bereit dazu ist.« Er blickte zu Jarrett hinüber, der hinter ihrem Stuhl stand, und lächelte. Dann setzte er sich hin und senkte den Kopf. Ein Gefühl des Friedens und des Glücks durchströmte Ted. Er fühlte, wie Liebe den Raum erfüllte, und wusste, dass sie ihren Ursprung in dem Mädchen fand, das gerade etwas aus dem Warmhalteofen zog. Er wusste, dass sie seinem Sohn galt, der darauf wartete, Aries den Stuhl zurechtrücken zu können.

Aries drehte sich um. Ein kollektives Keuchen erklang, als sie ein Brett abstellte, auf dem sich zwei perfekt geformte und gebräunte Laibe Brot befanden.

»Ach du meine Güte«, sagte Ted atemlos.

»Echtes Brot«, fügte Ben dem mit Ehrfurcht hinzu. »Waschechtes Brot.«

Sie ging zu ihrem Stuhl und suchte den Blick von Jarrett. Seine Reaktion war die einzige, die ihr wichtig war. Es war seine Anerkennung, nach der sie suchte.

Sie tauschten einen Blick aus, gefolgt von einem verschworenen Lächeln. Seine Augen wurden weich. Sanft zog er den Stuhl hervor und schob sie anschließend näher an den Tisch heran. Er hielt inne, legte dann seine Hand auf ihre Schulter.

Sowohl auf Bens als auch auf Teds Gesicht spiegelte sich Überraschung wider, die nicht das Geringste mit dem Brot zu tun hatte. Sie hatten bemerkt, wo Jarretts Hand wie selbstverständlich ruhte, und zeigten plötzlich reges Interesse an den Tellern, die vor ihnen standen.

»Das ist es also, was Marge Ihnen gezeigt hat?«, sagte er leise.

Sie nickte.

»Sie schaffen es immer wieder, mich zu erstaunen, Doktor Burnett.« Er streichelte über ihre Wange. Dann ließ er mit großem Widerwillen seine Hand fallen und nahm am Tisch Platz.

Er nahm das Brotmesser und griff nach dem Brett, als er Ben leise kichern hörte.

»Was?«, fragte er und sah zu Ted und seinem Bruder hinüber. Ein verlegenes Lächeln legte sich auf seine Lippen, und er errötete leicht vom Hals aufwärts. »Man könnte meinen, ihr beide hättet noch nie hausgemachtes Brot gesehen.«

»Das Brot ist es nicht, auch wenn das ein Wunder in sich selbst ist«, sagte Ted voller Bewunderung. »Nein, wir sind nur erstaunt über den gefallenen König.« Er sah zu Aries hinüber, aus deren Augen die Liebe geradezu strahlte. »Und wie sehr er doch gefallen ist.« Ted lächelte über den verwirrten Gesichtsausdruck seines Sohnes.

»Behältst du das ganze Brot für dich?«, unterbrach ihn Ben. »Oder bleibst du da mit dem Brotmesser in der Hand sitzen und grinst weiter Aries an?«

Jarrett lachte und schnitt langsam eine erste Scheibe von dem warmen Brot ab. Er warf Ben einen süffisanten Blick zu und nahm einen großen Bissen. Mit geschlossenen Augen kaute er langsam, während er Geräusche des puren Genusses von sich gab, und kaute. Als er die Scheibe fertig gegessen hatte, leckte er sich genüsslich die wenigen verbleibenden Brösel von der Hand, um Ben noch weiter zu necken.

Der Tisch brach in Lachen aus. Dies war der Jarrett, dessen Existenz sie fast vergessen hatten. Er lächelte in Aries' Richtung, um dann mit bedächtiger Präzision mehrere Scheiben Brot abzuschneiden. Diese bot er zuerst der Frau an, die sie so überrascht hatte, und gab dann endlich den Rest an den vor sich hin murrenden Ben weiter.

Kapitel 20

Aries' Wunsch ging in Erfüllung. Niemand kam, um sich nach einem Arzt zu erkundigen, und ihr Tagesablauf wurde von nichts Ungewöhnlichem unterbrochen. Sie hatte Zeit, um Timmys Umzug von ihrem Schlafzimmer in ein Zimmer am anderen Ende des Gangs zu einem guten Ende zu bringen. Er liebte sein neues Zimmer, genau wie sie. Sie hatte genug Zeit, um ihren Koffer auszuleeren und ihre medizinische Ausrüstung sowie die Arzneien, die sie mitgebracht hatte, in ordentlichen Stapeln zu sortieren. Jarrett hatte recht gehabt. Sie nahmen den Großteil des Platzes in ihrem Raum ein, aber das machte ihr nichts aus. Ihr Zimmer fühlte sich so wie die Praxis ihres Vaters an. Aries erwachte und fühlte sich wie zu Hause. *Aber*, dachte sie, als sie sich in dem vollgestopften Raum umblickte, *ich bin nicht mehr so einsam und sehne mich nicht mehr nach einem Zuhause, wie ich es früher tat.* Tatsächlich gab es Momente, in denen sie sich fragte, wie sie je ein so oberflächliches Leben hatte führen können. Nein, »oberflächlich« war ein zu heftiges Wort. Die Medizin hatte ihrem Leben in Philadelphia einen Sinn verliehen. Leer wäre möglicherweise der bessere Ausdruck. Ja, Leere traf es ziemlich gut.

Sie verließ das Haus und eilte zu der Scheune, in der sich Jarrett aufhielt, wie sie wusste. Aries schloss ihre Augen und atmete die frische Luft tief ein, die sich mit dem erdigen Geruch von Tieren und grünem Gras sowie dem süßen Duft der Akelei mischte, die an der Seite der Veranda wuchs. Freude erfasste sie tief in ihrem Inneren. Das Gackern der Hühner und das Muhen von Timmys Kalb klangen wie Musik in ihren Ohren. Der Rhythmus ihres Herzschlags erhöhte sich, als sie sich der Scheune näherte und damit auch dem Mann, der ihr mit nur einem Blick aus seinen stahlblauen Augen Freude oder Schmerz verursachen konnte. Sie wusste, dass es falsch war, jemandem so viel Kontrolle über ihr Leben zu geben. Aber ob es nun falsch oder richtig war, die Realität war, dass er es tat.

Sie trat in den dunklen Eingang der Scheune und blieb einige Minuten stehen, damit sich ihre Augen an die Dunkelheit gewöhnen konnten. Sie ging an dem Bereich des Stalls vorbei, in den Ben jeden Morgen die Kuh zum Melken brachte. Die halbhohen Wände des Pferchs waren von einem hölzernen Tor begrenzt. Stolz erfüllte sie, denn sie wusste, wozu die zwei Haltestangen dienten, die in dem Tor verbaut waren. Die Kuh ging freiwillig auf das Tor zu und streckte den Kopf hindurch, um so die Futtermischung fressen zu können, die auf dem Boden davor lag. Dann zog Ben an einem hölzernen Hebel, und die Öffnung verengte sich, sodass zwischen den Stangen gerade genug Platz für den Kopf der Kuh war. Auf diese Weise konnte sie nicht mehr aus der Öffnung entkommen, sondern musste ruhig stehen bleiben, während sie gemolken wurde. Solange genug Hafer zum Fressen auf dem Boden lag, schien das Prozedere der Kuh nichts auszumachen. Wenn das Futter jedoch zur Neige ging, wurde sie ruhelos und bewegte sich von Seite zu Seite. Wenn das passierte, fing Ben zu singen an. Er behauptete, dass der Klang seiner Stimme die Kuh beruhigte, aber Aries bezweifelte das.

Sie kicherte leise. Ben kannte nur ein Lied, das er ebenso laut wie falsch sang, und zwar alle sieben Strophen davon. Es handelte von einem Cowboy, der seine Mutter zurückgelassen hatte, um bei einem Viehtrieb mitzureiten.

Ben zog den schwermütigen Refrain mit seiner nasalen Singstimme immer in die Länge und machte die düsteren Worte

»Seine Mutter wird er nimmer wiedersehen, seine Arbeit ist getan« sogar noch wehmutsvoller. Natürlich erzählten die Strophen detailliert, warum der Cowboy seine Mutter nicht mehr wiedersehen würde: Die Kühe gerieten in Panik, der junge Cowboy konnte ihre massenhafte Flucht nicht mehr aufhalten, sein Pferd geriet unter die Hufe, und … nun, Billy würde seine Mutter nicht mehr wiedersehen, seine Arbeit war getan.

Selbstverständlich fand das Lied kein glückliches Ende, nein. Besonders die letzte Strophe drückte auf die Tränendrüsen. Billy lag im Sterben und verschenkte seine wenigen Besitztümer, während er seinen Kameraden erzählte, dass er sie dort, wohin er aufbrach, nicht mehr brauchen würde. Er bat sie, dass sie ihn in guter Erinnerung behalten sollten, wie auch er sie alle in guter Erinnerung behalten würde, denn schließlich war seine Arbeit getan, und er würde seine Mutter nicht mehr wiedersehen.

Wenn er beim Melken an dieser Stelle angelangt war, konnte man Bens Stimme überall im Hof vor der Scheune hören. Aries war sich nicht sicher, ob die Kuh wirklich – wie Ben meinte – von dem Gesang eingelullt wurde. Vielleicht hielt sie auch einfach nur ruhig, weil sie wusste, dass Ben, wenn die letzte Strophe überstanden war, endlich still wurde, von dem kleinen Hocker aufstand und den Eimer voll schaumiger Milch hochhob. Dann lockerte er die Haltestäbe und entließ sie in die Freiheit, nachdem sie einmal mehr Zeuge seiner schmerzlichen Darbietung des Liedes geworden war.

Aries musste lächeln, als sie sich daran erinnerte, wie sie selbst ihr Glück beim Melken versucht hatte. Ben hatte ihr versichert, dass es ganz leicht sei. Sie hatte seine Anweisungen befolgt und sich auf den dreibeinigen Hocker gesetzt. Dann lehnte sie ihren Kopf gegen die Flanke der Kuh und griff mit den Fingern nach den geschwollenen Zitzen.

»Drück oben auf die Zitze, dann geh mit den Fingern vorsichtig seitlich nach unten«, hatte ihr Ben immer und immer wieder erklärt. Es war ihr nach langem Drücken und Ziehen gelungen, einen dünnen, schwachen Strahl Milch hervorzulocken. Allerdings klatschte die Kuh genau in diesem Moment ihren Schwanz in Aries' Gesicht und hätte sie damit fast vom Hocker gestoßen. Die Schwanzspitze war noch dazu mit getrocknetem Dung verkrustet und hinterließ im Zusammenspiel mit der Stärke des Schlags ein rotes Mal auf Aries' Gesicht. Sie hatte laut aufgeschrien und damit die Kuh erschreckt, die sich daraufhin zu bewegen anfing und mit einem ihrer Hinterbeine in dem Eimer mit warmer Milch landete.

Jarrett hörte den Aufruhr und stürzte im Stall um die Ecke. Er griff nach Aries und zog sie vom Stallboden hoch. Dann wusch er Ben so gehörig den Kopf, dass die anderen Cowboys ihre Köpfe einzogen und plötzlich in möglichst weiter Entfernung wichtige Dinge zu erledigen hatten.

Das genierte Ben allerdings nicht im Geringsten. Die nächsten paar Tage schlich er sich immer wieder von hinten an sie heran, gab ein jämmerliches Muhen von sich und machte sich über den Dung in ihrem Gesicht und die verschüttete Milch an ihrem Gesäß lustig.

»Was ist so lustig?«, erklang Jarretts Stimme hinter ihr und erschreckte sie. »Sie sind mit den Gedanken in weiter Ferne und grinsen wie eine Verrückte.«

»Oh, ich habe mich nur an meinen allerersten und einzigen Versuch als Milchmädchen erinnert.«

Jarrett lachte. »Die Kuh hat sich davon nie erholt. Ich schwöre, sobald sie Sie sieht, fängt sie zu zittern an.«

Sie stimmte in sein Lachen ein, und ihre Augen schienen wie blaue Saphire in der dämmerigen Scheune.

Zusammen gingen sie zum Pferch und hielten an, um die ebenholzschwarze Mähre anzusehen, die dort stand. Sie lehnten sich gegen die Pfosten des Pferchs. Jarrett stellte seine Stiefelspitze auf der niedrigsten Latte ab, lehnte sich nach vorne und ließ seine langen Arme über den Zaun hängen, während er die Stute beobachtete. Er schüttelte verwirrt den Kopf.

»Ich will verdammt sein, wenn ich so was schon mal miterlebt hätte. Das letzte Mal, als sie abgefohlt hat, hat sie mit ihrem ständigen Umhergehen eine Schneise durch den Pferch gezogen. Und jetzt erweckt sie den Eindruck, als ob sie nichts aus der Ruhe bringen könnte. Als ob sie nur darauf warten würde, bis das Fohlen bereit ist, auf die Welt zu kommen, und es dann schnell hinter sich bringt.« Er hielt inne. »Das kann ich auch nur hoffen, denn das letzte Mal war ich mir sicher, dass wir sie verlieren würden. Sie hätte es beinahe nicht geschafft, die Wehen durchzustehen. Sie hat viel Temperament, aber …«

»Aber Sie würden sie auch gar nicht anders wollen, Jarrett.«

»Nein.« Er grinste sie von oben an. Seine Augen verdunkelten sich, und er nahm einen Arm vom Geländer, um eine ihrer Haarsträhnen in die Hand zu nehmen und sie ihr sanft wieder hinters Ohr zu stecken. »Nein, man könnte wohl behaupten, dass mich Dinge anziehen, die ihren eigenen Willen haben.«

Sie stand regungslos da, durch seine Berührung beruhigt.

»Ich hoffe, Sie mögen auch Leute, die sich einmischen.«

Er runzelte seine Stirn. »Was meinen Sie damit?«

»Ich will damit sagen, nun, ich wollte es Ihnen schon länger sagen, aber dann kam es zu der Sache mit den Delaneys, und ich war nicht hier, und dann war ich wieder da, aber hatte so viel um die Ohren …« Ihre Stimme verlor sich langsam.

Er sprach leise, mit einem Lächeln auf seinen Lippen. »Sagen Sie es. Rücken Sie einfach damit raus, Aries. So schlimm bin ich auch nicht, ich werde Sie schon nicht schlagen. Was haben Sie angestellt?«, fragte er und ließ seine Hand mit der verirrten Locke spielen.

Sie wusste nicht, ob es die Berührung seiner Finger in ihren Haaren war oder ob der Grund für das seltsame Gefühl in ihrer

Magengrube darin lag, dass sie ihm etwas zu sagen versuchte. Sie biss sich leicht auf die Oberlippe und knabberte mit den Zähnen daran.

Jarrett verlagerte sein Gewicht auf das andere Bein. Sie war so verdammt niedlich, wenn sie sich so auf die Lippen biss. Er hatte im Lauf der Zeit gelernt, dass sie sich immer, wenn sie das tat, für etwas stählte, das ihr nicht leichtfiel.

Er ließ ihr Haar los und legte seine Hand wieder auf das Geländer. Seine Augen verschleierten sich, und er atmete tief ein. Seit jener Nacht, in der sie das Brot gebacken hatte, hatte er sich selbst zwingen müssen, einen weiten Bogen um sie zu machen. Ihr galt sein letzter Gedanke, bevor er einschlief, sofern er überhaupt einschlafen konnte, und der erste, wenn er morgens aufwachte. Ständig spukte ihr Bild in seinem Kopf herum: Aries, die lächelte. Aries beim Kneten von Brotteig. Aries, die voller Stolz ein Mahl servierte, das sie ganz allein gekocht hatte. Aries, die ein Furunkel am Hals des Koches aufstach. Aries, die Timmy umarmte … Aries, Aries, Aries. Er hasste es, wenn sie Zeit mit jemand anderem als ihm verbrachte, und musste seinen Ärger zügeln, wenn er die Blicke sah, die ihr die Hilfsarbeiter zuwarfen, wenn sie dachten, er würde es nicht bemerken. Und wieso sollten sie sie auch nicht ansehen? Sie war wie goldener Sonnenschein, und es gelang ihr, jeden auf der Ranch zu bezaubern. Ihn eingeschlossen. Er war der größte Narr von allen, und was das Schlimmste war: Er schien machtlos zu sein, was seine Gefühle betraf. Selbst wenn er es wollte, könnte er nichts daran ändern, und er war sich nicht einmal sicher, ob er das überhaupt wollte.

»Jarrett«, wiederholte sie. »Es liegt am Essig.« Ihre Stimme drang in seine Gedankengänge vor.

»Was?« Er riss sich von seinen Gedanken los, um zu verstehen, was sie ihm zu sagen versuchte.

»Jarrett, bitte seien Sie nicht wütend auf mich. Ich weiß, dass es ihr nicht schaden wird.«

Er ließ das Geländer los und legte seine Hände auf ihre Schultern. Sogleich merkte er, dass es ein Fehler war, sie zu berühren, und räusperte sich. Er suchte nach den Worten, die sich irgendwo unter seinem wild schlagenden Herzen verbargen.

»Aries, fangen Sie bitte noch mal von vorne an. Ganz am Anfang. Ich verstehe nicht, was Sie mir zu sagen versuchen. Ich bin nicht wütend, Liebes.« Der Kosename rutschte ihm heraus, ohne dass es einem der beiden aufgefallen wäre.

»Ich habe Black Essig gegeben.«

»Essig?« Seine Augenbrauen schnellten in die Höhe. »Essig?«, fragte er erneut ungläubig. »Wieso?«

»Weil«, sprudelten die Worte aus ihr heraus, »es sich beruhigend bei Geburten auswirkt.« Sie beeilte sich mit der Erklärung, konnte ihm dabei nicht ins Gesicht schauen. »Die Effektivität bei Tieren, die vor der Geburt stehen, wurde schon oft beschrieben. Man fügt ein paar Wochen vor dem Geburtstermin nur etwas davon ihrem Futter bei, und es beruhigt sie und unterstützt den Geburtsvorgang. Ich kann es nicht mit Sicherheit sagen, aber mein Vater hat oft behauptet, dass einfacher Essig mehr bewirken kann, als wir es ihm zutrauen. Ich habe Berichte über die Wirksamkeit bei Tieren gelesen, und ich wusste, wie besorgt Sie über Black waren, und … Jarrett, ich hab eigenmächtig die Initiative ergriffen.« Ihre Augen blieben an dem letzten Knopf seines Hemds hängen. Es war einfacher, dorthin zu blicken, als ihm in die Augen zu sehen. Sie fühlte seine starken Hände, die sie festhielten.

Im ersten Moment war kein einziges Geräusch im Stall zu vernehmen. »Da soll mich doch …«, murmelte er leise. Mit seiner Fingerspitze schob er sanft ihr Kinn nach oben, bis ihre blauen Augen auf einer Höhe mit den seinen waren. Seine sanften Augen funkelten sie an, als er ihr tief in die Augen blickte. Seitlich davon bildeten sich Lachfältchen. Sein großzügiger Mund verzog sich zu einem köstlichen Grinsen. »Was mache ich nur mit Ihnen, Frau Doktor Burnett?« Er stellte die Frage in einem zärtlichen Flüsterton, und sein Mund war so nah an dem ihren, dass sie die Wärme seines Atems spüren konnte. Mit seinem Daumen zeichnete er ihre Lippen nach. Dann hob er ihr Gesicht mit unendlicher Zärtlichkeit weiter an, bis ihre Lippen auf die seinen trafen. Wie Schmetterlingsflügel streiften sie sacht über ihre Haut, um sich schließlich zu einem zögerlichen Kuss auf ihre Lippen zu senken. Ihre Augen weiteten sich ungläubig.

Dann griff er mit beiden Händen nach ihren Armen und drückte sie sanft von sich weg. Er versuchte einen tiefen Atemzug zu nehmen und flüsterte ihren Namen. »Aries«, sagte er, »du machst es mir wirklich schwer, mich daran zu erinnern, wieso ich gegen dich angekämpft habe.«

Plötzlich drangen das Poltern eines Wagens und der Klang einer Stimme, die etwas rief, durch den Nebel, der sie umgab.

»Da draußen ist jemand«, sagte er leise. Dann lehnte er sich nach unten und küsste sie auf die Nasenspitze. Der finstere Blick auf seinem Gesicht verdüsterte sich, als er sie an Ort und Stelle stehen ließ und langsam zum Tor der Scheune ging.

Sie lehnte sich zurück gegen die Holzlatten und redete sich ein, dass ihr das Atmen möglich sein würde, solange sie nur kurze, schnelle Atemzüge nehmen würde. Sie schob die Ängste und Fragen beiseite, die sein Kuss in ihr erweckt hatte, als sie hörte, dass ihr Name vor der Scheune gerufen wurde.

»Aries!«, rief Jarrett. »Aries!« Seine Stimme schaffte es, ihre Geistesabwesenheit zu durchdringen, und sie stieß sich von dem Pfosten ab, um sich in Richtung des offenen Tors zu begeben.

Sie trat ins Sonnenlicht und blieb stehen. »Ja?« Ihre Stimme klang zögerlich, wurde aber kräftiger, je weiter sie sich dem Ausgangspunkt seines Rufs näherte. »Ja, was gibt es denn?« Sie sah Jarrett neben einem Pferdewagen stehen und legte den Kopf schräg. Das am Wagen angespannte Pferd keuchte schwer und hielt seinen Kopf tief nach unten gesenkt zwischen seinen Beinen. Sein kastanienbraunes Fell war mit Schaum gesprenkelt.

Das Pferd war offensichtlich ohne jede Gnade hierhergehetzt worden.

Neben dem Pferd stand ein großer, viel zu dünner Mann, die Pferdepeitsche immer noch in der Hand. Er sagte etwas zu Jarrett und drehte sich scharf um, als er ihre Stimme hörte. Mit einer ruckartigen Bewegung steckte er die Peitsche zurück in die Halterung und begann, sich auf sie zu zu bewegen. Doch in diesem Moment streckte Jarrett seine Hand aus. Mit einer schnellen Bewegung hielt er den Mann, dessen schwarzer Anzug an seinem ausgemergelten Körper förmlich herunterhing, an seinem dünnen Arm fest. Jarretts Griff war nur leicht, aber dennoch effektiv. Der Mann hielt inne, blieb dann wie angewurzelt stehen.

Sie ging zu den beiden hinüber, nervöse Unruhe begleitete jeden ihrer Schritte. Mit dem Instinkt eines Arztes wusste sie, dass etwas nicht stimmte und dass dieses Etwas sie betraf.

»Was ist los, Jarrett?«, fragte sie, während sie den Mann, der neben ihm stand, ignorierte.

»Aries.« Jarretts Stimme war kräftig und klar. »Das hier ist Reverend Wilson aus Wise River.«

»Reverend«, sagte Aries.

»Ma'am«, antwortete er, nahm seinen Hut ab und begann, nervös mit seinen schmalen Händen daran herumzunesteln. Er verlagerte sein Gewicht von einem Fuß auf den anderen, bis er schließlich seinen ganzen Mut zusammenfasste. »Sind Sie Ärztin, Ma'am? Ein echter Doktor der Medizin?« Er schien die Luft anzuhalten und hielt den Hut still, während er auf ihre Antwort wartete.

»Das bin ich«, erwiderte ihm Aries. »Ich bin Ärztin, Reverend Wilson, und ich wurde von einem der besten Ärzte ausgebildet. Allerdings habe ich keine offizielle Urkunde, da es mir nicht gestattet wurde, die Prüfungen abzulegen.« Majestätisch wie eine Königin stand sie vor ihm und wartete nur darauf, dass er es wagte, auch nur ein herablassendes Wort zu äußern.

»Es tut mir leid, dass ich Ihnen diese Fragen stellen muss, Ma'am, aber es ist wichtig, dass ich die Antworten darauf kenne. Wären Sie imstande, diese Prüfungen zu bestehen, wenn Sie die Gelegenheit dazu hätten?«

Seine Augen glänzten feucht, und seine Hände zitterten, während er an seinem Hut herumspielte.

Sie hielt seinem Blick stand und antwortete klar und deutlich: »Das könnte ich.«

Er atmete erleichtert auf, und sein Körper schien in sich zusammenzusacken.

Jarretts Arm schoss nach vorne, um den Mann an der Schulter zu packen und ihn zu stützen.

»Ich denke, Sie sollten lieber mit ins Haus kommen, Reverend, und sich ein wenig hinsetzen.«

»Nein«, entgegnete ihm der Mann und richtete sich schnell wieder auf. »Das … das geht nicht. Ich kann nicht noch mehr Zeit verschwenden.« Er wandte seine Aufmerksamkeit wieder Aries zu. Mit seinem abgezehrten Gesicht sah er aus, als hätte er schon längere Zeit nicht mehr geschlafen. »Doktor …«

»Burnett«, stellte sie sich vor.

»Ah ja, Doktor Burnett, ich habe ein sehr ungewöhnliches Ersuchen an Sie, nun, viel mehr wäre die richtige Beschreibung das Wort ›dringend‹.« Die Worte sprudelten aus ihm heraus. »Vor zwei Tagen erkrankte unser Sohn. Ihm war furchtbar schlecht. Als der Tag weiter voranschritt, begann er schreckliche Krämpfe zu bekommen. Seine Mutter und ich dachten, dass er vermutlich von den Holzäpfeln im Garten genascht hätte, und gaben ihm ein Abführmittel.« Er fuhr sich mit der Zunge über die Lippen. »Aber das schien es nur noch schlimmer zu machen. Und heute am frühen Morgen begannen die Krämpfe erneut. Er ist zusammengerollt in seinem Bett gelegen und hat die Beine an die Brust gezogen.«

»Haben Sie versucht, ihn dazu zu bringen, die Beine wieder gerade auszustrecken?«

»Aber ja«, antwortete der Mann, »das haben wir.«

»Und?«

»Er hat vor Schmerzen aufgeschrien, schon als wir ihn nur berührt haben. Er meinte, dass es weniger wehtäte, wenn er sich so zusammenkauert.«

»Ist es ein lokal begrenzter Schmerz?« Ihre Fragen waren scharf und präzise.

»Ich weiß nicht, was …«

»Konzentriert sich der Schmerz auf einen bestimmten Bereich, Reverend?«, formulierte sie die Frage um.

»Ja.« Er scharrte mit den Füßen und wich ihrem Blick aus.

»Wo genau?« Aries versuchte, die Ungeduld aus ihrer Stimme zu halten.

Der Mann schluckte hart, aber antwortete nicht.

»Reverend Wilson. Sie sind doch nicht voller Hast den ganzen Weg hierhergeritten, nur um mir dann nicht zu erzählen, was mit ihrem Sohn nicht stimmt?«

»Es ist sein …« Er sprach die Worte äußerst leise und schaute dabei Aries' Schuhe an, konnte aber den Satz dennoch nicht beenden.

»Sein Lendenbereich, Reverend Wilson? Um genau zu sein, auf der rechten Seite?«

»Ja, das stimmt, Ma'am«, sagte er und hob überrascht seine Augen.

»Sie müssen mit Ihrem Sohn unbedingt einen Arzt aufsuchen, Reverend Wilson.«

»Nun, Ma'am, das ist genau das Problem. Mutter hat nach Doktor Tavish schicken lassen. Und Gott sei Dank war der Mann ausnahmsweise nüchtern. Er ist sofort zu uns gekommen, hat nur einen Blick auf Davy geworfen und hat gesagt, dass die Diagnose eine Entzündung des Appi… des Appe… nun, eine Entzündung sei.«

»Entzündung des Appendix«, korrigierte Aries ihn leise. Dann flüsterte sie leise: »Blinddarmentzündung.«

»Was?«, fragte der Mann nach.

»Eine Blinddarmentzündung«, wiederholte Aries. »Was hat Doktor Tavish sonst noch gesagt?«

»Nun«, begann er langsam. Aries wollte die Worte aus ihm herausschütteln. »Er hat ihm einen heißen Umschlag um die rechte Seite gewickelt. Dann hat er dem Jungen mehrere Arzneien gegeben. Er hat gesagt, wir sollten den Jungen mit Brühe stärken und dafür sorgen, dass er ruhig im Bett liegen bleibt. Er meinte, falls es nicht bald zu einem Stuhlgang kommen würde, würde er mit Infusionen beginnen …«

»Was für ein Narr!«, explodierte Aries' Stimme in die Stille hinein und ließ den Reverend verstummen. Jarretts Lippen verzogen sich hingegen zu einem leichten Lächeln.

»Reverend Wilson, der Zustand Ihres Sohns wird sich nicht verbessern, wenn Sie ihm Umschläge legen und heiße Brühe geben. Und ein Einlauf wird ihn möglicherweise sogar das Leben kosten.« Sie biss sich auf die Zunge und zwang sich, mit mehr Geduld und Mitgefühl weiterzusprechen, als sie sah, wie der Reverend angesichts ihres Ausbruchs erbleichte. »Reverend Wilson, wenn der Appendix sich entzündet, nennt man das auch Blinddarmentzündung. Zu den Symptomen gehört ein heftiger Schmerz im rechten Lendenbereich. Der Schmerz intensiviert sich bei Druck oder durch Bewegung. Daher verspürt Ihr Sohn auch eine Schmerzlinderung, wenn er seine Beine nach oben nimmt, da sich dadurch die Muskeln in dem betroffenen Bereich entspannen. Es gibt Fälle, in denen sich die Entzündung legt und wieder verschwindet, aber doch gelegentlich wieder auftritt. In anderen Fällen intensiviert sich die Entzündung, je mehr Zeit verstreicht. Es klingt für mich so, als ob sich der Zustand Ihres Sohnes verschlimmern würde. Habe ich damit recht?«

»Ja, ich denke, das stimmt.«

»Aber?«

»Aber Doktor Tavish ist nicht dieser Ansicht. Er sagt, dass

man der Natur Zeit lassen muss, um ihren Lauf zu nehmen … Er sagt, dass …«

»Und was sagen Sie, Reverend Wilson?« Sie hatte ihre Hände in die Hüften gestemmt, und aus ihren Augen schossen Blitze blauen Stahls in Richtung des Mannes.

Sie war von Kopf bis Fuß in die Rolle der Ärztin geschlüpft. Die Frau, die erst vor wenigen Momenten geküsst worden war, war verschwunden.

Jarrett hielt sich zurück und beobachtete die Verwandlung. Er war sich bewusst, dass ihn beide Seiten von Aries mit Freude und Stolz erfüllten, die Ärztin und die weiche, zum Küssen einladende Frau.

»Ich sage, dass etwas unternommen werden muss, oder …« Seine Stimme senkte sich mitleiderregend. »Oder ich werde meinen Sohn verlieren. Seine Mutter und ich haben zehn Jahre lang auf ihn gewartet. Wir dachten schon, dass wir niemals ein Kind bekommen würden, und dann kam Davy. Er ist das Licht unseres Lebens, und ich danke Gott jeden Tag für ihn.«

Mit sanfterer Stimme fragte Aries nach: »Und Ihre Frau, Reverend Wilson, was ist deren Meinung dazu?« Sie musste die Frage stellen, auch wenn sie die Antwort kannte.

»Nun, sie … Sie denkt, dass wir auf Gott vertrauen sollen und auf Doktor Tavish. Sie war dagegen, dass ich hierherkomme, um Sie um Hilfe zu bitten.« Seine Stimme verlor an Kraft, bevor er sich fasste. »Sie will nicht, dass sich jemand anderes außer Doktor Tavish den Jungen ansieht, ganz besonders nicht …« Er brach den Satz voller Bedauern ab.

»Besonders keine Frau, Reverend? War es das, was sie sagte?« Aries stieß angesichts der vertrauten Situation einen Seufzer aus, der von Verärgerung zeugte. Es war immer das Gleiche, egal, ob in Philadelphia oder in Montana.

»Wieso sind Sie dann wie der Teufel den ganzen Weg hierhergehetzt?« Jarretts geknurrte Worte brachten den Kern des Problems auf den Punkt.

»Weil ich alles versuchen würde, bevor ich meinen Sohn sterben lasse. Und er ist im Lauf des Tages immer kränker und schwächer geworden. Er hat heute noch mehr Schmerzen als gestern, und ich kann nicht tatenlos danebenstehen und zusehen, wie er leidet. Nicht ohne alles versucht zu haben. Verstehen Sie nicht?«, fragte er in klagendem Ton. »Ich darf nichts unversucht lassen.« Er senkte seinen Kopf. »Bitte, Ma'am, ähm, Doktor Burnett, würden Sie ihn sich bitte ansehen?« Er sah sie flehend an, blickte von Aries zu Jarrett und wartete auf eine Antwort.

»Reverend Wilson«, sagte sie sanft. »Das kann ich nicht.«

Jarrett sah zu ihr hinüber. Überraschung zeichnete sich auf seinem Gesicht ab.

»Es ist eine ethische Entscheidung. Sie haben bereits einen Arzt, der sich um Ihren Sohn kümmert. Es wäre unprofessionell von mir und eine Beleidigung Doktor Tavish gegenüber, wenn ich mich einmischen würde in seine ...«

»Bitte sagen Sie nicht Nein, Doktor Burnett«, unterbrach sie der Mann mit einem verzweifelten Aufschrei. »Bitte sagen Sie nicht Nein. Das Leben meines Jungen muss doch mehr wert sein als die Befürchtung, dass sie dadurch unprofessionell erscheinen könnten. Ich bitte Sie darum. Reicht das nicht aus?« Seine Worte hingen in der Luft.

Aries schloss die Augen und biss sich mit den Zähnen auf die Lippe, während sie gleichzeitig leicht den Kopf schüttelte. Anschließend öffnete sie sie wieder und sah Jarrett an, in der Hoffnung, dass sie bei ihm Rat und Stärke finden würde.

»Hol deine Tasche, Aries«, sagte er sanft und voller Verständnis. Dann fügte er genau das hinzu, was sie zu hören erhofft hatte. »Ich werde den Wagen anspannen. Wir fahren los, sobald du bereit bist.« Mehr sagte er nicht, er musste es auch nicht.

Sie flüsterte ihm ein sanftes »Danke« zu, drehte sich um und rannte zum Haus, während sie in Gedanken bereits die Dinge durchging, die sie benötigen würde. Sie wusste, dass die Möglichkeit bestand, dass sie zu spät kommen würden, dass der Blinddarm des Jungen bereits durchgebrochen war und er tot sein könnte, bis sie dort ankamen. Sie wusste auch, dass sie vermutlich auf Widerstand seitens der Mutter und von Doktor Tavish treffen würde. Und dann erfüllte sie eine weitere Erkenntnis, die bedeutendste von allen. Jarrett würde dort sein, an ihrer Seite, und ihr Kraft verleihen. Er würde ihr eine Stütze sein, während sie sich den Herausforderungen stellte, die sie dort erwarteten, welche auch immer das sein würden.

Auf leichten Füßen öffnete sie die Tür zu ihrem Zimmer und sammelte die Dinge zusammen, von denen sie befürchtete, dass sie sie benötigen würde, um das Leben des kleinen Jungen zu retten.

Kapitel 21

Die Sonne begann gerade hinter den Hügeln zu versinken, als sie in die Stadt hineinfuhren. Trotz der dringlichen Lage bestand Jarrett darauf, dass sie mehrere Male anhielten und die Pferde ausruhen ließen. Sie waren dennoch schnell vorangekommen, aber war es schnell genug gewesen? Dieser Gedanke hing schwer zwischen ihnen und verdrängte jeglichen Wunsch zu reden.

Aries saß auf ihrer Seite des Wagens und kam nur dann in Berührung mit Jarretts Arm, wenn die holprige Straße sie gegen ihn warf. Auf ihrem Gesicht lag ein entrückter Ausdruck, und mehrmals, wenn er einen Blick in ihre Richtung warf, konnte er sehen, dass sich ihre Lippen bewegten. Ohne dass es ihm jemand verraten musste, wusste er, dass sie in Gedanken die medizinische Vorgehensweise bei einer Blinddarmentzündung durchging. Dass sie immer und immer wieder wiederholte, was ihr beigebracht worden war.

Sie kamen vor einem kleinen weißen Haus zum Stehen. Bevor Jarrett Aries vom Wagen heben konnte, war der Reverend bereits den Weg hinaufgelaufen und riss die Vordertür auf.

Aries blieb zurück und suchte die schützende Nähe von Jarrett, dessen Augen sich verdunkelten. Er biss die Zähne zusammen und nahm ihr die schwere Tasche aus den Händen. Seine andere Hand legte er ihr auf den Rücken und führte sie den Weg hinauf durch die offene Tür.

Sie standen in dem kleinen Eingangsbereich. Von der Rückseite des Hauses drangen erhobene Stimmen an ihr Ohr. Eine

Tür wurde zugeschlagen, und einige Minuten später erschien der Reverend.

Aries betrachtete sein Gesicht und entspannte sich sichtlich, als sie darauf die Antwort auf ihre unausgesprochene Frage ablas.

»Er ist am Leben«, sagte Reverend Wilson im Flüsterton. Erstaunen klang in seiner Stimme mit.

Er blickte Jarrett an. Nicht der kleinste Hinweis auf eine Emotion spiegelte sich auf dem Gesicht des Ranchers wider oder in seinem kalten Blick. Er hielt sich dicht bei der Frau auf und vermittelte deutlich das Gefühl, dass sie unter seinem Schutz stand. Der dünne Mann verlagerte nervös sein Gewicht. Er war froh, dass Jarrett hier war, an der Seite dieser Frau, deren Anwesenheit hier nur von einer einzigen Person erwünscht war – von ihm selbst.

»Doktor Burnett«, begann er. Seine Worte wurden von dem Geräusch eilig näher kommender Schritte im Gang unterbrochen. Eine kleine, kräftige Frau platzte herein und zog am Mantelärmel des Pastors. Aries und Jarrett ignorierte sie völlig. Ihre Augen waren von unvergossenen Tränen erfüllt, und ihr Haar hatte sich aus den zwei straff gebundenen Zöpfen auf ihrem Kopf befreit.

»Ed, bitte tu das nicht. Bitte nicht, Ed.«

Der Mann blickte in ihre Augen hinab, dann legte er eine feste Hand auf ihre Finger, die noch immer an seinem Ärmel hingen.

»Mutter, ich würde dir gerne Doktor Aries Burnett aus Philadelphia vorstellen.« Dabei legte er besondere Betonung auf das Wort Doktor.

Die Frau stand still, als müsste sie sich von einem Schlag erholen. Dann richtete sie sich zu ihrer vollen Körpergröße von etwa einem Meter fünfzig auf, wandte sich zu Aries um und sagte in eisigem Ton: »Es freut mich, Sie kennenzulernen, Miss Burnett.«

Aries spürte, wie sich Jarrett neben ihr versteifte. »Doktor Burnett, Ma'am. Sie müssen Mrs Wilson sein. Ich bedaure, dass wir uns unter diesen Umständen kennenlernen müssen.« Aries' Stimme war fest, als sie die Frau mit erhobenem Kopf korrigierte und dabei doch höflich auf die Vorstellung reagierte.

Die Spur eines Lächelns schlich sich auf Jarretts Lippen, und in den tiefsten Tiefen seiner schwarzblauen Augen blitzte es, als er auf die grazile Frau an seiner Seite hinabblickte.

»Wenn Sie mir nun bitte den Patienten zeigen würden, dann könnte ich Ihnen meine Diagnose sehr viel schneller mitteilen. Und wie ich glaube, spielt Zeit in diesem Fall eine entscheidende Rolle.«

Die Frau wich zurück, als hätte ihr Aries mit ihren Worten eine Ohrfeige versetzt, und ein Laut des Protests entwich ihren Lippen.

»Natürlich«, erwiderte ihr Ehemann. Er nahm seine Frau fest am Ellenbogen und führte sie den Gang hinunter.

Der Raum wirkte durch die Anwesenheit von fünf Erwachsenen sogar noch kleiner. Der Blick aller Augen richtete sich auf das Bett in der Mitte des Zimmers, in dem der viel zu regungslose Körper eines Kindes unter einem erdrückenden Stapel von Decken auszumachen war. Ein bärtiger Mann mittleren Alters in einem zerknitterten Anzug saß am Rand des Bettes Wache. Eine Schnürsenkelkrawatte um seinen Hemdkragen betonte seinen von grauem Bart umgebenen Adamsapfel und zeugte von einem Mann, der einst Wert auf sein Erscheinungsbild gelegt hatte.

Aries hielt im Türrahmen inne. Jarrett stand hinter ihr im Gang.

Der böswillige Blick des Arztes raubte ihr den Atem, und sie wich zurück, als ob sie ein Schlag getroffen hätte.

»In diesem Haus befindet sich bereits ein Arzt, werte Dame. Ich bin Doktor Winston Tavish. Ich befürchte, ich war bei Ihrem letzten, oder sollte ich sagen ersten, Besuch in unserer erlauchten Stadt leider unpässlich und hatte nicht das Vergnügen, Ihre Bekanntschaft zu machen.« Jedes seiner Worte barst vor Sarkasmus über. Besonders das Wort »Vergnügen« betonte er voller Ironie.

»Sie waren betrunken, Doktor.«

Er keuchte unwillig auf, und seine Augen verengten sich. Das würde wohl nicht so einfach werden, wie er gedacht hatte. So schmächtig die Frau, die in der Tür stand, auch war, so ließ sie sich offensichtlich nicht so leicht einschüchtern.

»Ist das eine weitere ihrer brillanten Diagnosen, Miss Burnett? So wie jene, der sie diese anständige Familie hinsichtlich dieser einfachen Krankheit aussetzen wollen?«

Jarrett legte seine Hand auf Aries' Schulter und schob sie sanft, aber entschlossen in den Raum hinein und folgte ihr direkt dahinter.

Die Augen des Doktors weiteten sich, als er Jarrett dort stehen sah. Seine Hände lagen zu Fäusten geballt auf der Schulter der Frau, der Ausdruck auf seinem Gesicht und in seinen Augen ließ die Temperatur im Raum sinken.

»Sie hat es Ihnen bereits einmal gesagt: Ihr Name ist Doktor Burnett. Vergessen Sie das besser nicht noch einmal.« Jarretts Worte waren hart wie Stein.

Der Arzt rutschte nervös hin und her. »McCabe«, krächzte er den Namen hervor. »Ich … mir war nicht bewusst, dass Sie auch hier sind. Schön, Sie zu sehen«, presste er unglaubwürdig hervor.

Jarrett erwiderte den Gruß nicht, sofern man die Worte des Arztes als solchen bezeichnen konnte. Er ließ die Stille in dem Raum anwachsen und nahm dabei die Augen nicht von dem Mann, der den Fehler begangen hatte, Aries auf solch inakzeptable Weise zu behandeln. Er spürte, wie Wärme ihn erfüllte, und ihm gefiel dieses neue Gefühl. In diesem Moment wusste er, dass Aries Burnett zu ihm gehörte. Zumindest in dem Maße, in dem er zuließ, dass sie ihm gehörte. Und in dem

Maße, in dem Aries, die mit ihren angespannten Schultern bereit war, es mit der ganzen Welt aufzunehmen, es sich selbst gestattete, zu ihm zu gehören.

»Doktor Tavish.« Aries Stimme durchschnitt die Stille. »Mir ist bewusst, dass wir uns in einer heiklen Situation befinden, und ich weiß es zu schätzen, dass Sie einem anderen Arzt gestatten, eine zusätzliche Meinung zu Ihrem Fall abzugeben. Mein Vater pflegte zu sagen, dass nur ein Narr so sehr von sich selbst überzeugt ist, dass er sein Ego vor das Wohlergehen eines Patienten stellt. Und ich kann sehen, dass Sie kein Narr sind.«

Jarrett blickte zu Boden und versuchte das Grinsen zu verbergen, das Aries' geschickt gewählte Worte bei ihm hervorriefen.

»Ja, nun …«, brachte Doktor Tavish knurrend hervor, während er sich räusperte. Er ging zur Seite und trat näher an die Wand heran, um Aries die Freiheit zu gewähren, an den kleinen Jungen heranzutreten. Dieser lag in seinem Bett, ohne sich der wichtigen Entscheidung bewusst zu sein, die gerade getroffen worden war. Einer Entscheidung, die sich bedeutend auf sein Leben auswirken würde. »Ich stimme Ihrem Vater zweifelsohne zu. Handelt es sich dabei zufällig um den ehrenwerten James Burnett?«

»In der Tat.«

»Mir wurde nie das Privileg zuteil, ihn kennenzulernen, aber ich bin mir seiner Qualifikationen durchaus bewusst. Ich nehme an, Sie haben unter seiner Anleitung gelernt?«

»Das habe ich.« Aries beantwortete jede der Fragen respektvoll, aber gab keine zusätzlichen Informationen preis.

»Wenn dem so ist, dann fahren Sie bitte fort, Ma'am.« Doktor Tavish warf Jarrett einen kurzen, besorgten Blick zu. Als er dessen finsteren Gesichtsausdruck sah, korrigierte er seine Worte schnell. »Ähm, Doktor«, fügte er schwach hinzu.

Aries begab sich an die Seite des Bettes und entfernte die sich überlagernden Decken, nur um aufgrund eines Protestlauts innezuhalten, der von der Mutter des Jungen stammte und deren Hände ganz weiß waren, so fest umklammerten sie das Fußende des Bettes aus Messing. Aries richtete sich auf und sah den Reverend und Mrs Wilson an.

Die Hand des Reverends grub sich in die Schultern der Frau, und er nickte ihr kurz zustimmend zu. »Ja, Doktor Burnett, bitte fahren Sie fort«, sagte er mit greller Stimme. »Wir wären Ihnen sehr zu Dank verbunden.«

Aries zog die Decken zur Seite. Beim Anblick des kleinen Körpers stockte ihr der Atem. Der kleine Junge lag auf der Seite. Die Knie hatte er angezogen, sodass seine dünnen Beine aus einem Nachthemd aus Flanell hervorragten.

»Davy«, sagte sie ruhig zu dem Kind. »Davy, ich bin Doktor Burnett, und ich muss dich untersuchen. Ich weiß, dass Doktor Tavish das bereits getan hat, aber ich muss dich bitten, noch eine weitere Untersuchung über dich ergehen zu lassen. Ich werde so sanft sein, wie ich kann.«

Der Junge öffnete seine kugelrunden braunen Augen, die sich von seinem viel zu weißen Gesicht abhoben.

»Wird es wehtun?« Er flüsterte, und der Atem, der ihr Gesicht streifte, war schwer von Fieber und Schmerz.

»Ja«, sagte sie.

Er lag still, sein Atem war flach und keuchend.

»In Ordnung.«

Aries kniete sich neben das Bett und hob sanft das Nachthemd an. Sie versuchte, seinen Körper mit dem ihren vor Blicken zu schützen. Dann entblößte sie seinen Bauch, den er so sorgsam schützte. Sie legte ihre Finger sanft auf seine rechte Leiste und tastete den geschwollenen und angespannten Bereich ab. Der Junge stöhnte bei ihrer Berührung auf, so sanft sie auch war. Aries hörte, wie die Mutter aufschluchzte. Langsam richtete sie sich auf und deckte den Jungen mit einer einzelnen Decke wieder zu. Dann drehte sie sich zu dem Arzt um, der jede ihrer Bewegungen genau beobachtet hatte.

»Wie lautet Ihre Diagnose, Doktor Tavish?«, fragte sie respektvoll.

»Inflammation des Appendix.« Die Aussage war von einer gewissen Wichtigtuerei geprägt.

»Ich stimme zu. Und Ihr Behandlungsplan?«

»Bettruhe, weiterhin heiße Umschläge mit Wollkrautblättern, und sofern es nicht bald zu einem Stuhlgang kommt, einen Einlauf mit einem Aufguss aus Pfefferminze, mindestens ein Viertelliter.«

»Und das wird ihn umbringen.« Die Worte entflogen ihrem Mund, jedes einzelne davon eine Brandfackel, die die Ohren aller Anwesenden entzündete.

»Ed.« Die Stimme der Frau war schrill. »Ich verlange, dass du dafür sorgst, dass sie geht. Sofort. Ich habe genug hiervon, von dieser Scharade.«

»Sei still, Mutter. Bitte«, flehte der Mann sie an. »Bitte.« Das letzte Wort war ein Bittgesuch sowohl an seine Frau als auch an Gott.

»Nein, lassen Sie sie fortfahren. Ich finde es …«, begann Doktor Tavish, bevor er Jarrett einen weiteren Blick zuwarf und seine Wortwahl überdachte. »Ich finde ihre Worte sehr … erleuchtend. Und wie sieht Ihr Behandlungsplan aus, Doktor Burnett?« Er gab dem Titel eine besondere Betonung.

»Operieren. Sofort.«

»Auf keinen Fall!«, brauste der Arzt auf. »Auf keinen Fall!«

Aries wandte sich dem Vater zu und blickte in sein von Angst gezeichnetes Gesicht. »Reverend Wilson, Ihr Sohn wird sterben, wenn ihm der entzündete Blinddarm nicht sofort entfernt wird. Ich habe miterlebt, wie damit zu lange gewartet wurde und stattdessen mit genau der Behandlung fortgefahren wurde, die Doktor Tavish gerade verschrieben hat. In diesen Fällen verschlimmerte sich die Entzündung, bis der Blinddarm perforierte und Giftstoffe in die Bauchhöhle freisetzte. Keiner der betroffenen Patienten überlebte. Ich kann nicht versprechen, dass die Operation ihn retten wird. Ich habe die Befürchtung, dass bereits zu viel Zeit verstrichen ist. Aber was ich mit Sicherheit weiß, ist Folgendes: Wenn Sie zulassen, dass er mit Einläufen oder zusätzlichen Mitteln dieser Art behandelt wird, tragen Sie zum Tod Ihres Sohnes bei. Das ist etwas, was ich mit Sicherheit weiß.« Sie senkte ihre Stimme, aber verlor nichts an Stärke und Überzeugungskraft.

»Es wird keine Operation stattfinden, nicht solange ich noch etwas zu sagen habe in der Angelegenheit«, unterbrach Doktor Tavish sie mit lauter und fordernder Stimme. »Ich weiß, dass die operative Entfernung des Blinddarms oft gefordert wird, aber ich bin der Meinung, dass dies in fast allen Fällen nicht notwendig ist. Junge Dame, ob Sie nun Ärztin sind oder nicht, die Entfernung des Appendix ist nur eine Modeerscheinung und nichts mehr! Sie wird oft von Chirurgen durchgeführt, die andere davon überzeugen können, sich ihrem Willen zu beugen. Und das wird hier nicht der Fall sein. Nein, das wird es nicht.«

Reverend Wilson drückte seine schluchzende Frau gegen seine schmale Brust und umarmte sie tröstend, während er sie wie ein Kind tätschelte.

Mit Tränen in den Augen fragte er: »Können Sie diese chirurgische Operation durchführen, Doktor Burnett?«

»Ich habe noch nie selbst eine durchgeführt«, gab sie ruhig zu, »aber ich habe zahllose Male zugesehen, wie sie durchgeführt wurde, und habe meinem Vater bei der Prozedur assistiert. Ich hege keinen Zweifel an meiner Fähigkeit, die Operation vorzunehmen. Allerdings muss ich Sie warnen, dass die Entzündung bei Ihrem Sohn möglicherweise schon zu weit fortgeschritten ist, als dass er sich erholen könnte, selbst mit meinen größten Bemühungen.«

Doktor Tavish fiel ihr ins Wort: »Sehen Sie es nicht, sie verschafft sich selbst eine Entschuldigung. Sie gibt zu, dass diese … Modeerscheinung nicht so erfolgreich ist, wie sie es vorgibt. Die Operation ist weder nötig noch angebracht.«

»Ich suche nicht nach Ausflüchten für einen Mangel an Fähigkeiten, Doktor Tavish. Ich sage nur die Wahrheit. Davys Appendix steht möglicherweise kurz vor dem Durchbruch. Und wenn das der Fall ist, wird weder Ihre noch meine Behandlung etwas ausrichten können. Wenn ich jedoch die geringste Aussicht auf Erfolg haben will, so muss die Operation sofort stattfinden. Und …«, sie warf dem Arzt einen durchdringenden Blick zu, »ich werde Ihre Hilfe benötigen, Doktor Tavish. Ich müsste Ihre Räumlichkeiten benutzen und bräuchte Ihre Unterstützung beim Verabreichen des Äthers.« Sie wandte sich wieder dem Vater zu. »Die Entscheidung liegt bei Ihnen, Reverend.« Mit diesen Worten trat sie vom Bett zurück und begab sich näher an Jarrett. Sie ließ es zu, dass ihr Körper den seinen berührte und zog Mut aus seiner Anwesenheit sowie der Kraft, die er ausstrahlte.

»Reverend«, begann Doktor Tavish zu sagen.

»Bitte, Doktor, dies ist eine Entscheidung, die ich gemeinsam mit meiner Frau und Gott treffen muss.« Er ließ seine traurigen Augen durch den Raum schweifen und sah sie alle an.

»Könnten Sie uns alle bitte einen Moment alleine lassen? Am Ende des Ganges befindet sich ein kleines Wohnzimmer, wenn Sie uns dort erwarten würden. Ich … ich wäre gern mit meiner Frau und meinem Sohn alleine. Doktor Burnett, ich versichere Ihnen, dass wir nicht vergessen werden, dass es schneller Handlung bedarf.«

Dann traten er und seine Frau an die Seite ihres Sohnes, ohne ihre Antwort abzuwarten.

Kapitel 22

Aries stand an dem mit Spitzenstoff verhangenen Fenster und blickte hinaus, ohne etwas sehen zu können. Den zwei Männern, die sich still auf verschiedenen Seiten des Zimmers gegenüberstanden, hatte sie den Rücken zugewandt. Es hatte keine Unterhaltung stattgefunden, und das einzige Geräusch, das zu vernehmen war, stammte von der Bewegung, mit der sich der Arzt mit der Hand über die Bartstoppeln auf seinem Kinn strich. Aries lehnte ihren Kopf gegen die Glasscheibe. Mit geschlossenen Augen ging sie erneut langsam und methodisch die Operation durch, von der sie gerade behauptet hatte, dass sie sie durchführen könne. Sie konnte vor ihrem inneren Auge sehen, wie ihr Vater die Abdominalwand durchschnitt, so deutlich, als befände sie sich wirklich im Operationssaal. Er erklärte den Studenten, die um den Tisch versammelt waren, jeden einzelnen Schritt. Unter der Aufsicht ihres Vaters war es ihr erlaubt gewesen, den Großteil der Operation zu übernehmen, aber sie war dabei nie allein gewesen. Sie hatte die Operation noch nie ohne Anleitung durch seine strenge Stimme und ohne seine Hinweise durchgeführt. Aries hob den Kopf und streckte ihren Rücken durch. Dieselbe Stimme, die sie in dem Operationssaal in Philadelphia angeleitet hatte, lebte nun in ihr weiter. Er würde sie auch jetzt anleiten, genau wie er es auch schon getan hatte, seit sie nach Montana gekommen war und sich als Ärztin verdingt hatte. Die Ärztin, von der sie wusste, dass sie sie sein konnte und auch sein würde. Durch diese Gedanken gestärkt, drehte sie sich um. Genau in diesem Moment betraten der Reverend und seine Frau das Zimmer. Sie richtete sich zu ihrer vollen Größe auf. Sie strahlte Selbstvertrauen aus, während sie sich darauf vorbereitete, die Entscheidung zu hören.

Der Mann verschwendete keine Zeit. »Doktor Burnett, meine Frau und ich haben zu Gott gebetet, damit er uns den Weg zeige.« Seine Stimme brach. »Und wir wollen, dass Sie die Operation durchführen.« Eine Träne lief seine Wange hinab, und er schniefte in seinen Ärmel, den er benutzt hatte, um die Träne schnell fortzuwischen.

Aries blickte zu dem Arzt hinüber, der still und steif im Wohnzimmer stand.

Dieser nahm einen tiefen Atemzug, bevor er sich mit der Entscheidung abfand. »Ich werde Ihnen bei der Operation assistieren. Natürlich können Sie dafür meine Praxis nutzen.« Die Worte kamen ihm nur zögerlich über die Lippen, aber das Ergebnis war dasselbe.

Alle Augen wandten sich Aries zu.

»Wir müssen ihn dorthin bringen. Ich will sofort beginnen. Doktor Tavish, ich habe die Instrumente meines Vater, aber ich werde noch Folgendes benötigen …« Sie zählte eine Liste von Dingen auf, die sie in ihrem Geiste aufgestellt hatte.

Der Doktor nickte und verließ dann den Raum, wobei er die Tür mit einem kräftigen Schlag hinter sich schloss.

Jarrett ging zu ihr hinüber und reichte ihr die Tasche, die er die ganze Zeit über gehalten hatte. »Ich hole den Jungen.«

Sie folgte ihm in das Zimmer und sah zu, wie er sich über den schmalen Körper beugte und den kleinen Jungen mit äußerster Vorsicht auf die Arme nahm. Jarrett drückte ihn eng an seine Brust, verließ das Zimmer und ging aus dem Haus hinaus.

Eine stille Gefolgschaft folgte ihm. Die einzigen Worte, die fielen, kamen von dem Reverend, der, als sie die Tür zum Haus des Doktors erreichten, sagte: »Ich mach auf.« Er hielt die

Tür für seinen Sohn auf, der so regungslos in den Armen eines anderen Mannes lag.

Jarrett ging durch einen leeren Raum, der offensichtlich als Wartezimmer Verwendung fand, und betrat das Zimmer, in dem der Doktor sie mit einem unfreundlichen Gesichtsausdruck erwartete. Er wollte den Jungen gerade auf den hohen Holztisch legen, als Aries ihn davon abhielt. »Leg ihn noch nicht hin, Jarrett.« Er befolgte ihre Anweisung, ohne Fragen zu stellen.

»Doktor Tavish«, sprach sie den Mann an, der neben dem Tisch stand. »Haben Sie Karbolsäure?«

»Selbstverständlich.«

»Würden Sie damit bitte den Tisch gründlich abwaschen?« Nachdem sie ihn darum ersucht hatte, wartete sie nicht darauf, ob er ihrer Bitte folgen leisten würde, sondern ging zu einem Tisch in der Nähe und stellte ihre Tasche darauf ab.

»Sie wollen, dass ich den Tisch mit Karbolsäure abwasche?«, fragte er sie ungläubig. »Wissen Sie, wie abstoßend diese Lösung ist? Der Geruch ist höchst unangenehm, Ma'am.«

»Das ist mir bewusst, Doktor, aber es ist auch ein sehr gutes Desinfektionsmittel.« Sie drehte sich um, um dem Mann ins Gesicht zu sehen. »Ich teile die gleichen Auffassungen wie Doktor Lister, und wir werden alles desinfizieren, das in Kontakt mit dem Patienten kommt. Einschließlich uns selbst, Doktor Tavish.«

Sie stand ihm gegenüber und wartete vollkommen ausdruckslos auf seine Antwort.

Jarretts Stimme fiel dazwischen: »Tun Sie, was sie sagt. Und wenn Sie noch eine Minute mehr verschwenden mit Ihren Fragen und Ihrer Attitüde, dann werde ich diesen kleinen Jungen absetzen, und Sie und ich werden einen Schritt vor die Tür setzen. Ich hoffe, ich drücke mich klar aus.«

Der Doktor schluckte hart, aber nachdem er einen weiteren Blick auf Jarretts Gesicht geworfen hatte, beeilte er sich, dem nachzukommen, worum Aries ihn gebeten hatte.

Aries lächelte zum Dank. Das Lächeln war süß wie Zucker und traf ihn über den Raum hinweg direkt im Herzen. Es war, wie wenn nur sie beide sich in dem Zimmer aufhielten.

»So«, sagte Aries und wandte sich der Mutter und dem Vater des Jungen zu, die hilflos hinter ihr standen. »Würden Sie bitte diesen Raum verlassen und die Tür schließen? Wir müssen dafür sorgen, dass dieser Bereich desinfiziert bleibt, und es ist für Sie auch bequemer, wenn Sie im Wohnzimmer von Doktor Tavish warten. Es kann möglicherweise einige Stunden dauern«, sagte sie sanft. »Aber ich werde Sie, so gut es geht, auf dem Laufenden halten.« Sie blickte zu Jarrett hinüber, der sich gerade aufrichtete, nachdem er den Jungen auf dem frisch abgewischten Tisch abgelegt hatte. Der unangenehme chemische Geruch von Karbolsäure lag in der Luft und verlieh dem seltsamen Raum voller Arzneien und Instrumente eine neue Dimension der Angst und Furcht.

Jarrett beobachtete, wie das Paar widerstrebend aus dem Raum ging und Fremden die Kontrolle über den wertvollsten Besitz in ihrem Leben überließ. Dann sagte er mit einer Stimme, die keinen Raum für Diskussionen ließ: »Ich werde bleiben.«

Aries nickte ihm zu. Dann ging sie zu der Schale mit Wasser, die auf dem kleinen Herd kochte, und ließ die Instrumente hineinfallen, die sie benötigen würde. Stumm reichte sie Doktor Tavish einen sauberen Kittel.

»Sind Sie bereit, Doktor?«, fragte sie ihn und warf einen Blick auf die Ausrüstung, die er auf dem kleinen Tisch neben dem regungslosen Körper des Jungen aufgereiht hatte.

»Das bin ich.« Seine Antwort war ruppig, aber nicht mehr länger widerwillig. Er hatte akzeptiert, dass die Operation mit oder ohne seine Hilfe stattfinden würde. Und so berief er sich auf den Arzt, der tief in ihm verankert war, und war bereit, seine vollste Unterstützung zu geben.

Aries wickelte den Jungen aus den schützenden Decken.

»Davy«, sagte sie. »Doktor Tavish und ich werden dafür sorgen, dass die Schmerzen weggehen.« Er gab keine Antwort. »Aber wir brauchen deine Hilfe. Kannst du uns helfen?« Seine Augen öffneten sich leicht, und er nickte schwach mit dem Kopf.

»Gut. Jetzt legt Doktor Tavish etwas über deine Nase. Es hat einen starken Geruch, und das gefällt dir vielleicht nicht, oder du magst nicht, wie sich dein Kopf anfühlen wird. Aber, und Davy, das ist wirklich wichtig, du darfst nicht dagegen ankämpfen. Versuch bitte nicht, die Maske zu entfernen, auch wenn dir der Geruch unangenehm ist. Kann ich auf dich zählen?« Sie beobachtete ihn genau und wurde mit einem weiteren Nicken belohnt.

Sie trat einen Schritt zurück und sah Jarrett an. »Wir brauchen möglicherweise deine Hilfe«, flüsterte sie ihm leise zu.

Jarrett lächelte und hoffte, dass es zuversichtlicher aussah, als es sich anfühlte. In dem Raum, der nach Desinfektionsmittel roch, mit all den Instrumenten, die nun auf einem sauberen Tuch lagen, das Skalpell auf der einen Seite, fühlte er sich neben der Frau, die er, wie ihm nun bewusst wurde, überhaupt nicht kannte, wie ein Eindringling, der nicht hierher gehörte.

Aries wusch sich die Hände zu Ende und bedeutete dann Doktor Tavish, es ihr gleichzutun. Er folgte ihrer Anweisung ohne Zögern. »Bitte öffne das Fenster, Jarrett. Wir brauchen eine gute Durchlüftung, wenn der Äther verabreicht wird.«

Er durchquerte den Raum und ließ die Abendbrise herein. Die Geräusche der Stadt, die sich auf den Abend vorbereitete, erfüllten den Raum, ohne sich darum zu kümmern, welcher Kampf in diesem Zimmer stattfinden würde. Er lehnte sich gegen die Wand und schluckte den Speichel hinunter, der sich in seinem Rachen gesammelt hatte.

Doktor Tavish ging näher zu dem kleinen Jungen. Als er mit seinen Vorbereitungen begann, fielen ihm die Worte eines bekannten Chirurgen ein. Sie besagten mehr oder weniger, dass ein Patient, der mit Chloroform betäubt wird, über seinem eigenen Grab schwebt, bis er wieder das Bewusstsein erlangt. Dasselbe konnte man auch von Äther behaupten, und er wusste sehr gut, wie gefährlich das Mittel in den Händen von jemandem sein kann, der kein wahrer Experte ist. Ein derartiger Experte war er zwar nicht, aber er wusste, dass er dennoch ein guter Arzt war. Zumindest war er das gewesen, bis… er ließ den Gedanken unvollendet. Er faltete ein Tuch in Form eines Trichters, den er mit der größeren Öffnung über Mund und Nase des kleinen Jungen legte. Er würde den Äther auf die Innenseite des Trichters tropfen und diesen dann an der Seite einschlagen, damit so wenig Ätherdampf wie möglich nach außen gelangte. Er wartete und verharrte in Position über der behelfsmäßigen Maske. Nachdem er Aries kurz zugenickt hatte, brachte er den ersten Tropfen auf. Sofort verbreitete sich der Dampf im Raum. Der Junge bewegte sich und hob leicht seine Hand.

»Davy«, drang Aries' Stimme durch das Tuch, das sein Gesicht bedeckte. »Das ist der Moment, über den ich vorhin gesprochen habe. Es wird dir leichterfallen, wenn du die besondere Medizin, die Doktor Tavish auf das Tuch tropft, tief einatmest. Die Medizin riecht zwar stark, aber sie wird dir dabei helfen, einzuschlafen. Und, Davy, sie sorgt auch dafür, dass die Schmerzen in deinem Bauch vergehen.«

Der kleine Körper lag regungslos. Dann konnte man das Geräusch tiefer Atemzüge unter dem Tuch vernehmen, als das Kind alles willkommen hieß, das ihn von seinen Schmerzen befreien würde.

Aries beobachtete ihn genau, ebenso tat es Doktor Tavish. Sie sahen den Moment, in dem sich seine kleinen Hände entkrampften. Sie sahen, wie sich seine Brust hob und senkte, während der Ätherdampf die Oberhand über seinen Körper gewann.

Sie blickte zu Jarrett hinüber und lächelte ihn an, ohne sich des Bildes bewusst zu sein, das sie, über den nackten Körper gebeugt, mit einem scharfen Skalpell in der Hand abgab. »Jarrett«, sagte sie. »Ich glaube, du wärst uns nun von größerer Hilfe, wenn du den Eltern Trost spenden würdest. Er schläft jetzt. Es besteht keine Gefahr mehr, dass er gegen den Äther ankämpft.«

»Sie hat recht, McCabe«, stimmte ihr die Stimme des Doktors zu. Dann fügte er in einem freundlicheren Tonfall die Worte hinzu, von denen er wusste, dass Jarrett sie hören musste: »Doktor Burnett und ich kommen schon zurecht. Falls wir Sie brauchen sollten, sind Sie ja nur auf der anderen Seite der Tür. Aber ich glaube nicht, dass etwas vorfallen wird, das … der Doktor und ich nicht bewältigen können.«

Jarrett richtete sich auf und trat von der Wand weg. Ein Schwindelgefühl erfasste ihn, und es kostete ihn mehr Anstrengung, als er zugeben wollte, sich aufrecht zu halten. Er wusste, dass er die Operation durchstehen könnte. Zumindest war er sich sicher, dass er das könnte. Und doch … Als er das Messer in ihrer Hand sah und sich bewusst wurde, dass sie damit durch die Haut des kleinen Jungen schneiden würde … Es war mehr, als er sich zumuten wollte, außer sie brauchte ihn.

»Es ist in Ordnung, Jarrett«, versicherte sie ihm erneut und gab ihm so die Erlaubnis, zu gehen. Sie ließ ihn wissen, dass sie verstand und alles in Ordnung war.

»Ich bin gleich vor der Tür. Ruf mich, wenn ihr mich braucht.« Er sprach zu Aries, aber sein Blick ruhte drohend auf dem Gesicht des Mannes. Dann öffnete er ohne einen weiteren Blick zurück die Tür und verließ den Raum.

Aries fühlte sich leer ohne ihn, schon in dem Moment, in dem sich die Tür hinter ihm schloss. Sie sah auf das regungslose Kind hinab. Dann verdrängte sie alle Gedanken aus ihrem Kopf, außer dem Grund, warum sie hier waren, und legte ihren Finger auf die Spitze des Skalpells. Sie wandte Druck an und machte einen sicheren feinen Schnitt in den reglosen zarten Unterleib.

Doktor Tavish sah sie an, und in seinem Blick lag unverkennbarer Respekt. Er beugte sich nach vorne, um besser sehen zu können und etwas von dieser Frau zu lernen, die nicht nur mehr Kenntnisse, sondern auch mehr Mut als er besaß. Er beobachtete ihre sicheren und entschlossenen Finger. Dankbarkeit für ihre Anwesenheit erfüllte ihn, dafür, dass sie in diesem Raum war, diese Operation durchführte und darum kämpfte, das Leben dieses kleinen Jungen zu retten.

Kapitel 23

Die Zeit zog sich hin. Mehrere Male legte Jarrett seine Hand auf den Türgriff der geschlossenen Tür, nur um sie wieder zurückzuziehen. Die Eltern des Jungen saßen auf zwei Stühlen mit geradem Rücken. Ihre Hände waren ineinandergeschlungen, und sie starrten auf die Tür, als ob sie dadurch, dass sie Wache hielten, die Wahrscheinlichkeit beeinflussen könnten, dass ihr Junge überleben würde. Jarretts Anwesenheit schien ihnen gleichgültig zu sein. Er lehnte gegen die Wand und ließ sich all das durch den Kopf gehen, was an diesem Tag vorgefallen war.

Das einzige Geräusch in dem Raum war das Ticken einer Kaminuhr, die zunächst die Minuten und dann die Stunden abzählte.

Jarrett gab seinen Posten an der Tür auf, ließ seinen geschmeidigen Körper in einen der verbleibenden Stühle sinken und streckte seine langen Beine vor sich aus.

Mrs Wilsons Kopf lag erschöpft auf der Schulter ihres Ehemanns. Er murmelte ihr tröstende Worte zu. Dann öffnete sich die Tür, und ein abstoßender Geruch drang in den Raum. Alle drei sprangen auf ihre Füße, und auf ihren Gesichtern zeichneten sich Furcht und Schrecken ab.

Aries betrat den Raum und blieb nur ein Stück hinter der Tür stehen. Ihr Kittel war mit Blut besudelt, aber ihre Hände, die sie schützend vor sich hielt, waren sauber. Ohne weitere Zeit zu verschwenden, sagte sie: »Er wird wieder gesund werden.«

Diese wenigen Worte reichten aus. Mrs Wilson schrie laut auf und wäre auf den Boden zusammengebrochen, wenn ihr Ehemann sie nicht mit seinen Armen gehalten hätte.

»Mutter«, flüsterte er. »Mutter, unser Junge wird gesund.« Er stieß die Worte eins nach dem anderen aus, während er die Frau dicht an seine Seite drückte.

»Ihr Sohn ist ein Kämpfer«, sagte Aries den beiden. »Wir kamen gerade noch rechtzeitig. Er steht noch immer unter dem Einfluss des Betäubungsmittels, aber Sie dürfen in den Raum kommen und ihn kurz sehen. Berühren Sie nichts«, ermahnte sie sie. »Nicht einmal Ihren Sohn.« Ihr Lächeln nahm den Worten die Schärfe. Dann ging sie wieder hinein.

Mr Wilson sah Jarrett an. Sein einfaches Antlitz war durch die innige Freude wie verwandelt. Tränen rannen über die elterlichen Gesichter. Er stützte seine Frau mit seinem Arm, und gemeinsam folgten sie Aries durch die Tür in den Raum, in dem ihr Sohn lag.

Jarrett konnte hören, wie Aries mit den Eltern sprach. Dann hörten die Stimmen zu reden auf. Aries und Doktor Tavish traten in das Wartezimmer hinaus, da sie die Eltern in ihrer Freude nicht stören wollten.

Aries ging zu Jarrett hinüber. In dem schwindenden Licht wirkte sie blass, und Jarrett wusste, dass die letzten paar Stunden ihren Tribut gefordert hatten.

»Ist alles in Ordnung mit dir?«, fragte er sie und sah hinunter in ihr Gesicht. Er kam mit seinem Körper näher an sie heran, um sie zu beschützen.

»Sie kann wahrhaftig beruhigt sein«, antwortete Doktor Tavish für sie. »Sie hat das Leben dieses kleinen Jungen gerettet. Unglaublich präzise Schneidearbeit, Doktor.« Er lächelte und sah Aries voller Bewunderung und Respekt an.

»Wir haben beide gute Arbeit geleistet, Doktor Tavish. Wir haben sein Leben gerettet. Ohne Ihre Hilfe hätte ich das nicht geschafft.«

»Unsinn! Entschuldigen Sie, Doktor Burnett, aber das ist kompletter Nonsens, und das wissen Sie auch. Ich bin der Überzeugung, dass Sie so ziemlich alles alleine bewerkstelligen können, was Sie sich in den Kopf gesetzt haben, und das auch werden. Und das Paar da drin sollte besser Ihnen dafür danken, dass ihr Junge am Leben ist, als den Verdienst ihrem Gott zuzuschieben. Wir wissen beide, dass er jetzt tot wäre, wenn sie auf mich gehört hätten. Nein, jetzt versuchen Sie nicht, meine Gefühle zu schonen«, schnitt er ihren Protest ab. »Es macht mir nichts aus einzugestehen, dass ich einen Fehler begangen habe.« Er senkte seine Stimme. »Ich war mein ganzes Leben lang ein Sturkopf, aber heute hätte ich fast das Leben eines Kindes aufs Spiel gesetzt. Ich bin kein schlechter Arzt, Aries. Einst wurde ich sogar als einer der besten angesehen. Und das werde ich wieder. Ich werde mir ein wenig Auszeit nehmen. Jetzt, wo Sie hier in der Gegend sind, kann ich mir das erlauben. Und dann werde ich mich zusammenraffen: mich gesund ernähren, mich weiterbilden, mich ausruhen und …«, seine Stimme geriet ins Wanken, »und mich vom Schnaps losreißen. Dann werde ich endlich wieder bereit sein, die Art von Arzt zu sein, die ich einst war. Die Art von Arzt, die die Leute hier verdienen.« Er heftete seinen Blick auf sie. Seine Augen waren von dem Äther, den er so sorgfältig verabreicht hatte, trübe und rot.

»Es gibt hier genügend Platz für beide von uns, Doktor Burnett. Ich kann von Ihnen viel lernen, und ich hoffe, dass auch Sie noch etwas von mir lernen können. Wir haben da drin ein gutes Team abgegeben.« Seine Stimme schwand dahin, während er sie anblickte und auf eine Antwort wartete.

»Es wäre mir eine Ehre, mich mit Ihnen zusammenzuschließen, Doktor Tavish. Auch wenn ich möglicherweise über mehr aktuelles Wissen verfüge, so haben Sie dafür jede Menge unersetzliche Erfahrung. Ich liebe meinen Beruf, aber ich habe auch andere Verpflichtungen. Jarrett war großzügig genug, mir und meinem kleinen Bruder ein Zuhause anzubieten. Im

Gegenzug habe ich mich als Haushälterin verpflichtet.« Sie begann zu erröten. »Und ich muss feststellen, dass ich mehr Gefallen daran finde, als ich es mir früher vorstellen konnte.« Sie richtete ihre Augen weiterhin auf den Doktor, da sie es nicht wagte, Jarrett anzusehen. »Mir die Verantwortung für die medizinischen Bedürfnisse der Bewohner von Wise River mit jemandem zu teilen wäre die perfekte Lösung für meine Situation. Das heißt, sofern Jarrett zustimmt …« Sie verstummte allmählich. Dann sprach sie aus Angst vor seiner Antwort eilends weiter: »Wir sollten uns besser wieder zu der Familie gesellen, denken Sie nicht auch, Doktor? Davy wird bald aufwachen, und wir wissen beide, dass dem kleinen Jungen von der Narkose bald sehr übel sein wird. Nicht zu vergessen die Schmerzen, die er spüren wird, sobald die Wirkung des Äthers nachlässt. Ich fürchte, wir haben eine lange Nacht vor uns.« Sie lächelte Jarrett müde an. »Es tut mir leid, dass du so lange warten musstest, Jarrett. Wenn du zur Ranch zurückkehren möchtest, ist das in Ordnung. Ich werde mir später, wenn sich Davy von der Wirkung des Betäubungsmittels erholt hat, ein Hotelzimmer nehmen. Ich lasse mich von jemandem zurück zur Ranch bringen, sobald ich kann. Davy wird sich unter der Pflege von Doktor Tavish schnell erholen.« Sie wartete gespannt auf seine Antwort und hoffte, dass er nicht erkannt hatte, wie sehr sie sich danach sehnte, dass seine Antwort anders ausfallen würde als das, was sie ihm gerade vorgeschlagen hatte.

»Aries, ich habe nicht vor, dich alleine hier zu lassen. Dad und Ben werden schon ohne mich zurechtkommen. Als ich den Wagen angespannt habe, habe ich mit den beiden geredet. Meine einzige Sorge ist Black, und dank der Hilfe einer gewissen Ärztin«, sagte er lächelnd und blickte ihr in ihre Augen, »ist das nun eine geringere Sorge als zuvor. Mach einfach das, was du hier noch tun musst. Ich gehe jetzt und werde uns Zimmer im Hotel besorgen, und morgen fahren wir gemeinsam nach Hause, falls bis dahin alles in Ordnung ist.« Er sah ihr tief in die Augen, jedes seiner Worte und seine Bewegungen voller Selbstsicherheit. »Ich werde nicht lange brauchen.«

Sie konnte ihm nur dankend zunicken. Sie würde sich der Zeit hier nicht alleine stellen müssen. Jarrett würde nicht ohne sie gehen. Es war ein vollkommen neues und wundersames Gefühl.

Jarrett schenkte Doktor Tavish keine Aufmerksamkeit und streichelte ihr seitlich über das Gesicht. Mit einer Geste, die ihnen beiden vertraut war, strich er ihr die Haarsträhne, die stets ihren eigenen Willen zu besitzen schien, hinter ihr Ohr. Er lächelte und legte seine Hand auf ihre seidenweiche Wange, nur einen viel zu kurzen Moment lang. Er spürte, wie sie sich an seine Hand schmiegte. Dann nickte er dem anderen Arzt zu und verließ das Haus. Leise schloss er die Tür hinter sich.

Es war bereits nach Mitternacht, als es Doktor Tavish und den Wilsons gelang, Aries davon zu überzeugen, mit dem geduldig wartenden Jarrett mitzugehen. Davy war schlecht geworden, und er hatte sich übergeben müssen. Mit jedem Aufstoßen seines wunden Magens hatte er vor Schmerzen aufgeschrien. Als die Wirkung des Äthers nachließ, nahm Jarrett ihn einmal mehr auf die Arme und legte ihn auf das Bett im Gästezimmer des Arztes, damit er sich zwischen den frischen Laken ausruhen konnte. Nachdem sie einen letzten Blick auf die Schnittwunde geworfen hatte, erlaubte Aries Jarrett, sie aus dem Haus zu führen und zum Hotel auf der anderen Straßenseite zu bringen. Den Jungen ließ sie in der Obhut der zwei Menschen, die ihn am meisten liebten, sowie des zurückbleibenden Arztes.

Als sie vor Müdigkeit stolperte, legte Jarrett seinen Arm um sie, um sie mit seinem Körper zu stützen.

»Ich würde Sie hochheben und tragen, Doktor Burnett, aber ich glaube nicht, dass das Ihrem professionellen Ruf zuträglich wäre.« Er flüsterte die Worte in ihr Haar, dessen blumiger Duft sich nun mit dem schweren Aroma des Äthers mischte. Er lächelte, denn er akzeptierte diesen eigenartigen Geruch als einen weiteren Aspekt ihres Wesens. Sie war ihm so kostbar geworden.

Sie blieben vor dem Empfang stehen, wo der schläfrige Besitzer ihr und Jarrett die Schlüssel zu ihren Zimmern überreichte. Er hatte seinen Arm von ihrer Schulter losgelöst, als sie das Gebäude betreten hatten, und wahrte ausreichend Abstand, um der Schicklichkeit zu genügen.

»Danke«, sagte sie leise zu dem Mann, als sie die Schlüssel von ihm entgegennahm.

»Ähm«, suchte dieser nach den richtigen Worten. Dann sagte er: »Ihr Zimmer steht Ihnen kostenlos zur Verfügung, Doktor Burnett.«

Sie hob ihre Augen müde an. Sie spürte Jarretts Missfallen an den Worten des Mannes.

»Ich …«, begann sie zu protestieren, nur um von dem stotternden Mann unterbrochen zu werden.

»Wir sind Ihnen sehr verbunden dafür, was Sie für den kleinen Davy Wilson getan haben. Wir haben die ganze Geschichte mitbekommen. Man erzählt sich, dass Sie ihn operiert und ihm damit das Leben gerettet haben. Würde sagen, das Mindeste, was ich für Sie tun kann, ist, kein Geld von Ihnen zu verlangen für das Zimmer. Und genau das würde ich gerne tun.«

»Danke«, sagte sie mit einer Stimme voller Emotion. »Das ist überaus nett von Ihnen, und ich weiß es sehr zu schätzen.«

Der Mann nickte mit dem Kopf, und auf seinem Gesicht zeigte sich ein zufriedener Ausdruck.

Jarrett berührte sie leicht, als er sie die Treppe hinauf und einen nur dunkel erhellten Gang entlangführte.

Er nahm ihr den Schlüssel aus der Hand, öffnete die Tür und trat in das Zimmer. Bevor er sie hineingehen ließ, warf er einen prüfenden Blick auf den leeren Raum. Dann trat er zur Seite.

Es war ein typisches Hotelzimmer. Das Messingbett, auf dem ein verblichener Quilt mit Ringmuster lag, nahm den

Großteil des Raums ein. Darüber hinaus gab es einen hohen Tisch, auf dem sich ein Porzellanwaschbecken befand, neben dem zwei gefaltete Handtücher lagen. Eine hohe Kommode mit einem Hohlspiegel vervollständigte das Ensemble. Der Raum war einfach ausgestattet, aber sauber.

Er legte ihr den Schlüssel in die Hand und sagte leise: »Ich bin nebenan. Du brauchst ein wenig Schlaf. Ich bin nicht weit weg, wenn du mich brauchen solltest.«

Er schickte sich an zu gehen, als sie ihre Hand ausstreckte. Ihre Fingerspitzen strichen über seinen Arm.

»Ich brauche dich.« Sie flüsterte die Worte nur, und einen Moment lang dachte er, er hätte sie sich eingebildet.

Sein Hals zog sich zusammen, sein Körper spannte sich an. Ihre Worte setzten eine Kettenreaktion an Emotionen in ihm in Gang.

»Aries.« Ihr Name war wie ein Windstoß in dem kleinen Raum.

Ihre Augen wirkten riesig in ihrem Gesicht, was durch die dunklen Ringe unter ihnen nur noch mehr betont wurde. Sie biss sich mit den Zähnen auf die Unterlippe.

Er streckte seine Hand nach ihr aus, nur um sie rasch wieder zurückzuziehen. Seine Augen schlossen sich für einen Moment, während er in sich selbst nach einer Kraft suchte, die ihm zu fehlen schien.

Als er zu sprechen begann, klang seine Stimme gepresst. »Aries, Liebes.« Seine Lippen strichen ihr über das Haar. Nur mit übermenschlicher Überwindung gelang es ihm, zurückzuweichen. Seine Hände fielen kraftlos zur Seite, er drehte sich um und ging durch die offene Tür hinaus.

Kapitel 24

Aries wurde von hämmerndem Klopfen an ihrer Tür aus dem Schlaf gerissen. Eine Welle von Orientierungslosigkeit überkam sie. Während sie sich durch das Niemandsland zwischen Schlaf und Realität kämpfte, fegte ein Sturm von Erinnerungen über sie hinweg, die mit ihren Emotionen spielten wie mit einem Streichholz inmitten einer Sturzflut.

»Doktor Burnett, Doktor Burnett.« Die vertraute Stimme von Doktor Tavish drang durch die Tür und schob die Spinnweben in ihrem Geiste beiseite.

»Doktor Burnett«, erklang ihr Name mit größerem Nachdruck. Sie vernahm Dringlichkeit und Unruhe in seiner Stimme.

»Ja!«, rief sie zurück. Nur mit Mühe befreite sie sich aus der weichen Baumwolldecke. »Ja, ich …« Sie griff schnell nach den Kleidungsstücken, die sie auf dem Stuhl abgelegt hatte. »Ich ziehe mich nur rasch an.«

Plötzlich erfüllte sie Furcht. *Ist etwas passiert? Hat sich Davys Zustand zum Schlechteren gewendet?* Sie zog sich ihren Unterrock mit einem Ruck über den Kopf und eilte zur Tür, durch die sie trotz ihrer Angst vor der Antwort hindurchrief: »Doktor Tavish? Was ist los? Geht es um Davy?«

»Nein«, sagte Doktor Tavish mit Nachdruck. »Er erholt sich ohne Probleme.« Es entstand eine kurze Pause, bevor er eilends fortfuhr: »Es geht um etwas anderes. Ich wurde gerade benachrichtigt, dass Laura Simm in den Wehen liegt. Anscheinend schon seit zwei Tagen. Das närrische Mädchen hat nicht erlaubt, nach mir zu schicken, und jetzt scheint sie in schlimmer Verfassung zu sein«, knurrte er mit einem wütenden Unterton, der es trotzdem nicht schaffte, seine Besorgnis zu verbergen. »Nun, wie dem auch sei, ich dachte mir, da Sie nun schon mal hier sind, dass Sie vielleicht mit mir gemeinsam zu ihnen rausreiten wollen, um mir zu helfen. Es liegt auf dem Weg zur Big Hole Valley Ranch, und Jarrett könnte Sie dort abholen.« Die Einladung fiel in die wartende Stille.

Zu diesem Zeitpunkt hatte sie sich bereits ihr Kleid über den Kopf geworfen und knöpfte gerade den letzten Knopf zu. Sie nahm ihr Haar zusammen und begann es zu einem Dutt zu drehen. Mit zitternden Fingern steckte sie diesen eng an ihrem Nacken fest.

Sie warf einen letzten kontrollierenden Blick auf das Zimmer, nahm ihre Tasche in die Hand und öffnete die Tür. Nachdem sie durch die schmale Öffnung getreten war, schloss sie die Tür hinter sich.

»Ich muss Jarrett Bescheid geben. Sein Zimmer ist nebenan. Er muss …«

»Er ist nicht mehr hier«, sagte der Arzt flach. »Der Angestellte am Empfang meinte, dass er das Hotel heute früh am Morgen verlassen habe und nicht mehr zurückgekommen sei. Ich habe eine Nachricht für ihn hinterlassen. Man wird Jarrett mitteilen, wohin wir gegangen sind. Er wird wissen, wo er Sie abholen kann«, versicherte er ihr. »Er hat praktisch bei den Simms gelebt, als er aufgewachsen ist. Nachdem sie geheiratet haben, hat Tommy Laura bei seiner Ma untergebracht. Er hat sich seit dem Tod seines Dads um die Ranch gekümmert.« Die Worte sprudelten aus ihm heraus, als ob er die Notwendigkeit verspürte, dass er sie so schnell wie möglich loswerden musste, damit sie aus dem Weg waren. »Die drei sind zusammen zur Schule gegangen. Tommy und Jarrett waren sogar beste Freunde. Man erwischte den einen nicht ohne den anderen.

Und dann, als Tommy Laura entdeckt hatte, nahmen sie sie einfach auf ihre Abenteuer mit. Sie ist ein zähes Ding, vielleicht zu zäh.« Sorgenfalten zerfurchten sein Gesicht. »Irgendetwas stimmt mit ihr nicht, sonst läge sie nicht so lange in den Wehen. Zugegeben, es ist ihr erstes Kind. Aber trotzdem …« Seine Stimme verlor sich.

Dann nahm er seinen Gedankengang wieder auf und kam zu dem Grund, warum er vor ihrer Hotelzimmertür stand. »Ich dachte mir, da Sie ja auf einem neueren Kenntnisstand sind … Vielleicht kennen Sie ein paar Tricks, die ich noch nicht kenne. Sie …«

»Ich würde mich freuen, Ihnen assistieren zu dürfen, Doktor Tavish.«

Kaum waren die Worte aus ihrem Mund, schon legte der Arzt ihr die Hand auf den Arm und trieb sie die Treppe hinunter und am Empfang vorbei.

»Ich halte nach Jarrett Ausschau, Doktor. Machen Sie sich keine Sorgen«, rief ihnen der Angestellte nach und nickte ihnen wichtigtuerisch zu, als sie durch die Tür verschwanden.

Aries fühlte sich, als wäre sie in die Vergangenheit gereist und würde einmal mehr neben ihrem Vater auf dem harten Sitz seiner schwarzen Kutsche sitzen und durch die Straßen Philadelphias hasten, ohne zu wissen, was sie am Ende ihrer Fahrt erwarten würde.

Aber dieses Mal brausten sie nicht über gepflasterte Straßen. Sie und Doktor Tavish hetzten über einen staubigen, holprigen Weg. Die kleine Stadt, die sie hinter sich ließen, war beim besten Willen nicht mit einer Großstadt zu vergleichen, aber dennoch bestand die gleiche Not zur Eile. Und der Mann, der neben ihr saß, war ein Arzt. Es gab jedoch noch eine weitere Veränderung: Aries war nicht mehr länger die Tochter, die in ihrem Kopf Vorgehensweisen rezitierte, um sich auf den medizinischen Notfall vorzubereiten, der vor ihnen lag, und dabei inständig hoffte, dass sie ihren Vater weder enttäuschen noch seinen Unmut auf sich ziehen würde. Nein, dieses Mal war sie eine eigenständige Ärztin, die man aufgrund ihres Wissens respektierte.

Sie warf einen Blick auf die Umgebung, an der sie vorbeirasten. Sie folgten dem Verlauf des Wise River und befanden sich in der Tat auf dem Weg zurück in Richtung der Big Hole Valley Ranch, dem Zuhause des Mannes, den sie liebte. Eine Wärme erfüllte Aries, und sie schloss die Augen und ließ sich von ihren Erinnerungen Trost spenden. Sie verdanke ihm so viel, so viel. Dank ihm war sie ein Teil dieses rauen Landes geworden, das voller Schönheit und Herausforderungen steckte. Dank ihm war ihr die Möglichkeit gegeben, ihrer Berufung zu folgen. Dank ihm lernte sie zu lieben.

Ein schmerzliches Verlangen drohte Aries zu überwältigen. Sie sehnte sich nach Jarrett, nach seiner beruhigenden Stärke und danach, wie er sie mit seiner unbeirrbaren Verlässlichkeit führte.

Doktor Tavish konzentrierte sich einzig auf das Pferd, das den Wagen zog, und den Grund, warum sie es so eilig hatten. Er versuchte nicht, eine Unterhaltung zu beginnen. Aries war froh darüber, da sie etwas Zeit benötigte, um sich zu sammeln und ihre Gedanken wieder der Medizin zuzuwenden.

Mit einem leichten Zug an den Zügeln lenkte er das galoppierende Pferd auf einen anderen Weg, der nach links abzweigte und mit Gras und Unkraut überwachsen war.

Der Wagen ratterte einen kleinen Abhang hinunter und fuhr von einer Staubwolke umgeben in den Hof vor einem zweistöckigen Haus aus Stein ein. Der Doktor zog energisch an den Zügeln, wodurch die Kandare heftig in das empfindliche Maul des Pferdes drückte und es zu einem zitternden Stopp zwang. Ein großer goldbrauner Hund kam angerannt und bellte sie an. Durch das Bellen, die lauten Atemgeräusche des Pferdes und das Ächzen des Wagens hindurch waren die Schreie einer Frau vernehmbar.

Aries griff nach ihrer Tasche und sprang von der Kutsche ab, ohne darauf zu warten, dass der Arzt um den Wagen herumkam und ihr hinunterhalf. Die Tür zum Haus wurde aufgerissen, und ein junger Mann hastete heran. Die Augen in seinem viel zu weißen Gesicht waren weit aufgerissen, und graue Bartstoppel bedeckten sein Kinn.

Ohne Aries zu beachten, ging er direkt auf den Mann neben ihr zu. »Doktor Tavish, sie … sie …«, keuchte er die Worte, während ein weiterer Schrei durch die Luft gellte.

Die zwei Männer drehten sich gleichzeitig um und eilten die Stufen zum Haus hinauf. Aries folgte ihnen umgehend und betrat das Haus hinter ihnen. In der kleinen Diele blieb sie kurz stehen. Der warme Geruch von Pfefferkuchen und Gewürzen hieß sie willkommen. Sie folgte ihnen durch Räume, die luftig und hell waren, und sie wusste, dass sie unter anderen Umständen hier mit offener Gastfreundlichkeit empfangen worden wäre. Die Räume vermittelten ihr das Gefühl einer glücklichen Familie, und sie hoffte inständig, dass hier heute nichts geschehen würde, das dieses Glück zerstörte.

Der junge Mann führte sie über eine Treppe nach oben zu einem Raum, der am Ende des Gangs lag. Der Hartholzfußboden war honigbraun gewachst, und der saubere Geruch des Bienenwachses vermischte sich mit dem der Pfefferkuchen zu einem köstlichen Duft.

Der junge Mann hielt einen Moment inne, als er die Hand bereits auf den Türknauf gelegt hatte. Er nahm einen tiefen Atemzug und spannte seine Schultern an, bevor er die Tür öffnete.

Im Inneren des Raumes befand sich ein großes, verschnörkeltes Bett, in dem der geschwollene Körper einer Frau lag. Sie warf ihren Kopf ruhelos hin und her und sog die Luft in kurzen, keuchenden Atemzügen ein. Ihr feuerrotes langes Haar lag feucht und matt auf dem Kopfkissen.

An ihrer Seite stand eine ältere Frau, die das Gesicht des

Mädchens mit einem feuchten Tuch abtupfte und ihr sanft zusprach.

Doktor Tavish ließ seine Tasche an der Tür fallen und begab sich an die Seite des Mädchens. Die Frau hielt in ihrer Fürsorge inne und hieß ihn mit einem Blick tiefer Erleichterung willkommen. »Gott sei Dank.« Dann entdeckte sie Aries, und ihr Gesicht spiegelte die unausgesprochene Frage wider.

»Das ist Doktor Aries Burnett«, stellte er sie dem Raum knapp und lapidar vor. »Sie kommt aus Philadelphia«, fügte er hinzu, als würde dies alles erklären. Er nahm die schlaffe Hand, die auf dem Quilt ruhte, und sagte: »Laurie, Liebes, sieht so aus, als bräuchtest du ein wenig Hilfe dabei, das Kleine auf die Welt zu bringen.« Er schüttelte den Kopf. »Genau wie der Vater, widerspenstig bis zum bitteren Ende.«

Sie lächelte ihn schwach an und biss sich auf die bereits blutverkrustete Lippe. Dann blickte sie zu Aries hinüber.

»Sie sind die Frau, die drüben auf der Big Hole Ranch lebt, nicht wahr?«, flüsterte sie mit dünner Stimme, jedes Wort durch die Anstrengung, die es sie kostete, betont. »Jarrett …« Sie beendete den Satz nicht, da sie von einer weiteren Welle des Schmerzes ergriffen wurde. Ihr riesiger Bauch verkrampfte und kräuselte sich unter den Kontraktionen.

Sie verspannte sich und bereitete sich auf den Schmerz vor, der, wie sie wusste, sogleich mit voller Kraft zuschlagen würde. Ihre Finger rollten sich zu Fäusten zusammen.

»Nein.« Der Befehl kam schnell und barsch. Dann ging Aries an dem Ehemann vorbei, nahm ihren Platz direkt neben dem Kopf der Frau ein und fügte mit sanfterer, aber dennoch fester Stimme hinzu: »Atmen Sie ein. Halten Sie nicht den Atem an. Atmen Sie. Hecheln Sie wie ein Hund.« Ohne jeden Zweifel erwartete sie, dass ihre Anordnungen sofort und ohne Fragen befolgt wurden. Aries schlüpfte mit Leichtigkeit in ihre Rolle als Ärztin und übernahm die Kontrolle der Situation. »Atmen Sie, bis die Kontraktion zu Ende ist. Es wird Ihnen dabei helfen, sich zu entspannen«, fügte sie freundlicher hinzu. Sie legte ihre Hand auf den Bauch der jungen Frau und starrte in das von Schmerz schwer gezeichnete Gesicht. Erst zögerlich und dann immer stärker war das Geräusch schneller Atemzüge zu vernehmen, als sie sich gegenseitig in die Augen blickten und ein Ausdruck des Vertrauens auf Lauras Gesicht trat.

»Genau so… weiter so.« Aries lächelte sie an und sagte dann: »Machen Sie weiter, lassen Sie sich nicht unterkriegen, bleiben Sie dran. Es ist fast vorbei. Da! Jetzt können Sie sich einen Moment lang ausruhen.« Sie blickte zu dem Ehemann und der Schwiegermutter auf.

»Wie lange sind die Kontraktionen bereits so stark?«

»Sie liegt schon seit gestern früh in den Wehen. Hat es vor uns geheim gehalten bis gestern Nacht, weil sie keine Aufmerksamkeit auf sich ziehen wollte.« In den Worten ihres Ehemanns schwangen Liebe, Stolz und Furcht mit. Er streckte die Hand aus und berührte leicht ihren Fuß.

Aries richtete sich auf und entgegnete dem Blick von Doktor Tavish. Sie nickte leicht.

»Wir müssen sie untersuchen«, sagte dieser ohne weitere Umschweife. »Tommy, wieso wartest du nicht unten. Wir haben Jarrett eine Nachricht hinterlassen, dass er hierherkommen soll, sobald er zum Hotel zurückkehrt. Dann könnt ihr erst einmal die neuesten Neuigkeiten austauschen«, fügte der Doktor hinzu, auch wenn er wusste, dass es nur leere Worte waren, die der Beschwichtigung dienten. »Mrs Simm.« Ein Lächeln erhellte sein strenges Gesicht. »Damit meine ich beide Mrs Simms«, korrigierte er sich. »Wir schauen uns das kurz genau an, und gemeinsam werden diese feine Ärztin und ich es schon schaffen, Ihren Sohn… oder Ihre Tochter… auf die Welt zu bringen. Sind alle mit diesem Plan einverstanden?« Die Frage ließ keine andere Antwortmöglichkeit als ein »Ja« zu, und um dies zu bekräftigen, trat er zur Tür und hielt sie auf. »Tommy, ich könnte eine Tasse Kaffee gut gebrauchen. Und

Anne«, sprach er die ältere Mrs Simm an, »ich habe diese junge Dame aus dem Bett geworfen, nachdem sie den Großteil der Nacht auf den Beinen war, weil sie eine lebensrettende Operation bei dem kleinen Wilson-Jungen durchgeführt hat. Hab sie ohne einen einzigen Krümel Frühstück hierhergeschleppt. Wenn ich so darüber nachdenke …« Er konzentrierte seine Aufmerksamkeit auf Aries. »Ich kann mich auch nicht entsinnen, dass Sie gestern Nachmittag oder Abend etwas gegessen hätten, was das angeht.«

Anne lächelte Aries an, ihre braunen Augen lebhaft und voller Verständnis.

»Ich werde schnell etwas zubereiten. Komm, Tommy. Ich denke, unsere Laura ist in guten Händen.« Sie blickte zu ihrem Sohn auf und legte eine von Arbeit gezeichnete Hand auf seinen Arm. »Es wird alles gutgehen. Gott weiß, dass du und ich sie brauchen. Er hat uns nicht nur einen, sondern gleich zwei Ärzte geschickt. Das Mindeste, was wir tun können, ist, ihren Hunger zu stillen.« Sie schob ihn aus dem Raum, obgleich ihm die Schritte schwerfielen und seine Augen voller Widerwillen leuchteten. Er blieb einen Moment in der Tür stehen und blickte zu seiner Frau, in der Hoffnung, dass sie ihn verstehen und ihm zeigen würde, was er tun solle.

»Es ist in Ordnung, Tommy«, sagte sie schwach. »Geh«, keuchte sie, als eine weitere Kontraktion sie mit ihrer nach oben offenen Spirale des Schmerzes ergriff. »Jetzt. Und komm nicht zurück, Liebling, bevor ich dir nicht unser Kleines präsentieren …« Sie gab einen scharfen Schrei von sich. Als sie den Druck von Aries' Hand auf ihrer Schulter spürte, der sie an das zuvor Gesagte erinnerte, begann sie kurze und schnelle Atemzüge zu nehmen.

Aries und Doktor Tavish standen eng beieinander auf dem Treppenabsatz vor der geschlossenen Schlafzimmertür. Laurie erholte sich von einer weiteren ergebnislosen Kontraktion. Sie hatten sie beide untersucht, ohne ihr allzu viel Unbehagen zu verursachen. Beide kamen zu demselben Ergebnis durch diese Untersuchung, und sie tauschten wissende, unglückliche Blicke aus.

»Symptome einer Steißgeburt«, sagte Aries leise. »Ich habe so etwas bereits miterlebt.« Sie fügte nicht hinzu, dass die meisten Mütter bei dem Versuch starben, ein Kind auf die Welt zu bringen, dessen Kopf sich im Geburtskanal nicht in der richtigen Position befand. Das Kind lag mit den Füßen vorwärts im Geburtskanal. Da der Kopf nicht unterstützend mithilft, den Kanal weiter zu öffnen, steigern sich die Wehen, und die Geburt kann nicht voranschreiten.

Doktor Tavish nickte mit dem Kopf. Es war nicht nötig, auszusprechen, was sie beide bereits wussten. Er kratzte sich müde und frustriert über die Bartstoppeln an seinem Kinn.

»Es sind Dinge wie diese, die einen Mann in den Alkohol treiben.« Er sah sie herausfordernd an, als er erwarte er Widerspruch. Als sie nicht darauf reagierte, ging er auf die Treppe zu. »Wir haben eine lange Nacht vor uns, Aries. Lassen Sie uns etwas Kaffee trinken gehen.« Zu sich selbst murmelte er leise: »Wie soll ich Tommy das erklären? Sie ist der Mittelpunkt seines Lebens, schon seit sie ihr rotes Haar noch zu Rattenschwänzchen zusammengebunden hat.«

»Ich gehe wieder zu ihr hinein, während Sie sich eine Tasse holen. Dann können Sie mich meinetwegen ablösen. Sie kennen die Familie besser als ich. Sie sollten derjenige sein, der mit ihnen redet, und außerdem möchte ich sie nicht alleine lassen. Ich befürchte, sie wird gleich eine weitere Wehe durchstehen müssen.«

Wie auf Kommando gellte ein Schrei durch die Luft. Beide stürzten gleichzeitig auf die Tür zu und stießen sie auf. Gemeinsam hasteten sie an die Seite des Betts. Dieses Mal konnte Aries mit ihrem guten Zureden nichts ausrichten. Der Schmerz umfing die Frau und verdrängte alles Bewusstsein um die Vorgänge und Geräusche um sie herum. Ihr Körper fühlte sich an, als würde er entzweigerissen, während ihr Kind darum kämpfte, auf die Welt zu kommen.

Der Schmerz schien einen Höhepunkt zu erreichen, als ob er die Endgültigkeit der Diagnose abgewartet hätte und nun freien Lauf fand, um die Frau ganz in seinen Bann zu ziehen. Ihre Schreie wuchsen an und erfüllten Haus und Hof mit ihrer Qual.

Aries wich ihr in den nächsten Stunden nicht von der Seite. Wenn sie sich wieder aufrichtete, nachdem sie sich wieder einmal über das Bett gebeugt hatte, um Lauries Hand eng zu umschlingen, protestierte jeder einzelne Knochen in ihrem Körper. Der Zustand der Patientin verbesserte sich nicht. Tatsächlich hatte sich die Lage deutlich verschlimmert, während das Haus in den gespenstischen Pausen zwischen den Wehen und den immer schwächer werdenden Schreien den Atem anhielt.

Aries beugte sich über das Mädchen und sah die dunklen Schmerzensringe unter Lauries Augen. Sie presste die Lippen aufeinander. Entschlossenheit erfüllte sie, und sie traf eine Entscheidung. Sie legte die Hand des Mädchens neben ihren Körper und verließ mit festem Schritt den Raum.

Schnell ging sie die Treppen hinunter und fand ihren Weg in die Küche, indem sie den Stimmen folgte.

Doktor Tavish hatte das Schlafzimmer nur kurz zuvor verlassen, hin und her gerissen zwischen der Frau, die im oberen Stockwerk große Schmerzen durchstand, und dem jungen Mann, der unten mitlitt. Er hatte versucht, Aries dazu zu bewegen, mit ihm mitzukommen, aber erneut hatte sie sich dafür entschieden, bei der Patientin zu bleiben. Es schien fast, als würde sie versuchen, durch ihre reine Anwesenheit das Kind dazu zu bringen, sich umzudrehen und über den Geburtskanal auf die Welt zu kommen. Sie fühlte sich hilflos und war voller Zorn über ihre medizinische Ausbildung, die nicht dazu ausreichte, das Leben dieser jungen Frau zu retten.

Als sie in die Küche kam, verstummten alle Stimmen. Alle

Augen richteten sich auf sie, und auf jedem der Gesichter war eine Frage abzulesen. Ihr Blick richtete sich jedoch nicht auf sie, sondern auf den vertrauten Rücken des Mannes, der vor einem der Fenster stand und hinaus in die späte Nachmittagssonne blickte, die den Hof überflutete.

Er bemerkte die Stille, die über den Raum gefallen war. Als ihm ihre Anwesenheit auffiel, drehte er sich langsam um. Die Bewegung zeugte von kontrollierter Wut und Schmerz. Als er sie endlich ansah, wich sie einen Schritt zurück. Sie hatte erwartet, dass er ihr mit Wärme, vielleicht sogar Liebe entgegentrat. Der Mann vor ihr zeigte keines von beidem. Um seinen Mund zeichneten sich harte Linien ab, und sein Gesicht war düster und unfreundlich. Seine starre Körperhaltung ähnelte der eines misstrauischen Gladiators. Schmerz verschleierte ihr die Augen, und ihr stockte der Atem angesichts der Veränderung, die ihn einmal mehr in den kalten, wachsamen Mann verwandelt hatte, der seine seltenen und notdürftigen Versuche, seine Fürsorge zu zeigen, sparsam einteilte. Der Mann vor ihr hatte allem Anschein nach alle Liebe, die er möglicherweise gefühlt hatte, mit seinen Fäusten gepackt und sie hinter Mauern eingesperrt, die so dick waren, dass nichts davon jemals wieder nach außen dringen würde. Er sagte nichts zu ihr, aber das musste er auch nicht. Die unnachgiebigen Linien seines Körpers sprachen für ihn.

»Wie … wie lange bist du schon hier?«, keuchte sie auf.

Seine dunklen und undurchdringlichen Augen richteten sich auf die Treppe. »Lange genug«, antwortete er kurz angebunden.

Anne hatte die Spannung, die in der Luft lag, nicht bemerkt, und stellte sich zwischen die beiden. Sie drückte Aries eine große Tasse mit heißem Kaffee in die kalten Hände. Aries beugte den Kopf, von dem unwiderstehlichen Aroma angezogen, nach unten und nahm wie automatisch einen Schluck des stimulierenden Getränks. Der Raum begann zu schwanken und sie stolperte. Jarrett war wie ein Blitz an ihrer Seite und packte sie mit so festem Griff an beiden Armen, dass sie laut aufschrie. Sofort lockerte er seinen Griff, schob sie aber dennoch mit einer gewissen Forschheit auf einen Stuhl.

»Setz dich hin, bevor du noch hinfällst!«, befahl er ihr mit rauer, kalter Stimme. »Du bist vollkommen erschöpft«, fügte er vorwurfsvoll hinzu, »und du musst etwas essen.«

»Nein«, sagte sie und hielt damit Anne davon ab, sich in Richtung des Küchenherds zu bewegen. »Nein, dafür ist jetzt keine Zeit. Bitte, Jarrett.« Ihre Augen flehten ihn an und ließen seinen Protest verstummen, während sie immer noch nach dem Mann suchte, der nicht mehr dort war.

»Er hat recht, Aries. Ich gehe wieder nach oben zu ihr«, sagte Doktor Tavish und erhob sich von dem Küchenstuhl. »Sie bleiben hier sitzen und ruhen sich für ein paar Minuten aus. Wir können eh nur beobachten und …«

»Nein, das ist nicht das Einzige, was wir tun können.« Herausfordernd stand Aries auf. Sie streckte ihr Kinn nach vorne und trat ihnen entgegen. Jeder von ihnen hatte mit seinen eigenen privaten Dämonen und Gedanken zu kämpfen. Sie war eine Außenseiterin, aber sie hatte sich einen Weg in ihre Leben erschlichen. Sie atmete tief ein und richtete sich auf, bereit, den Kampf aufzunehmen, falls dies nötig sein würde.

Sie wandte allen den Rücken zu – außer Tommy, dem einen Mann, den sie die Entscheidung treffen lassen würde. »Ich bin nach unten gekommen, um Sie, Tommy, um die Erlaubnis zu bitten, mich versuchen zu lassen, das Leben Ihrer Frau zu retten.«

Er riss angesichts ihrer Worte die Augen weit auf, und selbst dieser kleine Strahl der Hoffnung entrang ihm einen gequälten Laut.

»Ich würde alles tun … alles, um sie zu retten. Ich liebe sie. Ich …« Er senkte die Stimme, da ihm sein Flehen peinlich war. »Ich kann ohne sie nicht leben«, sagte er gebrochen. »Wenn das bedeutet, dass wir das Kind verlieren, nun, dann …« Der Rest des Satzes blieb ihm im Hals stecken, und er wagte es nicht, weiterzusprechen. Anne hielt sich erschrocken eine Hand vor den Mund. Tränen liefen ihr aus den Augen und die faltigen Wangen hinunter. »Sagen Sie es mir einfach«, flüsterte er, »bitte sagen Sie es mir.«

Jarrett wandte den Blick von dieser schmerzhaften Szene ab, mit der er nichts zu tun haben wollte. Im Blau seiner Augen flackerte Erinnerung an den Kummer und den Schmerz auf, als er gleichzeitig mit seinem Freund die quälende Hilflosigkeit erneut durchlebte … die Unfähigkeit, jemanden zu retten, den man liebt.

Das Herz schlug ihr bis zum Hals, als es aus ihr heraussprudelte: »Ich sagte, dass ich es versuchen werde, Tommy. Versuchen«, warnte sie ihn erneut. Sie ignorierte Jarretts finsteren Blick und entfernte sich von seiner regungslosen Figur.

Dann wandte sie sich Doktor Tavish zu.

»Ich schlage vor, dass wir versuchen, das Kind zu drehen.« Sie beeilte sich weiterzusprechen, um sein Kopfschütteln zum Stillstand zu bringen. »Ich habe so etwas noch nie zuvor getan, und ich werde auch nichts anderes behaupten. Aber«, senkte sie ihre Stimme, »ich habe meinem Vater dabei zugesehen … und er war erfolgreich. Meine Hände sind schmal und können noch einfacher in den Geburtskanal greifen und …« Es wurde ihr nicht gestattet, den Satz zu Ende zu führe.

»Auf keinen Fall«, brauste Doktor Tavish auf. »Sie könnten dabei …«

»Was, Doktor?« Sie stellte sich ihm ebenso tapfer wie ein wütender Dachs entgegen. Mit fester Stimme forderte sie ihn heraus: »Was könnte ich dabei? Sie töten?« Man hörte nur, wie alle am Tisch Versammelten scharf die Luft einsogen, als sie vor ihren Worten zurückschreckten.

»Tommy«, sagte sie und drehte dem Arzt den Rücken zu, um sich wieder dem verzweifelten jungen Mann zuzuwenden.

»Es ist unsere einzige Chance. Wenn wir die Natur ihren Lauf nehmen lassen, werden Ihre Frau und vermutlich auch Ihr Kind sterben. Sie wird immer müder und schwächer. Wenn wir es nicht jetzt versuchen, wird sie nicht mehr die Kraft haben, uns zu helfen.« Sie stellte ihre Tasse langsam ab und legte beide Hände auf den Tisch, um sich stillzuhalten, während sie auf eine Entscheidung wartete. »Es liegt an Ihnen. Ich kann Ihnen nichts versprechen, aber so hat sie zumindest eine Chance.«

Der Mann blickte sich wild im Raum um, sah jedes der Gesichter flehentlich an, blickte von ihrem Gesicht weg und dann schließlich wieder zu ihr hin. Er nahm einen tiefen Atemzug, bis seine Lungen nichts mehr aufnehmen konnten, um die Luft anschließend wieder auszustoßen und sie mit einem durchdringenden Blick anzusehen. Sie begegnete seinem Blick, ohne die Augen abzuwenden, und strahlte dabei ein Selbstvertrauen aus, das sie selbst überhaupt nicht spürte.

»In Ordnung«, krächzte er mit zusammengezogenem Hals. Das Urteil war gesprochen: Er hatte seine Frau und das Kind entweder gerettet oder verdammt.

Aries erlaubte es sich nicht, Jarrett anzusehen. Stattdessen sah sie direkt zu Doktor Tavish.

Er zögerte, antwortete dann aber in einer Parodie der Ereignisse des Vortags mit denselben Worten: »Ich werde Ihnen assistieren.«

Ohne noch etwas zu sagen, eilten die beiden aus dem Raum und ließen drei Menschen zurück, die durch die allzu reale Gefahr miteinander verbunden waren, dass sie jemanden verlieren könnten, der ihnen am Herzen lag. Die drei kämpften alle auf ihre eigene Weise gegen die lange, dunkle Nacht an.

Die Zeit war wie ein leerer Raum voll schwerer Luft, in dem sie warteten und lauschten. Es drangen keine Geräusche aus dem Zimmer im oberen Stockwerk. Kein einziges Geräusch war in der Küche zu hören. Es schien, als hätte die Zeit aufgehört zu existieren und als würde es keine Geräusche mehr geben.

Niemand sprach ein Wort, niemand sah sich an. Der Moment war bereits verstrichen, in dem sie sich gegenseitig Trost und Unterstützung hätten spenden können. Nun mussten sie sich auf sich selbst besinnen und all ihre Reserven bemühen, um es durch diesen Tag zu schaffen, was auch immer er ihnen bringen würde.

Dann drang ein kleiner, miauender Laut durch die erdrückende Stille. Ein weiteres Miauen, gefolgt von einem vollen, kräftigen Schrei, wehte die Treppe herunter und durch die offene Küchentür. Es war der schönste Klang der Welt. Als ob dem Kind dies klar war, begann es sich laut über all die Misshandlungen zu beschweren, die es auf seinem Weg in die Welt hatte erleiden müssen.

Tommy begann, in Richtung der Tür zu gehen, hielt dann inne und lehnte seinen Kopf gegen den Türstock. Dort stand er und lauschte, wartete. Das Schreien hatte aufgehört, und die Angst senkte sich erneut auf sie herab, umkreiste sie auf tiefen Schwingen und fächerte ihnen kalte Luft entgegen. Die Tür zum Schlafzimmer öffnete sich und wurde wieder zugeworfen. Das Geräusch schneller, gleichmäßiger Schritte eilte die Treppe herunter auf sie zu. Anne ging näher zu ihrem Sohn, bereit seinen Schmerz mit ihm zu teilen.

Aries erschien in ihrem Blickfeld. Ihr Gesicht strahlte vor Freude. In ihren Armen hielt sie ein kleines Bündel, das eng in eine Flanelldecke eingehüllt war. Sie blieb vor dem Mann stehen, der sie nicht aus den Augen ließ, der abwartete und betete. Eine winzige Faust streckte sich aus dem Gefängnis aus Decken heraus und winkte in der Luft, während ein weiterer wütender Schrei aus der Decke drang.

»Mr Simm, ich würde Ihnen gerne Ihre Tochter vorstellen. Und«, fügte sie schnell hinzu, »ihre Mutter möchte, dass ich Ihnen ausrichte, dass es ihr gutgeht, aber dass Sie dafür einen weiteren Rotschopf am Hals haben.«

Kaum hatte sie die Worte ausgesprochen, als er auch schon

freudig aufschrie, nach ihr griff und ihr einen dicken Kuss mitten auf den Mund verpasste. Einen solchen verpasste er auch seiner Mutter, bevor er zärtlich und mit deutlich mehr Zurückhaltung den noch nassen roten Schopf seiner Tochter küsste. Dann stieß er einen weiteren Freudenschrei aus, der das Haus in seinen Grundfesten erschütterte und seine Tochter zu einem lauten Protest animierte. Er stürmte aus dem Raum und flog, zwei Stufen auf einmal nehmend, ans Bett seiner Frau.

Kapitel 25

Jarrett sprach nur das Nötigste mit Aries, und dann auch nur, um mit ihr über die Abreise zu reden. Sie nahm ihren Platz neben ihm auf dem Wagen ein. Die Distanz zwischen ihnen war mit eiskalter Spannung erfüllt. Sie sah sich gezwungen, überall hinzuschauen, nur nicht auf den wie gemeißelt wirkenden Umriss seines Gesichts, während das Pferd unter Jarretts regelmäßigem Schnalzen mit den Zügeln die Distanz zur Ranch in Rekordzeit hinter sich brachte.

Er hielt vor dem Haus an, ging ohne ein Wort zu sagen um den Wagen herum und hob sie herunter. Auf seinem ausdruckslosen Gesicht zeigte sich keinerlei Emotion, als würde er einer vollkommen Fremden helfen. Er stellte sie fest auf dem Boden ab und ließ sie los.

»Jarrett«, appellierte sie an ihn und legte ihre Hand auf die sehnigen Muskeln seines Unterarms. »Bitte rede mit mir.« Ihre Stimme war leise und flehend. »Ich verstehe dich nicht.« Sie hob ihr Gesicht zu ihm an, ihre türkisfarbenen Augen voller Fragen und unvergossener Tränen.

Er sah sie an. Das einzige Anzeichen einer Reaktion oder eines Gefühls war das Zucken eines Muskels neben seinen kalten Augen. Seine Lippen zogen eine dünne Linie.

Das Leid in ihren Augen versetzte ihm den letzten Stich. Ein Schmerz durchfuhr ihn, der ihn zum Zittern brachte und ihn innerlich mit seinem Unvermögen, gestillt zu werden, zerriss.

Die Worte brachen mit einer ruhigen Grausamkeit aus ihm hervor: »Ich werde so etwas nicht noch einmal durchmachen. Ich werde nicht zulassen, dass ich eine Frau liebe, nur um sie zu verlieren. Ich kann es nicht. Ich dachte, ich könnte es. Ich dachte, dass ich mit deiner Hilfe die Vergangenheit begraben könnte, und ich habe es getan, das habe ich wirklich. Aber heute … heute kam alles zurück. In dem Moment, als ich in diesen Hof fuhr und die Schreie hörte, wusste ich, dass ich einen schrecklichen Fehler begangen hatte. Ich stand in der Küche, vollkommen hilflos, so hilflos, wie ich es war, als … Aries, ich war verheiratet.« Er nahm einen quälenden Atemzug und schob sie von sich weg. Seine Hände umklammerten ihre Arme wie ein enges Band. »Sie ist in meinen Armen gestorben, als sie versuchte, unser Kind auf die Welt zu bringen. Ich habe sie im Stich gelassen. Ich war hilflos«, wiederholte er. »Also habe ich geschworen, dass ich mich niemals mehr verlieben würde. Es tut mir leid, Aries. Ich kann nicht in Worte fassen, wie …«

»Nein!«, schrie sie auf und hob ihre Hand fassungslos an den Mund, während seine Worte an ihr zerrten. »Nein! Sag das nicht, Jarrett, tu es nicht. Bitte tu uns das nicht an. Bitte lass dich nicht von der Vergangenheit oder von dem, was heute passiert ist, abhalten, nach vorne zu sehen.« Ihre Stimme wurde leiser, als sie mit zitternden Lippen fortfuhr: »Was mit deiner Frau und mit deiner Mutter und mit Laurie heute passiert ist, ist die Ausnahme. Die Entbindung ist nicht immer so schwer und«, fügte sie noch leiser hinzu, »tödlich. Wir lernen immer mehr dazu. Lauries nächste Entbindung wird vermutlich einfacher und schneller verlaufen. Es muss nicht immer so sein.« Sie betonte jedes einzelne Wort, um ihnen die Bedeutung zu verleihen, die nötig war, um ihn umzustimmen.

»Nein, Aries, du hast recht. Es muss nicht so sein.« In seiner Stimme lag Fatalismus. Dann ließ er seine Hände zur Seite fallen, drehte sich auf dem Absatz um und bewegte sich weg von ihr. »Das muss es nicht. Ich werde dafür sorgen, dass es das nicht ist!«

* * *

Die Tage verschwommen ineinander. Aries wachte jeden Morgen mit schwerem Herzen auf, sobald sie das Bewusstsein überströmte, dass sie Jarrett verloren hatte. Die Verzweiflung lag schwer wie Blei auf ihrem Körper, und es kostete sie große Überwindung, die Sicherheit ihres Zimmers zu verlassen und ihren Pflichten nachzukommen, deren Erledigung sie sich selbst auferlegt hatte.

Zuerst hatte sie noch gedacht, dass er einsichtig werden würde. Dass es ausreichen würde, wenn er sie sah. Dass ihre Liebe, mit der sie nur wartete ihn zu überschütten, seine eiserne Entschlossenheit zum Schmelzen bringen würde. Aber Jarrett hielt sich nicht nur von ihr fern, sondern schlüpfte auch noch mit Leichtigkeit in seine frühere Rolle. Er machte sich so rar wie möglich und kam nur gelegentlich in das Haus, um mit ihnen ein Mahl zu teilen, das er dann still zu sich nahm. Wenn es eine Aufgabe fern der Ranch gab, so übernahm Jarrett sie. Seine Qual war ihm ins Gesicht geschrieben, doch er versuchte sie mit seiner herablassenden, herzlosen Verhaltensweise zu vertuschen.

Der Sommer zog mit aller Macht ins Land, aber in Aries' Innerem herrschte der Winter und durchfuhr sie mit eiskaltem Wind. Sie versuchte ihr Bestes. Jeden Morgen fasste sie den Entschluss, dass sie diesen Schmerz heute nicht mehr zulassen würde. Sie beschloss, nicht Ausschau nach Jarrett zu halten, nicht auf das Herannahen seiner Schritte zu lauschen oder sich nach dem Klang seiner Stimme zu sehnen.

Die einzige Person, die es schaffte, an Jarrett heranzukommen, war Timmy. Wenn er dem Kind zuhörte, das ihm nie von der Seite wich, zeigte sich ein seltenes Lächeln auf Jarretts Gesicht.

Es war einer jener Sommertage in Montana: ein Tag voller süßer Gerüche, der gelegentlich durch das träge Summen einer Biene unterbrochen wurde. Die geduldig wärmende Sonne hatte am Himmel ihren Zenit erreicht. Es war ein Tag, der geradezu darum bettelte, dass man ihn genoss.

Aries stand auf der Veranda und hob ihr Gesicht ins Sonnenlicht. Entschlossen pfiff sie nach King.

Der Welpe, der unaufhaltsam in die Größe seiner Pfoten hineinwuchs, rannte neben ihr her, als sie dem lockenden Rauschen des Wise River folgten. King blieb stehen, um an den Wildblumen und dem hohen Gras zu schnüffeln. Dann lief er ihr im Zickzack voraus, um das üppige Feld genauer zu untersuchen, das zu dem dichten Buschwerk und den Weiden führte, die den Wise River säumten.

Aries entfuhr ein leises Lachen, als sie die Possen des Welpen beobachtete, der neugierig alles beschnupperte. Sie fühlte sich freier, als sie es seit langer Zeit getan hatte. Das hier war genau das, was sie brauchte, und sie schwor sich, mehr zu unternehmen, anstatt sich in der Nähe des Hauses aufzuhalten und zu warten.

Sie verlor den Welpen aus den Augen. Er wurde von dichten Büschen verschluckt. Aber sie konnte ihn vor sich hören und fing an, schneller zu gehen. Sie schob die Äste mehrerer ineinander verschlungener Weiden und Gestrüpp beiseite und sprang durch die Öffnung, während sie lachend seinen Namen rief.

»King!« Der Name gefror ihr auf den Lippen. In der Lichtung, kaum sechs Fuß vor ihr, befand sich ein großer Braunbär. Er stand auf allen vieren und hielt seinen großen Kopf still, als er begann, in der Luft zu schnuppern. Ihr blieb kaum genug Zeit, um diesen Anblick in sich aufzunehmen, als King durch ein Gebüsch zu ihrer Seite auf den Weg raste. Beim Anblick des Bären gab er ein erschrecktes »Wuff« von sich.

King hatte noch nie so etwas wie dieses seltsame Tier gesehen, aber ein innerer Instinkt warnte ihn, sich davor in Acht zu nehmen, und er sprang und tanzte vorsichtig umher. Sein erschreckter Laut wandelte sich in lautes, schrilles Bellen. Er hob und senkte seine Füße, ohne sich von der Stelle zu bewegen, wich weder zurück, noch schnellte er vor. Der Bär drehte seinen Kopf in Richtung des Hundes. Als er das Ärgernis erblickte, entdeckten seine runden, glänzenden Augen auch die Frau, die dort stand und mit der Hand immer noch die Weide umklammerte, die sie beiseitegeschoben hatte, um durch das Gebüsch zu steigen.

Er gab ein leises, warnendes Knurren von sich und richtete seinen gewaltigen Körper mit nur einer Bewegung auf, sodass er sie auf seinen zwei Hinterbeinen hoch überragte.

Aries fühlte, wie ihr Blut zu Eis gefror. Sie konnte sich nicht von der Stelle rühren, auch wenn ihr Verstand ihr zuschrie, dass sie fliehen sollte.

Der Bär drehte den Kopf auf seinem kurzen Hals, und Aries konnte seine langen Krallen genau sehen. Ein saurer Geruch drang zu ihr, und sie musste vor Angst würgen. Das Brüllen des Bären dröhnte in ihrem Kopf, und ihre Ohren verschlossen sich in einem Gefühl von Müdigkeit und Unglauben. Es war, als ob sie jemand anderes wäre, jemand, der nur zusah, wie sich diese schreckliche Szene entwickelte. Aries war hilflos und blieb wie angewurzelt stehen.

Sie leckte sich über ihre ausgetrockneten Lippen und krächzte ein geflüstertes »King« hervor.

Der Welpe hörte seinen Namen und drehte sich um. Das war der endgültige Auslöser für den Bären, sich in Bewegung zu setzen. Auf Beinen, die zu kurz erschienen, um so einen massiven Körper tragen zu können, tat er erst einen langsamen Schritt in Aries' Richtung, dann einen weiteren. Die Entfernung zwischen ihnen verringerte sich.

King fuhr fort, warnend zu bellen. Sein Gebell vermischte

sich mit dem schrillen unkontrollierten Schrei, der sich Aries' Kehle entrang.

Der Bär erstarrte in seiner Bewegung. Seine schwarze Nasenspitze vibrierte, als er diese unwillkommenen Eindringlinge witterte.

Der Schrei hatte sie aus ihrer Starre befreit. Endlich gelang es den Nachrichten aus ihrem Gehirn, zu ihren bleischweren Füßen vorzudringen. *Lauf*, schrie es in ihr, *beweg dich!* Sie gehorchte dem Befehl und zwang ihren steifen Körper, einen Fuß hinter den anderen zu setzen. Sie wich vor dem Monster zurück, in dessen weit geöffnetem Maul die Spitzen seiner langen, scharfen Zähne sichtbar waren.

Aus ihrer Kehle drang ein leiser, wimmernder Laut der Panik. Sie kämpfte sich Zentimeter um Zentimeter nach hinten. Ihr war völlig bewusst, dass sie verloren wäre, sollte der Bär sich entscheiden, ihr zu folgen. Sie fühlte sich klein und unbedeutend, als ihr klar wurde, dass nur ein einziger Schlag mit diesen rasiermesserscharfen Pranken, nur ein Biss dieser stählernen Kiefer genügen würde, ihr Leben auszulöschen. Sie hatte Angst, sich umzudrehen und wegzulaufen, Angst, dem Tod, der sie erwartete, den Rücken zuzudrehen. Die Zeit stand still. Sie wusste, dass ihr Schicksal in der Schwebe hing, während sie gebannt die langsame Reaktion des Bären verfolgte.

Ein weiterer Schritt zurück, dann noch einer. Von der Ferse bis zu den Zehenspitzen vollzog sie einen makabren Tanz mit dem Schicksal.

Der Bär knurrte erneut, drehte seinen Kopf langsam von ihr weg und richtete seine Aufmerksamkeit stattdessen auf das Gebüsch neben Aries. Dort saß, sein kleines braunes Hinterteil gegen einen Baum gedrückt, ein Bärenjunges, das auf den Boden geplumpst war und sich nun verwirrt und verängstigt umsah. Es tat einen Schrei, wie ihn Säuglinge von sich geben, wenn sie ihre Mutter brauchen.

Die Bärin hörte den Ruf und warf ihren Kopf wütend hin

und her. Mit lautem Brüllen machte sie einen weiteren Schritt auf Aries zu.

»Nein, nein«, schluchzte sie. Die Worte blieben ihr im Hals stecken, und sie trat zwei weitere taumelnde Schritte nach hinten. Sie wusste, dass ihre einzige Chance darin bestand, sich umzudrehen und wegzulaufen. Zu rennen, als würde ihr Leben davon abhängen, denn das tat es. »King«, flüsterte sie dem bellenden Hund zu, »komm.« Irgendwie hörte er ihren Befehl und rannte zu ihr, wobei er sich immer wieder umdrehte, um einmal mehr vergebens zu bellen.

Aries spannte die Muskeln ihres ganzen Körpers an und drückte sich auf dem Absatz nach hinten, wo sie gegen etwas Festes stieß, das ihre Bewegung zum vollständigen Stillstand brachte.

»Neeiin«, stöhnte sie auf, und Hoffnungslosigkeit durchströmte sie.

Dann spürte sie sanften Atem an ihrem Ohr und hörte den geflüsterten Befehl: »Nicht bewegen.« Jarrett. Sie begann gerade erst zu begreifen, dass sie einen Moment zuvor gegen die harten Muskeln seiner Brust gestoßen war, als er erneut sprach, seinen Mund gegen ihr Ohr gedrückt: »Gib keinen Laut von dir, Liebes. Wir weichen langsam vor ihr zurück. Wir müssen uns von ihr entfernen und sie so wissen lassen, dass keine Gefahr für ihr Junges besteht.« Er untermalte seine Worte mit Taten. Die Arme um sie geschlungen, nahm er ihr Gewicht auf sich und wich gemeinsam mit ihr langsam und vorsichtig nach hinten zurück, vergrößerte den Abstand zwischen ihnen und den zwei Bären.

Das Junge sah, dass der Weg zu seiner Mutter frei war, und gab einen weiteren weinerlichen Laut von sich, bevor es sich von seinem Hintern auf die kurzen Beinchen rollte. Ohne noch mehr Zeit zu verlieren, tapste es schnell und schwankend an die Seite seiner Mutter und brachte sich in Sicherheit. Langsam senkte sich deren massiger Körper von seiner gewaltigen Höhe herab und ließ sich auf alle viere fallen. Die Bärin schnaubte und beschnüffelte ihr Junges, um sicherzugehen, dass es von den Menschen nicht verletzt worden war. Dann drehte sie sich um, als hätte sie die Anwesenheit der Menschen vollkommen vergessen, und suchte sich einen Weg aus der Lichtung heraus. Das braune Hinterteil der Bärin verschwand aus ihrer Sicht. Das Dickicht aus wilden Himbeerbüschen hatte das Bärenpaar verschluckt.

Aries fühlte, wie ihr die Beine wegknickten. In ihrem Kopf schienen sich Spinnweben auszubreiten, die von einer schwebenden Schwerelosigkeit begleitet wurden. Mit einem ungeduldigen Laut schob Jarrett seinen Arm unter ihre Knie und hob ihren in sich zusammenfallenden Körper hoch. Er drückte sie dicht gegen seine Brust. In diesem Augenblick wurde ihm bewusst, wie leicht es hätte passieren können, dass er nun stattdessen ihren leblosen Körper in Armen hielte.

Er schluchzte laut auf und vergrub sein Gesicht in ihrem warmen, dichten Haar.

Dann trug er sie zurück zum Haus, vorbei an Ted, der ihnen mit angsterfülltem Blick am Rand des Hofs entgegentrat. »Es geht ihr gut«, sagte Jarrett, ohne auch nur einen Moment seinen Griff zu lockern. »Es geht ihr gut.«

Ted folgte ihm ins Haus, die Treppen hinauf und bis in ihr Zimmer. Er sah seinem Sohn zu, wie er an der Seite ihres Bettes zum Stillstand kam und sie einen langen Moment lang noch näher an sich zog. Auf sein Gesicht trat ein Ausdruck, als wäre er nach langer Zeit nach Hause gekommen. Er hielt sie noch einen kurzen Moment fest in seinen Armen, als ob er sich diese kleine Belohnung erlauben würde, bevor er sie zärtlich auf dem Bett ablegte. Als er sich wieder aufrichtete, schüttelte er den Kopf voll stummer Verzweiflung und sagte: »Kümmere dich um sie.« Ohne ein weiteres Wort ging er aus dem Raum.

Das Bett hielt Aries fest, und sie ließ es zu. Ted brachte ihr eine Tasse mit starkem Tee und später einen Teller mit Essen.

Beide standen unangerührt auf dem Tisch neben dem Bett. Sie hatte erst protestiert und Ted gesagt, dass sie nach unten gehen würde, um ihm beim Vorbereiten des Abendessens zu helfen. Aber schnell lenkte sie ein und befolgte seinen Befehl, dass sie im Bett bleiben und sich ausruhen solle. Es ging ihr gut. Und doch tat es das auch nicht. Die Schwäche infolge ihres Ohnmachtsanfalls war verschwunden. Doch ihren Platz hatte das Wissen darum eingenommen, dass es ihr ohne Jarretts Liebe nie wieder gut gehen würde. Sie spürte, wie ihr Tränen aus den Augenwinkeln rannen und eine heiße Spur auf ihren Wangen hinterließen, bis sie schließlich in das bereits feuchte Kissen tropften.

Sie hatte darauf gewartet, dass er zu ihr käme, obwohl sie wusste, dass er das nicht tun würde, und sie hatte das Mitleid in Teds Augen gesehen. Die Nacht senkte sich über das Haus, und Aries kämpfte damit, ein weiteres schmerzliches Erlebnis zu verarbeiten. Als Ben die Tür öffnete, täuschte sie vor, fest zu schlafen, da sie die Entschuldigungen, die er für seinen Bruder vorbringen würde, nicht hören wollte.

Stille herrschte im Haus, und die schattige Dunkelheit durchdrang nicht nur ihr Zimmer, sondern auch ihr ganzes Sein. Sie drehte den Kopf und blickte aus dem Fenster zu den wie Diamanten funkelnden Sternen, die am Himmel Montanas standen. Ein Zittern erfasste ihren Körper. Ein überwältigendes Gefühl der Hoffnungslosigkeit ergriff sie, und so hörte sie nicht, wie sich die Schlafzimmertür langsam öffnete und schloss. Noch bevor der Klang seiner Schritte an ihr Ohr drang, nahm ihr Herz seine Anwesenheit wahr, und ihr Körper spannte sich an. Jarrett näherte sich der Seite ihres Bettes.

Sie öffnete ihren Mund, um etwas zu sagen, um ihm mitzuteilen, wie willkommen er war, wie sehr sie ihn in diesem Zimmer, in ihrem Leben haben wollte, als seine rauen Fingerspitzen sich sanft auf ihre Lippen legten und sie zum Verstummen brachten.

»Pst, meine Geliebte«, flüsterte er in den Raum. Ohne ein weiteres Wort nahm er sie erneut auf die Arme. Vorsichtig, als trüge er ein seltenes und wertvolles Gut, machte er sich auf den Weg die Treppe hinunter und ging in die Nacht hinaus. Erst als er sie in weite Entfernung des Hauses gebracht hatte, hielt er inne.

Unter den schützenden Armen der großen Pappel drehte er sich langsam im Kreis um, sein Gesicht dem Himmel zugewandt, der durch die ineinander verwobenen Äste des Baumes durchblitzte. »Schau, Liebes«, sagte er und zeigte nach oben. Es war eine klare Nacht. Der Himmel erstrahlte vor Sternen, die sich zu einer nächtlichen Darbietung versammelt hatten. Sie funkelten unterschiedlich hell, versuchten einander mit ihrer Brillanz zu übertreffen und setzten den weiten Himmel Montanas mit ihrer gleißenden Pracht in Flammen.

Sie versuchte, seinem Blick zu folgen, zu sehen, was er ihr zeigen wollte, aber alles, woran sie denken konnte, war, dass Gott auf wundersame Weise ihre Gebete erhört hatte und sie sich wieder in seinen Armen befand und Kosenamen aus seinem Mund zu hören bekam, der sich nicht mehr länger zu einem schmalen, kalten Strich zusammenpresste. Sie schlang ihre Arme eng um seinen Hals.

»Jarrett«, sagte sie sanft.

»Aries«, fiel er ihr ins Wort, nachdem sie seinen Namen so zögerlich ausgesprochen hatte. »Ich habe so sehr versucht, dich nicht zu lieben. Bitte, Liebling«, hielt er sie erneut davon ab, etwas zu sagen. »Lass mich weitersprechen. Ich hätte es schon vor langer Zeit sagen sollen. Ich dachte, wenn ich dieser Liebe nicht nachgeben würde, könnte es auch nicht passieren, dich zu verlieren. Ich hatte mir geschworen, nie wieder zuzulassen, dass mir jemand so vollkommen ans Herz wachsen würde. Ich brach diesen Schwur, und nur ein paar Stunden später fand ich mich ein weiteres Mal in der Hölle wieder.« Seine Stimme wurde rau, als er die Gefühle erneut durchlebte. »Ich habe dich weggestoßen, aus meinem Leben hinaus, aber ich konnte dich nicht aus meinem Herzen vertreiben. Dann hörte ich heute King. Ich hörte die Angst in seinem Bellen.« Seine Stimme brach. »Ich hörte, wie du zu schreien anfingst, und ich fing zu rennen an. Ich bin gerannt, und den gesamten Weg lang habe ich gebetet, gebetet, dass ich es rechtzeitig zu dir schaffen würde. Aries.« Er hielt inne, war nicht in der Lage weiterzusprechen. Er drückte seine Stirn sanft an die ihre. Er sah sie mit Augen voller Qual an, und die Sterne spiegelten sich in seinen unvergossenen Tränen wider, verwandelten die dunklen Pupillen in ein tiefes Blau. »Ich hätte dich verlieren können. Ich hätte dich auf eine weitere Art verlieren können. Deshalb habe ich dich in deinem Zimmer zurückgelassen und bin unter diesem Sternenhimmel rast- und ruhelos umhergelaufen.«

Er hörte zu sprechen auf und ließ sie behutsam auf ihre Füße sinken, ohne sie dabei loszulassen. Jarrett legte einen Finger unter ihr Kinn und hob es an, um ihr Gesicht zu betrachten. Er öffnete sich und nahm sie ganz in sich auf, trunken von ihrem Körper. Liebe erfüllte Aries, die schwer und wild in ihren Adern sang. Es war so viel Liebe, genug für sie beide, genug, um seine Ängste und Sorgen zu besiegen.

»Aries«, erklang ihr Name leise in der Unendlichkeit der Nacht. »Aries, ich liebe dich. Ich liebe dich von ganzem Herzen, mit all meiner Kraft. Mir wurde heute Nacht bewusst, dass ich dich verlieren könnte, aber dass es noch schlimmer ist, wenn ich ganz ohne dich leben muss. Bitte sag mir, dass du mein bist. Ich brauche dich, mein Liebling. Ich brauche dich, du erhellst mein Leben wie die Sterne den Himmel. Heirate mich und weiche nie wieder von meiner Seite. Ich brauche dich, damit du mir mit deinem Licht den rechten Weg weist«, sagte er bescheiden. Er nahm ihre Hand und umfasste zärtlich ihr Gesicht, während er atemlos auf ihre Antwort wartete.

Er hatte ihr sein Herz offenbart, und nun stand er vor ihr, die Liebe zu ihr in sein Gesicht geschrieben, und bat sie, ihre

Stärke und ihre Liebe mit der seinen zu vereinen. Er bat sie, ihm zum Tanz des Lebens die Hand zu reichen.

Einmal mehr antwortete sie ihm ohne Worte. Sie hob seinen Mund zu seinem, berührte seine Lippen zärtlich und gab ihm die Antwort, auf die er gewartet hatte. Ihr Mund war Zeugnis ihrer Liebe. Er schrie leise auf und zog sie in seine Arme. Zusammen standen sie unter dem Himmel Montanas, verschmolzen im Sternenlicht zu einer Silhouette.

Sie standen so still, waren so sehr darauf konzentriert, das Geschenk ihrer Liebe miteinander zu teilen, dass sie nicht bemerkten, wie sich der Himmel über ihnen verdunkelte. Endlich blickte Jarrett auf und sah direkt über ihnen einen Stern aufleuchten, der die Nacht beherrschte und sie mit seinen Strahlen blendete. Er lächelte, denn er wusste, dass in diesem Himmel, der sich so weit über dieses wundervolle Land erstreckte, seine Antwort lag, sein Versprechen. Er legte seine Arme enger um sie. Von diesem Tag an würde er sie mit der Nacht teilen, denn ihre Liebe würde alle Dunkelheit besiegen, die das Leben mit sich brachte. Hand in Hand würden sie jedem neuen Morgen mit Zuversicht begegnen.

Die Nacht hielt den Atem an, als eine zarte Brise den Saum ihres Kleides umspielte. Sie wirbelte nach oben, küsste die Spitzen ihrer Haare und wehte weiter in Richtung Himmel. Die Schwere und Dunkelheit, die sein Herz fest im Griff gehabt hatten, trug sie mit sich fort. Die Sterne kamen näher, nahmen seine Opfergabe an und schenkten ihm zum Ausgleich einen Stern aus ihrer Mitte. Einen Stern, der heller strahlte als jeder andere Stern, den der Himmel je gesehen hatte. Einen Stern, der ihm die Richtung weisen würde. Einen Stern, der seinen Weg erhellen würde. Aries. Sein Geschenk. Sein Stern am Himmel über Montana.

15073775R00191

Printed in Poland
by Amazon Fulfillment
Poland Sp. z o.o., Wrocław